Liliane Fontaine

Die Richterin und das Ritual des Todes

Zu diesem Buch

»Stell dich nicht so an, Memme. Ein paar Schlucke genügen. Dir muss doch wohl klar sein, dass jeder von uns bis an seine Grenzen gehen musste. Und so wie es aussieht, ist das deine. Da musst du drüber, dich überwinden. Mit dem Blut des Stiers wird dessen Kraft sich in dir entfalten. Du wirst selbst so stark werden wie er, und nichts und niemand wird dir jemals wieder etwas anhaben können.«
Die letzten Worte drangen wie eine Beschwörung an Michels Ohren. Was, wenn er es nicht tat, nicht das Blut, diese klebrige widerliche rote Flüssigkeit, zu sich nahm? Dann wäre er raus. Die nächsten zwölf Monate würden zum reinsten Spießrutenlaufen werden. Er nickte. Die klebrige Feuchtigkeit drang in seinen Mund.
Todesangst schnürte ihm die Kehle zu. Sein Herz raste, es zuckte, es pumpte. Er stieß einen keuchenden Schrei aus, versuchte, die drängende Hand mit der Flasche wegzuschlagen. Er schrie immer lauter. Oder waren es die Schreie der anderen? In seinem Kopf raste und dröhnte es. Seine Beine gaben nach. Er spürte, wie er an der rauen Steinwand hinunterrutschte. Arme versuchten, ihn zu stützen, aufzuheben.
Dann nichts mehr.

Liliane Fontaine ist der Geburtsname der Krimiautorin und Kunsthistorikerin Liliane Skalecki, die in Saarlouis nahe der französischen Grenze geboren wurde. Sie promovierte an der Universität des Saarlandes in den Fächern Kunstgeschichte und Klassische und Vorderasiatische Archäologie und wohnt heute mit ihrer Familie in Bremen. Die Autorin lebt viele Wochen des Jahres in der Nähe von Nîmes, wo sie Kultur, Land und Leute und das Savoir-vivre Südfrankreichs genießt.

Liliane Fontaine

DIE RICHTERIN

UND DAS RITUAL DES TODES

Ein Südfrankreich-Krimi

PIPER

Mehr über unsere Autorinnen, Autoren und Bücher:
www.piper.de

Wenn Ihnen dieser Südfrankreich-Krimi gefallen hat, schreiben Sie uns unter Nennung des Titels »Die Richterin und das Ritual des Todes« an *empfehlungen@piper.de*, und wir empfehlen Ihnen gerne vergleichbare Bücher.

Von Liliane Fontaine liegen im Piper Verlag vor:
Band 1: Die Richterin und die Tote vom Pont du Gard
Band 2: Die Richterin und die tote Archäologin
Band 3: Die Richterin und der Kreis der Toten
Band 4: Die Richterin und das Ritual des Todes
Band 5: Die Richterin und der Tanz des Todes
Band 6: Die Richterin und das Erbe der Toten
Band 7: Die Richterin und der Todesbote
Band 8: Die Richterin und das Todesspiel

MIX
Papier | Fördert gute Waldnutzung
FSC® C083411

PRODUZIERT MIT VERANTWORTUNG

Originalausgabe
ISBN 978-3-492-31567-8
1. Auflage Mai 2021
3. Auflage September 2025

Für direkten Kontakt und Fragen zum Produkt wenden Sie sich an: *info@piper.de*
Redaktion: Sandra Lode
Umschlaggestaltung: FAVORITBUERO, München
Umschlagabbildung: Danita Delimont / Getty Images
Satz: psb, Berlin
Gesetzt aus der Adobe Garamond
Druck und Bindung: CPI books GmbH, Leck
Printed in the EU

Prolog

Sssss. Eine Stechmücke umschwirrte seinen Kopf, bereit, es sich auf einem Stückchen Haut bequem zu machen, zuzustechen und sich eine Mahlzeit zu gönnen. Mit einem Wedeln seiner linken Hand verscheuchte er den winzigen Blutsauger. Sollte der sich sein Opfer doch auf der anderen Seite suchen. Phil würde noch nicht mal was davon bemerken.

Sie teilten sich das Zimmer. Philiberts Reich nahm die rechte Hälfte ein, seines die linke. Die rechte Seite sah immer aus, als hätte eben eine Bombe eingeschlagen. Drohte eine Zimmerkontrolle, verschwanden Klamotten, Bücher, Schuhe und Dreckwäsche im Schrank, der sich dann nur noch mühsam schließen ließ. In die Schränke schaute niemand.

Philibert drehte sich im Bett auf den Bauch, das Schnarchen ebbte für ein paar Sekunden ab. Dann ein tiefer Seufzer. Der Junge nahm wieder seine Rückenschläferposition ein, und das Schnarchkonzert begann mit voller Lautstärke von vorne. Unter normalen Umständen wäre Michel jetzt aufgestanden, hätte Philibert einen ordentlichen Klaps auf den Brustkorb gegeben, ihm zur Not eine Sekunde lang die Nase zugehalten, in der Hoffnung, sein Freund würde endlich eine Stellung finden, in der weniger Bäume ihr Leben lassen mussten.

Doch diese Nacht war keine Nacht wie jede andere. Zum gefühlt hundertsten Mal schaute Michel auf sein Handy. Noch eine halbe Stunde. Und in spätestens zwei Stunden … Er hatte kein Auge zugetan. Aufregung, Vorfreude, aber auch Beklemmung bei der bangen Frage, was nun wirklich auf ihn zukommen würde. Es ging nicht immer zimperlich zu, so viel war ihm klar. Dieses bedrückende Gefühl beherrschte nicht nur seinen Kopf, er spürte es auch körperlich, als ob man ihn ganz eng in etwas eingewickelt hätte. So musste sich ein Insekt fühlen, wenn die Spinne es mit ihren klebrigen Fäden einspann. Ob er unter einer Art Klaustrophobie litt?

Er strampelte die Bettdecke komplett weg. Doch die Befreiungsaktion nutzte nichts. Für einen Moment glaubte Michel, keine Luft mehr zu bekommen. Ein schweres, unsichtbares Gewicht legte sich auf seine Brust, hinderte ihn am Atmen. Der Junge spürte, wie seine Poren winzige Schweißtröpfchen freigaben, die sich wie ein Film auf Gesicht und Nacken legten. Seine blonden, kurz geschnittenen Locken klebten ihm am Kopf. Er setzte sich auf und drehte den Oberkörper in Richtung Klimagerät, das auch in der Nacht brummte und das Zimmer auf angenehme zweiundzwanzig Grad herunterkühlte. Der Spuk verschwand so schnell, wie er gekommen war. Die Haut fühlte sich wieder trocken an, die Beklemmung ließ nach, das Herzrasen ebbte ab. Nur noch ein leichtes Klopfen in seinem Hals blieb davon übrig. Die Vorfreude hatte die Furcht besiegt.

Als die Tür zu seinem Zimmer geöffnet wurde, war Michel mit einem Satz auf den Beinen. Während Philibert den Schlaf der Gerechten schlief, war er bereits in seine blauen Shorts und das weiße Poloshirt geschlüpft, die Sommeruniform der Jungs.

»*Chut*, kein Licht.«

Michel wurde links und rechts an den Armen gefasst und in Richtung Zimmertür gedreht. Er gab keinen Laut von sich. Das hatte man ihm bereits eingetrichtert – nur nicht auffallen, keinen Lärm machen, nicht kichern. Das Letzte, was man jetzt gebrauchen konnte, war ein Philibert, der aus seinem Tiefschlaf erwachte und sich an die Fersen seines Freundes und Zimmergenossen Michel heftete. Doch um dieses Problem erst gar nicht zu provozieren, hatte man vorgesorgt.

»Hat er das Zeug getrunken?« Weniger als ein Flüstern.

Michel wisperte zurück. »Jeden einzelnen Schluck.«

Philiberts Lieblingsgetränk war an jedem Abend, den der liebe Gott erschuf, ein Becher Kakao, den er geräuschvoll mit einem

Strohhalm schlürfte, bevor er in seinen noch geräuschvolleren Schlaf versank. Und es durfte nur Trinkschokolade von *Valrhona* sein. Nur hatte der dunkle Kakao heute Abend nicht ganz so wie sonst geschmeckt. Eine leichte Bitternote, die Philibert mit einem Achselzucken und der Einschätzung, man solle sich die Zähne nicht vor diesem Genuss putzen, abgetan hatte.

»Heh, muss das sein?«

»Ja, muss sein. Stell dich nicht so an. Wir machen sie später wieder ab.«

Die Augenbinde, die Michel die Sicht nahm, wurde an seinem Hinterkopf verknotet. Das Gewebe fühlt sich angenehm kühl und leicht an, war jedoch so fein und eng gewebt, dass er überhaupt nichts mehr sah. Erneut stellte sich dieses Gefühl von Furcht ein, und sein Herz klopfte bis zum Hals.

»Ich mag das nicht, so blind durch die Gegend zu latschen. Was, wenn ich nun irgendwo drüberstolpere? Dann scheppert's, oder ich leg mich auf die Fresse.«

»Blödsinn, wir führen dich und passen schon auf, dass unserem *chouchou* nichts passiert. *Alors*, es geht los.«

Wieder packten Hände Michel an den Armen. Er hatte keine Ahnung, wie viele ihn begleiteten. Wahrscheinlich waren es in seinem Zimmer eben zwei gewesen. Und die anderen warteten draußen. Beim Passieren der Tür zum Flur wurde es schon eng, drei Personen passten nicht gleichzeitig durch. Michels rechter Arm wurde freigegeben, dafür drückte ihn nun jemand von hinten vorwärts.

Er konzentrierte sich aufs Riechen, wenn er schon nichts sehen konnte. Seine Nase würde ihm ganz sicher verraten, wohin sie ihn brachten. Er hatte sowieso schon einen Verdacht. Hinter dem Château lagen die Sportanlagen des Internats, daran schloss sich ein weitläufiger Park mit einer Reihe von Gebäuden an, die die ehemaligen Schlossbesitzer im Verlauf der letzten beiden Jahrhunderte zu ihrem Vergnügen oder aus rein praktischen Gründen dort hatten errichten lassen. Ein runder Tempel mit acht Säulen auf einer kleinen Anhöhe, eine Grotte, in der schon lange kein Wasser mehr über den künstlich angelegten Felsvorsprung sprudelte, ein chinesisches Teehaus, das immer abgeschlossen war, um die wertvollen Kacheln an den Wänden zu schützen, ein Swimmingpool aus den Zwanzigerjahren, der mit einer festen Plane abgedeckt war, damit niemand hineinfiel, und der Eiskeller, der noch im Zweiten Weltkrieg zum Lagern von Eis, empfindlichen Lebensmitteln und, wie man sich erzählte, zum Kühlen Hunderter Flaschen Champagner genutzt worden war. Auf diesen Kühlkeller, der halb unterirdisch angelegt und dessen Eingang von grob behauenen Steinen eingefasst war, tippte Michel. Auch dieser Keller war normalerweise abgeschlossen. Doch es gab kein Problem, das seine Freunde nicht lösen konnten. Und bald wäre er Teil dieser verschworenen Gemeinschaft. Erneut klopfte sein Herz bis zum Hals, diesmal vor überschäumender Freude.

Kies knirschte unter seinen Füßen. Die außergewöhnliche Hitze des Spätfrühlingstages war jetzt einer angenehmen Kühle gewichen. Zu den beiden, die ihn aus dem Zimmer geleitet hatten, gesellten sich noch vier oder fünf weitere Personen, schätzte Michel. Einer ging wohl voraus, der Rest marschierte hinter ihm her. Seine beiden Begleiter hielten ihn sicher an den Ellbogen, geleiteten ihn nun an den Tennisplätzen vorbei. Michel roch den roten Sand, der noch die Sonnenwärme des Tages gespeichert hatte. Ganz anders der Geruch des Rasens auf dem Rugbyfeld, der täglich gehegt und gepflegt wurde.

Jetzt mussten sie wohl bald ihre Handys mit der Taschenlampenfunktion anmachen. Bis zum Rugbyfeld waren die Wege auch in der Nacht beleuchtet. Zwar nur schwach, aber immerhin so, dass niemand über etwas auf dem Boden Liegendes stolpern und sich dabei verletzen konnte. Die Sicherheit der ihnen Anvertrauten war, neben der Lehre und dem Vorbereiten auf das Leben, die höchste Priorität der Internatsleitung.

Jemand schlug Michel spielerisch mit einem Ast zwischen die Schulterblätter – Patricia. Mit einem leisen Kichern verschwand sie wieder. Ihren Duft hätte er aus Hunderten von Düften herausgerochen. Allerdings würde wahrscheinlich niemand außer ihm ihren Geruch als Duft beschreiben, doch für ihn war es der Duft der Düfte schlechthin. Eine Mischung aus Heu, Stroh und Pferd – Patricia war eine begeisterte Reiterin –, der immer an ihr haftete, und dazu dieses unverwechselbare Bouquet ihres Parfums. Irgendetwas mit Pink von *Cacharel*. Er hatte den Flakon auf ihrem Nachttisch gesehen.

Michels Nase enthüllte ihm den weiteren Weg. Die mit Rosen angelegten Rabatten nach barockem Vorbild, die Kräuterbeete, in denen die jüngeren Schüler fleißig herumgärtnerten, der Mischwald mit seiner harzigen und erdigen Note. Tief sog er das Aroma des Waldes in sich hinein, fühlte sich ganz eins mit der ihn umgebenden Natur. Plötzlich stutzte er, hielt an, brachte seine Begleiter fast zum Stolpern. Ein süßlich-fauliger Geruch war in seine empfindliche Nase gestiegen.

»Hier liegt was Totes.« Seine Worte unterbrachen die Stille.

»Was? Wo? Ich seh nix.« Die kleine Karawane blieb stehen. Wahrscheinlich wurde die Umgebung jetzt mit den Lampen abgescannt. Ein Rascheln verriet Michel, dass sich jemand in Richtung Unterholz bewegte.

»Tatsächlich. Da liegt ein Hase. Ich glaub, er ist noch nicht lange tot. Sieht eigentlich noch ganz lebendig aus.«

Ein kurzer Pieks mit dem Ast in seinen Rücken, und Michel trottete weiter. Keiner wunderte sich groß darüber, dass er den Tierkadaver gerochen hatte. Schon immer hatte er über diesen außergewöhnlichen Geruchssinn verfügt. Allerdings hatte es außer ihm selbst nie jemanden wirklich interessiert. Vielleicht seinen großen Bruder, eigentlich Halbbruder, den sein Vater mit in die Ehe gebracht hatte. Der zog ihn immer damit auf, er würde eines Tages als Parfumeur enden und den ganzen Tag seinen Riechkolben in einen Glaskolben stecken. Sein Bruder ärgerte ihn gerne und häufig, und doch verband die beiden eine tiefe Zuneigung. Michel nahm die Sottisen des Älteren gelassen. Und nicht nur das, er liebte die kleinen Wortscharmützel mit ihm. Im Moment blieb ihm zu Hause allerdings nur sein Hund Bleu als Kumpel, denn seit drei Jahren studierte sein Bruder in Toulouse und kehrte nur noch sporadisch ins Elternhaus zurück. Bald würde er seinen Abschluss in der Tasche haben, und dann ab nach Neuseeland, um sich dort ein halbes Jahr von den Strapazen des Studiums zu erholen.

Tatsächlich hatte Michel insgeheim schon mit einer Ausbildung zum *compositeur de parfum* geliebäugelt. Die phänomenale Fähigkeit seiner Nase war, so glaubte er, kaum schlechter als die seines Hundes. Er roch Bleu, den *Epagneul bleu de Picardie* der Familie, schon von Weitem, wenn der Spaniel mit der grau melierten Decke mit nassem Fell von einem Spaziergang zurückkehrte, und der Geruch nach kaum angebranntem Fleisch in der Pfanne stieg ihm schon in die Nase, wenn alle anderen noch keine Ahnung von der sich anbahnenden kulinarischen Katastrophe hatten.

Ein sanfter Druck an den Armen, und der kleine Tross hielt an. Seine Ahnung hatte Michel nicht getrogen. Erde, Steine, auch sie verströmten ihr eigenes Aroma. Sie waren am Eiskeller angelangt, aus dem ihm, obwohl er mit einer schweren Eisentür verschlossen war, ein modriger Geruch entgegenschlug. Ja, das war unverkennbar der alte Vorratskeller, der in die Erde gegraben worden war. Ein Schlüssel drehte sich quietschend im Schloss.

»Könnt ihr das Ding jetzt abmachen? Ich will sehen, wo ich bin.« Michel wollte ihnen den Spaß nicht verderben. Sie hatten sich Mühe gegeben, damit er nicht herausfand, wo sie ihn hinbrachten. Und er tat ihnen den Gefallen. »Hallo, hört mich jemand? Wo sind wir? Hopp, lasst mich endlich teilhaben an dem, was eure Augen sehen, hochwohlgeborene Gefährten.«

Das Kichern von Patricia war zu vernehmen.

»Gleich«, brummte eine Stimme. Benjamin?

Michel wurde in den halb unterirdischen Steinbau gezogen und geschoben. Fast wäre er über eine Unebenheit im Boden gestolpert. Geschickt hielten ihn kräftige Arme an seiner Seite vom Sturz ab.

»Noch ein paar Schritte, dann sind wir da.«

Ein angenehmer Duft nach feuchtem Stroh und Pilzen drang jetzt in Michels Nase. Bis vor zwei Jahren waren im Keller Champignons gezüchtet worden. Allerdings hatte sich jetzt schlagartig das Klima verändert. Die plötzliche Kälte ließ den Jungen zittern. Oder war es die Aufregung über das, was nun folgen sollte? Endlich würde er ein Teil der Gruppe werden. Nicht nur ein stiller Beobachter, Bewunderer, sondern er würde einen festen Platz in ihrer Mitte einnehmen. Nur noch das Ritual. Ein kleiner Schritt, und er, der Auserwählte, wäre einer von ihnen.

Eine Unruhe, deren Ursprung nicht in der frostigen Temperatur lag, nahm von Michel Besitz. Es war ganz sicher stockdunkel im Eiskeller. Wenn nur nicht immer noch diese blöde Binde wäre. Gut, sobald sie endlich entfernt wäre, würden sich seine Augen daran gewöhnen. Von den anderen war kein einziger Mucks zu hören. Als würden alle den Atem anhalten. Er wurde ein Stück weitergeschoben, vor seinem Gesicht breitete sich verstärkt feuchte Kühle aus. Er stand vor einer Wand, wurde dann umgedreht und mit dem Rücken an die buckligen, grob behauenen Steine gepresst. Michel konzentrierte sich. Gleich musste doch irgendetwas passieren! Da, es war so weit, ein Geräusch. Plopp. Kling, Metall auf Glas. Ein Gefäß, eine Flasche mit Bügelverschluss war geöffnet worden. Michel hielt den Atem an. Er krümmte sich, als würde man ihm körperliche Schmerzen zufügen, als dieser fürchterliche, widerwärtige, alles was es an ekelhaftem Gestank gab übertreffende Geruch in seine Nase stieg.

Das konnten sie doch nicht machen! So gemein, so hinterhältig konnten sie doch nicht sein. Oder? Michel konnte sich genau erinnern, wann er es ihnen erzählt hatte. Es hatte *boudin* zum Mittagessen gegeben. Blutwurst, gekocht aus Blut und Gewürzen. Sonst nichts. Widerlich, ungenießbar. Die Farbe, die Konsistenz. Er hatte sich fast in seinen Teller übergeben. Man hatte ihn nicht gezwungen weiterzuessen, aber seine Freunde hatten die Lippen zusammengekniffen und sich wissend zugenickt. Damals musste die Idee geboren worden sein, welchem Ritual sie ihn unterziehen würden. *Alles, nur das nicht!* Schon spürte er, wie sein Magen rebellierte.

»Nein, bitte nicht. Ich mach alles, aber zwingt mich nicht, das zu trinken, zwingt mich nicht, Blut zu trinken.«

Verblüffung lag in einer Mädchenstimme. Patricia. »Woher weißt du das? Die Flasche ist noch mindestens vier Meter von dir entfernt.«

»Ich rieche es eben. Wenn ihr nicht wollt, dass ich euch gleich auf die Füße kotze, macht die Flasche zu, und lasst es gut sein. Überlegt euch was anderes. Ihr könnt mich in Scheiße stecken, ich lauf geteert und gefedert durch Nîmes. Aber das nicht.«

Eine dumpfe Stimme – jemand hielt sich offenbar ein Tuch oder einen Schal vor den Mund – wies ihn zurecht.

»Stell dich nicht so an, Memme. Ein paar Schlucke genügen. Dir muss doch wohl klar sein, dass jeder von uns bis an seine Grenzen gehen musste. Und so wie es aussieht, ist das deine. Da musst du drüber, dich überwinden. Mit dem Blut des Stiers wird dessen Kraft sich in dir entfalten. Du wirst selbst so stark werden wie er, und nichts und niemand wird dir jemals wieder etwas anhaben können.«

Die letzten Worte drangen wie eine Beschwörung an Michels Ohren. Was, wenn er es nicht tat, nicht das Blut, diese klebrige widerliche rote Flüssigkeit zu sich nahm? Dann wäre er raus. Die nächsten zwölf Monate würden zum reinsten Spießrutenlaufen werden. Die Mädchen würden ihn verachten, die Jungs mit Spott und Häme überziehen. Er nickte.

»Her damit.« Er versuchte, seiner Stimme einen festen, forschen Klang zu geben. Doch dabei hatte er das Gefühl, sein Magen würde sich nach außen stülpen und sein Unterkiefer hätte gerade einen gewaltigen Schlag abbekommen. Er fuhr sich mit der Hand übers Kinn. Nicht nur das Kinn, sein ganzes Gesicht war trotz der Eiseskälte schweißnass. Ihm war kotzübel. Der Geruch kam immer näher. Einen Moment stellte sich Michel vor, wie eins der Mädchen mit der Flasche, dem heiligen Gral gleich, auf ihn zuschritt. Schon spürte er die Flasche an seinen Lippen. Er musste doch nur einen Schluck nehmen, und ein zweiter wäre wahrscheinlich schon gar nicht mehr so eklig. Nur ein einziger Schluck, vielleicht würde der ihnen sogar genügen. Die klebrige Feuchtigkeit drang in seinen Mund. Er wand sich wie ein Wurm, um der Flasche auszuweichen. Die Steine bohrten sich schmerzhaft in seinen Rücken, es tat so weh, er bekam kaum noch Luft. Als ob eiserne Finger seinen Körper abtasteten, wanderte der Schmerz nach vorne, breitete sich in seinem Brustkorb aus, drückte das letzte bisschen Luft aus seinen Lungen. Todesangst schnürte ihm die Kehle zu. Sein Herz raste, es zuckte, es pumpte. Er stieß einen keuchenden Schrei aus, versuchte, die drängende Hand mit der Flasche wegzuschlagen. Er schrie immer lauter. Oder waren es die Schreie der anderen? In seinem Kopf raste und dröhnte es. Seine Beine gaben nach. Er spürte, wie er an der rauen Steinwand hinunterrutschte. Arme versuchten, ihn zu stützen, aufzuheben. Dann nichts mehr.

Als der Handywecker brummte, wusste er im ersten Moment nicht, wo er war. Obwohl das Klimagerät das Zimmer angenehm kühlte, klebte seine Schlafanzughose feucht an seinem Körper. Er setzte sich auf. So einen beschissenen Albtraum hatte er noch nie gehabt. Er bekam die wirre Geschichte nicht mehr zusammen. Allerdings hatte er immer noch diesen widerlichen, ekelerregenden Geschmack im Mund. Sein Schädel brummte, als hätte er die halbe Nacht durchgesoffen. Draußen war es hell, die Sonne versprach einen heißen Tag. Er rappelte sich auf, stieg aus dem Bett. Heute wäre er der Erste unter der Dusche.

»Heh, Mann, aufstehen.« Nichts rührte sich. Normalerweise war der Kerl doch um diese Zeit meist schon im Bad und blockierte ewig das Klo. Wegen seiner empfindlichen Nase. Er ging zum Bett und schlug die Decke zurück, in die sein Freund bis zum Hals eingewickelt war.

»Komm schon, verarsch mich nicht. Zeit zum Aufstehen. Du kannst auch zuerst ins Bad.« Sein Freund lag reglos im Bett. Kein unwilliges Kopfschütteln, kein verräterisches Zucken der Mundwinkel.

»*Merde*, hör auf mit dem Blödsinn! Das vertrag ich nicht auf nüchternen Magen.«

Er beugte sich hinunter, lupfte ein Augenlid an. Erschrocken fuhr er zurück. Dann überwand er sich, ergriff die Hand des Liegenden und suchte den Puls. Nichts. Seine Augen wanderten über den Körper des Freundes, der in kurzer Schlafhose und mit nacktem Oberkörper dalag. Ganz ruhig, als schliefe er. Philibert hatte noch nie einen Toten gesehen. Doch dass Michel nicht mehr unter den

Lebenden weilte, wurde ihm jetzt schlagartig bewusst. Mit schriller Stimme um Hilfe schreiend, rannte er aus dem Zimmer, als wäre der Leibhaftige hinter ihm her.

Kapitel 1

Ein halbes Jahr später. Dezember

Er war auf der Flucht.

Auf der Flucht vor den Festtagen, vor seinem Vater, den er nur noch in tiefes Schweigen gehüllt antraf, vor seiner Stiefmutter, deren Schluchzen die Räume erfüllte, und vor Marie und Marie, den beiden *grand-mères*, deren Fassungslosigkeit und Hilflosigkeit man mit Händen greifen konnte. Ihre Fragen nach dem »Wie konnte das passieren? Hätte man es denn verhindern können?« waren voller Verzweiflung. Doch nie ein Satz des Vorwurfes, ein »Warum habt ihr nicht besser auf ihn aufgepasst?«. Keine Vorwürfe gegenüber den Eltern, gegenüber ihm. Lediglich ein geseufztes »Junge, du bist … du warst doch sein großer Bruder. Ihr habt euch doch so nahegestanden.«

Was hätte er darauf antworten sollen? Bei dieser Bemerkung schloss Marie *mémé* ihre runzeligen Hände zu Fäusten und presste sie eng aneinander. Marie *mamie* war die Mutter seines Vaters, Marie *mémé* die seiner Stiefmutter. Michel hatte die familiär-liebevollen Ausdrücke *mémé* und *mamie* zur Unterscheidung seiner beiden *grand-mères* einfach an ihre Vornamen angehängt, damit jede wusste, wer denn nun gemeint war. Und so rief sie seit vierzehn Jahren die ganze Familie.

Als er gerade das Haus mit Bleu verlassen wollte, hielt *mamie* ihn zurück.

»Warum war Michel überhaupt in diesem Internat, wo niemand auf ihn aufgepasst hat?«

Er zuckte mit den Schultern. Weil Michel darauf bestanden hatte, sein BAC an dieser Schule zu machen? Niemand hatte ihn gedrängt, auf ein Internat zu gehen, in dem er auch noch die meisten Wochenenden verbrachte.

Das Verhältnis zu den Eltern war entspannt und liebevoll. Und doch hatte Michel es vorgezogen, mit seinen Freunden, die, mit Ausnahme der Ferien, immer im Internat lebten, dort abzuhängen. Vielleicht hatte sein Bruder sich einsam gefühlt, als er zum Studium nach Toulouse gegangen war. Michel war eben kein Einzelgänger, er war ein Herdentier. Vielleicht war es das Leben in einer Gemeinschaft, das Sicheinfügen in eine Gruppe wie in eine Familie, was das Internat so interessant für ihn gemacht hatte. Die Eltern hatten Michels Wunsch schnell nachgegeben. Der Junge war ein Sturkopf, ein *tête de mule*. Die Schule hatte einen hervorragenden Ruf, das Schulgeld war kein Thema und das Schlossinternat nicht auf einem anderen Kontinent. Stolz hatte Michel an seinem ersten Tag für ein Foto in seiner neuen Schuluniform posiert. Ein Jahr später war er tot.

Noch einmal zuckte er hilflos mit den Schultern. Er nahm seine Großmutter kurz in den Arm. »Ich weiß es nicht. Ich weiß es wirklich nicht, *mamie*.«

Dann trat er, wie seit vielen Tagen, seine morgendliche Flucht an. Bleu trabte eng neben seinem Herrchen her, als spüre er, dass der seinen ganz besonderen Trost brauchte. Nur wenn eine Krähe krächzend aus dem winterhellen, frisch eingesäten Feld aufflog, hob er wie fragend den Kopf, um dann hinter dem schwarzen Rabenvogel herzujagen. Dann kehrte er schwanzwedelnd zurück, schaute mit seinen freundlichen, traurigen Spanielaugen, als ob er sagen wolle: *Ich vermisse Michel auch so sehr.* Michel hatte den Hund zu seinem zehnten Geburtstag bekommen, ein graues Fellknäuel, das alle Herzen im Sturm erobert hatte.

Es begann wieder zu schneien. Schon das zweite Mal seit Anfang Dezember. Marie *mémé*, die aus den Vogesen stammte, kannte das: Schnee im Winter, Schnee an Weihnachten. Er hatte die weiße Pracht, wie seine Großmutter die Flöckchen, die kaum einen Tag liegen blieben, nannte, vielleicht drei, vier Mal in seinem Leben hier in Südfrankreich erlebt. Er blieb stehen und schaute in den Himmel. Zu der Krähe hatten sich vier weitere gesellt. Vielleicht lag ein toter Hase im Feld, den sie sich schmecken lassen würden. Wie hatte seine Großmutter jüngst gesagt? »Eine Krähe macht keinen Winter«. Eine Redensart. Es waren aber fünf. Sie machten einen Winter. Die winzigen Eiskristalle setzten sich auf sein Gesicht, schmolzen. Er fuhr sich mit der Zunge über die Lippen, und ein lauter Schrei brach aus ihm hervor. Erschrocken fing der kleine Spaniel zu heulen an.

»Ist schon gut, mein Junge. Das heißt, nichts ist gut. Wollen wir umkehren? *Maman* wartet bestimmt schon mit dem Essen.«

Noch vier Tage bis Weihnachten. Die Woche vor Heiligabend hatte seit Jahren ihre festen Rituale. Eine Woche vor dem 24. Dezember reisten die Großmütter an. Dann wurde zusammen eingekauft, gekocht, geschlemmt, getrunken, gefeiert, sich beschenkt und vor dem Kamin gelacht, gealbert, erzählt. Doch in diesem Jahr war alles anders. Das Haus war ein Ort der Trauer geworden, auch wenn die beiden Maries mit bunten Geschenken im Gepäck angekommen waren.

»Nur eine Kleinigkeit für jeden. Was würde Michel denken, ein Weihnachten ohne Geschenke. Er wäre ganz traurig.« Die beiden alten Damen hatten ihre Zimmer bezogen, nach alter Familientradition war man dann zu einem ersten Glas Champagner vor dem Kamin zusammengetroffen. Und dann … ja, dann hatten sich alle weinend in den Armen gelegen.

Marie *mémé* hatte nach dem Abendessen als Erste den Mut gefunden. Die Großmütter wussten natürlich, dass Michels Herz plötzlich zu schlagen aufgehört hatte. Aber warum? Um diese Frage zu beantworten, hatte sein Körper aufgeschnitten, obduziert werden müssen. Obduktion, Leichenschau. Als wäre sein kleiner Bruder Opfer eines Verbrechens geworden. Doch der Tod eines so jungen Mannes gab Rätsel auf, musste untersucht werden. Michel war an einem Herzinfarkt gestorben. Mit gerade mal siebzehn Jahren.

Mémé hatte einen Schluck *eau de vie* genommen, sich geräuspert und gefragt: »Was hat denn dieser Mediziner nun genau gesagt? Das ist doch nicht normal. Ein gesunder Junge bekommt doch nicht einfach wie ein steinalter Mann einen Herzinfarkt. Wir beide, Marie und ich, wissen, dass ihr uns alte Frauen schonen wollt. Aber wir sind seine Großmütter, wir haben ihn geliebt. Wir würden uns wünschen, die Wahrheit von euch zu erfahren. Nicht wahr, Marie?«

Mamie nickte bekräftigend.

Nein, es war in der Tat gar nichts normal. Er kannte den Obduktionsbericht auswendig.

Nach einem Moment des Zögerns war sein Vater aufgestanden, mit schweren Schritten in sein Arbeitszimmer gegangen und mit einem dunkelblauen Umschlag zurückgekommen. Mit unbeweglicher Miene las er vor, Michels Mutter flüsterte jedes Wort mit. Auch sie kannte den Text bis hin zum unaussprechlichsten medizinischen Fachbegriff auswendig. Als er geendet hatte, schauten sich die beiden Großmütter stumm und mit Tränen in den Augen an.

»Das heißt, er könnte also noch leben, wenn diese Krankheit rechtzeitig erkannt worden wäre?« Marie *mamies* Stimme war nur noch ein Flüstern. »Warum habt ihr es uns nicht gleich gesagt? Vielleicht nicht am Tag von Michels Beerdigung. Aber ein paar Tage, ein paar Wochen später.« Es war kein Vorwurf in ihrer Stimme, nur ein trauriges Unverständnis.

»Weil wir an dieser Tatsache zu zerbrechen drohten. Weil es für uns so fassungslos, so irreal war … ist. Wir haben ein Kind, das täglich am Abgrund geht, und wir wissen es nicht einmal. Wir fühlen uns schuldig, immer noch schuldig, und wir werden diese Schuld für immer tragen.« Die letzten Worte hatte sein Vater gebrüllt, die Papiere auf den Tisch geworfen und war aus dem Zimmer gestürzt.

Schweigen am Tisch.

»Ich schau nach *Papa*.« Seine Stiefmutter stand auf, legte ihm kurz die Hand auf die Schulter und verließ den Raum. Bleu hatte sich auf seine Decke auf dem Sofa verzogen. Gemeinsam räumten er und die beiden Maries den Tisch ab, verstauten die Essensreste im Kühlschrank, das Geschirr in der Spülmaschine. Dann zogen sie sich wieder ins Wohn-Esszimmer zurück. Marie *mémé* füllte drei Gläser mit ihrem Elsässer Mirabellenschnaps und setzte sich neben

Bleu aufs Sofa. Der Hund hob den Kopf, leckte über ihre Hand und rollte sich wieder auf seiner Decke zusammen. Sie zeigte auf den Obduktionsbericht.

»Mein Junge, sei so gut, und erklär es uns noch einmal.«

Er trank sein Glas auf einen Zug leer und fasste dann das zusammen, was der Mediziner entdeckt hatte. Er schloss die Augen. Wie andere ein Gedicht aufsagen konnten, war er in der Lage, die Worte des Arztes wiederzugeben.

»Michel litt an einer Aortenisthmusstenose. Ein Herzfehler, den er schon vor seiner Geburt hatte. Es ist der am häufigsten übersehene Herzfehler.«

Schweigend lauschten die beiden Frauen den Worten ihres Enkels, die einem medizinischen Lehrbuch entsprungen zu sein schienen, erfuhren, dass in den ersten drei Lebensmonaten eines Kindes bei lediglich fünfzig Prozent der Betroffenen diese Fehlbildung der Aorta, die unterhalb der Kopf- und Armarterien verengt ist, überhaupt diagnostiziert wird, bei einigen dann in ihrer Jugend, bei vielen erst im Erwachsenenalter.

Er fuhr fort: »Das führt dazu, dass der Blutdruck in der oberen Körperhälfte zu hoch ist und die untere schlechter durchblutet wird. Aber wer fühlt schon dauernd den Puls oder misst den Blutdruck? Daher wird der Mist meist so spät erkannt, nämlich erst dann, wenn es mal zu einer Messung des Blutdrucks kommt. Keine Ahnung, vielleicht bei einer Sportuntersuchung, vor einer kleinen OP oder was weiß ich. Und dann kann man handeln. Der Fehler wird operiert, oder ein Stent wird gesetzt. Fertig. Was Michel hatte, nennt man die adulte Form, weil sie eben erst bei einem jungen Erwachsenen entdeckt wird. In seiner oberen Körperhälfte herrschte ein erhöhter Blutdruck, aber der überlastet das linke Herz zunächst nicht. Diese Form der Erkrankung besteht oft jahrelang ohne irgendwelche Symptome. Die kommen erst, wie ich schon sagte, im Jugend- oder frühen Erwachsenenalter. Und dann wird es lebensgefährlich. Aufgrund der Engstelle der Aorta haben sich bei Michel vor allem die Blutgefäße im Bereich der Rippen, im Schulterbereich und die Brustwandarterien enorm vergrößert. Hätte man sein Herzleiden frühzeitig erkannt, hätte man ihn sogar noch vor der Geburt behandeln können oder direkt nach der Geburt operieren, alles wäre möglich gewesen. Bis auf ein paar kleine Einschränkungen hätte er ein normales Leben führen können. Doch niemand hat von seiner Krankheit gewusst. Ein paar Tage vor seinem Tod hat er sich wohl nicht so ganz fit gefühlt, haben seine Freunde berichtet. Zwei Tage vor seinem Tod war es ziemlich heiß gewesen, und der Sportkurs hat einen Ausdauerlauf gemacht. Ein Infekt, körperliche Überanstrengung, und sein Herz hat einfach aufgehört zu schlagen.«

Bei den letzten Worten versagte seine Stimme. Seine Großmütter hatten ihn schweigend in die Arme genommen. Die beiden Maries waren zwei starke Frauen. Es war gut, dass sie jetzt für ihn und die Eltern da waren.

Er wurde aus seinen Gedanken gerissen. Hupend holperte das gelbe Postauto mit dem stilisierten blauen Vogel an ihm vorbei zum Haus der Russos.

»Ich kann die Post mitnehmen«, schrie er noch hinterher, doch da war der Wagen schon hinter der Kurve verschwunden. Wahrscheinlich hatte er mehr als einen Brief für die Familie zu transportieren. Oder der Fahrer erhoffte sich eine kleine Aufmerksamkeit zu Weihnachten in Form eines Geldscheins in einem Briefumschlag. Die Umschläge lagen immer schon geraume Zeit vor den Feiertagen in der Diele bereit und wurden nach und nach an die Postboten, Müllwerker, den Gärtner, die Zugehfrau, eben an alle, die der Familie einen Dienst erwiesen, verteilt.

Er war noch ein paar Hundert Meter von der hohen Mauer entfernt, die das Villenanwesen vor neugierigen Blicken schützte, als der Wagen hupend und mit einem freundlich winkenden Fahrer wieder an ihm vorbeifuhr. »*Joyeux Noël*«, schallte es heraus. Fröhliche Weihnachten. Die Familie Russo war weit entfernt davon.

Der Spaniel sah fragend zu ihm hoch. *Nach Hause?*, bedeutete sein Blick. »Wir laufen noch ein paar Meter, mein kleiner Bleu, ich brauch noch ein bisschen Zeit.«

In der folgenden halben Stunde wurde der Himmel immer

dunkler. Bleischwer hingen graue Wolken am Himmel, das leichte Geriesel der Flocken verwandelte sich in immer stärker werdenden Schneefall, und als Herr und Hund wieder vor dem Haus standen, war die Temperatur ein gutes Stück unter den Gefrierpunkt gefallen. Riesige Schneeflocken fielen jetzt dicht wie ein Vorhang auf den Boden, wo sie liegen blieben.

In der Diele rieb er dem Hund mit einem Handtuch aus der Gästetoilette das Fell trocken und rubbelte sich anschließend durch die Haare. Umgekehrt wäre es sinnvoller gewesen, schoss es ihm durch den Kopf.

»Junge, bist du endlich zurück. Komm bitte ins Arbeitszimmer.«

Die Stimme seines Vaters klang unnatürlich hoch, fast kippte sie. Ein Schluchzen drang aus dem Büro. Seine Stiefmutter? Eine der beiden Maries? Als er die Tür öffnete, saß sein Vater kreidebleich am Schreibtisch, seine Stiefmutter stand mit geröteten Augen und geschwollenen Lidern neben ihm, eine Hand auf seiner Schulter. Von den beiden Großmüttern war nichts zu sehen. Die zitternde rechte Hand seines Vaters hielt ein Blatt Papier. Einen Brief? Ein Umschlag dazu lag auf der Schreibtischplatte. Jetzt klang die Stimme seines Vaters tonlos.

»Komm her und lies das.«

Mit unsicheren Schritten näherte er sich dem Schreibtisch. Was erwartete ihn? Ein Anhörungsbogen wegen zu schnellen Fahrens? Er konnte sich an eine solche Situation nicht erinnern. Und nachdem die *gilets jaunes* landesweit fast alle Radarfallen zerstört hatten, waren viele von ihnen immer noch nicht wieder hergerichtet oder ausgetauscht worden. Und außerdem war das keine Sache, über die man sich im Hause Russo im Moment aufregte.

Mit einem mulmigen Gefühl griff er nach dem Blatt, das sein Vater ihm schweigend hinhielt. Es war eine einzige Zeile. Keine Anrede, kein Briefkopf, keine Unterschrift. Die Handschrift fein und gleichmäßig, fast wie gedruckt, die Worte geschrieben auf unauffälligem weißem Papier. Ohne groß darüber nachzudenken, griff er mit spitzen Fingern das Blatt an der oberen Ecke. Er überflog den kurzen Text. Dann reichte er ihn wortlos zurück, nahm genauso vorsichtig den Umschlag. Kein Absender, die Adresse säuberlich geschrieben. Familie Russo, kein Vorname, Straße, Ort. Eine Briefmarke in der oberen rechten Ecke, der Poststempel verwischt bis auf die gerade noch leserlichen Anfangsbuchstaben Nî für Nîmes.

»Was hat das zu bedeuten?« Er ließ sich schwer in den alten Lederfauteuil fallen, der seinem Vater als Besuchersessel diente.

»Was das zu bedeuten hat? Dein Bruder hat einen Herzinfarkt erlitten, ist aber beileibe nicht eines natürlichen Todes gestorben. Das hat es zu bedeuten.«

Die Faust seines Vaters landete donnernd auf der Schreibtischplatte, seiner Stiefmutter liefen die Tränen jetzt in Strömen übers Gesicht. Sie trat vor den Sessel, kniete sich hin und umfasste die Hände ihres Stiefsohnes.

»Michel ist an seiner Herzerkrankung gestorben. Aber irgendjemand hat seinen Tod provoziert. Vielleicht noch nicht mal ahnend, was er anrichtete. Aber eine Person, oder mehrere, tragen die Verantwortung für seinen Tod. Das hat dieses Schreiben zu bedeuten.«

Er lehnte sich im Sessel zurück und schloss die Augen. Mehr zu sich selbst murmelte er die wenigen Worte vor sich hin.

Michel hätte nicht sterben müssen. Bitte verzeihen Sie.

Kapitel 2

Ein halbes Jahr später. Juni

Mathilde de Boncourt genoss den Sonntagmorgen. In der Nacht hatte es auf siebzehn Grad abgekühlt, und jetzt, um neun Uhr, war die Luft noch voller Frische. In zwei Stunden würden die Temperaturen schon auf über achtundzwanzig Grad geklettert sein. Dann konnte das Konzert der Zikaden beginnen. Schönwetterwölkchen zogen in gemächlichem Tempo über den noch blassblauen Himmel.

Mathilde schob sich das letzte Stück *brioche* in den Mund, Hefeteigbrötchen, von Odile mit Liebe und einer ordentlichen Portion geschmolzener Butter gebacken, von Mathilde mit einem Esslöffel Feigenkonfitüre bestrichen und genussvoll verzehrt. Bis auf das zwitschernde Flöten eines Vogels, der im dichten Blätterlaub des alten Maulbeerbaums sein Nest gebaut hatte, war nichts zu hören. Die Küken der Mönchsgrasmücke waren schon geschlüpft, und Mathilde beobachtete, wie das Weibchen mit dem rotbraun gefiederten Köpfchen soeben das Nest verließ, um für die Kleinen ein schmackhaftes Insekt zu erjagen. Kein menschliches Wesen war zu sehen oder zu hören. Ihr Großvater war bereits seit Stunden auf den Beinen und saß mit Philippe im Arbeitszimmer über irgendwelchen Abrechnungen. *Grand-père* Rémy war die graue Eminenz des Weingutes Château de Boncourt, während Philippe Maréchal, Mathildes Onkel, seit ein paar Jahren offiziell die Geschäfte führte.

Mathilde packte ihre *bol* mit dem langsam verblassenden Aufdruck der Helden ihrer Kindheit, Tintin und Milou, aus der sie den Milchkaffee geschlürft hatte, Teller, Butter und den Marmeladentopf auf ein Tablett und brachte es in die Küche, in der ebenfalls ungewohnte Ruhe herrschte. Nur die beiden Hunde lagen auf den bunt gemusterten ausgetretenen Fliesen und klopften mit ihren Schwänzen auf den Boden, ein dumpfes, rhythmisches Geräusch. Sie hatten schon vor einer Stunde einen ausgiebigen Spaziergang mit Rémy unternommen und hielten nun ihre Vormittagssiesta. Odile war nach Saint-Gilles gefahren, ihr war heute, am heiligen Sonntag, nach einem Kirchgang zumute gewesen. Eine Nachbarin hatte sie abgeholt, und die beiden Damen würden sich im Anschluss an das Hochamt noch eine Tasse Kaffee im *Les Magnolias* gönnen.

Mit der Sonntagsausgabe des *Midi Libre* kehrte Mathilde auf die Terrasse zurück, auf der ein alter schmiedeeiserner Tisch und ein paar Stühle standen, von denen keiner mehr so recht zum anderen passen wollte. War einer der altmodischen Stühle mit seinem Binsengeflecht kaputt, brachte Odile die Sitzfläche zu Étienne, einem Mann von weit über siebzig Jahren, der sich noch auf das Flechten von Binse, Weide und Rohr verstand. Vivienne, Mathildes Tante, hatte vor zwei Jahren noch zusätzlich auf antik getrimmte Metallstühle gekauft, die allerdings so unbequem waren, dass Rémy sich weigerte, sie überhaupt zu benutzen. Bei dem Wort »vintage«, mit dem Vivienne die beiden Stühle charakterisierte, hatte er lediglich missmutig durch die Nase geschnaubt.

»Vor ein paar Jahren hat man alten Krempel weggeworfen, und heute ist alles vintage. Was für ein Blödsinn«, war sein Kommentar gewesen.

Mathilde machte es sich in einem Korbstuhl bequem, der eigentlich in den Pavillon gehörte, der das Ende des parkähnlichen Gartens markierte. Dahinter schlossen sich ein kleiner See und ein schattiges Wäldchen mit Maulbeerbäumen und Steineichen an. Die Weinfelder, die daran angrenzten und sich links und rechts der langen Auffahrt zum Château de Boncourt, so weit das Auge reichte, erstreckten, zeigten ein üppiges hellgrünes Blätterkleid, das die zartgelben Blütenstände, aus denen sich die Trauben entwickeln würden, wie ein schützender Mantel umgab. Vor jeder zweiten Reihe mit Weinstöcken blühte ein Rosenstrauch von schimmerndem Rosé bis zu samtigem Rot. Ein Fest für Augen und Nase.

Mathilde legte die Zeitung ungelesen auf den Tisch und schloss für einen Moment die Augen. Sie seufzte tief und zufrieden, verspürte, wie so oft, eine große Dankbarkeit dafür, ein solch privilegiertes Leben führen zu dürfen. Sie hatte diese große wunderbare Familie, ihre Arbeit, die sie erfüllte, und die Möglichkeit des Rückzugs in ihr geliebtes Zuhause, vor allem dann, wenn sie als Untersuchungsrichterin, als *juge d'instruction* im *Palais de Justice* von Nîmes in einem besonders nervenaufreibenden Fall ermittelte.

Sie verbannte die Gedanken an ihre Arbeit und zündete sich eine Zigarette an. Ihr großes Laster. Die Schachtel mit den *Gauloises blondes*, denen sie seit Jahren die Treue hielt, steckte neuerdings in einer passenden farbenfrohen Metallbox, die die schnöde Pappverpackung kaschierte. Die bunten Punkte darauf sollten wohl suggerieren, dass es sich bei dem Inhalt um harmlose Drops handelte, so die Meinung von Odile. Sie hatte nur mit dem Kopf geschüttelt.

»Albernes Zeug. Mit den bunten Punkten auf dem Etui werden die Dinger auch nicht gesünder.«

»Aber es sieht hübscher aus, und sie gehen mir auch nicht kaputt, wenn ich sie mal in die Hosentasche stecke«, hatte Mathilde hoheitsvoll geantwortet.

Odile hatte Mathilde großgezogen, und noch immer hatte Mathildes Wohlergehen für den guten Geist des Hauses oberste Priorität, was nicht selten in einer ordentlichen Auseinandersetzung enden konnte, die allerdings nie von langer Dauer war. Dabei drehte es sich immer um dieselben Streitpunkte. Was war gesund für Mathilde? Auf keinen Fall Zigaretten! Wie hatte sie sich zu benehmen? Nicht aus der *bol* schlürfen! War sie angemessen gekleidet? Mit der Hose voller Hundesabber kannst du dich nicht blicken lassen! Und in den letzten Monaten immer häufiger: Warum gehst du nicht mal aus? Was ist mit Martin? Wann kommt der Commandant denn wieder zu Besuch?

Ja, Mathilde und die Männer, es war ein Dauerthema für Odile. Da war einerseits Martin Endress, der Reiseschriftsteller aus Deutschland und enger Freund Mathildes. Und natürlich Commandant Rachid Bouraada, Polizist der *Police Judiciaire* in Nîmes, Mathildes engster Mitarbeiter, Vertrauter und Fels in der Brandung.

Sie seufzte und blies den Rauch durch die Nase. Die kleinen Wölkchen kringelten sich nach oben, verloren sich. Mathildes Blick ging zum Pavillon. Die Sonne hatte mittlerweile eine solch wärmende Kraft, dass die Feuchtigkeit, die sich eben noch in Form winziger Perlen an die langen Grashalme geklammert hatte, nun wie ein feines Dunstgespinst nach oben stieg. Ihr Blick glitt zum Teich. Obwohl im Mai ausgiebiger Regen gefallen war, hatte dieser nicht ausgereicht, den kleinen See wieder einigermaßen zu füllen. Und das wenige war mittlerweile fast verdunstet. Dort hatte Sébastien, Mathildes Cousin, früher den Eingang zur Hölle vermutet, wenn durch die allmählich einsetzende Hitze der Sonne gepaart mit der morgendlichen Kühle die Verdunstung des Wassers im Teich sichtbar wurde. Kaum stiegen die feinen Nebelschwaden auf, war er hingerannt und hatte erwartet, dass sich jeden Moment die Erde öffnete und den Weg zum Höllenschlund freigab. Doch die Hölle, das wusste Mathilde, hatte viele Zugänge, viele Gesichter.

»Mathilde? Hast du ein paar Minuten Zeit für mich?«

Sie fuhr, aus ihren Gedanken gerissen, zusammen. Vor ihr stand Lucette, Philippes Frau. Lucette betrieb mit großer Freude und enormem Tatendrang den Hofladen, in dem sie im Frühjahr vor allem grünen Spargel und weiße dicke Zwiebeln verkaufte und den sie während des ganzen Jahres mit außergewöhnlichen Köstlichkeiten bestückte, die sie zusammen mit Odile erfand und in Gläser und Tüten füllte. Raffinierte Konfitüren, Brotaufstriche aus Oliven und Tomaten, Kastanienpüree, Kräutermischungen aus Bohnenkraut, Rosmarin und Zitronenthymian, einfach alles, was das Land in so reichhaltiger Fülle bescherte, wurde geerntet und zu Gaumenfreuden verarbeitet. Es war auch vor etlichen Jahren Lucettes Idee gewesen, die Rosensträucher vor die Reihen der Weinreben zu pflanzen. Ehemals dienten die Rosen dazu, vor Krankheiten wie dem Mehltau zu warnen, da dieser zunächst die Rosen und erst dann die kostbaren Weinstöcke befiel.

»Natürlich. Setz dich doch.«

»Ich hab Odile frische Erbsen vorbeigebracht. Der Lammeintopf bekommt damit den letzten Pfiff.«

Odile hatte schon am Vortag einen *navarin d'agneau* mit Frühlingsgemüsen vorbereitet, eine Köstlichkeit, bei der allein schon der Gedanke daran Mathilde ein nagendes Hungergefühl bereitete. Der Duft des Lammschmortopfes erfüllte immer noch die Küche. Mit einem ordentlichen Glas Weißwein, Kartoffeln, Karotten, kleinen weißen Rüben, den *navets*, den frischen Erbsen und grünem Spargel war Odiles *navarin* eine kulinarische Offenbarung.

»Ich hab dir was mitgebracht.«

Lucette stellte Mathilde eine kleine Schale mit einem großen Klecks einer verführerisch duftenden Mousse hin. »Koste mal. Ich muss nur noch mit Odile beraten, wie wir sie unseren Kunden anbieten können. Ich glaube, es wird zu aufwendig sein, sie täglich immer wieder frisch zuzubereiten. Wir müssten die Mousse in Gläser mit Schraubdeckel füllen.«

Lucette hatte auch einen Löffel mitgebracht und hielt ihn Mathilde hin. Sie unterzog die Mousse einer Augenkontrolle, dann roch sie daran.

»Ziegenkäse, Kräuter und …«, sie schnüffelte erneut, »… hmm, zitronig, hauchzitronig.« Mathilde nahm einen Löffel der cremigen Masse und schob ihn in den Mund. Ihr Gesicht verzog sich verzückt.

»Wie köstlich ist das denn?« Ein zweiter Löffel folgte, und die kleine Schale war in Sekundenschnelle geleert.

Lucette strahlte übers ganze Gesicht.

»Du hast einen guten Geruchssinn. *Brousse de chèvre*, Petersilie, Thymian, wie sagtest du, hauchzitronig, das gefällt mir. Dazu ein winziger Klecks Honig und dann der Clou, ein wenig confierte Zitrone. Pfeffer, Salz, eine Prise *Piment d'Espelette*. Ich habe es mit Gelatineblättern versucht, und siehe da, die Mousse hält sich wunderbar in Form.«

Mathilde fuhr mit dem Zeigefinger durch die Schale und schleckte ihn ab.

»Davon darf kein Krümelchen verloren gehen. Aber du bist doch sicher nicht nur wegen der Erbsen und der Mousse gekommen?«

Mathilde kannte Lucette. Kulinarisches besprach sie ausschließlich mit Odile. Und bis ein Produkt nicht so weit ausgereift war, dass es auch tatsächlich in den Hofladen wanderte, blieb das große Küchengeheimnis eben ein Geheimnis.

»Nein, du hast recht. Es geht um die Zwillinge. Philippe und ich wissen uns im Moment keinen Rat.«

Aha, die Zwillinge. Mathilde hatte vermutet, die elterlichen Sorgen würden einem der beiden älteren Brüder der Rasselbande gelten. Zurzeit war besonders Alexandre ungenießbar. Didier, der älteste der Maréchal-Brüder, hatte sein Studium an der *École nationale supérieure des sciences agronomiques* in Bordeaux aufgenommen. Er würde irgendwann als Winzer in die Fußstapfen Rémys und Philippes treten. Alexandre, der Zweitälteste, wusste im Moment dagegen überhaupt nichts mit sich anzufangen. Sein Versuch, sich einen Hipsterbart wachsen zu lassen, scheiterte an seinem nicht wirklich üppig sprießenden Kinnbarthaar. Dazu machten ihm Pickel zu schaffen, von denen sein Bruder verschont geblieben war. Und vor vier Wochen war ihm seine Freundin Chrissy abhandengekommen. Sie hatte sich für einen echten Bartträger entschieden. Seither knatterte der junge Mann nach Schulschluss mit seinem Mofa durch die Gegend, zog ein Gesicht wie zehn Tage Regenwetter und verkrümelte sich, sobald sein Vater nach einer helfenden Hand Ausschau hielt.

Mathilde hielt sich geflissentlich aus allem raus, es reichte, wenn Odile ab und zu dem jungen Mann den Kopf wusch. Von derartigen pubertären Plagen waren die Zwillinge noch weit entfernt. Noah und Arthur waren mittlerweile zehn Jahre alt und Zwillinge, wie sie im Buche standen. Kaum auseinanderzuhalten, fußballverrückt und immer für einen Streich zu haben. Liebevoll *les cocos*, die Früchtchen, von Mathilde genannt. Und seitdem Sébastien ein kleines Elektroauto sein Eigen nannte, mit dem er auf dem weitläufigen Besitz der Familie herumfuhr, waren sie noch anhänglicher als sonst. Sébastien, der mit dem Downsyndrom zur Welt gekommen war, und die Zwillinge waren trotz des Altersunterschiedes von fast zehn Jahren ein gutes Gespann. Doch wer wusste, wie lange das noch anhielt. Sébastien wurde immer selbstständiger, verbrachte mittlerweile viel Zeit in einer Wohngruppe für Behinderte, und die Zwillinge würden nach den Sommerferien von der *École primaire* zum *Collège* wechseln.

»Noah und Arthur, oder nur eins der beiden Früchtchen?«, fragte Mathilde schmunzelnd.

Lucette seufzte tief. »Man sollte nicht meinen, dass die zwei eineiige Zwillinge sind. Sie sind seit einiger Zeit in ihrem Wesen so unterschiedlich. Sagt der eine hüh, sagt der andere hott. Will der eine Fisch, schreit der andere nach Fleisch. Sucht sich der eine einen Western raus, möchte der andere einen Trickfilm sehen. Ich weiß überhaupt nicht, wann das angefangen hat. Vielleicht kümmere ich mich zu wenig um sie. Alexandre muss ich seit Wochen im Auge behalten, da bleibt mir für seine kleinen Brüder kaum Zeit. Und dann noch der Hofladen. Irgendwie hab ich gar nicht mitgekriegt, dass da was im Busch ist«, fügte Lucette mit leiser Stimme hinzu.

»Ach was, du bist doch immer für deine Jungs da. Kaum hat sich einer das Knie aufgeschlagen, rennst du schon mit Jod herbei, kein Geburtstag, zu dem du die zwei nicht karrst, kein Elternabend, an dem du nicht anwesend bist. Also bitte, du bist die beste Mutter, die man sich vorstellen kann.«

»Danke, das ist lieb von dir.« Lucette lächelte. »Tja, die Schule. Damit hast du gerade einen wunden Punkt angesprochen. Noah ist voll und ganz damit zufrieden, nach den Ferien zum *Collège* in Saint-Gilles zu wechseln. Doch unser Arthur, du glaubst es nicht, hat sich in den Kopf gesetzt, ein Internat besuchen zu wollen. Er lässt sich einfach nicht von dem Gedanken abbringen. Stell dir vor, er behauptet, er brauche Abstand zu seinem Bruder, zu Noah, zu seinem Zwilling. Und zu uns. Der Knirps ist gerade mal zehn Jahre alt. Das ist doch nicht zu fassen.« Sie schüttelte den Kopf.

»Und wie kommt er gerade auf ein Internat?«

Mathilde dämmerte, was Lucette ihr gleich erzählen würde. Wann hatte sie mit Arthur über die Schule gesprochen? Das war irgendwann in den Osterferien der Kinder gewesen.

Lucette stemmte die Arme in die Hüften und schnaufte. »Daran ist dieses Buch schuld. *L'Internat de l'Ile aux Cigales.* Er hat es verschlungen. Es geht da um eine Schule, das Internat auf der Zikadeninsel, in dem Schüler mit besonderen Fähigkeiten aufgenommen werden. Sie erleben irgendwelche Abenteuer, und das Internat birgt ein Geheimnis. Arthur ist hin und weg. ›*Maman*, das ist ein Zeichen. Die Zikaden. Das musst du doch einsehen. Zikadeninsel, Zikadenschloss.‹ Du hättest ihn mal hören sollen, er ist total aus dem Häuschen. Er sagte, du hättest ihm von diesem Internat *Château des Cigales* erzählt.«

Mathilde nickte. Auch sie hatte eine Phase gehabt, eine sehr kurze Phase, während der sie es in der Familie nicht mehr ausgehalten hatte. *Grand-père* Rémy, der permanent über sie wachte, Odile, die ihr, so kam es ihr vor, unaufhörlich Vorhaltungen machte, eine unglückliche Liebe, das Erwachsenwerden und das Begreifen, dass ihre Eltern nie mehr wiederkommen würden. Ja, sicher, *Maman* und Papa waren bei einem Flugzeugabsturz ums Leben gekommen, als sie drei Jahre alt gewesen war. Sie war zu klein gewesen, um sie wirklich zu vermissen. Doch mit vierzehn, fünfzehn war ihr der Verlust schlagartig bewusst geworden. Wie eine Faust in die Magengrube hatte sie diese Erkenntnis getroffen. Mathilde wollte nur noch weg. Und ihr Großvater hatte nachgegeben. Sie hatte für ein halbes Jahr das Internat *Château des Cigales*, das Zikadenschloss, besucht. Und war reuevoll wieder zurückgekehrt.

»Ja, das Internat *Château des Cigales*. Es ist ja gar nicht so weit weg, von Nîmes keine zwanzig Minuten entfernt. Ich war ein halbes Jahr dort. Und ich hab es Arthur gegenüber erwähnt.«

»Und warum nur so kurz?«

»Es lag nicht an der Schule. Sie genießt, glaube ich, immer noch einen sehr guten Ruf. Aber ich hab mich einfach nicht wohlgefühlt. Das war nicht meine Welt. Ich hab keinen Anschluss an die anderen gefunden. Es lag wohl daran, dass ich sehr mit mir selbst beschäftigt war in dieser Zeit.«

»Also gab es keinen besonderen Grund?«

Mathilde dachte nach. »Nein, mir fällt keiner ein. Ich war einfach unglücklich dort. Ich weiß heute nicht mehr, was ich eigentlich erwartet hatte. Ein halbes Jahr nach meinem ›Ausbruch‹ bin ich wieder reuevoll in den Schoß der Familie zurückgekehrt.« Sie lächelte und dachte daran, wie ihr Großvater sie brummend in die Arme geschlossen hatte und nie ein Wort über das Schulgeld verlor, das er für ein ganzes Jahr bezahlt hatte. »Was habt ihr nun vor, wegen Arthur?«

Lucette traten jetzt Tränen in die Augen. »Philippe meint, wenn er unbedingt möchte, dann schicken wir ihn eben aufs Internat. Du kennst doch den kleinen Sturkopf. Er wird im *Collège* in Saint-Gilles keinen Finger krumm machen. Da helfen auch keine Drohungen. Arthur wird sich ganz einfach verweigern. Philippe meinte, wir schauen uns die Schule zusammen an, reden mit dem Direktor. Das Schulgeld ist für die Kinder, die am Wochenende nach Hause fahren, erschwinglich. Und darauf würden wir natürlich bestehen. Es kommt überhaupt nicht infrage, dass er Samstag und Sonntag auch noch dort verbringt. Ach, unser kleiner Arthur. Er hat sogar schon eine Fähigkeit an sich entdeckt, die er dort weiterentwickeln möchte. Wie in diesem Buch. In der Geschichte wollen die Kinder eine Rockband gründen, glaube ich. Und Arthur fühlt sich neuerdings zum Maler berufen.«

Mathilde konnte nicht mehr an sich halten. Sie brach in lautes Gelächter aus. »Seit wann denn das?«

Nun musste auch Lucette lachen. Sie wischte sich mit dem Handrücken die Tränen aus den Augen.

»Er hat diesen Malwettbewerb in der Schule gewonnen. Arthur hat eine Sonnenblume von van Gogh nachgemalt. Und das gar nicht mal so schlecht. Und der Preis war dieses Jugendbuch über das Internat auf der Zikadeninsel. Nun, und das Internat, das er sich rausgesucht hat, bietet einen ganz besonderen Unterricht an. Allerdings nur für die Klassen vor dem BAC. Das ist unserem Arthur allerdings egal. Für ihn ist ausschlaggebend, dass Madame Mugler in diesem Jahr an der Schule als externe Lehrkraft unterrichtet.«

»Sandrine Mugler, die Malerin und Bildhauerin?«

»Genau die. Vor ein paar Wochen ist ein Bild von ihr in Paris bei *Artcurial* für 350 000 Euro versteigert worden. Und rate mal, was sie gemalt hat. Eine Sonnenblume. Das Bild heißt *Une fleur pour Vincent.* Noch ein Zeichen, meinte Arthur.«

Lucette rollte mit den Augen, und Mathilde schmunzelte. »*Alors*, ihr habt euch also schon entschieden, Arthur einstweilen ziehen zu lassen?«

»Philippe schon, ich bring es noch nicht übers Herz. Deswegen wollte ich ja auch mit dir sprechen. Du kennst die Schule. Wenn du dort schlechte Erfahrungen gemacht hättest, würde ich sofort mein Veto einlegen.«

»Nein, schlechte Erfahrungen habe ich nicht gemacht. Aber es ist mehr als zwanzig Jahre her, und ich war gerade mal ein paar Monate dort. Seitdem hat sich sicher viel geändert. Wie überall, natürlich auch an den Schulen. Zum Positiven, aber auch zum Negativen.«

Kapitel 3

Sonntag

»Das muss doch jetzt nicht noch auf den letzten Drücker sein. In ein paar Wochen hat jeder von uns sein BAC in der Tasche, und dann, *adios compañeros*, wir werden in alle Winde zerstreut sein.«

Theatralisch hob Tatiana ihre Arme, breitete sie aus und tänzelte mit Flatterbewegungen wie ein riesiger Vogel durch das Zimmer. Ihr russischer Akzent hatte in den zwei Jahren, in denen sie das Internat *Château des Cigales* besuchte, nichts von seiner Fremdartigkeit verloren. Im Gegenteil. Tatiana wusste, dass die Jungs darauf standen, und sie kultivierte den für die anderen exotischen Klang. Das junge Mädchen war extrem schlank, ihr rabenschwarzes Haar kurz geschnitten, *à la Garçonne*, wie sie mit einem genüsslich gerollten »R« betonte. Ihre Augen waren von einem irritierenden irisierenden Graugrün. Wenn sie nicht gerade ihre Schuluniform tragen musste, bevorzugte sie enge, dreiviertellange Hosen und einen geringelten dünnen Baumwollpullover, wie sie es auf einem Foto ihres großen Vorbildes, der Schauspielerin Jean Seberg, gesehen hatte. Es gab kaum einen männlichen Schüler jenseits der dreizehn Jahre, der nicht ein Auge auf sie geworfen hätte. Doch Tatiana Sorokina sparte sich auf. Sparte sich auf für einen, der im Moment unerreichbar für sie war. Denn er war mit Ophélie zusammen. Dies allein wäre für die selbstbewusste Tochter eines millionenschweren russischen Bauunternehmers kein Hindernis gewesen. Ohne mit der Wimper zu zucken, hätte sie Paul Ophélie ausgespannt. Doch Paul Grandmontagne, der attraktivste Mann, den sie je in ihrem siebzehnjährigen Leben gesehen hatte, war leider offenbar treu wie Gold.

Also ließ sie jeden Versuch, ihn sich zu angeln, bleiben. Die anderen aus der Gruppe hätten es ihr wahrscheinlich auch übel genommen und sie Knall auf Fall abserviert, ausgestoßen, sie zu einem Paria gemacht. Doch irgendwann würde ihr Tag kommen.

Tatiana hatte drei Ziele im Leben – aufs Titelblatt der *Vogue* kommen, als Hauptdarstellerin in einem Film Jean Seberg verkörpern und mit Paul Grandmontagne den Rest ihres Lebens verbringen. Die Zeit arbeitete für sie. Schon jetzt hatte Ophélie eindeutig den Ansatz zu Orangenhaut an den Oberschenkeln. Und wenn sie ihre Haare nicht regelmäßig färbte, waren sie von einem undefinierbaren Straßenköterbraun.

Paul befreite sich aus Ophélies Armen. Beide lagen auf Pauls Bett, am Fußende hockten Thierry und Benjamin und warteten ab, was der Chef mitzuteilen hatte. Patricia stand stumm mit dem Rücken zu ihren Freunden am Fenster und schaute auf die gläserne Orangerie. Hier würden in ein paar Wochen die Zeugnisse verteilt werden, Häppchen und Champagner serviert, und dann würden sie – wie hatte Tatiana gesagt – in alle Winde zerstreut werden.

Im Gegensatz zu Ophélie war das Blond von Patricias Haaren reinste Natur. Goldblond und lockig. Ihr rundliches Gesicht war nicht wirklich schön, die Nase ein wenig zu groß, der Mund ein wenig zu breit. Doch ihre klaren, haselnussbraunen Augen ließen die kleinen Schönheitsfehler vergessen. Patricia war ein Mädchen, mit dem man Pferde stehlen konnte. Und diesem Tier gehörte ihre ganze Liebe. Jede freie Minute verbrachte sie auf dem Pferderücken und gehörte, dank ihres Talents, mittlerweile zu den besten jungen Reitern ihres Jahrgangs in Südfrankreich. Die restliche freie Zeit innerhalb der Internatsmauern verbrachte sie mit ihrer Clique, auch wenn es ihr immer schwerer fiel, sich Pauls Führungsstil und seinen absurden Ideen unterzuordnen. Wenn sie es sich genau überlegte, hatte sie eigentlich sogar die Nase gestrichen voll von ihm. Aber es waren ja nur noch wenige Wochen bis zu den Ferien.

Paul setzte sich auf und gab Ophélie einen Klaps auf den Hintern, den sie mit Schmollmund und Luftkuss kommentierte.

»Wir haben einen Pakt geschlossen. Jeder, der sich uns anschließen will, soll seine Chance haben. Es sei denn, er oder sie kommt aus irgendwelchen Gründen überhaupt nicht infrage. Ein gewisser Opportunismus ist uns ja schließlich nicht fremd.« Er grinste Beifall heischend in die Runde, und die anderen nickten zustimmend. »Samir und Florence sind seit Januar dabei. Abgesehen von ihren Kotzereien – ich finde, Florence hat auch reichlich übertrieben –, haben sie alles gut überstanden. Bei Samir dachte ich zuerst, er rennt zu Barrois, aber ich hab ihm klargemacht, dass ihm das nicht gut bekommen wird. Und er hat sich ja dann auch wieder eingekriegt. Wo stecken die beiden überhaupt? Wir haben doch halb fünf verabredet. Oder täusche ich mich?«

Er schaute auf seine Uhr, eine *Chopard Imperiale.* Nicht die teuerste Uhr der Welt, die er da zu Weihnachten bekommen hatte, aber chic und funktionell. Er wollte es ja auch nicht übertreiben.

Patricia drehte sich um und quetschte sich zwischen die beiden Freunde ans Fußende.

»Du stinkst schon wieder nach Pferd.« Benjamin rümpfte die Nase und ließ sich auf den Boden gleiten.

Patricia zuckte nur mit den Schultern. »Mir doch egal. Ich riech nix. Samir und Florence müssen der Mugler helfen, im Kunstraum für die ersten beiden Stunden morgen die Staffeleien aufzustellen. Ich hab gehört, Aktzeichnen ist angesagt. Nur weiß noch keiner, wen wir zeichnen werden. Wir dürfen also gespannt sein. Ist schon ein Knaller, dass uns eine der angesagtesten Malerinnen Frankreichs unterrichtet. Sie wird mit Marie Laurencin verglichen und …«

Weiter kam sie nicht. Paul übernahm wieder das Kommando. Er schnalzte anerkennend mit der Zunge, was ihm einen bösen Blick von Ophélie einbrachte.

»Das gefällt mir, Aktmalerei. Solange es nicht diese fette Qualle Corinne ist, die sich auf einem Sofa vor uns rekelt. Aber jetzt mal im Ernst. Auch wenn wir in ein paar Wochen getrennte Wege gehen«, Ophélie stieß ein quiekendes Geräusch aus, und Paul klopfte ihr in einer, wie er glaubte, beruhigenden Geste aufs Hinterteil, »so wollen wir uns doch nicht aus den Augen verlieren. Das ist doch klar. Wer weiß, auf welche Weise wir uns zukünftig gegenseitig nützlich sein können. Und Castor kann uns sehr nützlich sein. Sein Vater ist immerhin bei *Orange* ein hohes Tier. Also, wer von euch ist dafür?«

Alle hoben die Hand. Kurz hatte Patricia gezögert. Pauls Proben wurden immer brutaler. Sie musste später mit Ophélie und Tatiana reden. Vielleicht hatten ja drei Frauen Einfluss auf den Freund. So etwas wie im letzten Jahr durfte einfach nicht wieder passieren. Pauls herrische Stimme riss sie aus ihren Gedanken.

»Wenn Samir und Florence dagegen gewesen wären, hätten wir sie klar überstimmt. Ich schlage Samstagnacht vor. Erhebt jemand Einspruch?«

Allgemeines Kopfschütteln.

»Was hast du dir für Castor überlegt?« Benjamin Bonnaire hatte eine Stimme wie ein Reibeisen.

Paul setzte eine geheimnisvolle Miene auf. »Lasst euch überraschen. Ihm wird Hören und Sehen vergehen. Im wahrsten Sinn des Wortes.«

Kapitel 4

Montag

Das Gespräch mit Lucette ging Mathilde nicht aus dem Kopf. Sie saß an ihrem Schreibtisch im *Palais de Justice* in Nîmes. Christine, ihre Sekretärin, hatte eben eine Akte abgeholt, um sie dem Staatsanwalt zu übergeben. Raub mit Todesfolge, der Ladenbesitzer war niedergeschlagen und tödlich verletzt worden. Die Sache war nach den Ermittlungen nun reif für die Gerichtsverhandlung. Mathildes Job war erledigt.

Wie kam ein Zehnjähriger nur auf die Idee, Abstand von seiner Familie zu brauchen? Dieses Jugendbuch konnte doch nicht der alleinige Auslöser für seinen Wunsch sein. Sie war immerhin fünfzehn Jahre alt gewesen, war dabei, erwachsen zu werden, setzte sich mit der Tragödie in der Familie auseinander. Gut, die Zeiten änderten sich. Vielleicht war Arthur mit seinen zehn Jahren schon erwachsener, als alle glaubten.

Mathilde hatte noch am selben Abend aus einem Pappkarton, der auf dem obersten Regalbrett ihres Wandschranks im Schlafzimmer stand, ein paar Fotos aus der Internatszeit herausgekramt. Viele waren es nicht. Das *Château des Cigales* war ein stattliches Gebäude aus dem späten 18. Jahrhundert. Es stand inmitten eines riesigen Parks. Mathilde konnte sich noch an das alte Schwimmbad erinnern, in das die Katze des Hausmeisters gefallen war. Das Tier war Gott sei Dank unverletzt geblieben, aber eine massive Abdeckung schützte seitdem Mensch und Tier vor weiteren Unfällen. Auch ein Foto der aus Glas und Eisen konstruierten Orangerie war dabei. Ein wunderschöner filigraner

Bau, in dem Konzerte und Theateraufführungen der Schüler stattfanden.

Sie betrachtete nachdenklich das einzige Klassenfoto, das sie von ihrem damaligen Jahrgang hatte. Kaum ein Gesicht kam ihr noch bekannt vor. Irgendwie hatte sie dieses halbe Jahr komplett aus ihrem Gedächtnis verbannt. Und genau betrachtet, war sie eigentlich nie wirklich in der Schule und in der Schülergemeinschaft angekommen. Schnell hatten sich in ihrer Klasse Gruppen gebildet. Die, die sich aufspielten und glaubten, etwas zu sagen zu haben, die, die kuschten, andere wiederum blieben Einzelgänger, so wie Mathilde. Nach kurzer Zeit schon war klar gewesen, dass die Zepterschwinger unter sich bleiben wollten. Wenn man sich ihnen näherte, senkten sie die Stimme oder schwiegen, taten jedoch immer irgendwie geheimnisvoll. Mathilde war es egal gewesen.

Sie hatte sich dann doch nach einiger Zeit mit einem Mädchen angefreundet, das anfangs genauso verloren gewirkt hatte wie sie. Ihr Vater war Ire, ein Diplomat. Daran konnte sich Mathilde noch erinnern. Sie hatten sich versprochen, einander zu schreiben, aber daraus war nie etwas geworden. Erin, so hieß das Mädchen.

Erin war es auch gewesen, die Mathilde hinter vorgehaltener Hand gefragt hatte, ob sie schon jemand aufgefordert habe, in der Carla-Clique mitzumachen. Mathilde hatte zunächst nicht kapiert, was Erin meinte. Wie, was? Carla-Clique? Ihre Freundin meinte dann nur, de Boncourt, das sei doch wohl Adel, Geld und schicke Kleider, solche Mädchen würden bevorzugt in der neuen Clique aufgenommen. Ein paar Tage später war Erin neuestes Mitglied der Carla-Clique. Sie durfte sich fortan *Amie de Carla* nennen, eiferte wie die anderen Anhängerinnen ihrem Idol, dem Model Carla Bruni, in puncto Kosmetik, Kleidung, Gang, Stimme und Stil nach. Kichernd berichtete Erin Mathilde von der Prüfung, die sie vorher hatte bestehen müssen, um aufgenommen zu werden. Ein Stück Papier mit der Aufschrift *Ich bin eine fette Wachtel* musste sie Madame Schröder an den Rücken heften. Sie hatte das Papier rot beschriftet und mit Kleber bestrichen, um es dann im Vorbeigehen der dicklichen Lehrerin an den Blazer zu kleben. Ein harmloser

Spaß, der letztendlich niemandem wehtat. Madame Schröder war nichts aufgefallen. Nach ein paar Metern war der Zettel abgefallen, Schülerfüße liefen darüber, und das Ding war im Papierkorb gelandet. Mathilde hatte Erin offen ihre Meinung dazu gesagt. Sie fand diese Clique überflüssig wie einen Kropf, das ganze Modelgetue interessierte sie nicht, und der Zettel war nicht nett. Vielleicht hatte Erin ihr auch deshalb nie geschrieben. Dann war das Halbjahr zu Ende, und Mathilde verließ das Internat.

Ob es solche verschworenen Gemeinschaften am Internat noch gab? Wahrscheinlich. Und ob nach wie vor erst eine Mutprobe zum Eintritt in die Clique berechtigte? Ebenfalls wahrscheinlich.

Mathilde hatte dann doch ein paar Jahre später selbst ein Aufnahmeritual mitmachen müssen. Damals, als sie mit ihrem Jurastudium begann, war es für jeden Studienanfänger Pflicht gewesen, sich einem solchen *Bizutage* zu unterziehen. Initiationsriten, manche schlimm und eklig, manche ein harmloser Spaß, man entkam ihnen nicht. Mathilde und die anderen Erstsemester mussten im Winter mit Badelatschen, auf dem Kopf unförmige Badekappen mit Blumen und in einen Morgenmantel gehüllt in der Fußgängerzone Tennis spielen. Allerdings nicht mit flauschigen Bällen, sondern mit rohen Eiern, die nicht immer am Schläger landeten. Ein *Bizutage* der harmlosen Art. Wollte man dazugehören, musste man sich fügen, eine Mutprobe, eine außergewöhnliche Prüfung bestehen.

Allerdings konnte ein *Bizutage* auch ausarten. Vor allem die Initiationsriten an den *Grandes Écoles*, den Hochschulen für die Führungselite, waren die reinsten Schikanen, und da es dort immer wieder zu schweren körperlichen und seelischen Misshandlungen gekommen war, hatte man diese Riten seit 1999 unter Strafe verboten. Doch was sich hinter den Hochschulmauern abspielte, worüber man schwieg, um nicht noch mehr geschunden zu werden, das konnte man sich mit etwas Fantasie durchaus ausmalen.

Neugierig geworden, gab Mathilde den Begriff *Bizutage* in die Suchmaschine ihres Computers ein. Fassungslos schüttelte sie den Kopf. Erst vor Kurzem mussten sich in Toulouse angehende Krankenschwestern und Pfleger einem mehr als unwürdigen Ritual unterziehen. Nun wurde gegen die Anstifter ermittelt. Sie klickte weiter. Ein Artikel im *Midi Libre.* Zukünftige Feuerwehrleute waren Opfer menschenverachtender Rituale geworden. Ein junger Mann schwebte sogar in Lebensgefahr. Ihr als Untersuchungsrichterin waren in Nîmes solche Auswüchse noch nicht begegnet. Hier traf man höchstens auf Schüler, die Passanten aufforderten, sie mit Rasierschaum vollzuschmieren. Die Passanten bezahlten zudem für diesen Spaß ein wenig Geld, das einem Schülerhilfefonds zugutekam. Ein *Bizutage*, der witzig war und niemandem Schaden zufügte.

Mathilde kam an den Ausgangspunkt ihrer Gedanken zurück, das Internat, das Arthur unbedingt besuchen wollte. Ob ein solch unwürdiger Brauch in ihrem alten Internat schon einmal für Probleme gesorgt hatte? Mathilde gab die Suchbegriffe *Nîmes*, *Bizutage* und *Château des Cigales* ein. Nichts. Kein einziger Eintrag. Wenn sich wirklich etwas Dramatisches im Rahmen eines Schulrituals ereignet hätte, wäre es ganz sicher irgendwie öffentlich gemacht worden. Ein gefundenes Fressen für die Presse. Der *Midi Libre* hätte darüber berichtet. Und wenn sich alles hinter den Kulissen abspielte, im stillsten Kämmerlein, und keiner den Mut hatte, es publik zu machen, falls jemand zu Schaden kam? Vorsichtshalber griff sie auf den Inhalt des SCDC, *Service central de documentation criminelle*, zu und kontrollierte, ob es jemals zu einer Anzeige gekommen war. Nichts.

Mathilde seufzte erleichtert. Das war so typisch für sie. Ihr Job als Untersuchungsrichterin hatte sie übervorsichtig, um nicht zu sagen misstrauisch werden lassen. Doch es gab keinerlei Anlass zur Besorgnis. Sie würde noch einmal mit Lucette sprechen. Arthur war ein kleiner Haudegen, der sich zu behaupten wusste. Und waren nicht heutzutage schon die Schulhöfe kleine Miniaturkriegsgebiete, in denen Beleidigungen, Keilereien oder Bedrohungen an der Tagesordnung waren? Arthur wäre also gewappnet. Mathilde war sich sicher, der Junge würde sich auch in einem Internat zurechtfinden.

Kapitel 5

Montag

Patricia klopfte den schweißnassen Hals von Baronet. Der Fuchs hatte sein Training mit größter Aufmerksamkeit absolviert. Lediglich eine der rot-weiß gestreiften Stangen des Oxers war im Dreck gelandet. Die anderen Hindernisse hatte der zehnjährige Wallach mit Konzentration taxiert und übersprungen. Den letzten notwendigen Impuls steuerte Patricia bei, und das Mädchen und ihr Pferd flogen nur so über den Trainingsparcours.

Baronet Roche war ein Sohn des genialen Baloubet du Rouet, und das Pferd war seinem Vater mit der langen Blesse wie aus dem Gesicht geschnitten. Die Klasse Baloubets würde Baronet nie erreichen, doch Patricia war einfach nur glücklich, dieses wunderbare Tier ihr Eigen nennen zu dürfen. Ihr Vater hatte Baronet als Dreijährigen ersteigert. Damals hatte sich Baronets Talent noch nicht offenbart. Das junge Pferd besaß gemessen an seiner Größe zu kurze Beine und einen zu langen Rücken. Es hatte bei der Auktion andere Nachkömmlinge großer Hengste gegeben, die sich vielversprechender präsentiert hatten und auf die das Augenmerk der Käufer gefallen war. Und so hatte Baronet für einen vergleichsweise geringen Betrag den Besitzer gewechselt.

Patricia war damals zehn Jahre alt gewesen und schon seit Jahren eine geübte Reiterin. Trotzdem blieb Baronet für die nächsten beiden Jahre noch auf der Weide, bevor er schonend von Patricias Reitlehrer angeritten worden war, um dann allmählich mit seiner jungen Reiterin zusammenzuwachsen. Zum ersten Mal hatte sie mit drei Jahren im Sattel ihres Ponys Griselde gesessen, die in diesem

Jahr ihren sechsundzwanzigsten Geburtstag feierte und sich noch immer bester Gesundheit erfreute. Wie Baronet stand das Pferdchen in einem kleinen Reitstall, der nur einen knappen Kilometer vom Internat entfernt war, sodass Patricia ihr Ziel bequem mit dem Fahrrad in kürzester Zeit erreichen konnte. Hier absolvierte sie ihr tägliches Training, genossen die Pferde den Aufenthalt in großzügigen Boxen oder auf den ausgedehnten Weiden. Im Gegensatz zu den meisten anderen Turnierreitern bestand sie darauf, ihrem Pferd so viel Zeit wie möglich auf der Koppel zu gönnen. Der Wallach dankte es ihr mit einem ausgeglichenen Temperament, das auf den Turnieren Gold wert war.

»Na mein Junge, wollen wir noch eine Runde drehen?« Sie legte ihre Sicherheitsweste und die Reitkappe ab, strich sich die feuchten Haare aus der Stirn. Gegen fünf wäre sie wieder im Internat, Zeit genug, die Vorbereitungen für Mathe noch zu erledigen.

Baronet schnaubte. Er wusste, was nach dem Training kam, ein ausgedehnter Spazierritt, der Pferd und Reiterin den Kopf frei machte. Patricia trainierte, so oft es ihre Zeit erlaubte. Noch vor einem Jahr hätte sie es sich nicht träumen lassen, an den französischen Meisterschaften der Junioren im Springreiten teilzunehmen. Gott sei Dank hatte die Internatsleitung, allen voran Directeur Barrois, Verständnis für die sportlichen Aktivitäten der Schüler, und man war stolz auf die hervorragenden Athleten aus den eigenen Reihen. Und so durfte Patricia, die zu den besten Schülerinnen ihres Jahrgangs gehörte, regelmäßig die eine oder andere Unterrichtsstunde versäumen.

Für die Clique blieb ihr daher nicht mehr so viel Zeit wie noch im letzten Jahr. Doch die nahm es im wahrsten Sinne des Wortes sportlich, und man freute sich mit Patricia über die zahlreichen gewonnenen Schleifen, von denen sie einige in ihrem Zimmer an einer roten Kordel, die zwischen Kleiderschrank und Fenster gespannt war, aufgehängt hatte.

Die Clique. Wieder einmal bereitete sie Patricia Bauchschmerzen. Die Sache letztes Jahr hätte nicht passieren dürfen. Und was Paul nun mit Castor vorhatte, ging entschieden zu weit. Alle wussten, dass der Junge nur knapp dem Tod entronnen war, als er von der Segeljacht seines Vaters gefallen und fast ertrunken war. Castor hatte ein Trauma davongetragen. Er war deswegen sogar vom Schwimmunterricht befreit und machte immer einen großen Bogen um das alte Schwimmbad. Und nun wollte Paul Castor einem Waterboarding unterziehen.

Patricia hatte, als Paul doch noch mit seinem Plan herausgerückt war, protestiert. Auch Benjamin hatte kritisch angemerkt, dies sei eine Foltermethode, die zu schweren traumareaktiven Erkrankungen führen könne. Paul hatte nur gelacht und gefragt, wo er das denn aufgeschnappt habe.

»Hört doch auf, Castor ist cool, der kann das ab. Wir übertreiben es ja nicht. Nur ein nasser Lappen um den Kopf und ein paar Tropfen Wasser drauf. Er wird es schon überleben.«

»Und wenn nicht?«

Darauf wusste Paul allerdings keine Antwort. Aber die Idee hatte sich in seinem Kopf festgesetzt, er würde sie durchführen.

»Was meinst du, Baronet? Hätte ich vehementer dagegen vorgehen sollen? Paul ist so ein sturer Bock. Von einem allein lässt er sich ja gar nichts sagen. Ich kann nur hoffen, Ophélie und Tatiana bringen ihn doch noch davon ab. Ich mach so was nicht mehr mit. Und ich hab ihnen auch gesagt, wenn Paul das am Samstag tatsächlich durchziehen will, gehe ich zu Barrois und erzähl ihm alles. Und die wissen, dass ich ernst mache. Die Sache mit Michel werde ich Barrois ebenfalls stecken und auch, was Paul sich sonst hat einfallen lassen. Castor und cool. Dem wird doch schon übel, wenn er nur duscht. Oder hätte ich besser die Klappe halten sollen? Aber weißt du, mein Großer, man kann nicht immer nur schweigen und alles in sich hineinfressen. Und es war gut, dass ich mit ihr geredet habe. Sie war echt total nett. Hm, was sagst du dazu, mein Hübscher?«

Baronet drehte die Ohren aufmerksam in die Richtung, aus der Patricias Stimme kam. Er war ein guter Zuhörer.

»Oder ob ich es vielleicht doch gleich melden soll? Das mit Castor. Die Sache mit Michel war doch ein Unfall. Wir versauen uns schon nicht die Zukunft. Oder? Hat Paul doch recht, und wir wandern ins Gefängnis? Unterlassene Hilfeleistung, oder so?« Sie seufzte tief und verfiel in Schweigen.

Über Pferd und Reiterin donnerte ein Kampfjet hinweg, hinterließ einen weißen Kondensstreifen am klaren blauen Himmel. Die Flugzeuge waren in Courbessac bei Nîmes stationiert und flogen manchmal so tief, dass Patricia automatisch den Kopf einzog. Baronet stoppte seinen Schritt, tänzelte nervös auf der Stelle, dann drehte er sich um die eigene Achse, jederzeit bereit zur Flucht. Beruhigend klopfte Patricia seinen Hals.

»Alles gut. Was ist los, mein Großer? Du kennst doch die Dinger.«

Doch es war nicht das Flugzeug, das Baronet hatte erschrecken lassen. Ein Stein hatte das Tier knapp verfehlt, und jetzt sah Patricia im letzten Augenblick ein weiteres Geschoss auf sie zufliegen, das den Wallach an der Schulter traf. Der Stein kam aus Richtung eines verfallenen Häuschens, nur wenige Meter vom Weg entfernt, auf dem Patricia immer ihre Abschlussrunde drehte. Baronet scheute, machte einen Galoppsprung nach vorne und blieb dann unruhig stehen. Entschlossen wendete Patricia ihr Pferd und ritt auf die Ruine zu. Ein weiterer Stein sauste heran, verfehlte jedoch sein Ziel.

Sie kniff die Augen zusammen, blinzelte gegen die Sonne, die sie blendete, hinein in die Dunkelheit der noch stehenden Mauerreste, aus denen knorriges Gestrüpp herauswucherte. Dann erkannte sie eine Gestalt, die ruhig und gelassen einen neuen Stein aufhob. Diesmal war es kein kleines Geschoss, sondern ein ordentlicher Brocken Stein, mit dem die Hütte erbaut worden war.

»Heh, was soll das? Hast du sie noch alle.« Wütend stieg Patricia ab, hielt die Zügel fest in der Hand. Widerstrebend ließ sich Baronet führen. Er blähte die Nüstern, schnaubte laut und, wie Patricia in diesem Moment ganz deutlich spürte, warnend. »Ich hab dich gefragt, was das soll?«

Statt einer Antwort flog der Stein plötzlich und mit unerhörter Wucht auf Patricia und Baronet zu. Instinktiv sprang sie schützend vor den Kopf ihres Pferdes und riss die Arme hoch. Als das Geschoss den Kopf des jungen Mädchens traf, ließ sie überrascht die Zügel los und stürzte zu Boden. Mit schleifenden Zügeln und Steigbügeln, die bei jedem Galoppsprung an den Körper des Pferdes prallten und so die Panik des Tieres noch verstärkten, raste Baronet zurück in Richtung Stall.

Patricia lag auf dem Boden und fasste sich mit der Hand an den Kopf, Blut klebte an ihren Fingern, doch sie spürte keinen Schmerz. Ihre ganze Sorge galt ihrem Pferd.

Wenn er sich in die Zügel tritt, wird er stürzen und sich überschlagen, sich das Genick brechen, dachte sie voller Angst. Mühsam versuchte sie, sich aufzurichten.

Ungläubig starrte sie auf die Hand mit dem Stein, die nun keine zehn Zentimeter entfernt auf ihren Kopf zielte.

»Nein!« Sie wollte schreien, doch ihre Stimme erstarb zu einem Flüstern. Sekunden später umgab sie tiefste Schwärze.

Mit Präzision und Bedacht wurde der Stein neben Patricias Kopf abgelegt. Ein tödlicher Reitunfall. Konnte schon mal passieren.

Kapitel 6

Montag

Mathilde verließ das *Palais de Justice* bereits am frühen Nachmittag. Der *avocat général*, Staatsanwalt Matisse, hatte noch kurzfristig um Rücksprache im Fall des getöteten Ladenbesitzers gebeten. Matisse war seit einem halben Jahr in Nîmes, und Mathilde konnte sich des Eindrucks nicht erwehren, dass ihr Kollege mit Absicht in regelmäßigen Abständen um ein persönliches Gespräch mit ihr bat, um die Akte noch einmal, wie er sagte, intensiv durchzugehen. Am Ende dieser Sitzungen unter vier Augen wartete der Staatsanwalt regelmäßig mit einer Einladung zum Abendessen auf, die Mathilde bis jetzt immer freundlich, aber bestimmt, ausgeschlagen hatte.

Als sie nach dem mehr als überflüssigen Gespräch mit Matisse in ihr Büro zurückgekehrt war, hatte sie Christines Schreibtisch aufgeräumt vorgefunden, und in Mathildes Eingangskorb lagen bereits die nächsten zu bearbeitenden Vorgänge. Sie hatte einen kurzen Blick darauf geworfen und festgestellt, dass alles bis zum nächsten Tag warten konnte.

Vor den Pforten des *Palais de Justice* pulsierte das Leben. Mathilde trat auf die oberste Treppenstufe, hielt einen Moment inne, griff dann nach ihrer Box und zündete sich eine Zigarette an. Genauso hatte sie vor etwas mehr als zwei Jahren an dieser Stelle verharrt, versucht, gegen den böigen Wind ihr Feuerzeug zu entfachen, als das Motorrad an ihr vorbeigerast war. Sie hatte nicht darauf geachtet, auch nicht auf die zwei Personen mit dunklen Helmen, die darauf gesessen hatten. Der Beifahrer hatte die Schüsse auf sie abgegeben, und von Fahrer und Schützen fehlte bis heute jede Spur.

Mathilde hatte das Attentat fast mit dem Leben bezahlt. Heute war die Wunde an ihrem Oberschenkel nur noch als kleine Narbe sichtbar, die sich allerdings bei extremem Wetterwechsel unangenehm bemerkbar machte. Doch sie hatte überlebt und genoss jeden Tag in vollen Zügen. Und niemand würde ihr ihre Zigaretten madig machen, dachte sie mit einem Schmunzeln, als sie sich daran erinnerte, wie Odile ihr vor einiger Zeit die E-Zigarette als Alternative hatte schmackhaft machen wollen.

Sie ließ ihren Blick über die Straße schweifen, grüßte die Polizisten der *Police Judiciaire*, die gerade ihren Wagen vor dem *Palais de Justice* abgestellt hatten und mit eiligen Schritten dem Gerichtsgebäude zustrebten. Die römische Arena lag im gleißenden Sonnenlicht, ein Anblick, der Mathilde immer wieder mit großem Stolz erfüllte. Das antike Erbe spülte Besucher aus der ganzen Welt in ihre Stadt. Sie bevölkerten Nîmes, bewunderten die Arena, die *Maison Carrée*, die *Jardins de la Fontaine*, den *Tour Magne*, strömten über die Boulevards und flanierten durch die Gassen, saßen in den Bars und Restaurants. Mathilde genoss das Gewusel und das Stimmengewirr, die entspannte Atmosphäre, die bewundernden Blicke der Besucher auf die Sehenswürdigkeiten, wenn sie den Stadtführern lauschten.

Langsam schritt sie die Treppe hinunter. Vor dem Kassenbereich zur Arena stand eine Reihe von Touristen, die geduldig darauf warteten, hineinzugelangen. Es war eine Reisegruppe aus einem asiatischen Land, und einige Frauen hatten bunte Sonnenschirme über sich aufgespannt.

Die Restaurierungsarbeiten an den Mauern der Arena gingen voran. Dort wo die Planen, hinter denen die Restauratoren jeden einzelnen Stein säuberten und behandelten, entfernt waren, strahlte das Bauwerk fast unnatürlich hell. Als Mathilde die ersten restaurierten Abschnitte gesehen hatte, war sie über diesen ungewohnten Anblick regelrecht erschrocken gewesen. Es schmerzte fast in den Augen, wie nun ein Teil der Arena im gleißenden Sonnenlicht lag. Natürlich musste das antike Erbe instandgehalten werden, aber die dunkle Patina der noch unbehandelten Steine erschien ihr persönlich einfach authentischer. Aber sie konnte sich natürlich auch irren. Vermutlich musste das ja so sein, vielleicht musste die Schmutzschicht so rigoros entfernt werden. Doch irgendwie kamen ihr die Mauern nun nicht mehr sooo alt vor. Leider war der Antrag, das antike Erbe Nîmes zum Weltkulturerbe zu erheben, vorläufig bei der UNESCO gescheitert. Aber aufgeschoben war nicht aufgehoben, und die Stadt würde es in absehbarer Zeit erneut versuchen.

Mathilde schlenderte in Richtung ihrer kleinen Wohnung in der Rue Dorée, als ihr Handy in der Schultertasche klingelte. Die wenigen Töne aus der Marseillaise hörten sich an wie auf dem Kamm geblasen und waren beileibe kein Genuss für verwöhnte Ohren. Es war Martin, der Freund aus Deutschland, der nun seit fast einem Jahr in der Nähe von Château de Boncourt in dem kleinen Dorf Saint-Fons lebte und sich dort, wie er sagte, pudelwohl fühlte. Mathilde musste schmunzeln, als sie daran dachte, wie Martin nach einer passenden Übersetzung für das deutsche Wort »pudelwohl« gesucht hatte. *Content comme un caniche.* Sie hatte darüber lachen müssen. Warum war ein *caniche*, ein Pudel, besonders zufrieden? Auf der Suche nach einer passenden Beschreibung für seinen Zustand hatten sie sich dann darauf geeinigt, Martin fühle sich so munter wie ein Fisch im Wasser, wozu es eine adäquate Formulierung auch in der französische Sprache gab – *heureux comme un poisson dans l'eau.*

»Mathilde, hast du heute nach der Arbeit ein wenig Zeit? Ich muss dir unbedingt etwas zeigen.«

Mehr war aus ihm nicht herauszubekommen. Mathilde sah das Grinsen auf Martins Gesicht vor sich. Er hatte schon vor einigen Wochen angedeutet, dass er an einem neuen Projekt arbeitete. Doch er tat immer sehr geheimnisvoll. Wahrscheinlich war es jetzt so weit, und er würde es Mathilde voller Stolz präsentieren und sie nach ihrer Meinung fragen. Sie war gespannt und freute sich darauf, ein paar Stunden von ihrem Alltagsgeschäft abgelenkt zu werden.

Nach einer halben Stunde Fahrt hatte sie ihr Ziel erreicht. Die Strecke zwischen Nîmes und Saint-Fons war eine Landschaft wie aus dem Bilderbuch. Heute waren die Temperaturen nicht hoch genug, aber vielleicht schon wieder morgen würde aus den Alleebäumen der ohrenbetäubende Gesang der Zikaden klingen. Schönwetterwölkchen betupften den strahlend blauen Himmel, und Mathilde genoss in ihrem alten, grünen Peugeot-Cabrio den milden Wind, der sanft ihrer Haut schmeichelte.

An den Feldwegen, die zu den Weinfeldern führten, standen die weißen Kastenwagen wie Wahrzeichen der ländlichen Bevölkerung, und die Weinbauern gingen ihrer Arbeit nach. Sie banden die Triebe fest, um sie gegen Windbruch zu schützen, denn ein plötzlich aufkommender stürmischer Wind aus den Bergen oder vom Meer konnte den empfindlichen Reben schnell schaden. Gleichzeitig wurden die ersten überflüssigen Blätter entfernt, um die Durchlüftung der Weinstöcke zu fördern. Es gab keinen Monat, in dem man sich nicht um die Reben kümmern musste.

Martin Endress hatte das idyllische Steinhaus in Saint-Fons im Jahr zuvor gekauft und seitdem seine gesamte Energie in die Renovierung seines neuen Heims gesteckt. Und das Ergebnis konnte sich sehen lassen. Das Dach war erneuert, der riesige Kamin im Wohnzimmer hatte seine erste Bewährungsprobe im letzten Winter bereits hinter sich, und die neu eingebaute Küche wirkte so, als wäre sie ehedem zusammen mit dem Haus gebaut worden. Lange hatte Martin nach den passenden Möbeln gesucht, war auf Flohmärkten unterwegs gewesen. Es war ein Haus zum Wohlfühlen geworden, und Mathilde verbrachte gerne ihre Zeit dort mit witzigen und interessanten Gesprächen bei einem Glas kühlen Weißweins.

Wenn Martin von Saint-Fons sprach, leuchteten seine Augen. Das Dorf hatte alles, was man seiner Meinung nach zum Leben brauchte. Bäcker und Fleischer, eine Bar, einen Bouleplatz und eine eigene *mairie*. Für den Reiseschriftsteller aus Bonn war der kleine Ort zur neuen Heimat geworden.

»Wenn es Saint-Fons nicht gäbe, man müsste es glatt erfinden«, hatte er dem Bürgermeister erklärt, der diesen Satz mit stolzgeschwellter Brust zur Kenntnis nahm und auch gerne augenzwinkernd zitierte.

Mit jedem Meter, den sich Mathilde dem Dorf näherte, wuchs

ihre Neugierde. Martins *Perlen des Languedoc*, ein Reisebuch, in dem er weniger bekannte Kulturschätze beschrieb, lag mittlerweile beim Verlag und würde im nächsten Februar erscheinen. Und ihr Freund hatte den Kopf voll neuer Ideen. Katharer und Templer, Burgen und Klöster, geheimnisvolle Orte, all das hoffte er in den nächsten Jahren zu spannender Lektüre zu verarbeiten.

Mathilde bog von der Landstraße ab, ein unbefestigter Schotterweg führte zu dem ehemaligen Verwalterhaus der *manade*, einem Hof, der früher einem Freund von Mathildes Großvater gehört hatte. Hier wuchsen die schwarzen Stiere und die weißen Pferde auf, deren majestätischer Anblick auf den weiten Weiden Mathildes Herz immer wieder höherschlagen ließ. Von hier aus war der *Parc Naturel Régional de Camargue* nur einen knappen Kilometer entfernt.

Sie parkte auf dem gemähten Grasstreifen neben dem Zaun, der das Haus umgab. Martin hatte die alte Umfriedung aus unbehandelten Holzpfosten und Latten erneuert und den Kräuter- und Gemüsegarten wiederbelebt. Als er die ganzen Renovierungs- und Verschönerungsarbeiten fertiggestellt und die Dorfbevölkerung ihn erstaunlich schnell in ihrer Mitte aufgenommen hatte, meinte Martin mit einem Augenzwinkern, er bediene wirklich jedes Klischee, das man in Deutschland von einem glücklichen Leben in Südfrankreich haben könne. Genauso sei es in Büchern beschrieben, um den Lesern Lust auf einen Aufenthalt im Midi zu machen. Wenn dann noch die Gaumengenüsse auf dem Teller und im Glas stimmten, war ein »Leben wie Gott in Frankreich« Wirklichkeit geworden.

Martin saß auf seiner kleinen Terrasse auf einem weißen Plastikstuhl vor einem ebensolchen Tisch, Gartenmöbel, die er noch vom Vorbesitzer des Hauses übernommen hatte. Mathilde schüttelte sich jedes Mal, wenn sie das Plastikzeug sah. So geschmackvoll sich Martin im Haus eingerichtet hatte, so wenig legte er draußen darauf Wert. Sie musste unbedingt ein ernstes Wort mit ihm reden. Auf dem Tisch lag ein aufgeklappter Laptop, über dem Martin hoch konzentriert arbeitete und den heranfahrenden Wagen nicht bemerkte. Erst als Mathilde die Autotür zuschlug, sprang er auf, schloss sie in die Arme und gab ihr drei Wangenküsschen zur Begrüßung.

»Sag mal, kann es sein, dass in der einen Woche, in der wir uns nicht gesehen haben, deine Haare zehn Zentimeter gewachsen sind?« Spielerisch zog Mathilde an Martins lockigem braunen Haar.

Er lachte. »Und sag du mal, kann es sein, dass sich in der einen Woche deine Sommersprossen explosionsartig vermehrt haben?«

Mathilde grinste. Das waren die geliebten Kabbeleien zwischen ihr und Martin. Als sie sich kennenlernten, hatte sich der Deutsche ganz offensichtlich ein wenig in sie verliebt. Oder vielleicht auch etwas mehr. Zu einem über eine enge Freundschaft hinausgehenden Verhältnis war es allerdings nie gekommen. Und das war gut so. Denn auch wenn sich Mathilde zu Beginn ihrer Freundschaft die Frage gestellt hatte, ob ihre Gefühle ähnlich tief waren wie die Martins zu ihr, würde sie heute diese Frage mit einem klaren Nein beantworten. Außerdem hatte Martin mittlerweile auch ein Auge auf die kecke Postbotin von Saint-Fons geworfen, zumindest hatte er in letzter Zeit schon einige Male mit einem verräterischen Schwärmen in den Augen von ihr erzählt.

»Setz dich. Ich hol uns was Erfrischendes zu trinken.«

Martin zog einen zweiten Stuhl heran und verschwand in der Küche, um gleich wieder mit einem Tonkühler, in dem eine Flasche Weißwein stand, zwei Gläsern und einer Schale mit grünen Oliven zurückzukehren. Die Gläser beschlugen in dem Moment, als er den Wein hineingoss, ein Weißwein aus dem vorletzten Erntejahr des Château de Boncourt. Leicht und spritzig, erfrischend und mit einer Note, die an weiße Pfirsiche und einen Hauch von Birne erinnerte.

Sie prosteten sich zu und tranken einen ersten genießerischen Schluck.

»Jetzt aber los, ich möchte endlich wissen, an was du gearbeitet hast. Katharer oder Templer?«, fragte Mathilde neckend.

»Einen Moment«. Martin wandte sich seinem Laptop zu, sauste mit flinken Fingern über die Tastatur, dann lächelte er und schob den Computer Mathilde hin.

»Tataa, Martins Südfrankreich-Blog.« Er grinste über beide

Ohren, als er ihr erstauntes Gesicht sah. Dann nahm er einen großen Schluck, füllte das Glas direkt wieder nach und seufzte wohlig und zufrieden.

»Weißt du, mit dem Veröffentlichen als Buch ist das so eine Sache. Schreiben geht ja noch, aber dann die Suche nach einem Verlag. Ein kleiner Vorschuss, wenn du einen gefunden hast. Lektorat, Korrigieren, Ändern, auf den neuesten Stand bringen, all das erfordert doch eine Menge Zeit. Und mit einem solchen Blog bin ich immer aktuell. Die Idee habe ich von meiner Kollegin Hilke übernommen. Sie betreibt ein solches Journal, das ganz hervorragend gemacht ist. Mir schwebt Vergleichbares vor. Ich bereise virtuell Dörfer und Städte, präsentiere Sehenswürdigkeiten, Natur und Landschaft, Außergewöhnliches, Erstaunliches, empfehle Restaurants, mache auf alte Handwerkskunst aufmerksam, gehe über Märkte und zeige allen, wie wunderschön dieses Land ist. Na, was sagst du dazu? Und wenn du demnächst ein wenig Zeit hast, möchte ich gerne einen ganz besonderen Ort besuchen. Einen verwunschenen Ort«, fügte er geheimnisvoll hinzu.

Mathilde hatte sich während Martins begeisterter Beschreibung bereits in einige der Beiträge vertieft. Da war ein kurzer Werbefilm über Château de Boncourt und seine Weine, hier ein Spaziergang über den Markt von Uzès, da ein Hinweis auf die Bambouseraie bei Anduze.

»*Waouh*«, entfuhr es Mathilde. »Das ist toll gemacht. Und wie lieb von dir, gleich mit unseren Weinen loszulegen. So, und einen verwunschenen Ort wird es auch bald in deinem Blog geben. Dann auf uns und auf all die geheimnisvollen Fleckchen dieses Landes.« Sie hob ihr Glas und prostete Martin zu, der eifrig seine weiteren Pläne kundtat.

»Für die Touristen, natürlich nicht nur für sie, würde ich auch gerne kleine Betriebe vorstellen. Handwerkskunst. Handgefertigte Schuhe, Macarons aus kleinen Patisserien, Keramikwerkstätten, Bildhauer, Holzschnitzer, es gibt so vieles, was diesen Blog bunt und lebendig macht.«

»Wie wär's mit den Treibholzschnitzereien von Rachids Vater.

Sie sind wunderschön. Er verkauft sie über einen kleinen Laden in Frontignan«, steuerte Mathilde spontan etwas zu Martins Aufzählung bei.

»Das hört sich klasse an. Und die Sachen sind wirklich gut? Kein Kitsch?«

Mathilde schüttelte den Kopf. »Mir gefällt, was er macht. Er hat ein Auge fürs Wesentliche, erkennt sofort an der Form des Holzes, was es werden könnte. Er sammelt das Holz im Herbst und im Winter, und bis zum Sommer arbeitet er daran. Du solltest dir seine Werke unbedingt anschauen. Wenn du möchtest, fragen wir Rachid, wann du mal vorbeikommen kannst.«

Martin war Feuer und Flamme. Genauso hatte er sich die Beiträge in seinem Blog vorgestellt. Vor allem authentisch sollten sie sein. Er nickte. »Gerne, ruf ihn an. Das ist genau das, was ich in meinem Blog präsentieren möchte.«

Mathilde kramte ihr Handy aus der Tasche und wählte Rachid Bouraadas Privatnummer. Fragend schaute sie zu Martin. *Soll ich mit ihm sprechen oder möchtest du?*, sagte ihr Blick.

Martin zeigte auf Mathilde. »Sprich du mit ihm«, flüsterte er. Nach ein paar Sekunden war die Verbindung hergestellt.

»*Bonjour,* Rachid, wie geht es Ihnen? Ich sitze hier bei Martin. Es geht um die Schnitzarbeiten Ihres Vaters. Er möchte sie in einem Blog vorstellen.« Sie verstummte und lächelte. Rachid war kein Mann großer Worte. Er versprach, Mathilde die Handynummer seines Vaters umgehend zu schicken und ihm auszurichten, Martin würde sich bei ihm wegen eines Besuchs in der Werkstatt melden.

»Und was treiben Sie so im Moment?«

Martin beobachtete, wie das Lächeln auf Mathildes Gesicht verschwand, ihre Miene wurde ernst. Dann fragte sie: »Um neun Uhr morgen Vormittag bei Regis? Ich werde dazukommen. Ich erkläre es Ihnen morgen. Oder nein, können wir uns heute noch in Nîmes in Ihrem Büro treffen? In einer Stunde? Sehr gut. *À bientôt,* Rachid.«

Mathilde drückte auf den kleinen roten Hörer und legte ihr Handy auf den Tisch. Mit bedauernder Miene schob sie ihr halb volles Glas von sich.

»Schade, aber ich muss zurück.«

Martin verstand und schaute Mathilde fragend an. »Ein neuer Fall?«

»Ich weiß es noch nicht. Aber zumindest ein merkwürdiger Zufall.«

Sie erzählte Martin von Arthurs Wunsch, nach den Ferien das Internat *Château des Cigales* zu besuchen, von den widerstreitenden Gefühlen seiner Eltern, von ihrem eigenen kurzen Intermezzo in dieser Schule.

»Und jetzt ist eine Schülerin dieses Internats verunglückt. So wie es aussieht vom Pferd gestürzt. Sie war eine sichere und erfahrene Reiterin, sagt Rachid, und das Pferd ist offenbar ein sehr gelassenes Tier, das sich nicht so leicht aus der Ruhe bringen lässt. Auf jeden Fall wird Regis die Leiche des Mädchens untersuchen. Martin, du kennst mich. Ich glaube nicht an Zufälle. Ich muss Einzelheiten wissen.«

Kapitel 7

Montag

Nein, Mathilde glaubte nicht an Zufälle. Von Saint-Fons war sie direkt zu den Büros der *Police Judiciaire* nach Nîmes gefahren. Vor der Obduktion durch den *médecin légiste*, Docteur Alain Regis, wollte sie sich zunächst bei Commandant Rachid Bouraada über die näheren Todesumstände der jungen Reiterin informieren.

In Rachids Büro wurde die Untersuchungsrichterin vom Commandant und von Lieutenant Felix Tourrain bereits erwartet.

»*Bonsoir* Rachid, *bonsoir* Felix. Entschuldigen Sie bitte, dass ich Ihrem wohlverdienten Feierabend in die Quere komme.«

Mathilde begrüßte die beiden Polizisten mit Handschlag. Der Geruch frischen Kaffees stieg in ihre Nase, und auf Rachids Schreibtisch entdeckte sie einen Teller mit in Scheiben geschnittener *Fougasse*.

»Ich hab mir gedacht, Sie hätten vielleicht Hunger«, erklärte Rachid. »Sie ist zwar von heute Mittag, aber die Tomaten und Oliven halten sie frisch.« Eine leichte Röte überzog sein Gesicht. In seinen Ohren hatte der Satz gerade geklungen, als priese ein Bäcker sein frisches Hefebrot an.

Mathilde lächelte. »Danke. Das ist sehr aufmerksam von Ihnen. Und Felix wird den Imbiss ganz sicher ebenfalls zu schätzen wissen«, fügte sie mit einem Blick auf den rothaarigen Lieutenant hinzu. Noch war die Stimmung locker und entspannt, doch dies würde sich gewiss gleich ändern. Rachid zeigte einladend auf die Stühle vor seinem Schreibtisch. Dann goss er Kaffee in drei Becher und stellte sie neben den improvisierten Imbiss. Nach einem ersten Schluck schob er Mathilde eine geschlossene Mappe zu.

»Bitte entschuldigen Sie, Mathilde, aber woher rührt Ihr Interesse an diesem Todesfall? Sie wirkten am Telefon geradezu wie elektrisiert.«

Mathilde biss sich auf die Unterlippe und überlegte einen Moment. Rachid wäre der Letzte, der sich über die inneren Stimmen der Untersuchungsrichterin wundern würde. Oft genug hatte ihre Intuition die Ermittlungen in die entscheidende Richtung gelenkt. Trotzdem hatte sie plötzlich das Gefühl, vorschnell zu handeln, der Polizei nicht genügend Zeit zu lassen, die Fakten zu sammeln, aus denen man dann tatsächlich auf ein Verbrechen schließen konnte. Da saßen nun Rachid und Felix, die seit einer Stunde bereits offiziell Dienstschluss hatten, nur weil sie diese Ahnung befallen hatte, hinter dem Reitunfall müsse mehr stecken als ein unglücklicher Sturz vom Pferd.

Gespannt warteten Rachid und Felix, der in der kurzen Zeit, in der Mathilde ihre Gedanken sammelte, bereits drei Stücke der *Fougasse* verputzt hatte.

»Ich kann es Ihnen nicht erklären. Aber als ich hörte, welche Schule das Mädchen, Patricia Hector, besucht hat, bin ich einfach hellhörig geworden. Arthur, einer unserer Zwillinge, hat sich in den Kopf gesetzt, im nächsten Schuljahr das Internat im *Château des Cigales* zu besuchen. Und er ist von der Idee nicht abzubringen. Das ist die eine Geschichte. Die andere ist die, dass ich vor ewigen Zeiten auch einige Monate dort war. Freiwillig.«

Rachid und Felix zogen erstaunt die Augenbrauen hoch. Die freiheitsliebende Richterin freiwillig in einem Internat? Mathilde konnte an ihren Gesichtern ablesen, was die beiden dachten.

»Nein, so schlimm ist es nicht. Es ist weder ein Gefängnis noch ein Kloster. Ich hatte damals die typischen Probleme einer Pubertierenden. Ich wollte weg von der Familie, und ein Internat erschien mir als der richtige Ort. Von morgens bis abends mit Gleichaltrigen zusammen, die sich mit ähnlichen Problemen herumschlagen. Nur hatte ich bald feststellen müssen, dass ich für eine solche Form des Zusammenlebens und Lernens nicht geschaffen bin. Ich bin reuevoll zurückgekehrt, glauben Sie mir. *Château des Cigales* ist eine wirklich gute Schule. Engagierte Lehrer, ein wunderschönes Ambiente. Ich glaube, man kann sich in diesem Internat wirklich wohlfühlen, Arthur kann sich dort wohlfühlen.« Mathilde trank einen Schluck des mittlerweile lauwarmen Kaffees und räusperte sich. »Doch Sie wissen beide, wie wenig ich an Zufälle glaube. Als Sie mir am Telefon sagten, was passiert ist, waren da winzige Alarmglocken in meinem Körper, die plötzlich schrillten.«

Mathilde tupfte mit den drei mittleren Fingern ihrer rechten Hand auf ihrem Oberkörper vom Hals bis zum Bauch herum, was Rachid ein geradezu zärtliches Grinsen entlockte. Schnell wurde er wieder ernst.

»Nach der Obduktion werden wir mehr wissen. Aber bis dahin würde ich mich gerne mit den Umständen vertraut machen. Sollte Regis feststellen, dass Fremdverschulden vorliegt, können wir gleich mit unserer Arbeit beginnen. So, nun habe ich genug erzählt und lausche Ihnen.«

Felix klappte die Mappe auf und legte Mathilde eine Reihe Fotos vor.

»Hier ist der Fundort. Es gibt keine Anzeichen dafür, dass das Mädchen an einer anderen Stelle zu Tode kam. Ihre Lage ist auch nicht verändert worden.«

Mathilde betrachtete aufmerksam die Bilder des Polizeifotografen. Patricia lag auf dem Rücken, das rechte Bein leicht angewinkelt, die Arme seitlich am Körper, den Kopf zur Seite geneigt. In Höhe der Schläfe und der Wange hatte sich Blut auf dem Boden ausgebreitet, war offenbar aber auch zum Teil in der Erde versickert. Direkt neben dem Schädel lag ein sichtlich behauener Stein – ein Stein, wie er seit Jahrhunderten zum Bau von Häusern oder Ställen verwendet worden war. Der Mund in dem ehemals hübschen Gesicht der jungen Frau wirkte schmerzvoll verzogen, die Augen waren weit aufgerissen. Links von ihrem Körper war der Boden aufgewühlt.

»Sie trägt ihre Reitkleidung, aber keinen Helm. Ist eine Reitkappe in der Nähe gefunden worden?«

Rachid schüttelte den Kopf. »Nein, die Reitkappe und eine Sicherheitsweste lagen beim Springplatz, auf dem sie trainiert hat.

Das habe sie immer so gemacht. Es ist zwar sehr unvorsichtig, aber der Typ, der sie gefunden hat, sagte, sie habe ihrem Pferd so vertraut und auf diesen Schutz im Gelände grundsätzlich verzichtet. Sie wäre eine hervorragende Reiterin gewesen, die ihr Pferd in- und auswendig kannte. Sie sei mit dem Tier regelrecht verschmolzen gewesen.«

»Und wer ist dieser Typ?« Mathilde legte die Fotos zu einem kleinen Stapel zusammen.

Rachid schaute in seine Unterlagen. »Ein gewisser Paquito Ruiz. Er ist der Verwalter der Reitanlage, wo das Pferd eingestallt ist und Patricia Hector trainierte. Das Tier kam schweißgebadet und mit flatternden Steigbügeln auf den Hof galoppiert. Ruiz hat sich sofort auf den Weg gemacht. Er kennt die Strecke, die das Mädchen nach dem Training immer geritten ist. Knapp eineinhalb Kilometer entfernt vom Hof hat er sie entdeckt und sofort einen Krankenwagen gerufen. Der Notarzt hat uns dann informiert, weil ihm eine Sache etwas merkwürdig vorgekommen ist.«

Rachid schwieg bedeutsam und wartete Mathildes Reaktion ab. Denn davon hatte er ihr am Telefon nichts erzählt. In der Tat hatte Mathilde offenbar den richtigen Riecher gehabt. Dann fischte er ein Foto aus dem Stapel. Es war eine Vergrößerung des Schädels.

»Hier.« Er tippte mit dem Zeigefinger auf die blutverkrustete Schläfe. »Man muss genau hinschauen, und das hat der Arzt glücklicherweise gemacht. Auf den ersten Blick sieht es aus, als ob es ebenfalls Schlieren von getrocknetem Blut sind. Aber es ist eine Schürfwunde. Und direkt daneben, teilweise noch an derselben Stelle, ist die Wunde, die zum Tod geführt hat. Also zwei Wunden – eine nicht tödliche und eine tödliche. Als wäre sie zweimal vom Pferd gestürzt. Einmal ging es glimpflich ab, den zweiten Sturz hat sie mit dem Leben bezahlt.«

»Aber, das wäre doch verrückt. Zweimal vom Pferd zu fallen.« Mathilde studierte eingehend das Foto.

»Eben, wie soll das funktionieren?« Felix griff mit fragendem, entschuldigendem Blick nach dem letzten Stück *Fougasse* und biss hinein.

Geduldig wartete Mathilde, bis er das Brot heruntergeschluckt hatte. Sie war gespannt darauf, was nun kommen würde. Rachid und sie waren daran gewöhnt, dass Felix das, was er zu sagen hatte, kunstvoll verpackte.

»Nun mach schon, Felix, spann Madame le Juge nicht so auf die Folter.« Rachid rollte mit den Augen. Manchmal konnte Felix einem mit seiner Manieriertheit auch auf die Nerven gehen.

Der Lieutenant zog weitere Fotos aus der Mappe, wählte eines aus und präsentierte es Mathilde. Es war eine Aufnahme, die nur den Boden zeigte. An verschiedenen Stellen waren die kleinen gelben Karten der *Identification criminelle*, der Kriminaltechniker, auf der Erde verteilt.

»Es gibt nicht viele Spuren, dazu ist es zu trocken, aber das Pferd hat sein Gewicht. Die Reiterin ist hier diesen Weg entlanggekommen. Dort, wo Fahrzeuge eine Fahrrinne gebildet haben, ist der Boden teils lehmig vom Regen letzten Freitag. Hier an dieser Stelle stand das Pferd, sehen Sie, die vielen Abdrücke der Hufeisen, das Tier war also unruhig. Die Reiterin springt ab, ein Absatz ist hier zu erkennen. Und nun …«, Felix legte ein weiteres Foto vor Mathilde, »… passiert etwas, was das Pferd flüchten lässt. An dieser Stelle ist die Erde durch das Herumwirbeln der Hufe ebenfalls aufgewühlt. Und von dort entfernt es sich im Galopp. Élodie von der Spurensicherung ist ebenfalls Reiterin, sie sagte, an diesem Szenario gäbe es kaum einen Zweifel. Und man muss auch kein Reiter sein, um diese Spuren eindeutig zu lesen. Pferd kommt im Schritt von seinem gewohnten Weg ab zu dieser Stelle, scheut, Reiterin springt ab, Pferd erschrickt durch irgendetwas, dreht sich um die eigene Achse, galoppiert davon zu seinem Stall. Das heißt, Patricia Hector ist mit hoher Wahrscheinlichkeit nicht durch einen Sturz vom Pferd zu Tode gekommen.«

Mathilde stieß die Luft aus. Sie hatte es tatsächlich geahnt. Kein Unfall, sondern Fremdverschulden, vielleicht sogar Mord.

Kapitel 8

Dienstag

Der Wind hatte sich zu einem Orkan gesteigert und schuf Wellen hoch und mächtig, die mit voller Wucht auf den Sand prallten – es war ein Szenario, wie Mathilde es noch nie erlebt hatte. Ihr Schimmel preschte in rasendem Galopp an der Wasserkante entlang, nasser Sand spritzte auf. Noch hatte sie das Pferd im Griff, reagierte es auf ihre Hilfen. Doch sie spürte, wie es immer schneller wurde, wie es versuchte, sich ihr zu entziehen. Panik ergriff sie. Eine nächste Welle rollte auf den Strand zu. Sie trug ein riesiges Stück Holz, einen Baumstamm, mit sich, spielte mit ihm, hielt ihn fest und spie ihn dann mit voller Gewalt auf den Sand. Mathilde hatte keine Chance. Das Pferd, dessen lange Mähne ihr ins Gesicht peitschte, strauchelte, als das hölzerne Hindernis ihm in die Bahn geworfen wurde, es an der Brust traf. Kopfüber stürzte der Schimmel und mit ihm Mathilde, die vergeblich versuchte, das Pferd mit einem Zug auf die Zügel auf den Beinen zu halten. Pferdeleib und Menschenkörper verschmolzen, wirbelten durcheinander. Das schrille Wiehern war voller Angst.

Mit einem Schrei erwachte Mathilde aus dem Albtraum. Sie spürte, wie ihr Tränen die Wangen hinunterliefen. Tränen der Angst, als das Unvermeidliche geschah. Sie und das Pferd tot auf dem nassen Sand, fortgetragen von einer immensen Welle, die über sie und das Tier hereinbrach und seine Opfer gnadenlos mit sich nahm. Sie atmete schwer und rieb sich mit einem Zipfel ihrer Decke übers Gesicht.

Gott sei Dank, es war nur ein ganz übler Traum gewesen. Sie

setzte sich auf. Draußen wurde es allmählich hell. Wann hatte sie eigentlich tatsächlich das letzte Mal auf einem Pferd gesessen? Es war Monate vor dem furchtbaren Attentat auf sie gewesen. In dem Jahr, in dem sie dreißig wurde, hatte Mathilde ihren geliebten Tomas einschläfern lassen müssen. Der Schimmel war vierundzwanzig Jahre alt geworden. Danach war sie nur noch sporadisch geritten. Die Arbeit ließ ihr kaum Zeit dafür, geschweige denn, den Bedürfnissen eines eigenen Pferdes gerecht zu werden. Doch auf dem Hof von Guillaume, einem engen Freund ihres Großvaters, hatte immer eines der robusten, kleinen und zugleich in ihren Augen wunderschönen Camargue-Pferde für einen Ausritt bereitgestanden. Guillaume war tot, doch die Pferde gab es immer noch.

Mathilde tastete nach der Narbe auf ihrem Oberschenkel und fasste einen Entschluss. Sobald es ihre Zeit erlaubte, würde sie wieder aufs Pferd steigen. Und mit einer geradezu kindlichen Vorfreude malte sie sich aus, wie sie die Wege zwischen den Weinfeldern wieder neu erkundete, ganz eins mit der Natur. Nur in Begleitung der wärmenden Sonne, der sirrenden Insekten und einem nach jedem Käfer schnappenden schwarzen Labrador namens Henri im Schlepptau. Nur sie und die Tiere, der Geruch nach Sommer, ein erfrischender Wind im Gesicht, wenn es hieß, im Galopp über die Wege zu schweben. Ein echter Kleinmädchentraum, kitschig, aber wunderschön.

Als Mathilde an die junge Frau dachte, deren Obduktion sie gleich beiwohnen würde, zerplatzte der Traum wie eine Seifenblase. Sie sprang aus dem Bett und eilte ins Badezimmer. Der Arbeitsplatz von Regis war das *Institut médico-légal* im *Hôpital Universitaire Carémeau*, nur ein paar Kilometer von der Innenstadt entfernt, aber der morgendliche Autoverkehr auf der Avenue Kennedy war eine echte Plage. Ein schnelles Frühstück mit *café au lait* und einem gebutterten Toast musste genügen. Die Butter aus dem Kühlschrank war hart, und Mathilde quetschte, mehr als dass sie strich, einen dicken Brocken davon auf die Brotscheibe. Wehmütig dachte sie an ihr Frühstücksritual an den Wochenenden mit Odiles köstlichen Marmeladen und Pâtés, eingeweckt und haltbar gemacht in liebevoll beschrifteten Gläsern, oder an die Aufstriche aus Zucchini und

Tomaten, Oliven und Auberginen. Es gab einfach nichts im Garten und auf den Märkten, was nicht zu genussreichen Begleitern einer einfachen Scheibe Brot zubereitet werden konnte. Und nichts davon hatte sie in ihrem Kühlschrank.

Mathilde band ihre Haare mit einem grünen Band zu einem Pferdeschwanz zusammen und stand dann unschlüssig vor ihrem Kleiderschrank. Es würde ein angenehm warmer Tag werden, und Kostüm oder Hosenanzug konnten im Schrank bleiben. Diese eleganten Outfits trug Mathilde, wenn sie im *Palais des Justice* zu tun hatte. Der Stil ihrer Kleidung sollte der Würde des Hauses angemessen sein, und nichts ärgerte die Untersuchungsrichterin mehr, als wenn sich bei Kollegen unter der schwarzen Robe ausgefranste Jeans oder schlampig gebügelte Hemden oder Blusen bemerkbar machten. Sie schlüpfte in eine kurzärmelige weiße Leinenbluse und eine beige sommerliche Baumwollhose. Ein Blick auf ihre Armbanduhr sagte ihr, dass sie sich sputen musste, wenn sie Regis und Rachid bei der Obduktion nicht warten lassen wollte.

Der Verkehr floss erstaunlich zügig, und sie kam zeitgleich mit dem Commandant am Gebäude der Gerichtsmedizin an. Die beiden begrüßten sich, und Mathilde klopfte auf ihre Schultertasche.

»Habe ich noch Zeit für einen Zug?« Sie wartete Rachids Antwort nicht ab und zog die Zigarettenbox aus der Tasche.

»Sind die Dinger jetzt weniger gefährlich?« Mit einem Grinsen zeigte der Polizist auf die Box mit den bunten Punkten.

»Jetzt fangen Sie auch noch damit an. Oder hält Odile Sie auf dem Laufenden, damit sie beide mich in die Zange nehmen können?« Sie zog eine Zigarette aus der Packung und steckte sie zwischen die Lippen. »Ischt die Letschte«, quetschte sie hervor. Dann zündete sie die Zigarette an, inhalierte tief. »Ahh. Das tut gut. So ein wenig Teer auf den Lungen. Sie haben ja keine Ahnung, Rachid. Aber einen Nachteil hat die Box. Man kann nicht fühlen, wie viele Zigaretten noch drin sind. Das passiert mir schon zum vierten Mal, dass die Notreserve angegriffen wird.«

Mathilde machte dabei ein so unglückliches Gesicht, dass Rachid schmunzeln musste.

»Sehen Sie, jetzt habe ich Ihnen doch noch ein Lächeln entlockt. Es wird uns leider gleich vergehen, wenn wir hören, was dem armen Mädchen widerfahren ist. *Alors,* dann wollen wir mal.«

Mathilde drückte den Rest der Zigarette aus, schaute sich nach einem Mülleimer um und verstaute dann, als sie kein Behältnis in Reichweite entdeckte, achselzuckend den Stummel in der bunten Box.

»Der Chef erwartet Sie bereits. Sie sollten sich beeilen. Seine Laune ist heute nicht die beste.«

Veronique, Regis' Assistentin, marschierte mit hochrotem Kopf an Mathilde und Rachid vorbei. Die beiden blickten ihr verständnislos hinterher und betraten den Vorraum zum Sektionssaal. Als Regis sie entdeckte, winkte er sie ungeduldig mit der Hand wedelnd zu sich. Im Sektionssaal war es, was Mathilde sofort auffiel, totenstill. *Was auch sonst,* zuckte es ihr für einen kurzen Moment durch den Kopf.

»Kommt, kommt. Ich habe schon angefangen. Aber bis Veronique zurück ist, geht es nicht weiter.«

»Was ist denn passiert? Warum ist Veronique wie ein aufgescheuchtes Huhn durch den Flur gerannt?«

»Ja, hört ihr es denn nicht? Das heißt, das ist ja das Problem, dass ihr eben nichts hört. Mademoiselle ist der Gesang der Buckelwale offenbar auf die Nerven gegangen. Sie hat einfach die Musik ausgewechselt. Als ich mit der Untersuchung anfangen wollte und Veronique bat, mir meine geliebten Sphärenklänge abzuspielen, da drückt sie auf den Knopf, und was rauscht in meine Ohren? Das hier.«

Regis schritt hoheitsvoll zu einem altmodischen Abspielgerät für CDs, und im Bruchteil einer Sekunde war der gesamte Raum von wilden Urwaldgeräuschen erfüllt. Schreiende Affen, schrille Vogellaute, ein Zischen und Schnattern.

In diesem Augenblick betrat Veronique mit der Miene eines Unschuldslamms den Sektionssaal.

»Hier ist sie.« Sie hielt Regis eine silberne Scheibe vor die Nase. »Sie können von Glück sagen, dass der Reinigungstrupp noch nicht in meinem Büro war und die Körbe geleert hat.«

»Und Sie können von Glück sagen, dass ich heute einen guten Tag habe. Also, raus mit dem Urwaldgeschrei und rein mit den sanften Klängen. Noch so ein Ding, dann lernen Sie mich mal richtig kennen. Die CD gleich in den Müll zu befördern, tsss. Wo kommen wir denn da hin? Ich hätte einen solchen Unfug bei meinem Chef nie gewagt. Und jetzt Schluss mit dem Geplänkel. Es warten auch noch andere Kunden auf mich.«

Regis schaltete sein Diktiergerät ein, das über dem Tisch mit dem Opfer hing. Zeitpunkt des Beginns der Obduktion, Anwesende, Größe und Gewicht der Toten. Es folgten der Ernährungszustand, Begutachtung der Totenflecken, Fortschritt der Leichenstarre. Eine kleine Tätowierung am Hals in Form eines Hufeisens wurde ebenso festgehalten wie eine Narbe am linken Schienbein.

Nach gut zwei Stunden stand fest: Patricia war Opfer eines Verbrechens geworden. Regis fasste das Ergebnis für die beiden Beamten noch einmal zusammen.

»Der Stein, der neben dem Opfer lag, ist zugleich die Tatwaffe. Er passt zum Muster, das am Schläfenbein feststellbar ist. Ein erster, weniger massiv ausgeführter Schlag mit dem Stein im Bereich des Stirnbeins hinterließ diese Abschürfungen.« Regis zeigte auf die Stelle. »Ob mit diesem Schlag das Opfer bereits getötet werden sollte, ist nicht sicher. Tödlich war auf jeden Fall der zweite Schlag, der dem nun wehrlosen Opfer zugefügt worden ist, bei dem das Schläfenbein teilweise zertrümmert wurde und Knochenteile acht Zentimeter in den Hirnbereich gedrungen sind. Fazit ist, der Stein wurde zweimal benutzt. Ein erster nicht tödlicher Schlag, ein zweiter tödlicher. Dann wurde der Stein, wie ich den Tatortfotos entnommen habe, so platziert, dass der Eindruck entstehen sollte, das Opfer sei beim Sturz vom Pferd mit dem Kopf darauf geprallt. Patricia Hector ist kaltblütig ermordet worden.«

Mathilde und Rachid sahen einander an. Diese bittere Wahrheit mussten sie jetzt den Eltern überbringen.

Kapitel 9

Dienstag

Bis tief in die Nacht hinein hatte Martin an mehreren Blogbeiträgen gearbeitet, die nächste Woche online gestellt werden sollten. Was ihm jetzt noch fehlte, war sein eigenes Porträt. Schließlich musste er sich seinen Lesern auch vorstellen. Ein paar Fotos von sich hatte er bereits ausgesucht, eines während einer Wanderung in den Cevennen, ein zweites inmitten der Weinfelder von Château de Boncourt und ein weiteres, das Mathilde von ihm beim Ausflug nach Villeneuve-lès-Avignon gemacht hatte: Martin, den Blick wie ein Seefahrer, der Festland entdeckt, von einer der Gartenterrassen Richtung Papstpalast schauend. Es war ihm wichtig, dass seine Blogbesucher, die meisten wahrscheinlich aus Deutschland, auch sahen und spürten, wie innig er mit seiner neuen Heimat verwachsen war. Nichts empfand Martin absurder als Schreiberlinge, die sich zu Regionen, Städten, Sehenswürdigkeiten oder Restaurants äußerten, ohne je selbst einen Fuß in die Gegend gesetzt zu haben. Das war glatter Betrug am Leser.

Ein Hahn krähte in der Nachbarschaft, und Martin sprang voller Elan aus dem Bett. Es war ein sehr netter Hahn, der selten vor sieben Uhr seinen Weckruf erschallen ließ. In der Nacht hatte ein Gedanke Martin schon einmal wach werden lassen. Dreh- und Angelpunkt seines Blogs sollte Saint-Fons werden. Schlaftrunken hatte er zu Papier und Stift, die er immer auf dem Nachttisch liegen hatte, gegriffen, um nur keine seiner Eingebungen am nächsten Morgen vergessen zu haben. Und diese nächtliche Idee war einfach grandios.

In Saint-Fons lebte er und war glücklich. Der Ort bot alles, was einen Frankreichliebhaber interessieren würde. Was lag also näher, als in regelmäßigen Abständen vom Dorf und dem Dorfleben zu berichten. Das war authentisch, das kam bei den Lesern an, so hoffte er. Und noch heute würde er damit beginnen. Zufrieden war er wieder eingeschlafen, bis Cyrill, so hieß der Hahn, sein triumphierendes *cocorico* herauskrähte.

Martin sprang unter die Dusche, rubbelte seine braunen, lockigen Haare trocken. Rasieren war Zeitverschwendung, und frühstücken würde er heute ausnahmsweise bei Lolotte. Das Bistro von Lolotte war Bar, Restaurant, Wettbüro, Zeitungskiosk und Café in einem. Bevor er sich auf den Weg machte, rief er jedoch den Ortsnamen Saint-Fons im Internet auf. Es gab zwei Gemeinden mit dem gleichen Namen, Saint-Fons bei Lyon und sein Saint-Fons. So wirklich hatte sich Martin mit der Ortshistorie noch nicht beschäftigt, dazu hatte ihm bis jetzt die Muße gefehlt. Leider waren die Informationen über die beiden Ansiedlungen mehr als spärlich. Was ihn überraschte, war allerdings, dass Saint-Fons kein Heiliger war, sondern, zumindest bei Lyon, der Name auf *cent fons* – hundert Quellen – zurückging, nur hatte sich das Wörtchen *cent* im Laufe der Zeit zu Saint entwickelt. Nun war er gespannt, was es mit seinem Saint-Fons auf sich hatte. Als Nächstes ließ er sich das Dorf als Satellitenbild darstellen und druckte es aus, die Grundlage für eine Karte und einen Ortsplan, die er selbst anfertigen würde. Martin sah auf die Uhr. Viertel nach acht, Zeit für ein Frühstück.

Von seinem Haus waren es zweihundert Meter bis in den Ortskern. Die Fensterläden an den steinsichtigen oder in Pastelltönen verputzten Häusern waren zumeist geschlossen und blieben es auch den Tag über. So sperrte man die Hitze, die sich langsam aber sicher entwickelte, aus.

Martin schlenderte am Dorfbrunnen vorbei, ein einfaches oktogonales Becken, in welches das Wasser aus einer hohen vierseitigen Säule aus vier Wasserhähnen in Form von Schwanenköpfen mit geschwungenen Hälsen sprudelte. Eine gefleckte Katze sprang auf, als er sich näherte, und huschte über die Straße unter eine der

Platanen, die in soldatisch strenger Reihe den kleinen Marktplatz umgaben. Hätte Martin vor zwei Jahren einen Marktplatz in einem südfranzösischen Dorf zeichnen oder beschreiben sollen, dann hätte er genau wie der von Saint-Fons ausgesehen. Und den Bouleplatz hätte er wahrscheinlich an dieselbe Stelle gesetzt, wo er auch hier zu finden war, zwischen den Platanen. Die *mairie* war, gemessen an der geringen Größe des Ortes, ein imposantes Gebäude, das Martin in die Zeit um 1900 einordnete. Eine mittig angelegte Freitreppe mit drei Stufen führte zum Sitz des Bürgermeisters, die obligatorische Flagge des Landes, und die in eine querovale schnörkelige Rahmung gemeißelten Worte *Liberté, Égalité, Fraternité* durften natürlich nicht fehlen.

Gemächlich schlenderte Martin zu Lolottes Bistro, wurde freundlich von den Nachbarn und Bewohnern gegrüßt, die mit einem Brot unter dem Arm dem häuslichen Frühstückstisch zustrebten. Vor der kleinen *boulangerie* standen zwei Frauen und hielten ein Schwätzchen. Martin spazierte an der geöffneten Tür vorbei, und der köstliche Geruch frischer Backwaren drang in seine Nase. Jetzt knurrte auch sein Magen. Auf dem Rückweg würde er noch der *boucherie* einen Besuch abstatten. Noch immer hatte er es nicht geschafft, sich durch all die Köstlichkeiten, die hier angeboten wurden, zu futtern. Allein die Auswahl an verschiedenen Pâtés war überwältigend. Und immer hatte Veronique, die Frau des Metzgers, einen Rat für ihn parat, wie er dieses zubereiten solle oder womit jenes besonders harmonierte.

»*Bonjour,* Martin. Schon so früh unterwegs?« Pierre winkte ihm hinter dem Verkaufstresen aus der Bäckerei zu.

»*Bonjour,* Pierre. Du kannst mir schon eine *Fougasse* und ein kleines *Pain de Campagne* fertig machen, ich hole sie gleich ab«, gab Martin wohlgelaunt zurück.

Ja, er war endlich angekommen.

Lolotte, die Wirtin, begrüßte ihn mit einem Luftküsschen. Sie war seit zehn Jahren verwitwet, und wie man hinter vorgehaltener Hand tuschelte, wartete sie täglich darauf, dass ein neuer Mann in ihren Laden und damit in ihr Leben treten würde. Sie hatte Martin umgehend beim ersten Aufeinandertreffen einer kritischen Prüfung unterzogen und, *malheureusement*, leider, leider, für zu jung befunden. Ihre Haare waren von einem kräftigen Rot und zu kleinen kurzen Löckchen gedreht. Um ihren Hals baumelte eine Kette aus Kaurischnecken, das Geschenk ihres verblichenen Gatten zum fünften Hochzeitstag.

Martin bestellte sich ein belegtes Baguette und einen *café au lait*, den Lolotte flink an den kleinen Tisch brachte, an dem er Platz genommen hatte.

»Sag, Lolotte, wer kennt sich eigentlich am besten mit der Ortsgeschichte von Saint-Fons aus?«, fragte er und biss herzhaft in das Brot, das üppig mit Schinken und Tomaten belegt war.

Die Wirtin presste ihre grellrot geschminkten Lippen aufeinander und zog die Mundwinkel herunter, sie überlegte konzentriert.

»Thomas ist tot, das war der Dorflehrer. Er hat alles gewusst, aber der Neue, der weiß gar nichts. Vielleicht am ehesten noch unser Bürgermeister. Seine Familie lebt schon seit Generationen hier. So, wie er manchmal tut, haben sie Saint-Fons vor Jahrhunderten gegründet«, kicherte sie. Der Bürgermeister, Aristide Lejeune, gehörte ebenfalls in Lolottes Kategorie »Den würde ich wohl nehmen«, doch bisher hatte sich Lejeune als eingefleischter Junggeselle und resistent gegenüber allen Annäherungsversuchen gezeigt.

»Ach nein, wenn man vom Teufel spricht.«

Ein bulliger Mann mit Bart und grauem Haar, das ihm bis zur Schulter reichte, trat ein und bellte: »Lolotte, einen kleinen *café serré*, aber schnell bitte.«

»Na wenigstens sagt er bitte«, murmelte die Wirtin und verschwand hinter dem Tresen, um den riesigen Kaffeeautomaten für den gewünschten kleinen schwarzen Kaffee in Gang zu setzen.

»Ah, *bonjour* Martin. So früh schon auf den Beinen?«

Schon der Zweite, der das fragte. Als ob er hier seine Ferien verbringen würde und daher bis mindestens zehn Uhr im Bett liegen müsste.

»Ja. Gut, Sie hier zu treffen, Aristide. Ich habe ein paar Fragen zur Geschichte von Saint-Fons, und Lolotte meinte, Sie seien am geeignetsten, sie mir zu beantworten.«

Der Bürgermeister ließ ein geschmeicheltes Schnauben hören und setzte sich zu Martin an den Tisch. Sein Kaffee stand Sekunden später vor ihm, und er lehnte sich mit verschränkten Armen zurück.

»Was wollen Sie wissen?«

»Saint-Fons, woher kommt der Name? Ich habe bei meiner Suche nichts gefunden.«

»Die heilige Quelle, das ist Saint-Fons. Sie sprudelt zwar nicht mehr, aber daher kommt der Name. Vor weit mehr als tausend Jahren ist am heutigen Ortsrand angeblich ein Wunder geschehen. Ein Hirte war unterwegs, und es herrschte eine große Dürre. Er und seine Tiere waren kurz vor dem Verdursten, als ein einzelner Sonnenstrahl auf ein Fleckchen Erde fiel. Der Hirte erkannte es als Zeichen Gottes, klopfte mit seinem Hirtenstab auf die Stelle, die Erde tat sich auf, und Wasser sprudelte heraus. Man hat dort eine Kapelle errichtet. Jetzt ist sie fast eine Ruine. Zwar ist sie immer wieder erneuert worden, aber in den letzten Jahrzehnten leider nicht mehr. Heh, das ist übrigens eine Idee. Beim nächsten Votivfest werde ich Spenden sammeln lassen zur Restaurierung. Der heilige Gengoult wird es uns danken.«

»Der heilige wer?« Der Name war Martin vollkommen unbekannt.

»Na, Gengoult eben. Er ist ein Heiliger, der mit Wasser zu tun hat und auch für die Gesundheit der Pferde zuständig ist. Genau das, was wir hier brauchen.«

Aristide schüttelte ungläubig den Kopf. Der Typ war doch so was wie ein Historiker. Da musste man doch den heiligen Gengoult kennen.

»Nun, wenn das alles ist, ich muss ins Büro.«

»Kann ich nachher noch mal vorbeikommen? Ich hätte noch ein paar weitere Fragen. So in einer halben Stunde?«

Der Bürgermeister nickte gnädig. »*Bon.* Dann bis später.«

Martin orderte einen zweiten Kaffee und gab in sein Handy den Namen Gengoult ein. Da hatte er ihn schon. Natürlich, Gangolf, ein auch in Deutschland verbreiteter Heiliger, Heerführer und Jäger im Gefolge Pippins und auch irgendwie mit einem Brunnenwunder verbunden. Seine Kapelle musste er unbedingt aufsuchen. Bestimmt ein kleiner Schatz für seinen Blog. Und das *Fête votive*, das Volksfest, das in zwei Wochen das ganze Dorf in Feierlaune bringen würde, galt also dem heiligen Gangolf. Er freute sich auf das Spektakel mit Pétanque-Turnieren, einem Umzug, Essen und Trinken auf dem festlich geschmückten Platz gegenüber der kleinen Marienkirche, dem *abrivado*.

Lächelnd dachte er an seinen ersten *abrivado* zurück, den er zusammen mit Mathilde in Ribaute-les-Tavernes erlebt hatte. Sie hatte ihn mit geheimnisvoller Miene dorthin entführt und ihm bis zuletzt nicht verraten, was ihn mit diesem *abrivado-bandido* erwarten würde. Mathilde hatte ihn raten lassen, und er, von nichts eine Ahnung, hatte auf einen Aperitif-Abend getippt, wobei der *bandido* vielleicht eine würzige Kleinigkeit zum Apéro sei, eine scharfe Merguez oder Chorizo, die einem die Zunge verbrannte. Doch kaum im Dorf angekommen, waren da die hohen Absperrungen aus Eisen, er hörte einen lauten Knall, Rauch stieg auf, das Gejohle von Menschen, das Getrappel von Hufen und das Schnauben von Pferden drangen an seine Ohren. Geschützt hinter den Eisengittern, begann für ihn das einzigartige Spektakel. Fünf Reiter auf ihren Camargue-Pferden galoppierten an ihm vorbei. Hinter ihnen rannten Jugendliche her. Und dann entdeckte er den Stier, der von den Pferdeleibern abgeschirmt war und den die Jugendlichen zu packen versuchten. Das schwarze Tier entkam, einige Waghalsige stellten sich ihm in den Weg, während die Reiter sofort kehrtmachten und hinter dem Stier herrasten. Plötzlich drehte das massige Tier wieder um, und er, Martin, der wie gebannt die Jagd verfolgte, sah sich plötzlich von Angesicht zu Angesicht dem Stier gegenüber. Der schwarze Körper verharrte den Bruchteil einer Sekunde vor ihm, drehte um und donnerte in die entgegengesetzte Richtung. In diesem Moment wusste Martin, was die Menschen und die Tiere vereinte – Stolz. Keine Angst, keine Wut hatte ihm aus den dunklen Augen des Stiers entgegengeblickt, es war Stolz. Ein junger Reiter, der auf dem Pferd auf seinen Einsatz wartete – wie kühn aufgerichtet er im Sattel saß. Sein Schimmel, dieses kleine weiße Pferd, das auf den kargen Grasflächen der Camargue weidend so unscheinbar wirkte, stand wie in Bronze gegossen mit gewölbtem Hals und aufmerksam gespitzten Ohren da, sich seiner Rolle bewusst, dessen war sich Martin sicher. Und weder Tiere noch Menschen kamen bei der ganzen Hatz zu Schaden, was ihn besonders froh machte.

Das war sein erstes *abrivado-bandido* gewesen. Mathilde hatte ihm noch den Ursprung erklärt. Ein *abrivado* sei ursprünglich die Begleitung der Stiere durch die Reiter zur Arena hin, der *bandido* eben das genaue Gegenteil, also der Weg zurück.

Martin sah auf seine Uhr. Zeit, den Bürgermeister aufzusuchen. Er zahlte und marschierte über den Platz zur *mairie.* Die Sonne hatte bereits eine enorme Kraft entfaltet und sandte ihre Strahlen zwischen den Blättern der Platanen hindurch. Dort, wo sie den Weg des Wassers aus dem Brunnen kreuzten, brach sich das Licht in schimmernden Regenbögen. Die Katze, die Martin aufgescheucht hatte, war wieder zurückgekehrt und lag jetzt auf dem Brunnenpodest, leckte sich das Fell und ließ sich durch nichts und niemanden dabei stören. Auch nicht von dem knatternden gelben Postmoped, das neben Martin abbremste.

Reinette setzte ihren Helm ab und musterte ihn mit spöttischem Blick.

»Schon auf den Beinen?«

»Was ihr nur alle habt? Natürlich bin ich schon auf den Beinen«, antwortete Martin in gespielter Empörung.

»Sieht man sich vielleicht in nächster Zeit mal auf ein Bier?«

Die junge Frau mit den kurzen schwarzen Haaren und den ausdrucksvollen schwarzen Augen nickte in Richtung Lolottes Bistro.

»Klar. Heute Abend?«

»Morgen Abend.«

Sie setzte ihren Helm wieder auf und düste weiter. Versonnen blickte Martin ihr nach. Dann betrat er mit einem Seufzer die *mairie.* Im Flur roch es es nach Putzmitteln. Links befand sich das

Büro von Lejeunes Sekretärin, gegenüber das des Bürgermeisters. Das Gebäude erinnerte Martin an ein herrschaftliches *Maison de maître* mit seinen beiden Geschossen und dem Dachgeschoss unter dem hohen Mansardendach. Was wohl sonst hier noch alles untergebracht war? Die Gesamtfläche betrug nach seiner Schätzung gut und gerne tausend Quadratmeter.

Man schien ihn bereits zu erwarten, denn Violette, die Sekretärin, die gerade am Telefon hing, nickte lächelnd in Richtung Chefzimmer. Martin klopfte an, und ein brummiges »Herein« ertönte. Lejeune saß hinter seinem Schreibtisch, die Hände hinter dem Nacken verschränkt. Er wippte im Sessel vor und zurück.

»Neu, muss noch eingesessen werden.« Er rutschte ein wenig auf die rechte Seite und fuhr mit der Hand über die Sitzfläche. »Es hat noch nicht mal für Leder gereicht. Ich bin gespannt, wie lange das Ding hält. *Bon,* weiter im Text. Du wolltest etwas zur Geschichte unseres Dorfes erfahren. Wir haben ein kleines Archiv, allerdings sehr ungeordnet. Unser Lehrer hatte sich seiner angenommen, aber so richtig ist nie was draus geworden. Also, wenn du Lust hast, *Monsieur l'Historien*, kannst du dich gerne der Sache widmen. Nur können wir dir leider nichts bezahlen, das muss dir klar sein.«

Lejeune war einfach so zum Du übergangen.

Ein Kribbeln machte sich in Martins Magen breit. War es nicht das, was er schon immer wollte? Eine ganz neue Geschichte entdecken, Geheimnisse aufspüren? Noch ehe er es sich anders überlegen konnte, sagte er zu. Ein erstauntes und zugleich zufriedenes Lächeln huschte über das Gesicht des Bürgermeisters.

»Wer hätte das gedacht, ein Deutscher arbeitet die Geschichte eines kleinen südfranzösischen Dorfes auf. Wie weit sind wir gekommen. Darauf trinken wir einen.«

Lejeune stand auf und öffnete einen Wandschrank. Zwischen Aktendeckeln verbarg sich ein kleiner Kühlschrank. Eine beschlagene Flasche Rosé wanderte auf den Schreibtisch, aus einer Schublade zog er zwei kleine Probiergläser. Es machte Plopp, und der kühle trockene Wein floss in die Gläser.

»*Santé.*« Sie prosteten sich zu.

»Und was gibt es sonst Interessantes hier im Haus zu entdecken?« Martins Neugierde war riesig.

Lejeune kratzte sich am Kinn.

»Da sprichst du …«, er machte eine Pause und hob sein Glas, »… ich bin übrigens Aristide für dich.«

Martin grinste. »Gerne, Martin.«

»Nun, da sprichst du einen wunden Punkt an. Schon seit Jahren wollen wir ein kleines Museum einrichten. Doch es fehlen Zeit und Geld und einer, der sich der ganzen Sache annimmt. Wir haben jede Menge Zeug auf dem Dachboden. Alles gut hinter einer Feuerschutztür verwahrt. Das müsste gesichtet werden, geordnet, katalogisiert. Nichts davon ist bis jetzt geschehen. Meinst du …« Er beendete seine Frage nicht.

Ein Strahlen breitete sich auf Martins Gesicht aus.

»Her mit dem Schlüssel. Ich fange heute noch an.«

»Ist das dein Ernst?«

Martin nickte, trank einen Schluck und streckte demonstrativ die Hand aus.

»Und wie. Du kannst dir nicht vorstellen, wie ich mich darüber freue. Es ist mir geradezu eine Ehre.«

»Abgemacht. Allerdings, wenn du irgendwelche Leichen in den Kellern von Saint-Fons findest, dann kommst du zuallererst zu mir. Ist das klar?«, brummte Lejeune. »Und vielleicht hat Reinette ja Lust, dich, wenn sie Zeit hat, zu unterstützen. Sie kann dir dabei auch auf die Finger schauen«, meinte er mit einem Zwinkern. »Nein, ganz im Ernst, ich vertraue dir. Wir werden zwar noch im Gemeinderat darüber reden, aber wer wird schon was dagegen haben, wenn wir einen Fachmann bekommen, der auch noch umsonst arbeitet. So blöde wird wohl keiner sein, dein Angebot abzulehnen.«

Martin war sprachlos. Warum sollte ihm die reizende Postbotin helfen können? Sie war zwar Lejeunes Nichte, aber er konnte doch nicht so einfach über ihre Zeit verfügen? Er fragte nach.

»Dieses undankbare Ding hat sechs Semester in Marseille Geschichte studiert und dann alles hingeworfen. Kurz vor einer wichtigen Prüfung. Ihre Mutter hat sich krummgelegt, um ihr das

Studium zu finanzieren. Und dann, *boum*, aus und vorbei, Mademoiselle hatte keine Lust mehr. Und jetzt gurkt sie ohne Ausbildung seit drei Jahren auf dem Moped durch die Gegend und verteilt die Post. Und das für nen Appel und ein Ei. Wenn ich meiner Schwester nicht finanziell ab und zu unter die Arme greifen würde …« Er ließ den Rest ungesagt.

Na, das war ja vielleicht ein Ding. Und Reinette war wohl jünger, als er gedacht hatte.

»Wie alt ist deine Nichte denn?«

»Sie wird siebenundzwanzig. Hat sich auch noch ewig Zeit bis zum Studium gelassen. Mit einem Rucksack durch Australien, Schafe hüten oder was weiß ich. Als ob es hier nicht auch was zu tun gäbe. Nun ja, jetzt tut sie ja was. Besser als nichts. Ich werde sie auf jeden Fall fragen.«

Lejeune erhob sich. »Dann besorgen wir uns mal den Schlüssel. Violette?«

Fünf Minuten später stand Martin in einem staubigen überhitzten Dachgeschossraum, in dem sich ihm ein einziges Durcheinander bot.

Lejeune hustete und klopfte sich mit der Faust auf die Brust. »Das ist nichts für mich. Meine Bronchien. Ich lass dich mal alleine.«

Die Stufen knarzten unter den Schritten des schweren Mannes, und Martin stand allein inmitten all dieser noch nicht gehobenen Schätze. Regale mit alten Büchern, Tontöpfen, Handwerkszeug, wie man es vor hundert Jahren benutzt hatte. Bilder waren an die Wand gelehnt, mindestens dreißig. Welche Motive sie wohl zeigten? Martin entriss sie der Vergessenheit, lehnte die Rahmen an seine Knie und stellte sie in umgekehrter Reihenfolge wieder an die Wand. Im Nullkommanichts hatte er schwarze Finger. Einige Bilder erschienen ihm durchaus qualitätsvoll, doch das musste er alles genauer überprüfen. Wie ein Kind klatschte er übermütig in die Hände. Wo würden er und Aristide all diese Schätze präsentieren? Ein Museum musste her! Ob die *mairie* geeignete Räume hätte? *Stopp, nicht so schnell,* ermahnte sich Martin. Das alles zu sichten brauchte seine Zeit. Und dann würde man weitersehen.

Kapitel 10

Dienstag

Sie hatten sich telefonisch bei den Eltern des toten Mädchens angekündigt. Mathilde war die innere Anspannung deutlich anzumerken. Obwohl es auf der D999 erstaunlich ruhig war, überholte sie schnittig sämtliche Verkehrshindernisse, die sich ihr in den Weg stellten. Rachid hatte sich mittlerweile an den rasanten Fahrstil der Untersuchungsrichterin gewöhnt. Es hatte auch keinen Zweck, sie auf drohende Radarfallen aufmerksam zu machen. Mathilde rauschte auf sie zu, und meist schaffte sie es, kurz davor mit Verve auf die Bremse zu treten.

Tarascon war sechsundzwanzig Kilometer von Nîmes entfernt, das hieß, wenn es gut lief, auf der *Route Départementale* eine Fahrt von vierzig Minuten. Und wenn Mathilde am Steuer saß und der Verkehr floss, dreißig Minuten.

»Sie haben sicher auch in der Schule die Geschichte von Tartarin de Tarascon gelesen.« Mathilde blickte Rachid fragend an und zog mit elegantem Schwung an einem Wohnwagen mit holländischem Kennzeichen vorbei.

Rachid zuckte nur ganz kurz zusammen. Doch der entgegenkommende Kleinlaster hielt sich an die Geschwindigkeitsbegrenzung, und Mathilde landete geschmeidig wieder auf der rechten Fahrbahn.

»Alphonse Daudet, wer kennt die Abenteuer nicht. Doch ich muss gestehen, wirklich mitgerissen haben mich die Geschichten nicht. Hat er nicht einen Löwen in Algerien erlegt, dieser Tartarin? Und das, obwohl es zu dieser Zeit keine wilden Löwen in der freien

Wildbahn Algeriens mehr gab. Er war ein Angeber, so weit ist mir die Figur noch im Gedächtnis geblieben.«

Mathilde lächelte. »Vielleicht hat Ihr Großvater den letzten dieser Art erlegt.«

Rachids Großvater war als Bursche eines französischen Offiziers nach dem Zweiten Weltkrieg mit seiner Frau und ihrem kleinen Sohn nach Frankreich gekommen und in Frontignan sesshaft geworden, wo Rachid Bouraada das Licht der Welt erblickte. Seine algerische Herkunft machte ihm ab und an zu schaffen, vor allem, wenn man ihm mit misstrauischen Blicken begegnete. Mathilde wusste um das Problem, das Rachid immer wieder auch mit Kollegen und Vorgesetzten gehabt hatte, immer dann, wenn er den Eindruck gewann, als *beur*, als Araber nordafrikanischer Herkunft, diskriminiert oder ungerecht behandelt zu werden. Die enge Zusammenarbeit mit Mathilde hatte ihn, dem es an Selbstbewusstsein nicht mangelte, abgeklärter und besonnener werden lassen. Und für sie war er der loyalste und zuverlässigste Mitarbeiter, den sie sich nur wünschen konnte.

»Ich vermute, dann hätte er den ausgestopften Kopf mit nach Frankreich gebracht. Er mit zwei Koffern, meine Großmutter mit meinem Vater auf dem Arm und eine Karre mit dem Riesenschädel hinter sich herziehend«, gab Rachid trocken zurück.

»Das stelle ich mir gerade vor. Wir hatten bis vor ein paar Jahren den Kopf eines Wasserbüffels im oberen Flur hängen. Was habe ich mich als Kind vor ihm gegruselt. Ein Cousin meines Großvaters hat ihn Rémy geschenkt. Ein Großwildjäger, wie er im Buche steht. Tropenhelm, Kakiklamotten. Ein Aufschneider. Vielleicht sind wir Südfranzosen ja wirklich Angeber. Zumindest hat Daudet diese Wahrnehmung, die die Nordfranzosen von uns haben, in seinem Tartarin thematisiert. Wenn auch mit einer ordentlichen Portion Augenzwinkern.« Mathilde lachte plötzlich schallend. »Allein diese Geschichte mit den Jägerhüten.«

Rachid machte ein ratloses Gesicht.

»Los, suchen Sie das im Internet. Es ist wirklich göttlich, wie Daudet die Jäger von Tarascon beschreibt.«

Rachid hatte die Stelle bald gefunden und las vor.

»Nun, mein Gott, sie ziehen eben aufs Feld hinaus, so zwei bis drei Meilen von der Stadt. Dann teilt sich der große Schwarm in Gruppen von je fünf bis sechs Mann; diese lagern sich ruhig und seelenvergnügt im Schatten eines Ziehbrunnens, einer alten Mauer oder auch eines Olivenbaums, ziehen ihre Quersäcke vor und packen ihre Vorräte aus. Der eine hat ein tüchtiges Stück Braten, der andere gibt die rohen Zwiebeln dazu; dieser hat Sardellen, jener eine Wurst – so wird denn in aller Gemütlichkeit gefrühstückt und die Kehle mit einem jener Weine aus dem Rhônegebiet angefeuchtet, die binnen Kurzem zum Lachen und Singen bringen.

Wenn man sich nun recht schön ausgeruht hat, dann erhebt sich die ganze Gesellschaft; man greift nach den Flinten, pfeift den Hunden und geht ernsthaft ans Jagen. Und das machen diese guten Leute folgendermaßen: Jeder Jäger nimmt seine Mütze ab, wirft sie in die Luft, und zwar so hoch er irgend kann – und feuert nun fünf, sechs Schüsse auf sie ab; manchmal werden's auch nur zwei, das kommt nun ganz auf den Schützen und seine Geschicklichkeit an. Wer seine Mütze am häufigsten getroffen hat, wird zum König der Jagd proklamiert und zieht abends im Triumphe in Tarascon ein. Er trägt die durchlöcherte Mütze auf der Mündung des Gewehrlaufes, blickt stolz um sich, die Leute jubeln, die Hunde bellen, die Hörner schmettern, die Freude ist riesengroß.

Es ist eigentlich überflüssig, noch besonders zu betonen, dass in der Stadt ein sehr schwunghafter Handel mit Jagdmützen betrieben wird. Es gibt sogar einige Fabrikanten, welche die Mützen gleich zerschossen und durchlöchert verkaufen, zum Vorteil für Schwindler. Es ist aber wirklich nicht hübsch, seine Genossen auf diese Weise betrügen zu wollen; ganz genau weiß man es eigentlich auch nur vom Apotheker Bezuquet, dass er eine solche Mütze im Laden gekauft hat.«

»Ist das nicht herrlich. Das muss man sich mal vorstellen.« Mathilde blinkte und bog ab.

Plötzlich wurde sie ernst. Rachid wusste, was in ihrem Kopf vorging. Es war etwas mehr als zwei Jahre her, als Sébastien, Mathildes Cousin, verdächtigt wurde, während einer Jagd versehentlich einen der Teilnehmer erschossen zu haben. Die ganze Familie hatte sich um ihn gesorgt und mit ihm gelitten, bis die schreckliche Wahrheit ans Licht gekommen war.

Schweigend passierten sie den malerischen Ort Beaucaire und wenige Minuten später das Ortseingangsschild von Tarascon. Die kleine Episode um Tartarin hatte sie für ein paar Minuten in eine fröhliche, antiquierte Welt befördert, die sie mit schmerzvollen Erinnerungen wieder verlassen mussten, um in eine andere furchtbare Geschichte, die eines Mordes an einer jungen Frau, wieder eintauchen zu müssen.

Das Haus der Familie Hector lag in der Rue du Progrès, keine Minute vom *Château de Tarascon* entfernt, das am Ufer der Rhône im fünfzehnten Jahrhundert von der Familie der Herzöge von Anjou erbaut worden war. Mathilde parkte ihren Peugeot vor einem stattlichen *Maison de maître*. Ein schmiedeeiserner Zaun mit gefährlich spitzen Pfosten umfriedete das Grundstück. Zwei Nadelzypressen flankierten die Haustür, deren Schnitzereien wie frisch geölt in der Sonne glänzten. Die Fensterläden des Erdgeschosses waren geschlossen. *Ein Schutz gegen die warmen Temperaturen, oder hat sich die Familie in ihrer Trauer gegen die Außenwelt abgekapselt?*, fragte sich Mathilde. Noch bevor sie den altmodischen Türklopfer in Form einer Hand betätigen konnten, öffnete sich die Tür mit einem leichten Knarzen. Ein Mann in den Fünfzigern streckte den beiden Ermittlern die Hand zur Begrüßung hin. Er wirkte gefasst. Doch als Mathilde seine Hand in ihre nahm, spürte sie ein Zittern, das in Sekundenschnelle vom gesamten Körper des Mannes Besitz ergriff.

»Madame de Boncourt, Commandant Bouraada? Warum kommen eine Untersuchungsrichterin und ein Polizist zu uns ins Haus?«, sagte Jacques Hector statt einer Begrüßungsfloskel mit unsicherer Stimme.

Seine Stimme war hoch und drohte bei den letzten Worten zu kippen. Die gefasste Miene war einem mit dem zunehmenden Zittern ängstlichen Gesichtsausdruck gewichen.

»Monsieur Hector, können wir vielleicht hineingehen und uns drin unterhalten? Ist Ihre Frau zugegen?«

»Meine Frau hat sich hingelegt. Ich habe ihr etwas zur Beruhigung gegeben.«

In diesem Moment ertönte eine Stimme von der Treppe, die von der großzügigen Diele ins Obergeschoss führte.

»Jacques? Sind das die Leute, die angerufen haben? Die uns sprechen wollen? Warte, ich komme herunter.«

»*Chérie,* leg dich wieder hin.« Besorgt blickte Jacques Hector nach oben. Die Hände bei jedem einzelnen Schritt fest an das Holzgeländer gepresst, kam Patricias Mutter langsam die Treppe herunter. Immer wieder blieb sie auf der nächsten Stufe stehen, schloss die Augen, als sammle sie ihre gesamten verbleibenden Kräfte. Unten angekommen, nahm ihr Mann sie in die Arme. Ihr kurz geschnittenes Haar war verschwitzt und stand in alle Richtungen ab. Das Gesicht war gerötet, die Augenlider geschwollen.

Mit einer vagen Geste zeigte Madeleine Hector auf eine Tür. »Bitte, gehen wir ins Wohnzimmer.«

Mathilde und Rachid folgten dem Paar in den dunklen Raum, den das gleißende Licht eines Kronleuchters plötzlich erhellte. Es war ein trotz seiner Größe gemütliches Zimmer mit einer Sofagarnitur, deren bunter Blumenbezug in allen Farben leuchtete. Auf dem Kaminsims standen Fotografien aus glücklichen Tagen. Patricia mit ihren Eltern auf einer Bergtour, Patricia als kleines Mädchen mit Zöpfen auf einem gescheckten Pony, Patricia, die mit strahlendem Lächeln auf dem Pferd sitzend einen Pokal entgegennahm.

»Ihr erster Turniersieg mit Baronet.«

Jacques Hector traten Tränen in die Augen, als er das Foto vom Sims nahm und auf den Couchtisch stellte. Patricias Mutter blieb vor einer niedrigen Anrichte stehen, auf der mehrere geschliffene Karaffen standen. Sie zog aus einer bauchigen Flasche den Kristallstöpsel heraus und goss sich ein Glas mit einer bernsteinfarbenen Flüssigkeit halb voll.

»*Chérie,* nicht doch. Deine Medikamente.«

Madeleine Hector sah ihren Mann geistesabwesend an und nahm einen großen Schluck. Dann setzte sie sich auf einen Sessel und wies auffordernd mit der freien Hand auf die Couch. Mit leiser Stimme stellte sie die entscheidende Frage.

»Was genau ist passiert? Als wir gestern Patricia identifiziert haben …« Ihre Stimme brach, und sie leerte das Glas in einem Zug. Ein Hustenanfall mischte sich mit Schluchzern.

Ihr Mann, der hinter dem Sessel stand, beendete den Satz. »Der Arzt konnte oder wollte uns nichts Konkretes sagen. Aber meine Frau und ich, wir fühlen, dass es kein Reitunfall war. Und jetzt sind Sie hier. Deswegen, weil es kein Unfall war? So nahe bei dieser Sportart so etwas auch liegen mag. Baronet hat Patricia nicht abgeworfen. Unsere Tochter war eine exzellente Reiterin. Wenn sie auf dem Pferd saß, verschmolz sie regelrecht mit Baronet. Er ist ein unglaublich vorsichtiges Tier. Er trägt …«, nun schluchzte auch Patricias Vater laut auf, »… er trug unsere Tochter wie ein rohes Ei auf seinem Rücken. Er denkt mit, taxiert jeden Sprung, ist im Gelände durch nichts zu erschüttern. Was also ist geschehen?«

Mathilde und Rachid hatten bis jetzt geschwiegen. Es war ungemein wichtig, den Betroffenen Zeit zu geben, sich an die Anwesenheit der Ermittler zu gewöhnen, sich auf die unfassbare Nachricht vorzubereiten. Sei es durch einen Schluck Alkohol oder einfach nur durch Reden. Rachid räusperte sich.

»Es tut uns sehr leid, aber wir müssen Ihnen mitteilen, dass Ihre Tochter Patricia Opfer einer Gewalttat geworden ist.«

Er schwieg, wartete ab, wie die Eltern das eben Gehörte verarbeiteten. Sie hatten es geahnt, aber wohl bis zu diesem Moment gehofft, diese Befürchtung würde nicht zur Realität. Jacques Hector blieb hinter dem Sessel stehen, stützte seine Arme auf die Rückenlehne, schloss die Augen. Seine Lippen waren zusammengepresst. Seine Frau schlang die Arme um ihren Oberkörper, wiegte ihn langsam, dann immer schneller vor- und zurück. Dann stieß sie einen nicht endenden wollenden Schrei aus, voller Schmerz, voller Hilflosigkeit. Ihr Mann eilte um den Sessel herum, kniete sich vor ihr nieder und weinte lautlos, während ihm die Tränen die Wangen hinunterliefen.

Es schien, als würde die Erde stillstehen und der Sonnenstrahl, der sich eben zwischen den beiden Fensterläden hindurchzwängen wollte, es sich im letzten Moment anders überlegen. Die Trauer der Eltern füllte den ganzen Raum. Dann stand Patricias Vater auf und legte ein Wollplaid, das auf dem zweiten Sessel lag, um die Schultern seiner Frau. Er setzte sich neben sie und hielt ihre Hand.

»Haben Sie schon eine Spur, einen Verdächtigen?«, fragte er tonlos.

»Nein.« Mathilde und Rachid antworteten gleichzeitig. Mathilde verstummte und überließ dem Commandant das Wort.

»Nein, wir haben noch niemanden unter Verdacht. Wir wissen nur so viel, dass Ihre Tochter das Pferd aus irgendeinem Grund angehalten hat und abgesprungen ist. Das Pferd ist zurück zum Stall. Und …«, die nächsten Worte kamen Rachid schweren Herzens und nur zögernd von den Lippen, »… jemand hat Patricia mit einem Stein einen Schlag versetzt.« Rachid atmete tief ein und aus. Er wusste, wie sich die Eltern diese Szene jetzt bildlich vorstellten. Umso schwerer fiel ihm der nächste Satz. »Dann hat der Täter ein zweites Mal zugeschlagen.«

»Und dieser zweite Schlag war tödlich?«

»Ja.«

Patricias Mutter saß nun hoch aufgerichtet in ihrem Sessel. Sie knetete die Enden des langen Schals in ihren Händen. »Wenn Patricia nicht durch diesen Schlag gestorben wäre, hätte der Täter dann ein drittes, ein viertes, ein fünftes Mal zugeschlagen, so oft, bis er ihr Gesicht zerstört hätte?«

Mathilde und Rachid sahen sich betreten an.

Die Stimme der Untersuchungsrichterin war klar und sanft, als sie antwortete. »Das wissen wir nicht, Madame Hector.« Am liebsten hätte sie Patricias Mutter in die Arme genommen. »Wir sind hier, damit Sie uns etwas über Ihre Tochter erzählen. Es ist wichtig, dass wir uns eine Vorstellung von ihr machen können. Und wir versprechen Ihnen, wir werden alles tun, um die Person zu finden, die ihr das angetan hat.«

Madeleine Hector nickte. »Ich nehme an, Sie stellen uns Fragen?«

»Später.« Rachid hatte einen Kloß im Hals. Die Gespräche mit den Eltern, Geschwistern, Angehörigen ermordeter Kinder waren für ihn das Schlimmste. Er fühlte sich elend. Und auch wenn er sich in den Schmerz der beiden hineinversetzen konnte, würde er sich niemals anmaßen, solche Sätze zu sagen wie »Ich weiß, wie Sie sich fühlen.« Nein, das wusste er nicht, und er hoffte, auch niemals diese Erfahrung machen zu müssen. »Erzählen Sie uns einfach ein wenig.«

»Wir haben uns lange ein Kind gewünscht. Drei Fehlgeburten, und wir hatten eigentlich nicht mehr daran geglaubt, dass uns das Glück eines Kindes zuteilwerden würde. Und als wir schon damit abgeschlossen hatten, ja, dann war ich mit Patricia schwanger. Eine unkomplizierte Schwangerschaft, eine leichte Geburt, ein Sonnenschein von der ersten Sekunde an.«

Madame Hector wischte sich mit dem Plaid die Tränen, die ihr über die Wangen strömten, vom Gesicht.

»Sie liebte Tiere, die Natur, war ein Kind, dem alles in den Schoß fiel. Mit fünf konnte sie lesen. Sie war fröhlich, aufmerksam, höflich. Ihre große Liebe war das Pony, dann das Pferd. Mit ihnen war sie geduldig, freundlich, aber auch streng.«

Mathilde und Rachid ließen den Erinnerungen Madame Hectors freien Lauf. Ihr Mann saß schweigend in seinem Sessel, nickte ab und zu, oder ein leises gequältes Stöhnen entwich seinem Mund.

Patricias Mutter schloss mit den Worten »Und in diesem Jahr hätte sie ihr BAC gemacht. Und jetzt, alles für immer verloren. Madame le Juge, Commandant, wer kann so grausam gewesen sein, wer hat Patricia so gehasst, dass er sie getötet hat?«

»Sie glauben, es war Hass im Spiel?« Es war die erste Frage, die Mathilde stellte.

Für einen Augenblick sah Madeleine Hector verwirrt zu ihrem Mann, der für sie antwortete. »Hass ist ein großes und starkes Gefühl. Und so ein mächtiges Gefühl muss doch einen Täter, der zweimal zuschlägt, um zu töten, antreiben. Oder nicht?«

»Es gibt viele Gründe, derentwegen gemordet wird. Hass ist ganz sicher ein starkes Motiv. Doch Hass worauf? Auch Eifersucht kann ein Motiv sein oder Rivalität, nicht wahrgenommen werden, Enttäuschung, verletzter Stolz, für den einen eine Nichtigkeit, für den anderen ein Grund zu töten. Hatte Ihre Tochter Feinde?«

»Feinde? Nein. Ganz sicher nicht. Sie hatte Rivalen und Rivalinnen im Reitsport, vielleicht auch Neider. Aber Feinde? Nein. Patricia war ein beliebtes Mädchen. Sie hatte einen großen Freundeskreis, alle mochten sie.«

»Wer waren ihre engsten Freunde? Wir werden Freunde, Mitschüler, Lehrer befragen. Daher wäre es hilfreich, wenn wir einige Namen hätten, Personen, die Patricia nahestanden.«

Madeleine Hector zögerte einen Moment. »Ihre Mitschüler waren ihre Freunde. Das heißt, natürlich nicht alle. Es war ein kleiner Kreis von Gleichaltrigen. Einen jungen Mann kennen wir persönlich, andere aus Patricias Erzählungen. Wir werden Ihnen die Namen ihrer Freunde aufschreiben. Vielleicht gab es auch noch mehr, doch das können Ihnen sicher die Klassenkameraden oder auch die Lehrer sagen. Jacques, bringst du bitte einen Zettel und einen Stift.«

Das Gesicht von Patricias Mutter war bleich, nur auf den Wangen zeichneten sich jetzt hektische rote Flecken ab. Mathilde hatte den Eindruck, es tat ihr gut, selbst aktiv werden zu können. Ihr Mann legte ihr einen Block und einen Kugelschreiber auf den Couchtisch, und sie begann zu schreiben. Jacques Hector sank in einen Sessel.

»Seit wann hat Patricia das Internat besucht?«, wandte sich Rachid an den Vater.

»Seit vier Jahren, seitdem sie mit Baronet trainiert. Der Stall und die Trainingsanlage sind mit dem Fahrrad nur wenige Minuten vom Internat entfernt. Als es sich abzeichnete, dass Patricia im Springsport ganz oben mitreiten könnte, musste sie von ihrem alten Reitlehrer Abschied nehmen. Auf der Reitanlage von Hervé hatte sie die besten Bedingungen. Er ist selbst ein hervorragender Springreiter, startet international auf höchstem Niveau. Zurzeit ist er in Irland zu einem Lehrgang. *Mon Dieu*, wir müssen ihn informieren, wenn das nicht schon Paquito getan hat. Überhaupt, wir müssen uns doch um die Beerdigung kümmern. Wir können sie doch beerdigen. Oder?« Jacques Hector war mit jedem Wort lauter geworden, verzweifelt fuhr er sich übers Gesicht, wühlte in seinen Haaren, riss daran.

»Monsieur Hector, die Leiche Ihrer Tochter wird bald freigegeben. Sie und Ihre Frau können sich um alles kümmern. Aber Ihre Unterstützung ist immens wichtig. Wir müssen so viel wie möglich über Patricias Umgang wissen. Ihre Frau hilft uns schon sehr mit der Liste ihrer Freunde. Sie sagten, Ihre Tochter hätte bald ihr BAC gemacht. Hat sie das Internat gerne besucht?«

»Ja, natürlich. Es ist ja nicht weit weg von zu Hause. Obwohl Patricia auch die meisten Wochenenden während der Turniersaison in der Schule verbrachte. Es gibt einige Schüler, die im Internat leben. Und für Patricia war es zu kompliziert, die Wochenenden hier zu verbringen. Und, wie gesagt, ihr Trainer unterrichtete auf dieser Reitanlage. Patricia ist höchstens einmal am Sonntag nach Hause gekommen. Ein Arrangement während der Turnierphase.« Patricia Vater stützte den Kopf schwer in beide Hände. »Ich weiß, Sie brauchen unsere Unterstützung. Aber ich bin am Ende, meine Frau auch. Können wir unser Gespräch, sobald Sie die Liste haben, beenden und vielleicht morgen weitermachen?«

»Monsieur Hector, wir sind gleich fertig. Dann können Sie sich ausruhen. Wir werden Sie umgehend kontaktieren, wenn sich uns noch weitere Fragen stellen. Wir würden auch noch gerne einen Blick in Patricias Zimmer werfen. Nicht jetzt. Aber ist es Ihnen recht, wenn wir bald einen Kollegen vorbeischicken? Und, bitte, verändern Sie nichts in dem Zimmer.«

Mathilde kannte diese Situation nur zu gut. Es würde den beiden das Herz brechen, wenn Fremde, nur Minuten nachdem sie die schreckliche Nachricht erfahren mussten, in der Privatsphäre ihres Kindes herumschnüffelten.

Madame und Monsieur Hector nickten dankbar.

»Lieutenant Tourrain wird Sie dann aufsuchen. Er wird sich natürlich vorher bei Ihnen melden. Sollte Ihnen bis dahin noch irgendetwas eingefallen sein, können Sie sich auch direkt an mich oder die Kollegen wenden.« Mathilde griff nach ihrer Tasche. »Nur noch kurz zurück zu meiner Frage. Hat Patricia das Internat gerne besucht? Hat sie sich dort wohlgefühlt?«

Die Antwort des Vaters kam ohne Zögern. »Ja, natürlich. Sie

mochte die Lehrer, sie hat dort ihre Freunde gefunden. Ja, sie lebte gerne dort. In ein paar Wochen wäre diese Zeit für sie zu Ende gewesen. Ich glaube, sie fand es schade, wenn sich dann alle in die ganze Welt zerstreuen und sie sich, was zu vermuten ist, nicht mehr wiedergesehen hätten. Ja, sie hat sich dort immer wohlgefühlt.«

Bekräftigend nickte Patricias Vater heftig mit dem Kopf. Er sah zu seiner Frau, die gedankenverloren auf dem Ende des Kugelschreibers herumkaute. Langsam sah sie auf.

»Wohlgefühlt? Nicht immer. Nicht in letzter Zeit.«

Alle Blicke wandten sich erstaunt Patricias Mutter zu. Ruhig faltete sie das Blatt mit der Namensliste in der Mitte und schob es mit nachdenklicher Miene über den Tisch zu Rachid. Er nahm es und faltete es auseinander. Fünf Namen hatte Patricias Mutter aufgelistet. Er faltete das Blatt wieder in der Mitte und legte es zwischen die Seiten seines Notizheftes.

Kapitel 11

Dienstag

»Was könnte ein Grund für Patricias Abneigung, das Internat zu besuchen, gewesen sein? Und das so kurz vor ihrem Schulabschluss. Sie hatte keine Probleme mit den Lehrern, war eine mustergültige Schülerin und beliebt bei ihren Mitschülern, hatte einen engen Freundeskreis. Vielleicht hätten ihre Eltern stärker nachbohren müssen, dann wüssten wir heute ein wenig mehr über ihren Gemütszustand. Vielleicht hätten wir sogar einen Hinweis darauf, warum sie sterben musste.«

Mathilde wühlte in ihrer Handtasche und klaubte den Autoschlüssel aus deren Tiefen. Sie hatte das Gefühl, als würden sie vom Wohnzimmerfenster aus beobachtet. Doch mehr als eine leise Ahnung war es nicht, denn die Fensterläden waren genauso geschlossen wie bei ihrer Ankunft.

»Sie kennen doch die Jugendlichen in diesem Alter. Je mehr man ihnen auf den Zahn fühlt, desto weniger erfährt man. Sie machen zu wie eine Auster. Aber Sie haben natürlich recht. Vielleicht bringt uns das, was Patricia in letzter Zeit beschäftigt hat, weiter. Vielleicht ist es auch nur eine Kleinigkeit. Eine nicht erwiderte Liebe, ein Junge, der Schluss mit ihr gemacht hat.«

»Das nennen Sie eine Kleinigkeit? Mein lieber Rachid, das ist keine Kleinigkeit, wenn ein Junge mit einem Mädchen Schluss macht. Das ist Herzschmerz pur, die reinste Verzweiflung, die Welt geht unter. Ist Ihnen das noch nie passiert?«

Rachid lächelte sein unwiderstehliches Lächeln, das Mathilde manchmal den Atem raubte und in ihrem Innersten für einen kleinen Aufruhr sorgte. Waren das besagte Schmetterlinge? Ob er nur sie so anlächelte? Schnell schob sie die Gedanken weg.

»Nein, mit mir hat noch kein Junge Schluss gemacht.« Jetzt grinste der Commandant entwaffnend.

Mathilde setzte ihre Sonnenbrille auf und fuhr los.

»Wir werden uns morgen mit den Lehrern unterhalten und die Liste mit den Freunden abarbeiten. Freundinnen und Freunde sind dazu da, dass man sich ihnen anvertraut. Und, hat schon mal ein Mädchen mit Ihnen Schluss gemacht?«

Sie hatte sich die Frage einfach nicht verkneifen können. Mathilde biss sich auf die Lippe. Wie unprofessionell war das denn? Dieses alberne Geplänkel, und das inmitten einer Mordermittlung.

Rachid lachte herzlich. »Sie sind ja überhaupt nicht neugierig. Irgendwann werde ich Ihnen erzählen, wie oft man mir das Herz gebrochen hat.«

Auch er wurde wieder ernst. »Ich setze vor allem morgen auf die Gespräche mit den Personen auf der Namensliste. Ich hoffe, sie ist einigermaßen vollständig. Eine Mutter kennt nicht unbedingt alle engen Vertrauten der eigenen Tochter. Nun, wir werden es ja sehen.«

Mathilde nickte zustimmend, gab Gas und ließ das Ortsschild von Tarascon hinter sich. Ihr Magen knurrte plötzlich laut und vernehmlich. Rachid hatte es gehört.

»Haben Sie heute Morgen überhaupt gefrühstückt? Ich habe eine Idee, und ein wenig Ablenkung wird uns auch guttun. Ein Bekannter von mir hat ein nettes kleines Bistro in Beaucaire, es liegt quasi auf unserem Heimweg. Wir trinken ein Glas, essen einen Happen und vergessen einfach für eine Stunde die ganze Geschichte. Was halten Sie davon?«

Mathilde war einigermaßen sprachlos. Bis jetzt waren die Vorschläge, zusammen ein Glas Wein zu trinken oder einen Mittagsimbiss einzunehmen, immer von ihr oder Felix gekommen.

»Hunger hätte ich auf jeden Fall. Sie haben es ja gehört. Sagen Sie mir, wo's langgeht.«

»Einfach geradeaus über die Brücke. Es ist direkt am Jachthafen auf der rechten Seite. Wenn wir Glück haben, können wir in der Nähe an der Straße parken.«

Die D999, die *Route de Nîmes*, auf der sie wieder unterwegs waren, mündete hinter der Brücke zwischen Tarascon und Beaucaire in der Place Jean-Jaurès, die ein riesiger aus Stein gehauener Stier schmückte, eine Hommage an *Goya*, einer der besten Bullen der *courses camarguaises* seiner Zeit. Der mächtige Vierbeiner stand auf einem antiken römischen Sockel und war 1984 aufgestellt worden.

Mathilde de Boncourt war ein Kind der Region und mit den Bräuchen und Traditionen ihrer Heimat aufgewachsen. Stolz erfüllte sie immer wieder, wenn die weiß gekleideten Stierkämpfer zu den Klängen aus *Carmen* oder *Vovo te bacellaïre* in die Arenen einzogen, um sich im unblutigen Wettkampf mit der Naturgewalt der Stiere zu messen. Es war mehr als richtig, auch den vierbeinigen Helden der Arenen ein Denkmal zu setzen.

»Der Stier hieß *Goya*.« Sie zeigte auf die Skulptur, an der sie in diesem Augenblick vorbeifuhren. »Für *grand-pères* Freund Guillaume war er das Nonplusultra eines *cocardiers*. Guillaume hat sein Leben lang davon geträumt, dass seiner *manade* ein solches Tier entspringen würde und einer seiner Stiere den *biòu d'or*, die höchste Auszeichnung für den besten Bullen jeder Saison, holen würde. Und dann so ein Ende.«

Mathilde dachte erneut mit Trauer an die Schicksalsschläge, die die befreundete Familie Rossignol vor zwei Jahren getroffen hatte, als Didier bei diesem unsäglichen Jagdunfall erschossen worden war.

»Soweit ich weiß, gab es aber doch einen Vorgänger von *Goya*. Die Kneipe meines Freundes heißt *Les Amis de Clairon*. Er wird nicht müde, jedem Gast die Geschichte dieses Stiers zu erzählen. Clairon war ein berühmter Vorgänger Goyas. Sein Standbild war aus Bronze und ist 1943 eingeschmolzen worden. Daraufhin hat man ihm ein Denkmal aus Stein geschaffen. Wussten Sie, dass der Künstler, der die Statue aus Bronze gearbeitet hatte, sich weigerte, in den Süden zu kommen? Ein echter Pariser Snob. Der Stier musste nach Paris transportiert werden, um sein bronzenes Abbild zu schaffen.«

Mathilde schnaubte durch die Nase, während sie ihren Peugeot geschickt in eine winzige Lücke bugsierte, keine zehn Meter von dem Bistro entfernt, dessen dunkelrote Markise, die Tische und Stühle beschattete, schwarze Stierköpfe zierten.

»Die Überheblichkeit des Nordens, die Arroganz der Pariser. Echtes Pack.« Sie grinste. »Das erzählen Sie aber nicht weiter. Das mit dem Pack. Aber natürlich kenne ich auch die Geschichte von Clairon. Ist es nicht wunderbar, den Tieren wurde ein gemütlicher Lebensabend beschert. Goya und Clairon durften ihr Rentnerdasein auf den *manades* genießen, auf denen sie geboren wurden.« Ihr Blick wurde ernst. »Es ist schon merkwürdig. Wir zollen ihnen Respekt, erkennen ihre Kraft und ihre Schönheit an, und doch werden sie während der *Feria* gnadenlos getötet. Ich mag dieses Gemetzel nicht, Tradition hin, Tradition her. Die Toreros könnten sich doch wie die Stierkämpfer der *courses camarguaises* in einem unblutigen Wettkampf messen. Ich habe jedenfalls letzte Woche vor der Arena eine Petition unterschrieben. Gegen den blutigen Stierkampf.«

»Ich auch. Dann sind wir schon zwei im Kampf für die unblutige Sache.« Rachid reckte die Faust wie ein kubanischer Revolutionär.

Rachids Freund Selim, der eben an einem der Tische kassierte, hatte den Freund aus Nîmes bereits erspäht und kam mit offenen Armen auf sie zu.

»*Mon ami!* Wir haben uns lange nicht mehr gesehen. Welch hübsches Geschöpf hast du mir denn da mitgebracht?«

Selim war ein Mann in den Sechzigern. Er war klein gewachsen, sein graues Haar trug er kurz, und das dunkelrote Hemd, das in einer schwarzen Hose steckte, spannte über seinem Bauch.

»Das, mein lieber Selim, ist Madame le Juge, Mathilde de Boncourt. Wir arbeiten zusammen.«

»Ihr arbeitet zusammen? Aha. Sehr schön. Hier, setzt euch in den Schatten. Ein Aperitif? Nein?« Rachid und Mathilde hatten den Kopf geschüttelt. »Wie wäre es mit einem kühlen Rosé? Ich hätte da einen wunderbaren *Cante Perdrix*. Rachid, wie sieht's aus? Du trinkst doch ein Glas?«

Rachid nickte. Ab und zu ein kleines Glas Wein zu einem üppigen Mittagessen erlaubte er sich auch im Dienst. Selim schob die Tafel mit den Tagesgerichten ins Blickfeld seiner Gäste und verschwand im Inneren des Lokals, um umgehend mit zwei Gläsern und einer beschlagenen Flasche Rosé mit dem namensgebenden Rebhuhn auf dem Etikett zurückzukehren. Er schenkte ein und eilte zurück, um neue Bestellungen und Anweisungen an die Küche durchzugeben.

Mathilde setzte ihre Sonnenbrille auf und ließ den Blick über die bunten Boote schweifen, die ruhig auf den dunklen Wassern der Rhône schaukelten. Eine leichte Brise trug einen modrigen Geruch heran. Sie wählten den gegrillten Steinbutt. Das *Filet de turbot* kam mit einer erfrischenden Soße, die nach Orangen und Rosmarin schmeckte, und einem *Tian de pommes de terre*, der in kleinen Tontöpfen serviert wurde. Schweigend und andächtig verzehrten sie ihr Mittagessen.

Mit einem wohligen Seufzer legte Mathilde ihr Besteck auf den Teller. »Was will man mehr.« Sie leerte ihr Glas. »Wäre es nicht schön, wenn wir jetzt einfach durch die Gassen von Beaucaire schlendern könnten, die Burg besichtigen, im Schatten eines der Stadtpalais einen Kaffee trinken oder eine Zigarette rauchen?«

Ihr Blick ging fragend zu einem Schild, das unterhalb der schiefernen Speisetafel angebracht war. *Wir bitten unsere Gäste, auch im Außenbereich auf ihre geliebte Zigarette zu verzichten.*

»Das ist uns leider nicht vergönnt. Und Ihnen Ihre Zigarette auch nicht. Selim hatte Lungenkrebs. Und seit er ihn überstanden hat, ist er auf dem Kriegspfad. Oder, wenn es Ihnen lieber ist, er ist zu einem Missionar geworden. Wollen wir aufbrechen, so schön es hier auch ist?«

Er winkte Selim zu sich und übernahm, auch wenn Mathilde dagegen protestierte, die Rechnung. Die beiden Gläser des *Cante Perdrix* gingen aufs Haus, und Selim nahm seinem Freund das Versprechen ab, bis zum nächsten Besuch nicht mehr so viel Zeit vergehen zu lassen. Und unbedingt die charmante Mathilde wieder mitzubringen. Rachid versprach beides.

Auf dem Rückweg nach Nîmes plauderten sie zunächst über das

hervorragende Essen, dann fragte Mathilde neugierig: »Woher kennen Sie Selim?«

»Ich habe seinen Sohn fast eingelocht.«

Erstaunt sah sie den Commandant an. »Und dadurch sind Sie Freunde geworden?«

Rachid lachte. »Ja, man hält es kaum für möglich. Mahir ist, das heißt, er war, ein Nichtsnutz. Er hatte einen typischen Werdegang. Die Eltern waren mit dem Restaurant beschäftigt, und er fing irgendwann an, die Schule zu schwänzen, kam in Kontakt mit ein paar Kleinganoven. Ein kleiner Taschendiebstahl hier, ein paar geklaute Zigaretten da. Das ist jetzt sechs oder sieben Jahre her. Ich war ganz zufällig in der FNAC auf der Suche nach einem neuen Handy, als ich ihn dabei beobachtete, wie er versuchte, etwas mitgehen zu lassen. Ich habe mir das Bürschchen geschnappt. Er kam mit einem halben Jahr Sozialarbeit davon. Heute geht er einem ordentlichen Beruf nach. Selim und seine Frau haben mich seitdem in ihr Herz geschlossen. Wenn sich doch immer alles nur so einfach zum Guten wenden würde. Okay, dann wären wir bald arbeitslos. Aber das wär's doch wert, nicht wahr?«

»Allerdings. Was würden Sie machen, wenn Sie kein Polizist wären?«

Rachid überlegte kurz. »Merkwürdig, aber die Frage habe ich mir noch nie gestellt. Vielleicht Archäologe. Es ist doch eine spannende Arbeit. Vielleicht weniger diese Restaurierungssachen, die Sabine macht. Eher Grabungen, verborgene Schätze finden.« Seine dunklen Augen leuchteten wie die eines kleinen Jungen.

»An Ihnen ist ja ein echter Abenteurer verloren gegangen. Ich könnte mir vorstellen, Musikerin zu sein. Vielleicht Klavier oder Cello. Um die Welt reisen, Konzerte geben.«

»Und Ihr geliebtes Südfrankreich verlassen?«

»Ich gebe ja nur kurze Konzerte. Minikonzerte. Und dann komme ich natürlich immer wieder nach Hause, um mich zu erholen und von Odile verwöhnen zu lassen.«

»Spielen Sie denn überhaupt ein Instrument?«, fragte Rachid, vollkommen erstaunt über Mathildes Berufsfantasie.

»Nein, ich bin ganz und gar unmusikalisch. Vielleicht träumt man ja immer von dem ganz Unmöglichen. Nun ja, träumen ist vielleicht auch zu viel gesagt. Eigentlich bin ich ganz zufrieden. Sie hätten mich mal hören sollen, als ich mit sieben Jahren Blockflöte spielen sollte. Da jaulten sogar die Hunde mit. *Grand-père* hat mich in mein Zimmer verbannt. Ich hatte mich an der Marseillaise versucht. Wenn das einer gehört hätte, wäre ich als Vaterlandsverräterin angeklagt worden.«

Ein Misston drang aus Mathildes Handtasche.

»Apropos Marseillaise. Ihr Handy. Sie brauchen dringend eine Freisprechanlage. Soll ich?«

Mathilde nickte. Rachid griff sich die Handtasche vom Rücksitz des Wagens und zog das Handy heraus. Es war Felix.

»Felix?« Er lauschte einen Moment. »Ach, verdammt, ja. Ich hatte es während des Essens leise gestellt. Ja, Madame le Juge und ich waren in Beaucaire zum Mittagessen. Gut, wir treffen uns dann später im *Palais de Justice*.« Er wandte sich an Mathilde. »Felix hat eben die Reitanlage verlassen, und er hat interessante Neuigkeiten für uns.«

Kapitel 12

Dienstag

Felix Tourrain war auf den unbefestigten Weg eingebogen, der zur Reitanlage führte, als sein Handy klingelte.

»*Bonjour* Marius. Hast du was für uns?«, begrüßte er den Leiter der *Identification criminelle*. Der Kriminaltechniker hatte Sattel, Satteldecke und das Zaumzeug mitgenommen, um sie auf verwertbare Spuren hin zu untersuchen.

»Nein. Nichts. Lediglich die Fingerabdrücke des Opfers und des Verwalters sind drauf, genau an den Stellen, wo sie zu erwarten waren. Élodie hat uns gezeigt, wie man den Sattel aufs Pferd hebt und wieder runterzieht und wie man dem Pferd die Trense anlegt. Genau dort, wo man anpacken muss, sind die Abdrücke. Am Sattelgurt das gleiche Bild. Wir können davon ausgehen, dass niemand das Pferd an- oder festgehalten hat. Wie uns die Spuren auf dem Boden eigentlich schon verraten haben, ist das Pferd stehen geblieben, das Mädchen ist abgesprungen, hat das Pferd vielleicht noch kurz am Zügel gehalten, bis der Schlag mit dem Stein es traf. Und habt ihr schon etwas, was euch weiterbringt?«

Felix hatte mittlerweile den Parkplatz erreicht. Er stellte seinen Wagen neben einem Pferdeanhänger ab.

»Madame le Juge und Rachid waren bei den Eltern. Ich weiß noch nicht, was sich dort ergeben hat. Ich schau mich jetzt ein wenig auf dieser Reitanlage um. Vielleicht ist der Tierarzt schon da. Er soll das Pferd auf Verletzungsspuren hin untersuchen. Der Typ, der für die Stallungen und die Pferde zuständig ist, hat das Tier zwar gestern schon in Augenschein genommen, aber ein Veterinär sieht wahrscheinlich mehr. Spurensicherung der etwas anderen Art. So ganz geheuer sind mir diese Riesentiere ja nicht. Alles, was größer ist als ein Schaf, flößt mir einen Heidenrespekt ein. *Eh bien,* ich muss jetzt Schluss machen. Danke für die Infos, Marius. Solltet ihr doch noch was entdecken …«

Der Kriminaltechniker unterbrach Felix. »Klar, wir melden uns umgehend. Ich war allerdings noch nicht ganz fertig. Auch die Kleidung des Mädchens weist keine Auffälligkeiten auf. Haare von ihr und dem Pferd, Schweiß, Hautschuppen, Stroh, Heu. Der Dreck an der Hose und der Reitweste entspricht der Erde am Tatort. Regis hat uns seinen Obduktionsbericht schon geschickt. Auch unter ihren Fingernägeln fand sich nichts Verwertbares. Das arme Ding. Wenn ich mir vorstelle, jemand würde Chloe so was antun. Sie ist genauso alt. Na ja. Dann will ich dich nicht länger aufhalten. *Salut,* Felix!«

Felix betrachtete die Reitanlage zunächst aus sicherer Entfernung. Ein langer Stalltrakt, in dem die Pferde aus den oben geöffneten Türen herausschauen konnten, rechts davon ein Misthaufen. Mutig näherte er sich den Stallungen. Zwei Pferde sahen ihn ruhig aus sanften Augen an, beobachteten jede seiner Bewegungen. *Tiere mit solchen Augen, vor denen muss man doch keine Angst haben,* sagte sich Felix im Stillen. Ein Pferd klopfte mit dem Huf gegen die Boxentür. Vielleicht wollte es etwas zu fressen? Mit großem Sicherheitsabstand ging er an den Boxen vorbei. Aus einem Schuppen hinter der Stallung schleppte eine ältere Frau gerade einen Sattel, an ihrem Arm hing wie eine Handtasche das Zaumzeug. Sie grüßte Felix mit einem Kopfnicken und marschierte weiter zu einem Schimmel, der an einer Stange angebunden war. Neben der Sattelkammer waren zwei weitere Boxen angebaut. Ein Fuchs mit einer langen Blesse schaute heraus.

»Das ist Baronet.«

Felix fuhr herum. Ein kleiner Mann mit sonnenverbranntem und von Falten zerklüftetem Gesicht streckte ihm die Hand hin. Er trug über seiner Hose eine weitere Art Hose aus Leder, an seinen derben Schuhen glänzten Sporen, deren Enden wie kleine Rädchen geformt waren. Die Ärmel seines geblümten Hemdes waren hochgekrempelt, und auf dem Kopf saß ein kleiner runder Lederhut.

»*Bonjour.* Ich nehme an, Sie sind der Polizist, der sich angemeldet hat. Paquito Ruiz, ich bin der Verwalter. Es ist so unfassbar, was mit Patricia passiert ist.« Tränen traten in die dunkelbraunen Augen, die er mit einer fast wütenden Handbewegung wegwischte. »Der Tierarzt ist unterwegs. Wir haben Baronet über Nacht in der Box gelassen. Die kleine Stallung ist speziell für kranke Tiere. Also, er ist ja nicht krank, aber wir haben ihn wegen der Spuren dringelassen, die Sie vielleicht finden. Das war doch richtig?«

Felix nickte. »Lieutenant Tourrain. Ja, das war genau richtig«, beruhigte er den Verwalter. »Wo sind die anderen Pferde? Und wem gehört die Anlage?«

Paquito wischte sich die Hände an den Lederchaps ab.

»Die sind alle draußen. In der Stallung mit den sechs Boxen, an der sie vorbeigekommen sind, stehen im Moment zwei Pferde. Ich hole sie für die Besitzer rein, wenn sie zum Reiten kommen. Die Weiden sind riesig, und die meisten haben nicht noch die Zeit, hinter ihren Pferden herzujagen. Die Anlage gehört Hervé Vallois, dem Trainer. Wir erwarten ihn morgen zurück. Er kann es auch noch nicht fassen. In zwei Wochen wollte er mit Patricia nach Marseille. Ihr erstes Turnier mit echt internationaler Besetzung. Reiter aus Portugal und Spanien, Belgien und Holland.« Er rieb sich erneut über die Augen und stöhnte leise. Dann schüttelte er den Kopf. »Wer kann so etwas gemacht haben? Es stimmt doch, was man sich erzählt? Dass es kein Unfall war. Aber das ist doch nicht möglich. Sie war so ein liebes Ding. Und wenn es doch ein Unfall war? Vielleicht ist Baronet ja gestolpert, irgendein Karnickelloch, in das er getreten ist, und sie ist deswegen gestürzt. Ein Unfall ist auch eine schlimme Sache, aber doch nicht vergleichbar mit einem Mord. Aber warum sollte sonst die Polizei ermitteln?« Diese Frage stellte er ganz leise.

»Es tut mir sehr leid. Aber es war tatsächlich kein Unfall. Jemand hat Mademoiselle Hector mit einem Stein erschlagen.«

Der kleine Mann schlug sich die Hand vor den Mund.

Felix räusperte sich. »Monsieur Ruiz, hatte Patricia Hector Feinde, hier unter den Reitern? Einen erbitterten Konkurrenten, eine Rivalin, jemand, der auf sie eifersüchtig und neidisch war?«

Der Verwalter antwortete, ohne zu zögern. »Nein. Niemand. Sie war bei allen beliebt. Wir haben hier insgesamt fast vierzig Pferde. Einige gehören Hervé, er reitet sie selbst oder stellt sie zum Unterricht zur Verfügung, die anderen gehören Privatbesitzern. Es sind Kinder, die mit ihren Ponys Spaß haben, Freizeitreiterinnen, die einfach den Umgang mit den Pferden lieben, einen kleinen Ausritt wagen oder Reitunterricht nehmen. An die Klasse von Patricia reichte hier niemand heran. Lichtjahre sind die anderen von dem, was das Mädchen reiterlich konnte, entfernt. Wie soll da Rivalität entstehen? Niemals! Jemanden, der Patricia das angetan hat, müssen Sie woanders suchen.«

»Haben Sie eine Ahnung, wo?«

Ruiz zuckte mit den Schultern. »Nein. Sie hat hier ihr altes Pony versorgt und Baronet. Ansonsten weiß ich über ihr Privatleben nichts. Sie war täglich hier, kam mit dem Fahrrad vom Internat. Holte ihr Pferd von der Weide, putzte, sattelte, trainierte, ritt aus, wenn es die Zeit noch erlaubte. Ich habe ihr oft angeboten, Baronet zu holen oder mich nach dem Reiten um ihn zu kümmern. Damit sie noch etwas Freizeit hatte. ›Paquito, das ist meine Freizeit. Lieb von Ihnen, aber Baronet würde mir das ganz schön übel nehmen, wenn ich mich nicht höchstpersönlich um ihn kümmere‹, sagte sie immer. Und das Glück strahlte aus ihren Augen.« Er räusperte sich. »*Eh bien,* dann werde ich Baronet schon mal aus der Box holen. Da drin sieht man ja nichts. Ich glaube, ich hab eben auch die Klapperkiste vom Tierarzt gehört.«

Felix drehte sich um, da kam auch schon ein älterer Mann in Jeans, Poloshirt und Stiefeln mit einem altmodischen Arztkoffer auf ihn zu.

»Noel Barabas, der Tierarzt. Eine furchtbare Geschichte. Paquito hat mich gestern Abend angerufen. Dem Pferd fehlt offensichtlich nichts. Das Tier war immer kerngesund. Zweimal im Jahr eine Impfung, zwei Wurmkuren. Sonst hat Baronet noch nichts aus meiner

Tasche ...«, er klopfte mit der freien Hand auf seinen Medizinkoffer, »... gesehen. Wissen Sie schon, was genau passiert ist?«

Felix schilderte dem Mann, den er auf Mitte sechzig schätzte, was die ersten Untersuchungen ergeben hatten.

»Die Welt wird doch immer beschissener. Das arme Mädchen. Wem hat sie etwas getan? Wie sagte William James: ›Der Mensch, biologisch gesehen, ist das größte und das furchtbarste aller Raubtiere, und das Einzige, das seine eigene Gattung anfällt.‹ Na, ich hoffe, Sie finden das Dreckschwein.«

Ohne ein weiteres Wort stapfte der Tierarzt zu Paquito Ruiz, der den großen Fuchs in eine Art Arena gebracht hatte, die Felix an die Stierarenen für die *courses camarguaises* erinnerte, nur kleiner und ohne Zuschauerränge, aber rundum mit einem Holzzaun umgeben, damit die Pferde, die darin trainiert wurden, sich nicht auf und davon machen konnten.

»Ich hab mir gedacht, Sie untersuchen ihn am besten im Roundpen«, erklärte Ruiz. »Da können wir Baronet laufen lassen.«

Barabas betrat den Roundpen und forderte Ruiz auf, das Pferd zuerst im Schritt, dann im Trab im Kreis laufen zu lassen.

»Seine Bewegungen sind unauffällig«, rief er Felix zu, der sich außerhalb des Roundpens sicherer fühlte. »Keine Lahmheit, keine Verzögerung beim Auftreten. Das sieht alles ganz normal aus.« Dann hieß er Ruiz, den Fuchs anzuhalten. Der Tierarzt ließ sich Zeit, untersuchte Baronet von den Ohren bis zum Schweif, strich über seinen Rücken, hob jedes Bein einzeln an, drückte hier, drückte da. Nach knapp einer Viertelstunde war die Examinierung beendet.

»Kommen Sie mal bitte rein, junger Mann.«

Felix näherte sich zögerlich dem großen Pferd und schaute auf das, was der Tierarzt entdeckt hatte.

»Hier, es ist auf den ersten Blick mit dem bloßen Auge nicht erkennbar. Streichen Sie mit der Hand mal über diese Stelle an Baronets Schulter.«

Felix fuhr mit der flachen Hand über das weiche, warme Fell. Er spürte eine leichte Erhebung dort, wo der Tierarzt mit dem Finger hingetippt hatte.

»Eine Schwellung?« Felix hatte keine Ahnung, ob ein Pferd an diesem Punkt vielleicht immer eine leichte Erhebung hatte. Ein besonderer Muskel oder sonst was.

»Eine Schwellung. Genau. Natürlich könnte sie vom Tritt eines Artgenossen herrühren, aber eher unwahrscheinlich, da sie zu klein ist. Und Patricia hat ihr Pferd vor jedem Ritt genauestens untersucht. Sie hätte mit einer solchen Geschichte niemals im Springparcours trainiert. Es ist nichts Großes, aber sie hätte abgewartet, bis es abgeheilt ist. Diese Schwellung hat er sich nach dem Training zugezogen. Und ähnlich wie ein Huftritt muss ihn an dieser Stelle etwas getroffen haben. Sagten Sie nicht, Patricia ist mit einem Stein erschlagen worden? Ich vermute, auch Baronet wurde von einem Stein erwischt, der gezielt und mit einigem Schwung geworfen wurde.«

Kapitel 13

Dienstag

»Hört endlich auf zu heulen. Das bringt uns auch nicht weiter.« In Pauls Stimme schwang eine Mischung aus Ungeduld und Ärger mit.

»Wie kannst du nur so gefühllos sein«, schniefte Florence und barg ihren Kopf an der Brust von Samir, der mit seiner Freundin auf dem Boden saß.

»Ich bin nicht gefühllos. Mir tut es genau so leid wie euch, was mit Patricia passiert ist. Reiten ist ein gefährlicher Sport. Meine Schwester ist vor ein paar Jahren auch vom Pferd gefallen und hat sich das Schlüsselbein gebrochen. Diese Gäule sind unberechenbar. Fluchttiere obendrein. Die rennen buckelnd beim kleinsten Furz davon. Und schon liegst du unten.«

»Das kann ja sein, aber Patricia war sogar auf Turnieren mit ihrem Pferd. Sie war doch eine klasse Reiterin. Es will mir einfach nicht in den Kopf, dass sie tot ist.« Wieder schossen Florence die Tränen in die Augen. Sie entwand sich Samirs Armen, der sie an sich ziehen wollte, stand auf und ließ sich neben Ophélie und Tatiana aufs Bett fallen. Die drei Mädchen umarmten sich, ihr Weinen schwoll zu einem wilden Geheul an.

Thierry schüttelte den Kopf und rollte mit den Augen. Dieses Weibergejammer war einfach zu viel. Er hatte vier Schwestern, denen er dank seines Aufenthalts im Internat entronnen war. Er kannte die Gefühlsausbrüche des weiblichen Geschlechts. Kaum bot sein Vater den vier Gören an, eine Shoppingtour durch Montpellier zu unternehmen, versiegten die Tränenströme, und sie konnten es kaum erwarten, seine Kreditkarte zu schröpfen.

»Wollen wir nach Nîmes? Eis essen? Ein wenig bummeln? Vielleicht ins Kino?«, fragte er zaghaft.

»Bummeln? Du denkst jetzt an Eis und Bummeln? Wie bist du denn drauf? Patricia ist tot, und Monsieur will sich einen vergnüglichen Nachmittag machen? Du bist so, so, so ein …«, Tatiana fiel das passende Wort nicht ein.

»So ein roher Klotz«, half Ophélie aus, und das Weinkonzert der drei Mädchen begann von Neuem.

Thierry schaute betreten unter sich. Sie hatten ja recht. Vor Kurzem noch saßen sie zusammen hier im Zimmer, schmiedeten Pläne, zogen über die Lehrer her, sprachen über die Zukunft. Und jetzt, jetzt war für Patricia alles vorbei, und im tiefsten Inneren war Thierry davon überzeugt, dass es für sie alle niemals mehr so werden würde, wie es gewesen war. Zuerst die Sache mit Michel und jetzt Patricia. Zwei tödliche Unfälle. Hoffentlich kam Paul jetzt nicht auf die Idee, seinen Plan für Castor tatsächlich noch umzusetzen. Da würde er ganz bestimmt nicht mitmachen. Das wäre – wie nannte man das noch? – ja, es wäre pietätlos. Er räusperte sich und wollte gerade Paul seine Meinung kundtun, ihm den Ratschlag erteilen, die Causa Castor ruhen zu lassen, als plötzlich die Zimmertür aufgerissen wurde. Keuchend stürmte Benjamin herein.

»Wie siehst du denn aus? Du bist ja weiß wie eine Wand?« Ophélie sprang vom Bett, als sie sah, dass er sich kaum noch auf den Beinen halten konnte. »Mann, setz dich hin, du kippst ja gleich um. Was ist denn jetzt schon wieder passiert?«

Benjamin schob das Mädchen weg und wankte zum Badezimmer. Ein paar Sekunden später hörte man ein Röcheln und Würgen, dann die Klospülung. Es folgte das Geräusch von laufendem Wasser aus dem Wasserhahn.

»Hat der etwa gekotzt?«

Samir starrte zur Badezimmertür, aus der Benjamin nun wieder heraustrat. Er setzte sich auf den Schreibtischstuhl und stützte den Kopf in die Hände. Dann sagte er mit einer für ihn unnatürlich hohen Stimme: »Ich hab eben was gehört, was euch gleich umhaut. Barrois hat zur Delattre gesagt, Patricia sei umgebracht worden.

Leute, das war kein Unfall mit dem Pferd, jemand hat sie eiskalt ermordet.«

Die erste Reaktion auf Benjamins Worte war gespenstische Stille. Florence reagierte als Erste. Sie schlug sich die Hand vor den Mund und fing an zu schreien.

»Ich hab's euch doch gleich gesagt. Patricia war eine super Reiterin. Die fällt nicht so einfach vom Pferd. *Merde*, was ist passiert, wer war das, wer hat sie umgebracht?«

»Das kann doch nicht wahr sein. Patricia. Die konnte doch keiner Fliege was zuleide tun. Das kann doch nur ein krankes Hirn gewesen sein. Ist sie ...« Samir sprach nicht weiter.

»*Mon Dieu*, ist sie etwa vergewaltigt worden. Oder was wolltest du sagen?« Tatianas Stimme überschlug sich, sie wechselte vom Französischen ins Russische und kreischte einen Schwall von Wörtern heraus, die niemand verstand. Nur Paul blieb ganz ruhig, wurde seiner Rolle als Anführer einmal mehr gerecht.

»Jetzt seid doch alle mal still. Lasst Benjamin erzählen, was er weiß.« Auffordernd sah er den Freund an.

»Ich weiß nicht viel mehr. Ich glaube, Barrois hat was von einem Stein und erschlagen gesagt. Dann hat er nur noch gemurmelt. Aber sicher bin ich mir da nicht. Außerdem hat sich offenbar die Polizei angekündigt. Ich stand um die Ecke. Die beiden haben gar nicht mitbekommen, dass ich was gehört habe. Und ich glaube, sie wollen erst abwarten, was die Flics ihnen erzählen, bevor sie uns offiziell informieren.«

»Wann? Heute?«

»Keine Ahnung. Aber es ist doch klar, dass die hier aufkreuzen. Patricia hat hier gelebt, sie hatte hier ihre Freunde. Uns! Die werden uns jede Menge Fragen stellen, wie sie so drauf war, ob sie Feinde hatte, was für ein Typ sie war, so in der Art. Mensch, Leute, ihr habt doch alle schon mal einen Krimi gesehen. Da wisst ihr doch, wie so was läuft.«

»Wollen die Alibis von uns?«

»Ophélie, wie kommst du denn jetzt auf so eine Schwachsinnsidee? Wir sind doch keine Verdächtigen. Und auch wenn sie welche haben wollen. Dann wird jeder Einzelne von uns den Flics erzählen, was er gemacht hat, als das mit Patricia passiert ist.«

»Als das passiert ist? Was heißt passiert? Ihr ist nichts passiert, sie ist *ermordet* worden, geht das nicht in eure Schädel rein? Unsere Freundin ist totgeschlagen worden. Passiert, was ist das denn für ein Wort? Wisst ihr, was mir heute *passiert* ist? Ich hab zehn Euro verloren. So was kann *passieren*, aber doch nicht so was Brutales, so was Unmenschliches.« Benjamin schluchzte und ließ sich auch von Ophélie, die ihn tröstend in die Arme nehmen wollte, nicht beruhigen.

»Du hast ja recht. Entschuldige, Benjamin. Wir sind alle durch den Wind. Hat jemand eine Idee, wer das getan haben könnte? Sorry, Benjamin. Wer sie ermordet haben könnte?«

Schweigen und allgemeines Kopfschütteln waren die Antwort.

»Es gibt doch solche kranken Hirne. Da reitet ein hübsches Mädchen an dir vorbei, und schon überfällt dich die Lust am Töten«, schlug Ophélie zögernd vor. »Was ich damit sagen will, Patricia hat ihren Mörder wahrscheinlich gar nicht gekannt. Sie war einfach zur falschen Zeit am falschen Ort.«

»Das glaube ich auch.« Tatiana nickte zustimmend.

»Dann werden sie den Täter bald haben. Heutzutage ist doch die DNA solcher Typen garantiert in einer Datenbank.« Thierrys Stimme klang zuversichtlich.

»Und wenn er keine DNA hinterlassen hat?«, fragte Florence skeptisch.

»Die ist im kleinsten Speicheltröpfchen zu finden. Im Schweiß glaube ich auch. Vielleicht hat sich Patricia auch gewehrt. Dann hätte sie Haut unter den Fingernägeln.«

»*Hört jetzt auf*«, Ophélies Stimme überschlug sich. »Ich will nichts mehr davon hören. Das macht mich krank, versteht ihr. *Es macht mich krank!*«

»Ist ja schon gut, *ma puce. Chut*, ist ja schon gut.« Paul nahm seine jetzt hemmungslos schluchzende Freundin in die Arme, streichelte ihren Rücken. Allmählich ließ das Schluchzen nach. Jetzt zitterte Ophélie am ganzen Körper. Paul drückte sie sanft aufs Bett, nahm eine Wolldecke aus dem Kleiderschrank und deckte sie damit zu.

»Wir beruhigen uns jetzt alle. Warten wir ab, was die Flics zum Besten geben. Sie werden mit uns reden wollen. Ihr wisst, worüber ihr sprechen dürft und worüber ihr besser die Klappe haltet?«

Einvernehmliches Nicken.

»Wollen wir uns vielleicht heute Abend hier versammeln und ein paar Kerzen anzünden? Zum Andenken an Patricia? Ich hab eine Flasche Wodka in meinem Zimmer. Wir stoßen auf unsere Freundin an, und wir lachen und wir weinen und erinnern uns an sie«.

»Das ist eine echt klasse Idee, Tatiana. Wir richten unsere ganz persönliche Totenfeier für Patricia aus.«

Im Zimmer war es stickig geworden. Benjamin öffnete das Fenster. Von draußen drangen Stimmen und Gelächter herein, als wäre nie irgendetwas geschehen.

Kapitel 14

Dienstag

Das Treffen am Nachmittag in Mathildes Büro war nur von kurzer Dauer. Felix fasste die Ergebnisse seines Besuchs auf dem Reiterhof zusammen. Er hatte noch mit zwei Pferdebesitzerinnen gesprochen, und jede hatte bekräftigt, was für eine vorzügliche Reiterin Patricia gewesen war, wie nett und hilfsbereit. Anerkennung und Lob wurden ihr von allen Seiten gezollt. Es gab keine Neider, keine Rivalen, sie war allgemein beliebt gewesen.

Die Untersuchung des Veterinärs hatte allerdings eine leichte Verletzung an der Schulter des Pferdes ergeben. Eine Schwellung, die durchaus durch einen Treffer mit einem Stein hervorgerufen worden sein könnte. Und nein, die Verletzung war noch nicht da gewesen, als Patricia ihr Pferd gesattelt hatte, ihr Training absolvierte und zu ihrem abschließenden Ausritt aufgebrochen war. Mit einer solchen Schwellung an Baronets Schulter wäre sie nie und nimmer geritten, so die eindeutige Aussage des Verwalters Paquito Ruiz.

Auch Mathilde und Rachid konnten nur Positives über die junge Frau berichten. Laut Aussage der Eltern war sie eine gute Schülerin gewesen, beliebt bei den Mitschülern. Sie hatte ein paar besonders enge Freundinnen und Freunde, mit denen sie, soweit es ihre knapp bemessene Freizeit erlaubte, Partys gefeiert hatte oder ins Kino gegangen war. Interessant war allerdings die Einschätzung der Mutter, Patricia habe seit einiger Zeit das Internat nur ungern besucht. Doch woran dies gelegen haben könnte, dafür hatte sie keine Erklärung gehabt. Es war eine der Fragen, von denen die

Ermittler hofften, darauf in den Gesprächen mit den Lehrern und Freunden eine Antwort zu erhalten.

Die Planungen für den nächsten Tag waren schnell erledigt. Am Vormittag erwartete sie Direktor Barrois, der Internatsleiter, im *Château des Cigales*. Der Mann war vollkommen aufgelöst gewesen, als er den Anruf des Commandant erhalten hatte. Nachdem er sich beruhigt hatte, ließ er Rachid Bouraada wissen, er werde alles in seiner Macht Stehende tun, um bei der Aufklärung dieses abscheulichen Verbrechens die Polizei zu unterstützen. Natürlich würde er Lehrerinnen und Lehrer, Freundinnen und Freunde Patricias freistellen, damit die Ermittler sie befragen konnten.

Mathilde und Rachid wollten mit der Befragung der Lehrer beginnen, Felix, als Jüngster im Team, sich mit den fünf Freundinnen und Freunden, deren Namen Patricias Mutter aufgeschrieben hatte, unterhalten: Paul Grandmontagne, Thierry Schmitz, Ophélie Costa, Tatiana Sorokina und Benjamin Bonnaire.

Die drei Ermittler verabschiedeten sich auf den Stufen des *Palais de Justice* voneinander, und Mathilde schlenderte vorbei an der Arena zu ihrer Wohnung in der Rue Dorée. Unterwegs stattete sie einer kleinen *épicerie* einen Besuch ab, in der es wunderbare hausgemachte Nudeln gab. Köstlich lagen die Ravioli, Tagliatelle und was sonst der Pasta-Kreateur in seiner Werkstatt zauberte, in der Auslage. Marktbesucher konnten die Teigspezialitäten auch in der Markthalle *Les Halles* an einem Stand erstehen. Mathilde hatte zu Hause noch ein Glas mit Odiles selbst gemachter Tomaten-Oliven-Tapenade. Dazu eine Handvoll Basilikum und ein paar dünne Scheiben des Bayonner Schinkens, der sie aus der Kühltheke anlachte. Von dem Delikatessenladen in der Rue des Broquiers waren es nur zweihundert Meter bis nach Hause, und Mathilde lief jetzt schon das Wasser im Mund zusammen, wenn sie an ihr Abendessen und ein kühles Glas Weißwein dachte.

Sie summte vor sich hin, als aus einer Nische, die die Ecke zur Rue Dorée markierte, eine Frau trat und direkt auf sie zukam. Ihr schwarzes Haar verbarg sich unter einem bunten Kopftuch. Ebenso farbenfroh wie das lange Kleid, das sie trug, und das Schultertuch, das über der Brust geknotet war. Ihr Mund war grellrot geschminkt und der Glanz ihrer dunklen Augen mit Kajal auf eindrucksvolle Weise unterstrichen. Zahlreiche Touristen und Einheimische schlenderten oder eilten an ihr vorbei, drei junge Mädchen rempelten sie unachtsam an. Doch die Frau störte sich nicht daran und steuerte zielsicher auf Mathilde los.

Eine *manouche*, eine Roma, die um etwas Geld betteln will, vermutete Mathilde. Sie seufzte. Wenn sie jeder Person, die bittend die Hände ausstreckte oder mit einem Pappschild mit der Aufschrift *Ich habe Hunger* etwas geben würde … Nun, wenn und würde waren jedoch nicht Mathildes Art. Wenn sie sich sicher war, dass jemand wirklich bedürftig, und nicht von einer Drückerkolonne auf die Straße geschickt worden war, gab sie, immer im Bewusstsein ihres privilegierten Lebens, ein paar Münzen her. Musikanten bekamen etwas mehr, schließlich verdienten sie sich ihr Geld, und ganz schwach wurde sie bei Kindern oder Hunden, die neben den Bettlern treu auf einer Decke ausharrten.

Schon wollte sie ihre Papiertüte mit dem Abendessen unter den Arm klemmen, um ein paar Münzen aus ihrem Portemonnaie zu fischen, als die Frau sie erreicht hatte und den Kopf schüttelte.

»Kein Geld. Gib mir deine Hand.«

Verdutzt zog Mathilde ihre Hand wieder aus der Umhängetasche. Sie betrachtete die *manouche* näher. Sie war erheblich älter, als es aus der Entfernung den Anschein gehabt hatte. Die dunklen Haare, die unter dem Kopftuch hervorlugten, waren von silbernen Fäden durchzogen. Die Falten im Gesicht ließen Mathilde die Frau um die fünfzig schätzen. Abwartend stand sie vor ihr. Mathilde konnte nicht anders. Als würde ihre Hand von einer unsichtbaren Macht gezogen, streckte sie diese aus, die Handfläche nach oben. Die *manouche* ergriff sie und strich mit ihren Fingern, die zahlreiche Ringe schmückten, darüber. Dann schloss sie die Augen, murmelte etwas Unverständliches vor sich hin. Sie öffnete ihre Lider wieder und starrte Mathilde durchdringend an. Ein leises Lächeln umspielte ihre Lippen, als sie sagte: »Du bist ein guter Mensch. Ein großes Glück wird dir zuteil. Du wirst lieben und geliebt werden.«

Dann schloss sie Mathildes Hand zur Faust, drehte sich um und ging davon.

Vollkommen perplex schaute Mathilde ihr nach. Was war das denn jetzt gewesen? Eine Weissagung? Und warum hatte die *manouche* kein Geld von ihr haben wollen? Kurz überlegte sie, ob ihr die Frau irgendwann im Laufe einer Ermittlung oder eines Prozesses begegnet sein könnte. Ob sie ihr vielleicht irgendwann geholfen hatte und sie so ihre Dankbarkeit zeigte? Doch Mathilde fiel nichts dergleichen ein. Diese *manouche* war ihr gänzlich unbekannt.

Sie schüttelte den Kopf. Es war ja keine wirkliche Weissagung gewesen. Sie würde lieben und geliebt werden. Das war ja nun nichts Außergewöhnliches. Sie liebte ihre Familie, und ihre Familie liebte sie. Oder hatte die *manouche* etwas anderes gemeint? Einen Mann? Würde Mathilde einem besonderen Mann begegnen? Oder gab es diesen Mann schon, und er würde ihr seine Liebe erklären? Und sie diese Liebe erwidern? Albernes Zeug. Mathilde glaubte sowieso nicht an das, was in der Hand zu lesen war oder sich angeblich im Kaffeesatz offenbarte.

Vor der Haustür kramte sie ihren Schlüssel aus der Tasche, stemmte die Tür auf und ging nach oben in ihre Wohnung. Durch den offenen Spalt zwischen den Flügeln der Fensterläden drang ein Lichtstrahl in die Küche, in dem der aufgewirbelte Staub tanzte. Das einzige Geräusch in der Stille des Apartments war das Brummen des Kühlschranks. Wie einsam es in ihren vier Wänden war. Plötzlich hatte sie keine Lust mehr auf Pasta und Tapenade. Sie packte die Nudeln in den Kühlschrank, entkorkte eine Flasche Weißwein, die sie von zu Hause mitgebracht hatte, goss ein Glas voll und zündete sich eine Gauloises an. Nachdenklich zog sie abwechselnd an ihrer Zigarette und trank einen Schluck Wein. Mathilde hatte das Gefühl, der einsamste Mensch auf dieser Welt zu sein.

Kapitel 15

Mittwoch

Am nächsten Morgen erwachte Mathilde mit leichten Kopfschmerzen. Bevor sie vor Selbstmitleid zerfließen konnte, war sie am Abend zuvor ins nahe gelegene Bistro spaziert, in dem sie, wenn es besonders pressierte, ihr Frühstück, Croissant und Kaffee, einnahm. An diesem Abend hatte es Livemusik gegeben. Nicht das, was man in einer südfranzösischen Kneipe erwarten würde, sondern irische Musik mit Geige, Flöte und Akkordeon. Es war ein lustiger Abend geworden. Entgegen ihrer Gewohnheit hatte sie drei kleine Gläser Bier getrunken, denen sie nun den Brummschädel verdankte.

Eine Dusche und ein starker Kaffee machten sie wieder fit, und kurz vor zehn traf sie munter wie der junge Frühling auf dem Parkplatz vor dem Internat ein. Felix und Rachid waren gemeinsam mit einem Dienstwagen gekommen, der von zwei Schülern der jüngeren Klassen mit Kennermiene begutachtet wurde. Felix stand Rede und Antwort und erklärte gerade, wie schnell der Wagen fuhr und wie man das Blaulicht auf dem Dach befestigte. Als Mathilde ausstieg, hörte sie ihn sagen: »Aber jetzt fängt doch garantiert eure Englischstunde an. Also, ab mit euch. Und wenn ihr fleißig lernt, könnt ihr Polizist werden und selbst einen so tollen Wagen fahren.«

Die Jungs waren ein, zwei Jahre älter als Arthur. Die beiden salutierten vor dem Lieutenant und trollten sich. Felix konnte wirklich wunderbar mit Kindern umgehen, und es war vielleicht nur noch eine Frage der Zeit, wann er Sabine um ihre Hand bitten und eine Familie gründen würde.

Rachid beendete gerade ein Telefonat. »*Bonjour,* Mathilde. Die

Spurensicherung. Sie haben gestern noch ein wenig Fell von Patricias Pferd abrasiert. Es fanden sich tatsächlich feinste Gesteinsspuren darin. Sie sind identisch mit denen, die an der Kopfwunde des Mädchens sichergestellt wurden. Jemand hat, so sieht es aus, zuerst das Pferd mit einem Stein traktiert und das Mädchen dann mit diesem oder einem anderen Brocken niedergestreckt und getötet.«

Felix begrüßte ebenfalls Mathilde und spann gleich Rachids Gedanken weiter. »Eine Person hat sie also zunächst von ihrem Pferd heruntergelockt. Jemand, der, wie Patricia, sein Tier so liebt, lässt nicht zu, dass es verletzt wird. Sie wird voller Empörung, voller Wut abgestiegen sein, es entspann sich ein Streit, in dessen Folge sie getötet wurde«, spekulierte er.

»Oder sie wurde mit der Absicht heruntergelockt, sie zu ermorden«, gab Rachid zu bedenken.

»Da bin ich ganz bei Ihnen, Rachid. Das Mädchen wurde erschlagen, und der Täter wollte uns glauben lassen, es sei ein Reitunfall gewesen. Doch was soll eine zufällig vorbeikommende Person veranlassen, Patricia vom Pferd zu holen und sie zu töten? Es gibt keinen Hinweis auf ein Sexualdelikt. Ich gehe davon aus, dass Patricia ihren Mörder gekannt hat. Wir haben es mit einer Beziehungstat zu tun«, ergänzte Mathilde die Überlegungen.

»Wenn Sie recht haben, finden wir den Täter vielleicht hinter diesen Mauern.« Rachid zeigte auf das Schlossinternat und bedeutete Felix, den Wagen zu verriegeln. Es war Zeit, dem Kollegium und Patricias Mitschülern die ersten Fragen zu stellen.

Das ehrwürdige *Château des Cigales* war ein prachtvolles Gebäude aus der Mitte des neunzehnten Jahrhunderts. Mathilde ließ, als sie sich dem Gebäude näherten, ihre Blicke schweifen. Genauso hatte sie das Internat in Erinnerung. Der gelblich graue Sandstein schimmerte von der Sonne beschienen golden. Eine ovale gepflegte Grünfläche lag wie ein Teppich davor, links und rechts davon führten hufeisenförmig angelegt gepflegte Kieswege zum Hauptportal, das über eine vierstufige Freitreppe zu erreichen war. Die für die Region typischen *Vases d'Anduze*, große Blumentöpfe, die in und um Anduze nach antikem Vorbild hergestellt wurden, waren bepflanzt mit Riesenhibisken und flankierten den Treppenaufgang. Am Rande des satten Grüns des Rasens stand ein dezenter Wegweiser mit einem Plan der Anlage. Geradeaus das Château mit Lehrerzimmer, Schul- und Schlafräumen für die Schüler der beiden oberen Klassen und den Räumlichkeiten der Lehrer. Links vom Schlossgebäude lag im rechten Winkel ein unauffälliger flacher Gebäudekomplex. Er beherbergte die Schlafräume der jüngeren Schüler und vier Gästezimmer. Unaufdringlich war er in der Art eines rechtwinklig anschließenden Schlossflügels der Landschaft angepasst, ohne den Blick auf den herrschaftlichen Bau zu stören. Das Pendant auf der rechten Seite bildete die Orangerie, deren Glas- und Eisenkonstruktion gleißend in der Sonne funkelte.

Im Lageplan dunkelrot eingetragen, schlossen sich hinter dem Schloss die Sportplätze an, ein Gemüse- und Kräutergarten folgten, und dahinter erstreckten sich ein Park und ein Wäldchen. Hier befanden sich noch einige aus der Zeit der Errichtung des Schlosses stammende Baulichkeiten, unter anderem eine künstliche Grotte, ein Rundtempel und eine Kapelle.

»Schön. Alles sehr gepflegt. Das wird wohl eine Stange Geld kosten, seine Kinder hier unterzubringen.« Felix bückte sich und riss ein kleines Büschel Unkraut, das es gewagt hatte, sich an dieser Stelle niederzulassen, zwischen den Kieselsteinen heraus.

»Das Schulgeld ist gestaffelt. Für die, die hier leben, ist es höher, für die Heimschläfer geringer. Und es gibt Stipendien für Kinder aus finanziell schwachen Familien«, wusste Mathilde zu berichten.

Das prächtig verzierte, zweiflügelige Holzportal stand offen. Doch anders als im Château de Boncourt besaß die großzügige Eingangshalle bis auf eine Wandkonsole aus Marmor, auf der eine monströse Vase mit einem üppigen Strauß Sonnenblumen stand, kein altes oder gar antikes Mobiliar, Gemälde oder Teppiche. Rein funktionell hingen an den Wänden Hinweistafeln, welcher Klassenraum wo zu finden war, wo sich das Sekretariat befand, wo das Lehrerzimmer oder die Toiletten. Etwas deplatziert wirkte eine riesige Pappsäule, an die bunte Bilder gepinnt waren, Werke der unteren

Klassenstufen. Motiv war die *Maison Carrée* in Nîmes, die die Schüler mal authentisch, mal farbenfroher als das Original interpretiert und nachgezeichnet hatten.

Unschlüssig standen die drei Ermittler einen Moment in der Empfangshalle, als ein kleiner Mann mit einem riesigen Schnurrbart mit schnellen Trippelschritten auf sie zueilte. Mathilde erkannte ihn sofort, Thibault Barrois, der Direktor der Schule, dessen Gesicht auf mehreren Fotos der Homepage des Internats dem Besucher entgegenlächelte. Mit ausgebreiteten Armen flitzte er auf die drei zu, als wolle er sie gleich in seine Arme schließen.

»Madame de Boncourt, oder sollte ich sagen, Madame le Juge? Es ist mir eine Freude, Sie kennenzulernen. Natürlich hätte es mir unter anderen Umständen besser gefallen. Ihre Mitarbeiter? Commandant, Lieutenant. Es ist einfach tragisch. Welch ein Verlust. Für die Familie, aber auch für uns. Patricia war eine exzellente Schülerin, und mit den Preisen, die sie beim Reiten gewonnen hat, hat sie auch ihrer, unserer Schule große Ehre gemacht. Wir sind alle fassungslos. Und ein Verbrechen liegt vor? *Mon Dieu*. Wir können es gar nicht glauben.«

Atemlos hielt er inne, sein Gesicht war mit jeder Silbe um eine Nuance röter geworden. Er schüttelte die Hände seiner Gäste mit einer für einen solch kleinen Mann erstaunlichen Kraft. Wie ein Pumpenschwengel bewegte er ihre Arme auf und ab.

Mathilde musste innerlich schmunzeln. Barrois war ein geckenhafter Mann, über den die Schüler garantiert den einen oder anderen Witz rissen. Doch seine braunen Augen blickten klug und verständnisvoll. Sie schätzte ihn als einen Pädagogen mit Leib und Seele ein. Er hatte nichts gemein mit der herrischen Agathe du Castelet, seiner Vorgängerin. Diese Frau war gefürchtet gewesen, und Mathilde erinnerte sich noch sehr gut daran, wie gebieterisch sie nicht nur mit den Schülern, sondern auch dem Lehrpersonal umgesprungen war.

»Wo können wir uns in Ruhe unterhalten, Monsieur Barrois?«, ergriff Rachid die Initiative.

»In meinem Büro. Ich habe die Kollegen, die in Patricias Klasse unterrichten, schon dorthin gebeten. Auf Madame Dutronc und Monsieur Ravel müssen wir leider heute verzichten, sie sind mit einer sechsten Klasse zu einem schon lange geplanten Besuch des *Musée Aéronautique*, dem *Aeroscopia* nach Toulouse gefahren.« Er hob entschuldigend die Hände.

»Das ist kein Problem. Wir werden später mit den beiden sprechen. Und die Schülerinnen und Schüler auf der Liste, die ich Ihnen gestern gemailt habe? Mein Kollege, Lieutenant Tourrain, wird sich mit ihnen unterhalten wollen. Wir sind zwar nicht dazu verpflichtet, einen Verantwortlichen Ihrer Einrichtung zu diesen Gesprächen hinzuzuziehen, aber wenn Sie oder die Jugendlichen dies wünschen, können Sie gerne einen Vertrauenslehrer dazubitten.«

Der Direktor nickte. »Ich habe mit den fünf betroffenen Schülern gesprochen. Sie möchten alleine mit Ihnen beziehungsweise Ihrem Kollegen reden. Sie sind noch ganz erschüttert. Es sind Patricias engste Freunde. Die sechs steckten dauernd zusammen. Das heißt, ich glaube, zu der Clique gehören mittlerweile noch zwei weitere Schüler, Florence und Samir. Wenn Sie also auch noch mit den beiden sprechen wollen?«

»Danke. Wenn Sie das bitte veranlassen würden.«

Barrois zog ein Handy aus der Jackentasche und wählte einen Kontakt. »Sophie, wären Sie bitte so nett und holen mir Florence Guery und Samir Ben Hassan aus der Klasse. Die zwei gehörten doch auch zum Freundeskreis von Patricia, wenn ich mich nicht irre? Sie sollen sich mit Paul und den anderen vor der Kleinen Bibliothek zur Verfügung halten. Lieutenant Tourrain wird gleich zu ihnen kommen, um sich mit ihnen zu unterhalten. Und stellen Sie dem Lieutenant bitte eine Tasse …« Er sah fragend zu Felix. Der flüsterte: »Bitte Kaffee, ohne Milch und Zucker.« »Ja, also Sophie, Kaffee, ohne Milch und Zucker. Vielen Dank.« Er beendete das Gespräch. »Für Sie und meine Kollegen habe ich bereits eine kleine Erfrischung vorbereiten lassen. Wollen wir?«

Barrois eilte mit schnellen Schritten vorweg. »Mein Büro und die Kleine Bibliothek liegen im ersten Geschoss.« Er drehte sich zu Mathilde und den beiden Männern um und sauste regelrecht über die knarzenden Stufen der breiten Holztreppe in die nächste Etage. Auch hier hatte sich nichts verändert, wie Mathilde feststellte. Die Zentrale des Schreckens hatten sie das Büro der Direktorin genannt. Und wie die Schüler vor fünfundzwanzig Jahren mit mehr oder weniger schuldbewussten Mienen auf den Bänken vor dem Arbeitszimmer der Direktorin saßen, hockten jetzt fünf junge Leute im Flur, die sich leise miteinander unterhielten. Abrupt brach ihr Gespräch ab, und sie starrten die Ankömmlinge mit einer Mischung aus Neugier und Unbehagen an.

»Mesdames, Messieurs, das hier ist Lieutenant Felix Tourrain von der *Police Judiciaire* in Nîmes. Bitte beantworten Sie seine Fragen so gewissenhaft wie möglich. Ich weiß, wie sehr Sie um Ihre Freundin Patricia trauern. Doch jeder Hinweis, jede Idee kann der Polizei weiterhelfen. Und sei er in Ihren Augen noch so unbedeutend.« Thibault Barrois nickte den fünf jungen Leuten zu, die blass und stumm dasaßen. Die beiden Mädchen hielten sich an den Händen, eines davon lehnte seinen Kopf gegen die Schulter eines jungen Mannes.

»Sie haben von uns nichts zu befürchten. Wir sind die Guten und beißen nicht«, versuchte Felix einen kleinen Scherz, der allerdings nicht ankam. Wahrscheinlich zu lahm für diese Generation. »*Eh bien!* Ich werde Sie einzeln befragen und Ihre Zeit nur so weit wie nötig in Anspruch nehmen. Ich will von Ihnen wissen, wie nahe Sie Patricia standen, wann Sie sie zuletzt gesehen haben und ob Ihre Freundin sich vor etwas oder jemandem gefürchtet hat. Ist ihr jemand zu nahe getreten? Hatte sie Streit mit einer Person, sei es aus der Schule oder von außerhalb? Hat sie irgendwelche Sorgen gehabt? Ich werde mit …«, Felix warf einen Blick auf die Liste, die er in seinem Notizbuch verwahrt hatte, »… Tatiana Sorokina beginnen. Sie haben sich ein Zimmer mit Patricia geteilt?«

Eine junge Frau mit slawischen Gesichtszügen stand auf. Die anderen nickten ihr aufmunternd zu. Der Direktor öffnete die Tür rechts der Bank und wies einladend in den Raum. In diesem Augenblick kam eine Frau Mitte fünfzig von der entgegengesetzten Seite des Flurs, in der Hand einen Becher, aus dem es dampfte.

»Der Kaffee für den Lieutenant.« Sie reichte Felix den Becher und wuschelte einem der Jungs mit der Hand liebevoll durch die Haare, als wolle sie ihm Mut machen. Mit einer verlegenen Geste strich der Junge seinen Schopf wieder glatt. »Das wird schon, Kinder. Diese tüchtigen Leute werden denjenigen finden, der Patricia das angetan hat. Nicht wahr, Madame?«

»Wir geben unser Bestes, das versichere ich Ihnen.« Mathilde sah, wie sich die Augen der Frau mit Tränen füllten. Schnell wandte sich diese ab, eilte zurück, drehte sich wieder um. »Es sind bereits alle versammelt, Monsieur le Directeur.«

»Wir kommen, Sophie, wir kommen. Das ist Sophie Delattre, unsere Schulsekretärin«, fügte Barrois erklärend hinzu.

Felix verschwand mit Tatiana in der Bibliothek, während Mathilde, Rachid und der Direktor hinter Mademoiselle Delattre zum Arbeitszimmer des Schulleiters marschierten. Barrois verharrte vor der halb geöffneten Tür.

Neugierig warf Mathilde einen Blick in den Raum. Soweit sie es nach fast fünfundzwanzig Jahren beurteilen konnte, hatte sich auch hier nicht viel verändert. Der Schreibtisch war derselbe. Die hohen Bücherregalen, die millimetergenau angepasst worden waren, schienen sich wie vor Jahrzehnten unter der Last der Bücher zu beugen. Der einzige Einrichtungsgegenstand, der Mathilde neu erschien, war eine moderne chromblitzende Schreibtischlampe auf einer einfachen rechteckigen Platte, mit zwei spindeldürren schwenkbaren Leuchtarmen und einem flachen Leuchtenkopf. Sie wandte sich wieder dem Direktor zu, der nun flüsterte.

»Ich möchte niemandem von Ihnen zu nahe treten. Aber ich hoffe, Ihr junger Kollege weiß mit Teenagern in diesem Alter umzugehen. Und ich zähle auf sein hoffentlich vorhandenes Fingerspitzengefühl. Nicht nur, was die Befindlichkeiten meiner Schüler in dieser schlimmen Situation angeht, sondern auch, was das familiäre Umfeld der Kinder betrifft. Sie stammen alle aus allerbestem Haus. Tatianas Vater ist ein millionenschwerer Bauunternehmer. Er spendet viel Geld für die Schule. Ich wünsche nicht, dass das Mädchen oder seine Freunde in irgendeiner Form bedrängt werden. Unsere jungen Menschen können sorgenfrei hier leben, von niemandem behelligt, auch wenn sie aus einer Oberschicht stammen, ihre Eltern im Rampenlicht stehen. Sogar eine Tochter von Johnny Depp und Vanessa Paradis kann hier zur Schule gehen, ohne begafft zu werden.«

Mathilde machte große Augen. Die Tochter der beiden Schauspieler?

Barrois wurde rot, als er Mathildes Reaktion bemerkte. »Das war nur ein Beispiel. Die Kinder der beiden sind natürlich nicht auf unserem Internat.«

Rachid hatte es sich bereits gedacht. Hinter der gestelzten Fassade lauerte ein knallharter Schulleiter, dem das Wohl seiner Einrichtung und der ihm Anvertrauten über alles ging.

»Monsieur Barrois, lassen Sie uns ganz einfach unsere Arbeit machen. Und dazu gehört, dass wir jeden angemessen behandeln.« Die Stimme des Commandant war ruhig und gelassen.

»Ja, aber was bedeutet angemessen? Das ist ein dehnbarer Begriff, der ...« Weiter kam Barrois nicht.

Mathilde drückte beruhigend seinen Arm. »Keine Sorge, Monsieur le Directeur. Es wird keine Beschwerden über uns geben, seien Sie sich dessen versichert.«

Barrois nickte. »Ich verlasse mich auf Sie und Ihr Team. Hier hinein, wenn ich bitten darf.«

Mit Schwung trat er als Erster in sein Büro und posaunte laut: »Liebe Kolleginnen und Kollegen, ich darf Sie mit Madame le Juge Mathilde de Boncourt und Commandant Rachid Bouraada von der *Police Judiciaire* bekanntmachen. Sie werden ihre Fragen an Sie alle richten, Fragen, die Sie bitte so präzise wie möglich beantworten. Wir hoffen alle inständig und beten darum, dass die Ermittlungen zu einem Ergebnis führen und der Täter, der Mörder Patricias, seine gerechte Strafe erhält.«

Mathilde und Rachid betraten das riesige Büro und sahen sich sechs aufmerksamen Gesichtern gegenüber, vier Frauen und zwei Männer. Sie alle standen wie zu einem Militärappell in Reih und Glied. Einer der Männer trat vor, und Mathilde hielt den Atem an. Ein Schauer überlief sie, ihr wurde heiß und kalt. Ihr Herz schlug bis zum Hals, als er verlegen in seiner Bewegung verharrte, ihr unmerklich zunickte und sich wieder zu seinen Kollegen gesellte.

Kapitel 16

Mittwoch

Felix klappte sein Notizbuch zu. Mit Tatiana Sorokina hatte er begonnen, das letzte Gespräch mit Paul Grandmontagne geführt. Das Ergebnis wenig bis nichts, und dazwischen auch nicht viel mehr an Informationen. Die Befragung von Benjamin Bonnaire hatte gerade etwas an Fahrt aufgenommen, als es an der Tür klopfte.

»Alles in Ordnung?« Die Frage der Sekretärin galt nicht Felix, sondern Benjamin, für den sie offenbar eine besondere Schwäche zu haben schien.

»Ja, alles okay, Mademoiselle Delattre. Er tut mir nix.« Benjamin grinste.

»Dann ist es ja gut. Lieutenant Tourrain, draußen sitzen Samir Ben Hassan und Florence Guery, die beiden anderen jungen Leute, die Patricia ebenfalls nahestanden.«

Zwei Schüler mehr, die Felix mit seinen Fragen löcherte, zwei Schüler mehr, die nichts Entscheidendes beizutragen wussten. Er hatte sie dann entlassen, seinen mittlerweile eiskalten Kaffee heruntergekippt und sich an einen der großen Lesetische gesetzt. Die wenigen kurzen Notizen waren schnell überflogen und ergänzt.

- *Tatiana Sorokina. Zimmergenossin des Opfers. Selbstbewusst.* Das nächste Wort – *attraktiv* – war wieder fett durchgestrichen. *Hat ein wenig versucht zu flirten, ist dann allerdings sofort in Tränen ausgebrochen. Gibt an, ihr sei an P. nichts Außergewöhnliches aufgefallen. P. habe die meiste Zeit mit ihrem Pferd verbracht. War immer giocoso und gut drauf. Keine Probleme mit Lehrern oder*

Mitschülern. Hat mit niemandem besonders engen Kontakt gehabt, also keinen festen Freund innerhalb des Internats. Außerhalb? Das wusste T. nicht. P. war ruhig, besonnen, innerhalb der Gruppe diejenige, die auch mal einen Streit schlichten konnte, von denen es jedoch nicht viele gab, höchstens mal, in welchen Kinofilm man gehen sollte. Solche Kleinigkeiten eben. Nur vor einem Turnier sprach man P. besser nicht an. Dann war sie nervös bis aufbrausend. Auf die Frage, ob P. in letzter Zeit die Schule nur noch ungern besucht habe, verblüfftes Kopfschütteln. Nein, nie. Trotz des engen Zusammenlebens mit P. in einem Zimmer konnte T. erstaunlich wenig Persönliches über P. berichten.

- *Thierry Schmitz. Ein Typ, dem man die Würmer aus der Nase ziehen muss. Antwortet erst nach mehrmaligem Nachfragen, hat aber genauso wenig über P. zu erzählen wie die Russin. Für ihn war P. ein »echter Kumpel«. Er saß in der Klasse neben ihr, und P. half ihm immer wieder aus der Patsche, wenn er mit einer Fragestellung im Englischunterricht oder einer Chemieformel nicht zurechtkam. P. sei bei allen beliebt gewesen. Nein, sie habe nicht im Mindesten besorgt gewirkt. Und sich auch nicht in der Gesellschaft ihrer Freunde oder in der Schule unwohl gefühlt. Man habe abends meist zusammengesessen, über die Schule oder einen neuen Film gesprochen, auch mal über einen Lehrer gelästert. Ansonsten sei ihr engster Kumpel das Pferd gewesen. Es sei ihr ganz großes Glück gewesen. Und nein, sie habe nie darüber ein Wort verloren, im Reitstall oder unter ihren Reitkollegen sei ein erbitterter Rivale gewesen. Die Frage, ob P. ihnen, den Schulfreunden, so etwas erzählt hätte, wurde mit einem klaren Ja beantwortet. Bei den abendlichen Treffen habe man auch über Probleme oder irgendwelchen Ärger gesprochen, sehr offen und ehrlich. Und da sei von P.s Seite nie etwas gekommen. Schmitz hat ebenfalls nicht bemerkt, dass P. eine Abneigung gegen die Schule entwickelt haben soll.*
- *Florence Guery. Hatte nicht viel zu sagen. Ist erst vor ein paar Monaten zu der Clique gestoßen. Während Tatiana und Ophélie, genau wie sie, ein Faible für Mode, Frisuren und so haben, sei P. davon vollkommen unbeeindruckt gewesen. Das sei ihr von Anfang*

an aufgefallen. P. trug nur Jeans und Pullover, wenn es warm war Blusen oder T-Shirts, ansonsten Reitklamotten. Schmitz habe sich öfter über den Geruch beschwert. Ansonsten von F. die gleichen Aussagen wie von T. und Schmitz. P. war nett, hilfsbereit, pferdeverrückt (der Gaul war ihr Leben), hatte keine Sorgen, wirkte nicht im Mindesten verängstigt. Sie lachte viel, war echt giocoso, und man konnte sich auf sie verlassen. Wenn man ihr ein Geheimnis anvertraute, schwieg sie wie ein Grab. Frage, welches Geheimnis beispielsweise? F. druckste herum und gestand dann, sie habe befürchtet, schwanger zu sein. Sie habe es P. erzählt, da deren Vater doch Apotheker sei. Keine Ahnung, was sie sich davon versprochen hatte. War jedoch ein Fehlalarm. Aber P. hat kein Sterbenswörtchen darüber verloren, hat alles für sich behalten. F. kann sich in tausend Jahren nicht vorstellen, wer P. so gehasst haben könnte. Und sie habe die Schule gemocht. Vor allem Penelope Guzman habe sie sehr nahegestanden. Außerdem stehe das BAC vor der Tür, und die Schule sei bald Vergangenheit.

- *Samir Ben Hassan. Freund von Florence. Ebenfalls seit einem Vierteljahr in der Clique. P. war ein sehr ruhiges Mädchen, hatte seiner Ansicht nach außer der Clique keine Freunde. Brauchte sie auch nicht, hatte ja das Pferd, dem sie die meiste Zeit gewidmet hat. Hatte ein ausgleichendes Temperament, war fair, rückte auch mal ein Heft heraus, wenn man eine Aufgabe vergessen hatte. Humorvoll, ein echter Kumpel. S. war wie die anderen erschüttert. Hatte als Einziger die Geschichte auf Lager, dass sich P. im Februar während eines Wochenendlehrgangs furchtbar mit einer Mitreiterin angelegt haben soll, die ihr Pferd heimlich beim Freispringen mit einer Stange auf die Beine geschlagen habe, damit es höher sprang. Wohl kaum ein Motiv für einen Mord? Ansonsten dasselbe: P. hat sich seiner Meinung nach in der Schule wohlgefühlt. Wenn nicht, habe sie sich nichts anmerken lassen. Aber das könne er sich nicht vorstellen, da sie alle sehr offen miteinander umgegangen seien und P. nie ein Blatt vor den Mund genommen habe.*
- *Benjamin Bonnaire. Ähnlich emotional wie T. Tränen in den Augen und stockende Stimme. Sprach extrem leise. Frage, ob er in*

P. verliebt gewesen sei, ob sie ein Paar waren? Nein. Er habe es sich gewünscht, aber das wäre P. zu viel gewesen. P. war freundlich und ehrlich, aber hatte keine Zeit für eine Bindung, Baronet habe sie voll beansprucht (B. kannte oder sagte bis jetzt als Einziger den Namen des Pferdes). Er habe dies akzeptiert. Es gab auch keinen anderen. P. sei das humorvollste und ehrlichste Mädchen gewesen, das man sich nur vorstellen kann. Giocoso, treu, verschwiegen. Jeder habe mit ihr gekonnt. Dazu sei sie sehr mitfühlend gewesen. Als B.s Großmutter starb, habe sie ihn getröstet, und wenn sie jemanden gesehen habe, wie vor ein paar Wochen geschehen, als sie in Nîmes im Kino waren, der sein Tier, in diesem Fall einen Hund, schlecht behandelte, ist sie fast ausgerastet. Sogar kleine Kinder, die Tauben jagten, habe sie angeschnauzt. Und hier im Internat, alles in Ordnung. Beliebt bei den Lehrern. Wenn sie nicht mehr gerne zur Schule gegangen wäre, hätte er es gespürt.

- *Ophélie Costa. Ähnlich emotional wie T. Tränenausbruch, war kaum zu beruhigen. Aussagen fast identisch mit denen von T. O. die Einzige, die auf die Frage, ob sich P. in letzter Zeit in der Schule nicht mehr wohlgefühlt habe, anders reagierte. Schwieg zunächst und wirkte etwas beunruhigt, rutschte auf ihrem Stuhl hin und her. Auf die Frage, ob P. ihr etwas anvertraut habe, irgendeinen Zwischenfall im Internat, brach O. wieder in Tränen aus und verneinte vehement. P. sei hier glücklich gewesen. Kein Zwischenfall, nichts. Bei O. muss nachgehakt werden.*
- *Paul Grandmontagne. Eindeutig der Chef der Truppe. Selbstbewusst bis hin zur Arroganz. Wollte zunächst von mir wissen, ob die anderen mir hatten weiterhelfen können. Sollten sie? Sein hervorstechendes Merkmal war das Schulterzucken. Schildert P. ebenfalls als verlässlich, offen, voll giocoso. Dieses ungewöhnliche Wort haben fast alle benutzt. Absprache zwischen ihnen? Cliquenwort? Paul ist der Einzige, der sich voll Bewunderung über P.s sportliche Erfolge geäußert hat.*
- *Fazit: P. war beliebt, freundlich, hilfsbereit, treu, verschwiegen, giocoso! Hatte keine Probleme in der Schule, mit Lehrern oder Mitschülern. Keine Feinde.*

Viel war das wirklich nicht. Und dieses merkwürdige Wort für lustig, *giocoso*, war Felix bis dahin noch nie begegnet. Er hatte gleich bei Tatiana nachgehakt, was ihm einen abschätzigen Blick und hochgezogene Augenbrauen von Mademoiselle Sorokina einbrachte.

»Wie jetzt? Sie kennen diesen Ausdruck nicht. Er kommt aus der Musik. Wenn eine Stelle in einem Stück lustig oder fröhlich interpretiert werden soll, lautet die Anweisung, *giocoso* zu spielen. Das sollte man mit etwas Allgemeinbildung aber schon wissen.«

Auch wenn das Ergebnis der Befragung mager war, so war eines ganz sicher: Diese Clique war eine verschworene Gemeinschaft. Die Antworten der einzelnen Mitglieder ähnelten sich, sie benutzten die gleichen Worte. Felix war davon überzeugt, dass sie sich vorher abgesprochen hatten, wie auf die unterschiedlichen Fragen zu antworten sei. Lediglich Ophélie war ein wenig aus dem Rahmen gefallen, als sie diese leichte Unruhe bei der Frage zeigte, ob sich die Freundin in der Schule noch wohlgefühlt habe.

Felix klappte sein Büchlein wieder auf und fügte eine weitere Notiz in Großbuchstaben und mit Ausrufezeichen hinzu.

LIEGT ES AN DER CLIQUE, DASS PATRICIA NICHT MEHR GERNE ZUR SCHULE GEGANGEN IST?

Er trat auf den Flur, als sein Handy eine Nachricht von Rachid anzeigte. »Patricia hat sich ein Zimmer mit Tatiana S. geteilt. Bin gleich bei dir. Bitte Mademoiselle Sorokina, dir das Zimmer zu zeigen.«

Zu spät. Das Mädchen war schon abgerauscht. Suchend schaute sich Felix um. Eine Schülerin von geschätzt dreizehn, vierzehn Jahren eilte mit einem Arm voller Bücher schnellen Schrittes in seine Richtung. Ihre Haare waren zu zwei langen Zöpfen geflochten, die ihr rundliches Gesicht umrahmten. Irgendwie kam sie Felix bekannt vor.

»Mademoiselle, einen Augenblick bitte.«

Das Mädchen hielt an, und das Buch, das zuoberst lag, drohte auf den Boden zu fallen. Felix schob es ordentlich zurück auf den Stapel.

»Wissen Sie, wo ich das Zimmer von Tatiana Sorokina finde?«

»Oh, das Zimmer von dem Mädchen, das ermordet wurde«, murmelte sie und sah ihn mit weit aufgerissenen Augen an. »Da müssen Sie hier den Flur lang, dann nach rechts und ein Stockwerk höher. Dann noch mal geradeaus. Dann müssen Sie weiterfragen. Es ist die Etage der elften und zwölften Klassen.« Sie wollte weitereilen, hielt dann aber inne. »Wer sind Sie überhaupt?«, fragte sie, von plötzlichem Misstrauen befallen.

»Ich bin von der Polizei.«

»Das kann ja jeder behaupten. Wo ist Ihre Dienstmarke?«

Felix zückte seinen Ausweis und hielt ihn der argwöhnischen Mademoiselle vor die Nase.

»Okay, da haben Sie noch mal Glück gehabt«, schnaubte sie, und weg war sie.

Felix überlegte noch einen Moment, an wen ihn dieses Wesen erinnerte. Er kam nicht drauf, schüttelte missmutig den Kopf und machte sich auf die Suche nach dem Zimmer von Tatiana und Patricia.

Kapitel 17

Mittwoch

Der kurze Augenblick, in dem es Mathilde die Sprache verschlagen hatte, war schnell verflogen. Die gewohnte Professionalität kehrte zurück. Dominique Gange, seine Person, ihr Verhältnis zueinander waren eine andere Geschichte. Sie hatte ihn aus ihrem Bewusstsein verdrängt, aus ihrem Herzen verbannt. Und so sollte es auch bleiben.

»*Madame le Juge, mon commandant,* wie wollen wir vorgehen?« Direktor Barrois hatte Mathildes kurzes Zögern bemerkt, wusste jedoch nicht, wie er es einordnen sollte.

Natürlich hatte auch Rachid ihr plötzliches Innehalten registriert, gesehen, wie das offene Lächeln auf ihrem Gesicht von einer Sekunde zur anderen erstarrte, um dann einer Maske gleich wieder aufgesetzt zu werden. Was war hier los? Hing es mit dem Lehrer zusammen, der neben Barrois stand? Er ergriff das Wort.

»Wir wollen zunächst mit allen Lehrkräften sprechen, die Patricia Hector unterrichtet haben. Es sind die gleichen Fragen, die auch den Freunden des Opfers gestellt werden. Hat sich Patricia in letzter Zeit anders verhalten? Ängstigte sie sich vor etwas, jemandem? Hat sie sich einem von Ihnen diesbezüglich anvertraut? Hat sie die Schule gerne besucht? Patricias Mutter hat angedeutet, ihre Tochter habe in letzter Zeit eine gewisse Abneigung gezeigt, ins Internat zurückzukehren. Ist irgendetwas vorgefallen, was sie dazu veranlasst hat? Jeder noch so kleine Hinweis ist wichtig.«

Die Männer und Frauen des Kollegiums nickten, als der Commandant geendet hatte. Barrois räusperte sich.

»Dann werde ich Sie beide zunächst mit den Kollegen bekannt

machen. Im letzten Schuljahr vor dem BAC werden unsere Schülerinnen und Schüler von ganz besonderen Lehrkräften unterrichtet. Sie alle sind absolute Koryphäen auf ihren Gebieten. Wir nehmen es mit dem vorgeschriebenen Lehrplan zwar genau, doch sind unsere externen Kräfte dazu in der Lage, den Stoff mit ihrem Wissen so zu verknüpfen, dass unsere Absolventen ein Maximum an Wissen erfahren, und dies nicht nur aus den Schulbüchern, sondern ein Wissen, von dem sie ein Leben lang zehren können. Für dieses Schuljahr haben wir mal wieder die Besten der Besten gewinnen können.«

Er deutete eine Verneigung in Richtung der Lehrkräfte an und winkte hoheitsvoll der Gruppe von Frauen und Männern zu, die bis jetzt, selbst wie gut erzogene Schüler, in Reih und Glied im Hintergrund standen und nur vereinzelt leise miteinander ein Wort gewechselt hatten.

»Monsieur Gange, ist seit letztem Jahr der stellvertretende Leiter unseres Internats«, fügte er erklärend hinzu, »wollen Sie bitte die Vorstellung übernehmen?«

Gange trat einen Schritt auf die Lehrenden zu, stellte sich mit dem Rücken zu Mathilde und Rachid und begann, wie ein Dirigent mit den Armen zu wedeln.

»Denise Pasquale, Historikerin und Mitglied der *Académie française*, Madame Pasquale unterrichtet Geschichte. Madame Penelope Guzman, Autorin und Preisträgerin des *Prix Femina* für ihren Roman *Hors Service*, unterrichtet Französisch. Madame Sandrine Mugler, Künstlerin, die unseren Anbefohlenen nicht nur das wunderbare Wissen zur Kunstgeschichte dieser Welt vermittelt, sondern ihre Kreativität fördert, sei es in der Malerei oder auch der Bildhauerei. Zu den Künsten zählen wir natürlich auch das Darstellende Spiel. Dabei unterstützt uns eine der weltbesten Tänzerinnen, Madame Bernadette Faure. Leider heute nicht anwesend ist Madame Gisèle Dutronc. Sie gehört zu den fest angestellten Lehrern und unterrichtet Chemie und Physik. Ebenso fehlt Monsieur Roland Ravel. Er ist das jüngste Mitglied unseres aktuellen Lehrerkörpers, ein Ass in Informatik und Mathematik und ebenfalls geborgt.« Verhaltenes zustimmendes

Gelächter war zu hören. »Last but not least haben wir hier Monsieur Adrien Bonhomme. Den Sportbegeisterten ist er ganz sicher bekannt. Olympiateilnehmer und einer der besten Kanuten, die auf den Gewässern dieser Welt miteinander wetteifern. Er unterrichtet unsere jungen Damen und Herren im Sport.«

Alle Genannten waren beim Nennen ihres Namens ein Stück vorgetreten, als wären sie beim Appell und Dominique Gange der kommandierende General.

»Und meine Wenigkeit unterrichtet Spanisch und Biologie«, fügte Gange hinzu. Er verstummte und warf einen abwartenden Blick auf Mathilde und den Commandant.

Rachid übernahm das Kommando. »Wir werden Sie und Ihre Kollegen in zwei Gruppen befragen. Madame le Juge übernimmt Madame Pasquale und Madame Mugler, ich Madame Guzman, Madame Faure, Monsieur Bonhomme und Sie, Monsieur Gange.«

Dominique Gange, der sich eben an Mathilde anschließen wollte, machte ein erstauntes Gesicht. »Vier zu zwei, das ist aber unfair«, versuchte er zu scherzen.

»Das lassen Sie mal bitte meine Sorge sein. Sie kommen mit mir.« Rachids Stimme ließ keinen Widerspruch zu.

Mathilde war erleichtert. Hatte Rachid ihre Reaktion auf die Begegnung mit Dominique Gange bemerkt? Sie würde ihm nicht aus dem Weg gehen können, es auch nicht wollen. Er war ihr einige Erklärungen schuldig, auch wenn sie ihn aus ihrem Denken und Fühlen verbannt hatte.

»*Eh bien!* Ich schlage vor, Ihre Hälfte …«, Barrois lachte, als habe er einen guten Witz gemacht, »… bleibt mit Ihnen hier. Wollen Sie die Kollegen einzeln befragen, dann wäre es wohl sinnvoll, die anderen warten im Vorzimmer?«

Rachid nickte. »Ja, natürlich. Es wird nicht lange dauern, schätze ich. Sollte eine oder einer von Ihnen uns etwas Relevantes mitteilen können, werden wir diese Person sowieso noch einmal um ein zweites Gespräch bitten.«

»Und Sie, Madame le Juge, wenn Sie mir bitte folgen würden. Sie, meine Damen, natürlich auch.«

Barrois' Blick blieb an Adrien Bonhomme hängen, der den Direktor um mindestens einen Kopf überragte und dessen Schultern das eng sitzende Sakko fast zu sprengen drohten. Er hatte sich ebenfalls der Gruppe, die Mathilde folgte, angeschlossen. Er setzte ein, wie er wohl glaubte, unwiderstehliches Lächeln auf. In der Tat war er ein äußerst attraktiver Mann, wenn man auf muskelbepackte Körper und ebensolche Extremitäten stand, dachte Mathilde, als sie entdeckte, dass auch Bonhommes Beine, die in engen Jeans steckten, die Nähte der Hose bis an ihre Zwirngrenze brachten.

»Na na, Monsieur Bonhomme, Sie bleiben bitte beim Commandant, so leid es mir für Sie tut.«

Der Spitzensportler zuckte entschuldigend mit den Achseln und trottete zu Rachid, während Barrois die kleine Truppe mit Mathilde und den Damen Pasquale und Mugler aus seinem Büro dirigierte.

»Das ist unser ›Antikengemach‹«. Barrois öffnete eine Tür direkt neben dem Zimmer seiner Sekretärin. »Hier bewahren wir unsere Schätze auf.« In hohen Glasvitrinen lagen Scherben, antike kleine Gefäße, Schmuckstücke aus Bronze. »Leihgaben des *Musée de la romanité* für unseren Geschichtsunterricht. Alles natürlich bestens gesichert und ausreichend versichert. Sie können sich hier niederlassen.« Er zeigte auf einen nicht ganz so antiken Holzstuhl und einen Tisch, auf dem ein Vergrößerungsglas und ein Staublappen lagen.

Barrois zerrte aus einer dunklen Ecke einen weiteren Stuhl hervor, dessen verschossene Petit-Point-Stickerei des Sitzpolsters ihn als altehrwürdiges Inventarstück des Schlosses auszeichnete.

»Mit wem wollen Sie beginnen, Madame le Juge? Ich werde Mademoiselle Delattre bitten, für die verbleibende Dame noch einen Stuhl auf den Flur zu stellen. Das ist Ihnen doch recht?«

»Sehr schön. Haben Sie vielen Dank, Monsieur Barrois. Wenn wir uns schon inmitten dieser wunderbaren historischen Stücke unterhalten, dann werde ich mit Madame Pasquale beginnen.«

Kapitel 18

Mittwoch

Als Mathilde das Schlossinternat verließ, warteten Rachid und Felix bereits neben dem Dienstwagen.

»Mathilde, wir müssen leider sofort weg. Thomas Nozières von der Internen will Felix und mich sprechen. Wegen der Sache mit Fleuri. Nur kurz, gab es bei Ihnen was, das uns weiterbringt?«

Mathilde schüttelte den Kopf. »Es sieht nicht danach aus. Und bei Ihnen beiden? Aber Sie müssen los. Treffen wir uns morgen gegen neun in meinem Büro? Dann können wir über alles sprechen. Diese unselige Geschichte mit Fleuri, da hat die IGPN* ordentlich was zu tun. Hoffentlich ist das bald erledigt. Als wäre der Ruf der Polizei nicht schon miserabel genug. Und grüßen Sie mir den alten *boeuf carotte*. Er müsste doch bald in Pension gehen.« Mathilde hatte den unter Kollegen scherzhaften Begriff für die internen Ermittler benutzt.

»Machen wir. Soweit ich weiß, ist November bei ihm Schluss.«

Die beiden Polizisten verabschiedeten sich von der Untersuchungsrichterin. Felix und Rachid lag die Affäre Fleuri wie ein Stein im Magen. Capitain Fleuri war bei der Sitte, ein durch und durch korrekter Beamter, wie es schien. Doch dann war er aufgeflogen, als er nicht nur Drogen, die im Besitz von Prostituierten waren, für den eigenen Gebrauch einkassierte, sondern sie auch noch zu Geld machte. Ein junger Brigadier hatte zufällig beobachtet, wie sein Vorgesetzter in der Asservatenkammer verschwunden und mit

* Inspection générale de la police nationale: Interne Ermittlung

einer ausgebeulten Sakkotasche wieder herausgekommen war. Unter den Asservaten fehlten hundert Gramm Kokain mit einem Marktwert von knapp sechstausend Euro. Der Brigadier hatte es Felix bei einem gemeinsamen Schießtraining gesagt, er wusste nicht, wie er mit der Situation umgehen sollte. Felix hatte es an Rachid weitergeben und so den Stein ins Rollen gebracht, der den Capitain seine Karriere kosten würde.

Der blaue Peugeot verschwand in einer Staubwolke. Mathilde sah dem Wagen nach und fragte sich, wann bei Fleuri der Punkt gekommen war, an dem er vom ehrlichen Beamten zum korrupten Verbrecher geworden war. Es gab immer irgendwann irgendeinen Wendepunkt im Leben. Zum Guten wie zum Schlechten. War die Trennung von Dominique ein solcher Wendepunkt gewesen? Für ihn, für sie? Sie fischte eine Zigarette aus der Box und zündete sie an. Die Junisonne tat alles dafür, ihre wärmenden Strahlen auf die Erde zu schicken. Versonnen betrachtete Mathilde den im Barockstil gestalteten Bereich vor dem Schloss. Akkurat angelegte Rosenbeete, dazwischen Rondelle wie mit dem Zirkel gezogen, in denen Orangenbäumchen mit kräftigen grünen Blättern in großen Kübeln wuchsen. Lediglich das Rauschen der Autos auf der am Schloss vorbeiführenden *Route nationale* und der Fahnenmast aus glänzendem Metall mit einer schlapp herunterhängenden Tricolore erinnerten daran, dass man sich im 21. Jahrhundert befand.

»Du hast dein altes Laster also noch nicht aufgegeben.«

Mist. Sie hätte sich auch gleich auf den Weg machen sollen. Oder hatte sie es im tiefsten Inneren darauf angelegt? Es war doch klar, dass er versuchen würde, mit ihr zu reden.

Langsam drehte sich Mathilde um, hoffte, der Widerstreit ihrer Gefühle zeichnete sich nicht auch noch auf ihrem Gesicht ab. So lässig wie nur irgend möglich antwortete sie: »Wie du siehst, bin ich ihm treu geblieben.«

»Du meinst, im Gegensatz zu mir? Gut siehst du aus, Mathilde. Immer noch so schön und stolz. Wie lange haben wir uns nicht mehr gesehen?«

»Es muss mindestens zehn Jahre her sein.« *Seit du mich verlassen hast*, fügte Mathilde in Gedanken hinzu. Ihre Stimme erschien ihr voller Bitterkeit. Doch wenn sie so geklungen hatte, ließ es sich Dominique Gange nicht anmerken. In lockerem Plauderton bat er zuerst um eine Zigarette und wollte dann wissen, wie es Mathilde in diesen Jahren so ergangen sei.

»Seit wann rauchst du?« Sie hielt Dominique die Box hin, damit er sich bedienen konnte. Dann zündete sie die Zigarette an, die er zwischen seinen Fingern hielt.

»Ich hab's mir in Guyana angewöhnt. Keine Ahnung, wann. Dafür hab ich meinem geliebten *Brocéliande* abgeschworen.«

Wider Willen musste Mathilde lächeln. Es hatte keinen Abend gegeben, an dem Dominique nicht ein Glas seines geliebten Whiskys getrunken hätte, ohne mit geschlossenen Augen zu fragen, warum Rémy nicht auch noch solch einen Wundertrank in seine Fässer zaubern könne.

»Du fragst dich, wie ich ihm untreu werden konnte, nicht wahr? Das Lehrergehalt auf Guyana hat es mir nicht erlaubt, den Whisky für einen Haufen Geld importieren zu lassen. So einfach ist das.«

Hörte Mathilde da eine Portion Selbstmitleid aus Dominiques Worten? Er hatte es doch nicht anders gewollt.

»Mathilde, können wir uns sehen? Ich meine, nur so, alte Freunde, die sich erzählen, was sie in den letzten Jahren so erlebt haben. Bei einem Glas Wein, einer schönen *boudin antillais*? Du liebst sie doch noch? Bitte, Mathilde, ich möchte dir einfach auch erklären, warum ich damals aus deinem Leben verschwunden bin.«

Dominique legte seine Hand auf Mathildes Arm. Sie trat einen Schritt zurück.

»Wenn mich nicht alles täuscht, bist du schon wieder seit mindestens einem Jahr aus Guyana zurück. Und nicht nur das. Du lebst seitdem hier, in der Nähe von Nîmes, in meiner Nähe. Wäre es da nicht das Einfachste gewesen, mich mal anzurufen, mir zu sagen, dass du wieder da bist? Zehn Jahre kein Sterbenswörtchen von dir, dann, *adieu outre-mer, bonjour la métropole*. Ha, so einfach ist das also.«

Mathilde verfiel in Schweigen. Sie hatte nicht geahnt, wie sehr es sie noch schmerzte, dass sie von ihm verlassen worden war. Sie hatte lange gebraucht, um darüber hinwegzukommen. Und wenn sie jetzt überlegte, wann sie das letzte Mal an ihn gedacht hatte, wollte es ihr noch nicht einmal mehr einfallen. Dominique war der berühmte Schnee von gestern.

»Mathilde, bitte.« Flehentlich ergriff er nun ihre Hand. »Ich wünschte mir, ich könnte das Rad der Zeit zurückdrehen, glaub mir, aber ich …«

»Dominique, wo bleiben Sie denn, wir warten auf Sie.«

Die kleine Gestalt des Schulleiters stand im Schlossportal. Er starrte einen Moment die Szene, die sich ihm bot, ungläubig an. Was hatte sein Konrektor mit der Untersuchungsrichterin zu schaffen? Dann drehte er sich um und marschierte zurück ins Schloss.

»Ich ruf dich an, Mathilde. Versprochen. Und wir reden über alles. Es ist auch nicht so, dass ich es nicht versucht hätte, also, dich zu sehen, aber … Lass uns nicht hier darüber sprechen. Ich melde mich.«

Ehe Mathilde sichs versah, küsste Dominique sie auf den Mund. Dann drehte er sich abrupt um und folgte Barrois dorthin, wo immer dieser ihn auch zu sehen wünschte. Unschlüssig blieb sie stehen. Und jetzt? Wollte sie sich wirklich mit dem Mann treffen, der vor mehr als zehn Jahren ihre große Liebe gewesen war? Dem sie bedingungslos vertraut hatte? Dem sie jedoch nicht bedingungslos gefolgt war?

Nach Dominique war es bei kurzen Affären geblieben. Keine hatte länger als zwei, drei Monate gedauert. Zu tief waren Mathildes emotionale Verletzungen gewesen. Und gerade jetzt, wo sie allmählich versuchte, sich über ihre Gefühle für Rachid klar zu werden, tauchte er wieder auf. Über Dominiques Gesicht schoben sich die ernsten und so vertrauten Züge des Commandant.

»*Merde.*«

Ein Wort, das Mathilde nur selten über die Lippen kam. Trotzig wischte sie sich eine Träne aus dem Auge. Kummer? Ärger? Verwirrung? Sie wusste es selbst nicht. Sie musste den Kopf freibekommen. Ein Spaziergang würde helfen. Und sie war sowieso neugierig auf die ausgedehnte Parklandschaft, die sich hinter dem *Château des Cigales* erstreckte. Was alles war noch auf dem Plan eingezeichnet? Sportanlagen, Rabatten, Parkgebäude aus der Erbauungszeit des Schlosses, Kräuterbeete. Vielleicht könnte sie für Odile noch das eine oder andere unbekannte Kraut entdecken. Ein Gedanke schoss ihr plötzlich durch den Kopf. Nie hatte Odile, wenn sie Mathilde darauf ansprach, was denn nun mit ihrem Liebesleben sei, Dominique erwähnt. Weder mit tröstenden Worten noch mit einem Ausdruck des Bedauerns, dass ihr Verhältnis ein Ende gefunden hatte. Als hätte es diesen Mann in ihrem Leben nie gegeben. Auch *grand-père* hatte seinen Namen nie mehr in den Mund genommen. Wenn Dominique womöglich versucht hatte, über Odile Kontakt zu ihr aufzunehmen? Die treue Odile hätte ihn wahrscheinlich achtkantig aus dem Haus geworfen. Und ihr Großvater, der sie monatelang hatte weinen und leiden sehen, wegen dieses *saligaud*? »Der Drecksack kommt mir nicht mehr ins Haus. Sei froh, dass du ihn los bist, bevor ich ihm mit meiner Flinte noch Beine mache.«

Nachdenklich spazierte Mathilde um das Schloss herum, sog den Duft von Zitronenthymian und Rosmarin ein, beugte sich zu einer Pflanze hinunter, die sich nach intensivem Schnuppern laut einem kleinen danebenstehenden Schild als würzig duftendes Currykraut entpuppte, und erfreute sich an einem bunten Schmetterling, der taumelnd eine kräftig blaue Salbeiblüte ansteuerte. Im angrenzenden Staudenbereich kümmerte sich ein Gärtner um hochgewachsene Pflanzen, deren gelbe Blütenblätter Mathilde an Sonnenblumen erinnerten. Nur waren die Blätter sehr viel schmäler und die Stängel, auf denen sie saßen, so dünn, dass es ein Wunder war, dass sie die Last der Blütenköpfe überhaupt tragen konnten.

Dem Mann, der in seinem Gärtneroutfit – grüne Schürze über einer beigen Cargohose, kariertes Hemd und ein riesiger Strohhut auf dem Kopf – aussah, als wäre er einer Reklame für Pflanzendünger entsprungen, ging ein junger Mann zur Hand, der Mathilde bekannt vorkam. Noch ehe ihr einfiel, woher sie ihn kannte, hatte er sie erspäht. Mit einem freudigen Juchzen und ausgebreiteten Armen kam er auf sie zugelaufen. Auch er trug eine grüne Schürze und einen Strohhut. Seine Hände waren voller Erde, was ihn nicht daran hinderte, Mathilde kraftvoll zu umarmen.

»Hast du Sébastien mitgebracht?« Seine Augen leuchteten, und er schaute sich suchend um.

Jetzt dämmerte es Mathilde. Es war Lucas. Er lebte mit einem Betreuer und drei weiteren jungen Leuten mit Downsyndrom in einer Wohngruppe in Nîmes. Nach langem Hin und Her hatte Vivienne, Sébastiens Mutter, zugestimmt, dass auch ihr Sohn zwar dort nicht leben, aber so viel Tage verbringen durfte, wie er eben Lust hatte. Der Gärtner kam mit fragendem Blick auf die beiden zu.

»*Bonjour*, ich bin Raoul Flandin, der Onkel von Lucas.«

Mathilde ergriff die dargebotene Hand, Flandin hielt seinen Arbeitshandschuh in der Linken.

»Mathilde de Boncourt. Ich bin die Cousine von Sébastien. Sie kennen ihn vielleicht?«

Ein breites Grinsen hellte das von der Sonne gegerbte und gebräunte Gesicht des Gärtners auf. »Aber natürlich. Lucas erzählt so viel von ihm, und wir haben uns auch schon kennengelernt. Mein Neffe darf mir hier im Garten aushelfen. Und verdient sich so sein eigenes Geld, nicht wahr, Lucas?«

Der junge Mann nickte stolz und breitete die Arme aus. »Hier gibt es kein Unkraut mehr. Alles von mir rausgerupft. Wir brauchen kein Gift, alles mit den Händen. Das ist gut.«

»Das ist wundervoll, Lucas. Ich werde Sébastien erzählen, dass ich dich getroffen habe.«

Mathilde wandte sich an seinen Onkel. »Wie lange arbeiten Sie schon hier? Der Garten ist wirklich eine Pracht. Meine Nase kann sich gar nicht satt riechen.«

Raoul Flandin nickte stolz. »Seit mehr als fünfzehn Jahren. Damals habe ich meinen eigenen kleinen Betrieb aufgegeben. Direkt daneben hatte ein riesiger Pflanzenmarkt eröffnet. Wie ist so was überhaupt möglich? Na ja, die Politik ist daran schuld. Ich hab das Gelände an einen Autoverwerter verpachtet. Aber die Pflanzen sind meine große Leidenschaft. Und als für *Château des Cigales* ein

Gärtner gesucht wurde, habe ich mich beworben. *Et voilà,* ich liebe die Flora, und die Flora liebt mich.« Er lächelte.

Lucas hatte sich ein paar Meter entfernt und untersuchte vorsichtig die Rückseite der Blätter einer üppigen blau blühenden Hortensie.

»Kein Befall, *patron*«, rief er zufrieden.

»Sehr gut, Lucas. Den Wollläusen haben wir es aber gezeigt.«

Der Junge reckte wie der Sieger eines Hundertmeterlaufs den Arm in die Luft und patrouillierte weiter.

Mathilde senkte die Stimme. »Ich bin Untersuchungsrichterin. Wir ermitteln im Fall des toten Mädchens, Patricia Hector. Kannten Sie die junge Frau?«

»Kennen wäre zu viel gesagt. Hier laufen so viele junge Menschen herum. Und die älteren Schüler werden auch nicht mehr zur Gartenarbeit herangezogen. Das machen nur die Kleinen bis Klasse sieben. Aber ich weiß, von wem sie reden. Meine Frau ist pferdeverrückt. Erst durch sie habe ich erfahren, dass wir eine erfolgreiche Reiterin an der Schule haben. Aber nein, gekannt habe ich sie nicht. Es ist unfassbar. Stimmt es, ist sie ermordet worden?«

»Ja, es ist leider wahr. Es war kein Unfall. Das wäre natürlich schrecklich genug. Doch Patricia ist durch einen Schlag auf den Kopf gestorben.«

Flandin schwieg betreten. Dann zog er sich seinen Arbeitshandschuh wieder an. »Nun, dann will ich mal wieder. In einer halben Stunde muss ich Lucas zurückbringen. Unter der Woche schläft er in der Wohngemeinschaft.«

»Nein, heute nicht zurückbringen. Kann ich nicht hier schlafen? Wir rufen Patrick an. Der erlaubt es bestimmt. Dann kann ich Mathilde noch mein Pflanzenbuch zeigen. Mein, wie heißt das noch mal, Raoul?« Lucas war mit einem abgestorbenen Hortensienzweig neben ihnen aufgetaucht.

Sein Onkel lächelte. »Dein Herbarium.«

»Kommst du mit? Ich geb dir für Sébastien Blätter mit. Dann kann er sich auch so ein Buch machen.«

Schon hatte Lucas Mathilde an der Hand gefasst und zog sie

hinter sich her. Sie drehte sich um, schaute fragend zum Gärtner. Der nickte.

»Ja, gehen Sie nur. Und du, Lucas, kommst aber wieder, wir räumen noch die Arbeitsgeräte weg. Dann ist für heute Schluss.«

Auf dem Weg zum Gärtnerhaus, das hinter einer hohen Hecke aus bunt blühenden, akkurat in Kastenform gestutzten Oleanderbüschen stand, plauderte Lucas mit Mathilde wie mit einer alten Freundin. Sie kannte das von Sébastien. Es gab kaum einen freundlicheren, aufgeschlosseneren Menschen als ihn. Natürlich konnte Sébastien auch ein echter Sturkopf sein, und seine spontanen Gunstbekundungen, wie Umarmungen oder Küsschen, kamen nicht bei jedem gut an, doch für Mathilde war ihr Cousin einer der wichtigsten Menschen in ihrem Leben.

»Sébastien ist, glaube ich, mein bester Freund. Ich hab viele Freunde. Mindestens hundert. Leider ist schon einer tot. Obwohl er noch ganz jung war. Und ich hab auch Freundinnen, die leben aber noch alle. Rita ist mir die liebste.« Lucas lächelte verschmitzt und öffnete die Haustür.

»Hier ist mein Zimmer. Schau, da liegt mein Pflanzenbuch.«

Lucas legte es wie einen Schatz auf den Tisch und schlug sorgsam die erste Seite des dicken Buches in rotem Einband auf.

»Raoul hat die lateinischen Namen daruntergeschrieben und ich die französischen.«

Ehrfurchtsvoll blätterte Mathilde weiter, wendete vorsichtig Seite für Seite.

»Es ist wunderschön geworden, Lucas. Und du hast noch ein paar Seiten frei für weitere Pflanzen. Ich werde Sébastien bitten, dir aus unserem Park auch ein Blatt mitzubringen. Dort steht ein ganz alter Maulbeerbaum. Würde dir das gefallen?«

Lucas nickte eifrig, und Mathilde verabschiedete sich von ihm mit zwei Wangenküsschen. Beim Verlassen des Zimmers fiel ihr Blick auf das Foto eines jungen Mannes auf einem Regal, auf dem Lucas eine Sammlung von Steinen ausgebreitet hatte. Jemand hatte den Rahmen mit einem Trauerflor geschmückt. Lucas war Mathildes Blick gefolgt.

»Das ist mein toter Freund. Ich hab sehr geweint, als Michel nicht mehr da war. Manchmal hat er mir im Garten geholfen. Und Fußball hat er mit mir gespielt. Das macht jetzt keiner mehr.« Liebevoll nahm er das Bild in die Hand, pustete vom Rahmen etwas Staub herunter und stellte es zurück auf das Holzbrett. Mathilde hatte sofort bemerkt, dass Lucas' Freund offensichtlich nicht zu den jungen Leuten aus der Wohngruppe gehörte. Der Junge auf dem Foto stand mit dem Rücken zu einem Brunnen vor dem Schloss und blinzelte in die Sonne.

»Dein Freund war Schüler hier im Internat? Wann ist er gestorben?«

»Das ist schon ewig her. Monsieur Barrois hat gesagt, sein Herz war ganz schlimm krank gewesen. Und dann hat es einfach aufgehört zu schlagen.«

Kapitel 19

Donnerstag

Mathilde überflog noch einmal die Notizen, die sie bei der Befragung am Vortag gemacht hatte. Auf den ersten Blick war nichts dabei herausgekommen, was sie im Mordfall Patricia Hector weiterbringen könnte. Und wie es aussah, warteten Rachid und Felix mit einem ähnlichen Ergebnis auf. Doch sie vertraute auf das bevorstehende Treffen mit den beiden. Bisher hatte der Austausch mit ihnen so manch zündende Idee, wenn nicht sogar Fortschritte, in den Ermittlungen gebracht.

Es klopfte kurz an der Tür, und ihre Sekretärin Christine steckte den Kopf ins Büro.

»*Madame le Juge*.« Sie tippte mit ihrem Zeigefinger an die rechte Wange. »Ich könnte kurzfristig bei meinem Zahnarzt einen Termin bekommen. Dafür bleibe ich morgen länger. Ist das in Ordnung?«

»Natürlich, das ist doch kein Problem. Gehen Sie nur. Gute Besserung. Und danke noch für den Kaffee und das Gebäck. Das wird vor allem Lieutenant Tourrain zu schätzen wissen.«

Die beiden Frauen lachten. Sie kannten Felix' Schwäche für jedwede Süßigkeiten. Kaum hatte Christine das Büro verlassen, betraten Rachid und Felix pünktlich auf die Minute Mathildes Arbeitszimmer. Die drei begrüßten sich mit Handschlag, und Mathilde wies auf ihre Besucherecke, in der sich drei kleine Sessel um einen niedrigen runden Tisch gruppierten.

Felix schnupperte. »Hmm, der starke Kaffee von Christine. Den kann ich jetzt gebrauchen. Hat sie vielleicht auch …« Er fing Mathildes Blick auf, der in Richtung Besuchertisch ging, und entdeckte zwischen den Kaffeebechern und der Warmhaltekanne den Teller, auf dem sich Viennoiserien häuften.

»Sie sehen, es ist für alles gesorgt. Wir können also loslegen.« Sie schmunzelte, als sie sah, wie der junge Lieutenant errötete. »Felix, Ihr Ruf eilt Ihnen voraus. Wie würden Sie eine Besprechung sonst überstehen, wenn nicht mit einer gehörigen Portion Zuckerzeug? *Alors,* ich schlage vor, Sie beginnen. Was haben Patricias Freunde erzählt?«

Sie setzten sich, Felix berichtete von seiner Befragung und resümierte dann: »Auf mich wirkte jeder Einzelne von ihnen wahrhaftig erschüttert. Erst seit relativ kurzer Zeit gehören Samir Ben Hassan und Florence Guery zu diesem Freundeskreis. Aber auch sie haben das bestätigt, was die, die Patricia schon lange kannten, ausgesagt haben. Sie alle hatten ein enges, freundschaftliches Verhältnis zu dem Opfer. Und sie sind ganz sicherlich eine verschworene Gemeinschaft, die mehr als eine reine Schulfreundschaft verbindet. Vielleicht habe ich mich schon von Ihnen anstecken lassen, *Madame le Juge*, aber ich habe ganz einfach so ein Bauchgefühl, seitdem ich dieses merkwürdige Wort gehört habe. Wer bitte benutzt denn schon *giocoso*, wenn er sagen will, dass jemand ein fröhliches Wesen hat? Also ich hab bis dahin diesen Begriff überhaupt noch nie gehört. Und wenn sie sich in ihren Sprachgewohnheiten aneinander angleichen, ist das schon ein Hinweis darauf, dass sie permanent zusammenstecken. Okay, das sagt nichts aus, aber es fällt auf. Was die Vermutung der Mutter angeht, so wollte niemand bestätigen, dass Patricia die Schule nicht mehr gerne besucht hat. Einzig Ophélie Costa hat bei dieser Frage eine andere Reaktion gezeigt, eine leichte Unruhe, aber vielleicht interpretiere ich da zu viel rein. Doch sollten wir bei ihr noch einmal zeitnah nachhaken. Und da ist noch die Aussage von Florence Guery, Patricia habe Madame Guzman nahegestanden«, schloss er.

»Sie haben sich nicht danach erkundigt, was jeder Einzelne zur Tatzeit gemacht hat?«, fragte Mathilde.

»Nein, das erschien mir zu diesem Zeitpunkt nicht angemessen. Ich habe sie ja nicht wie Verdächtige behandeln wollen, sondern etwas über die Psyche des Mädchens und über das Verhältnis der Clique zu Patricia erfahren wollen.« Felix griff nach einer kleinen Rosinenschnecke und schob sie sich in den Mund.

»Sehr gut. Dann haben wir auch nicht zu befürchten, von einer Armada von Rechtsanwälten, die die Eltern der jungen Leute garantiert zu ihrem engsten Freundeskreis zählen, auseinandergenommen zu werden.« Auch Mathilde nahm eines der kleinen buttrigen Gebäckstücke. »Hat das Zimmer der beiden Mädchen irgendetwas offenbart?« Sie spülte das winzige Croissant mit einem Schluck Kaffee hinunter.

Rachid öffnete sein Notizbuch.

»Nichts. Mademoiselle Sorokina war nicht wirklich über unser Eindringen in ihr Reich amüsiert. Ich würde vorsichtig schätzen, dass die junge Dame achtzig Prozent der Bude für sich beansprucht hat. Ich wundere mich sowieso, dass sie kein Zimmer für sich hat. Diese Möglichkeit gibt es nämlich auch, großes Zimmer für zwei oder ein kleineres für eine Person, so wie Paul Grandmontagne. Zurück zum Reich von Mademoiselle Sorokina. In ihrer Hälfte, also der erheblich größeren Hälfte, ist alles ganz in Rosa. Bettdecke, Lampenschirm, Läufer, einfach alles. Und als würde man aus einem Farbfilm in einen Schwarz-Weiß-Film wechseln, sieht es auf der anderen Seite aus. Patricia Hector hat in diesem Zimmer gewohnt, aber nicht gelebt. Im und auf dem Schreibtisch Schulsachen und Pferdebücher. Im Kleiderschrank Reitklamotten, Schuluniform, Jeans, T-Shirts, Pullover. Kaum persönliche Notizen, lediglich ein kleines Kalenderbüchlein, in das sie, ganz altmodisch von Hand, Termine eingetragen hat, die sich wiederholen und ähneln. Training, Wochenende bei den Eltern, Turnierdaten. Apropos Kalender. Das Handy, das sie auch immer bei ihren Ausritten dabeihatte, ist noch nicht aufgetaucht. Die Funkzelle, in der sie zuletzt eingewählt war, ist einen Kilometer von dem Ort entfernt, an dem sie getötet worden ist.« Rachid wandte sich an Felix. »Hab ich irgendwas vergessen?«

»Das einzig Bunte, was im Zimmer an Patricia erinnert, ist eine Schnur, die vom Kleiderschrank zur Wand geht, mit jeder Menge Schleifen dran, wie man sie bei Reitturnieren gewinnt. Das war's.«

Rachid zog die Visitenkarte, die Jacques Hector ihm gegeben hatte, zwischen den Seiten seines Notizbuches hervor.

»Hier ist die Telefonnummer der Eltern. Wir haben ihnen schon avisiert, dass du dir Patricas Zimmer ansiehst. Ich hoffe, sie sind bald dazu in der Lage, dich einen Blick hineinwerfen zu lassen. Und frag bitte nach, ob ihre Tochter vielleicht Tagebuch geführt hat.«

Felix nickte und nahm die Visitenkarte des Apothekers entgegen.

»Nun zum Lehrpersonal. Ich habe zuerst Penelope Guzman gesprochen, siebenundvierzig Jahre, Schriftstellerin. Vor drei Jahren hat sie den *Prix Femina* für ihren Roman *Hors Service* erhalten. Sie unterrichtet im Fach Französisch, Schwerpunkt ist in diesem letzten Halbjahr der Dichter Arthur Rimbaud. Madame Guzman war von Patricia Hector sehr angetan. Ich glaube, sie ist die Einzige, die gesagt hat, das Mädchen sei sehr ernsthaft gewesen. Nun, man kann ernsthaft und fröhlich zugleich sein, das eine schließt das andere ja nicht aus. Patricia sei fasziniert gewesen von der Lyrik Rimbauds und habe selbst den Versuch unternommen, ein Gedicht in seinem Stil zu schreiben. Guzman hat es aber nie zu Gesicht bekommen. Das Mädchen habe es verbrannt, es sei ihr dann doch zu stümperhaft erschienen, sie sei sich, wie hat Guzman es ausgedrückt?« Rachid blätterte in seinen Notizen. »Ja, sie habe den Eindruck gehabt, Patricia sei sich in dem Moment vielleicht wie eine Hochstaplerin vorgekommen. Doch ein eigenes dichterisches Werk ihrer Lehrerin vorstellen zu wollen deckt sich auf jeden Fall mit der Beobachtung von Florence Guery, Penelope Guzman sei für Patricia eine besondere Bezugsperson gewesen. Hätte ich das vorher gewusst, hätte ich natürlich bei ihr deswegen nachgehakt. Nun, wir werden es nachholen. Kommen wir zu Bernadette Faure, einundvierzig Jahre alt. Sie gehörte zu den gefragtesten Tänzerinnen in Frankreich und auf den internationalen Bühnen.«

Mathilde nickte wissend, und auch Felix tat kund, dass ihm dieser Name ein Begriff war.

»Sie hat sich mittlerweile von der Bühne verabschiedet, unterrichtet jedoch noch in Montpellier in ihrer eigenen Tanzschule. Ich habe mich bereits erkundigt, die Schule floriert, die Absolventinnen und Absolventen haben die besten Chancen, überall auf der Welt als Tänzerinnen und Tänzer angenommen zu werden. Madame Faure unterrichtet zweimal die Woche in ihrer Schule, ansonsten hat sie fünf angestellte Tanzpädagogen, die das Training leiten. So hat sie auch die Zeit, wie in diesem Fall, das zweite Semester eines Schuljahres als Lehrerin im Fach Darstellendes Spiel zu übernehmen. Sie macht es jetzt bereits zum vierten Mal. Wie sie mir erklärte, liegt der Schwerpunkt in jedem Jahr auf einem anderen Gebiet. Einmal ist es das Tanztheater, dann kann es auch Stepptanz oder Irish Dance sein, in diesem halben Jahr vor dem BAC ist es der Ausdruckstanz. An den Stunden nehmen alle Schülerinnen und Schüler der letzten Klasse teil, und tänzerisch besonders Begabte dürfen sich noch über einen gesondert angebotenen Kurs freuen. Das sind in diesem Jahr immerhin zwei Schülerinnen.«

Felix lachte. »Zwei? Die Zahl der Begabten im Abschlussjahr ist aber nicht sonderlich groß.«

»Nein, Madame Faure hat es auch sehr bedauert. Sie nimmt auch kein Blatt vor den Mund und hat mehr als einmal von einem Kartoffelsack gesprochen, wenn sie einen Schüler meinte. Die Einzige, die offenbar wirklich großes Talent zeigt, ist Tatiana Sorokina. Nun, die Russen sind ja für ihre Ballettschulen und Tänzer von Weltniveau bekannt. Allerdings hat Mademoiselle Sorokina das Kursangebot ausgeschlagen.«

»Ich stelle mir das eben vor, einem Sack Kartoffeln das Tanzen beizubringen. Also wenn ich mich an meine erste Tanzstunde erinnere. Total ungelenk und unmusikalisch war ich. Außer ein wenig Gliederverrenken in der Disco war bei mir tänzerisch nicht viel los.«

»Und wenn du mit dem Gebäck so weitermachst, wird man dich, falls du es doch noch wagen willst, deine tänzerischen Fähigkeiten zu veredeln, auf die Tanzfläche rollen müssen«, zog Rachid seinen Kollegen auf. »*Eh bien!* Wo war ich stehen geblieben? Also, begabte Schüler im Tanzunterricht. Trotz ihrer sportlichen Erfolge zu Pferd gehörte Patricia nicht dazu. Offenbar werden beim Reiten andere Muskeln beansprucht als beim Tanzen. Apropos Muskeln: Es ist schon faszinierend zu sehen, dass eine Frau, die wie eine Gazelle über die Bühne schwebt und wie eine Feder von ihrem Partner gehoben wird, einen derart muskulösen Körper besitzt, wie man unschwer an Beinen und Armen von Madame Faure erkennen kann. Absolut top in Form, diese Frau.«

»Na, wo guckst du denn hin?« Felix grinste und griff ungerührt nach einem kleinen *pain au chocolat*. Freche Bemerkungen machen, das konnte er auch.

»Auf Arme und Beine. Sonst nichts«, antwortete Rachid würdevoll und fuhr fort. »Außerhalb des Unterrichts hatte die Faure nichts mit Patricia zu tun, die sich, wann immer sie konnte, vor dem Tanzunterricht gedrückt hat, was nicht selten vorkam. Der Unterricht ist am Nachmittag, und Patricia hat von Barrois regelmäßig freibekommen, um zum Reittraining zu fahren. Das war vor allem in den letzten drei Monaten der Fall, da die Turniersaison offenbar so langsam losging. Auch Adrien Bonhomme musste öfter auf seine Schülerin verzichten, da sein Sportunterricht ebenso mit der Reiterei kollidierte. Zu Bonhomme: Er ist einunddreißig, hat an zwei Olympischen Spielen teilgenommen. War Siebter und undankbarer Vierter im Einer-Canadier.«

»Wo paddelt er denn mit seinen Schülern herum?« Das letzte Teilchen verschwand in Felix' Mund. Schuldbewusst starrte er kurz auf den leeren Teller.

»In den Gorges de l'Hérault, irgendwo hinter Saint-Bauzille ist die Kanustation.«

»Und warum nicht auf dem Gardon?«, wollte Mathilde wissen.

»Weil die Gorges du Gardon bei Trockenheit nicht genügend Wasser führen, zumindest nicht für die, die den Sport ernsthaft oder professionell betreiben. Die ersten Übungen werden allerdings im schuleigenen Schwimmbad absolviert. Patricia gehörte zu denen, die, wie Bonhomme sagte, über ein außergewöhnliches Talent und Körpergefühl verfügten. Beim Canadier kniet man auf einem Bein. Und gelenkt wird mit dem Stechpaddel. Bei Patricia gab es kaum einen Wackler. Während andere ein ums andere Mal kentern, führte sie das Boot wie ein Profi durchs Wasser. Bonhomme war sehr angetan von ihr. Aber auch er konnte ansonsten nichts über sie berichten. Ihm ist die Cliquenbildung allerdings aufgefallen, wie eng die jungen Leute immer zusammenstecken. Er hatte ihnen zum Spaß empfohlen, auf einen Ruderachter umzusteigen. Nun ja, das war eigentlich schon alles. Bonhomme ist ein Typ, der sich für sehr witzig und auch für unwiderstehlich hält. Er hat mich übrigens auf die Beine von Madame Faure aufmerksam gemacht, also auf ihre muskulöse Beschaffenheit«, fügte Rachid mit einem Schmunzeln in Richtung Felix hinzu.

»Und Dominique Gange?« Mathilde verbarg ihr Gesicht hinter dem großen Kaffeebecher, so gut es ging.

Rachid war natürlich ihre Reaktion auf die Begegnung mit Gange nicht entgangen. Auch jetzt hatte er den Eindruck, allein schon die Erwähnung seines Namens sei Mathilde irgendwie unangenehm.

»Dominique Gange, einundvierzig Jahre. Seit dem letzten Jahr als stellvertretender Direktor an der Schule. Davor war er zehn Jahre als Lehrer für Biologie und Spanisch in Guyana tätig, die beiden Fächer unterrichtet er auch im Internat. Nach seiner Aussage war Patricia das reinste Sprachgenie. Ihr Spanisch war perfekt, was wohl daran liegen mag, dass ihre Urgroßmutter aus Alicante stammte, wie Gange wusste. Auch Biologie habe ihr viel Spaß gemacht, Patricia hatte damit geliebäugelt, Tiermedizin zu studieren. Der Schwerpunkt in diesem letzten halben Jahr liegt auf der Vererbungslehre, und Patricia muss ein fulminantes Referat zum Thema Vererbung in der Pferdezucht gehalten haben. Ihr eigenes Pferd scheint dabei eine große Rolle gespielt zu haben. Ich kenn mich da ja nicht aus, aber der Vater des Pferdes war wohl ein super Springpferd. Doch wie schon Faure und Bonhomme konnte auch Gange nichts über den tiefer gehenden Charakter Patricias sagen. Sie war nett, freundlich, höflich, hilfsbereit und hat auf Gange einen grundsätzlich fröhlichen Eindruck gemacht. Sie war beliebt bei ihren Freunden, die auf sie zählen konnten. Gange rückte damit heraus, dass sie für Ophélie Costa ein ganzes Referat erarbeitet hatte, die es dann nur noch vorgetragen hat. Er habe gleich Verdacht geschöpft, wegen der ganzen Fachbegriffe, die Mademoiselle Costa wahrscheinlich nie benutzt hätte. Dieses Referat hat die junge Dame davor bewahrt, um ihren Abschluss bangen zu müssen. Gange hat den Mantel des Schweigens darübergelegt, wollte die Zukunft des Mädchens nicht gefährden.«

Felix dachte an die Frage, die er seinen Notizen angefügt hatte. Hing Patricias Aversion gegen die Schule mit der Clique zusammen? »Vielleicht versteckt sich hinter Patricias allseits gerühmter Hilfsbereitschaft und ihrer Verschwiegenheit auch viel mehr, als wir ahnen. Die Gruppe hat sich vorher abgesprochen. Alle sagen dasselbe über sie: hilfsbereit, freundlich, treu sagten die einen, die anderen nannten es loyal, verschwiegen. Ich glaube, irgendetwas eint die Clique, und damit meine ich nicht nur gemeinsame Interessen wie Lästern oder Kinobesuche. Was ist, wenn Patricia aus irgendeinem Grund nicht mehr dazugehören wollte und deswegen auch die Schule nur noch ungern besucht hat? Einem Grund, einem Geheimnis, das die Clique mit sich herumträgt, irgendwas, das Patricia Hector nicht mehr verschweigen oder mitmachen wollte?«

Mathilde nickte. »Ein guter Gedanke, Felix. Unsere Gespräche mit den Freunden und den Lehrern haben uns bis jetzt allerdings keinen Hinweis auf ein solches Szenario gegeben. Wir haben uns lediglich einen ersten Eindruck verschafft und müssen jetzt tiefer graben, sowohl im Kollegium wie auch in der Clique. Ich kann mich ihren beiden Berichten im Moment nur anschließen. Die Damen, mit denen ich gesprochen habe, kamen zu der gleichen Einschätzung wie ihre Kollegen und die Schüler, was Patricias Wesen angeht.«

Sie nahm ihre Notizen zur Hand. »Denise Pasquale, fünfzig Jahre, Historikerin und Mitglied der *Académie française*. Sie unterrichtet Geschichte. Wilhelm I., Herzog der Normannen und Eroberer Englands, und das *Domesday Book* stehen auf dem aktuellen Stundenplan. Sie ist eine Koryphäe auf ihrem Gebiet. Dass es Direktor Barrois gelungen ist, für das Fach Kunstgeschichte Sandrine Mugler gewinnen zu können, ist ebenfalls grandios. Sie ist übrigens mit ein Grund, warum unser Arthur unbedingt nach den Sommerferien das *Château des Cigales* besuchen will.« Mathilde erzählte von Arthurs Plänen und den Bedenken seiner Mutter. »Doch er wird seinen Kopf durchsetzen, dieser kleine *tête de mule*«, schloss sie mit einem Schmunzeln. »Doch zurück zu meinen Damen. Die beiden Frauen sind absolut faszinierend, jede ist dem Thema, mit dem sie sich beschäftigt, geradezu verfallen. Denise Pasquale kam regelrecht ins Schwärmen, als sie von Wilhelm sprach, und wenn Rodin oder van Gogh auf der Suche nach einer treuen Gefährtin gewesen wären, wäre Sandrine Mugler sofort zur Stelle gewesen. Nur hilft uns diese Erkenntnis leider auch nicht weiter. Morgen werden Madame Dutronc, die Lehrerin für Chemie und Physik, und Monsieur Roland Ravel, zuständig für Informatik und Mathematik, von der Klassenfahrt zurück sein. Dutronc kennt Patricia seit ihrem ersten Schuljahr im Internat. Vielleicht ist ihr eine Veränderung in ihrem Wesen in letzter Zeit noch am ehesten aufgefallen. Ravel ist selbst erst seit ein paar Monaten an der Schule. Er hat womöglich einen ganz unverfälschten Blick auf das Mädchen. Wir werden die Gespräche mit allen Befragten auf jeden Fall intensivieren.«

Rachid hatte sich einen zweiten Becher Kaffee eingeschenkt und nahm einen ersten vorsichtigen Schluck.

»Die Idee, in der Clique könnte etwas vorgefallen sein, das Patricia veranlasst hat, sich von ihr zu distanzieren, etwas, das ihre vermeintliche Schulmüdigkeit erklärt, ist wirklich sehr gut. Ich würde gerne an diesem Punkt zuerst nachhaken. Was allerdings ebenfalls ein Grund sein könnte, ist ein, vorsichtig ausgedrückt, angespanntes Verhältnis zu einem der Lehrkräfte. Sie war eine sehr gute Schülerin. Was also könnte zwischen Patricia und einem ihrer Lehrer vorgefallen sein?« Rachid beantwortete seine Frage gleich selbst. »Hat sie sich unfair behandelt gefühlt? Oder, schlimmer, hat jemand sie belästigt, sexuell bedrängt, seine Position schamlos ausgenutzt? Dabei gehe ich erst mal von einem Mann aus. Bonhomme ist ein Chauvinist, von sich überzeugt, Gange ist ein gut aussehender Mann, er erscheint mir einfühlsam, was seine jungen Schützlinge angeht. Hat Patricia vielleicht in ihm einen väterlichen Freund gesehen?«

»Wie kommen Sie denn auf die Idee?«, warf Mathilde in einem Ton ein, der in ihren Ohren angespannt klang.

»Gange ist nicht nur stellvertretender Direktor, er wurde auch, obwohl er noch nicht lange an der Schule ist, im Herbst zum Vertrauenslehrer gewählt. Er hat damit Madame Dutronc abgelöst, die sich schon seit Jahren um das Vertrauen der Schüler verdient gemacht hat. Wie Gange beiläufig erwähnte, hatte er selbst nicht damit gerechnet. Einige Schüler der höheren Klassen hatten ihn gebeten, diese Funktion wahrzunehmen. Natürlich habe ich ihn gefragt, ob Patricia sich ihm mit einem Problem anvertraut hat, doch nein, er sei weder von ihr um einen Rat gebeten worden, noch habe sie ihm von irgendeinem Kummer erzählt. Doch er, wie jeder andere auch, kann uns viel erzählen.«

Mathilde schwieg. Natürlich hatte Rachid recht. Sie musste ihre Gefühle unter Kontrolle bekommen. Wäre es nicht jetzt an der Zeit, Felix und ihm reinen Wein über ihr Verhältnis zu diesem Mann einzuschenken? Sie biss sich auf die Lippen. Vielleicht später.

»Dann gibt es noch Roland Ravel. Über ihn wissen wir bis jetzt nicht viel. Vom Alter her ist er jedenfalls seinen Schülern am nächsten, er ist direkt von der Uni in Toulouse an die Schule gekommen«, ergänzte Felix.

»Wir werden ihn ja demnächst kennenlernen, dann können wir uns ein Bild von Ravel machen.« Rachid warf Mathilde einen kurzen Blick zu. Was ging in ihr vor?

Mathilde spürte, wie seine dunklen Augen auf ihr ruhten. Sie atmete tief durch und nahm den Faden wieder auf. »Nun, wie sieht es bei den Frauen aus? Ist unter ihnen eine, die Patricia die Schule verleidet haben könnte? Madame Mugler schilderte mir ihre Schülerin als diszipliniert, jedoch künstlerisch als eher von bescheidenem Talent, wenn es nicht gerade um Pferdezeichnungen ging. Patricia wusste das, es hat sie auch nicht weiter gestört. Dasselbe gilt für Tanz und Darstellendes Spiel. In Geschichte gehörte Patricia zu den besseren Schülern, war fleißig, trug zum Unterricht mit sehr gescheiten und hervorragend ausgearbeiteten Beiträgen bei. Bleibt Madame Guzman. Sie stand offenbar Patricia am nächsten, hat sie dazu inspiriert oder auch ermuntert, sich an Gedichten zu versuchen. Doch diese Arbeiten hat sie nie zu Gesicht bekommen. Warum? Rachid, Sie sagten, Patricia habe sich nach Ansicht von Madame Guzman vielleicht geschämt. Stimmt das? Oder hat Madame Guzman sie doch gelesen, sich vielleicht über sie mokiert? Das negative Urteil einer Lehrerin, die man vielleicht selbst bewundert, kann fatale Folgen haben. Gut, sie hätte uns gar nichts davon erzählen müssen. Doch wenn Patricia sich darüber bei einer Freundin beklagt hätte, wäre das miese Verhalten der Lehrerin ans Licht gekommen. *Alors,* uns bleibt nichts anderes übrig, ich werde uns für morgen wieder bei Barrois ankündigen. Er wird nicht begeistert sein, dass wir so kurz vor dem BAC schon wieder seine Schüler und Kollegen vom Unterricht abhalten.«

Die offizielle Besprechung war beendet, und Rachid lehnte sich in seinem Sessel zurück. »Ich soll Sie übrigens ganz herzlich von Thomas Nozières grüßen, Mathilde. Wenn er in Pension ist, will er sich als Winzer versuchen. Er hat schon ein Stück Land in Aussicht und hat vor, Ihren Großvater um Rat zu fragen. Er wird sich aber noch persönlich bei Ihnen melden. Wegen der Sache Fleuri müssen wir gleich noch einmal zur Internen. Ich befürchte, die ganze Geschichte zieht Kreise. Fleuri hat einen Kollegen in Sète beschuldigt, mit ihm gemeinsame Sache gemacht zu haben. Capitaine Monet wird bei der Befragung ebenfalls dabei sein. Der ganze Drogendreck ging schon los, bevor sie in den Ruhestand trat. Das ist alles sehr unerfreulich.« Er erhob sich. »Dann sehen wir uns morgen in der Schule.«

»Richten Sie Thomas und Capitaine Monet bitte ganz herzliche Grüße von mir aus.« Eine tote Archäologin und ein toter Kapitän aus Sète hatten die Ermittler aus Nîmes mit der Kollegin aus Sète zusammengeführt. Mittlerweile war Capitaine Monet nicht mehr im Dienst, damals hatte sie Mathilde und ihr Team in diesem verworrenen Fall tatkräftig unterstützt.

Rachid und Felix verabschiedeten sich. Den Zeitpunkt, sie über ihr Verhältnis zu Dominique Gange aufzuklären, hatte Mathilde nun endgültig verpasst. Doch spielte das überhaupt eine Rolle? Gange war Vergangenheit.

Kapitel 20

Donnerstag

Christine hatte sich für den Tag wegen ihrer Zahnwurzelbehandlung abgemeldet, Rachid und Felix mussten erneut bei den *boeufs carottes* aussagen. Und dass man zeitlebens Polizistin blieb, bewies Capitaine Monet, die trotz ihres wohlverdienten Ruhestandes immer noch mit den Schatten der Vergangenheit konfrontiert wurde.

Mathilde packte ihre Sachen zusammen. Der Aktenberg, den Christine jeden Tag erneuerte, war ein gutes Stück zusammengeschrumpft. Ihr Magen grummelte. Das kam davon, wenn man seine Mittagspause sträflich vernachlässigte und glaubte, ein paar Zigaretten am offenen Fenster und zwei Tassen Kaffee würden genügen. Sehnsüchtig starrte sie auf den Teller, den Felix bis auf ein paar Krümelchen leer gefuttert hatte. Auch in Christines Schreibtischschublade war nichts zu finden. Normalerweise bewahrte ihre Sekretärin wenigstens eine Schachtel mit Madeleines oder *Pattes au chocolat* darin auf. Doch kein einziger Keks, der das nagende Hungergefühl hätte befriedigen können.

Sie verließ das *Palais de Justice* und stand unschlüssig auf dem Platz vor der antiken Arena. Die Markthalle war um diese Zeit bereits geschlossen, im Kühlschrank lagen noch die Nudeln und Odiles Pesto. Vielleicht sollte sie noch etwas Frisches dazu besorgen. Mathilde stand weiter wie angewurzelt da, sie spürte keinerlei Antrieb, auch nur irgendetwas zu tun. Obwohl sie ihn verbannt hatte, hing der Gedanke an Dominique über ihr wie ein Damoklesschwert. Er erdrückte sie geradezu, sie brauchte dringend frische Luft, ein Stimmungswechsel musste her. Und zwar *tout de suite*!

Hatte Martin nicht jüngst gesagt, er wolle ihr einen verwunschenen Ort zeigen? Ihr war jetzt nach einem solchen Ort, und eine Ablenkung wäre genau das Richtige. Vielleicht passte es ihm ja heute Nachmittag. Sie zückte ihr Handy und rief den Freund an, der sich nach nur zweimaligem Klingeln meldete.

»Martin, ich mache heute früher Schluss. Und irgendwie fällt mir die Decke auf den Kopf. Wenn du also jetzt Zeit und Lust hast, mich an deinen geheimnisvollen Ort zu entführen … Oder soll ich schon mal vorfahren?«

»Nein, wenn du weißt, wo's hingeht, ist es ja keine Überraschung mehr. Wir sind in einer halben Stunde da und holen dich ab. Warte einfach bei der Esplanade Charles de Gaulle auf uns.« Und schon hatte Martin das Gespräch beendet.

Was hieß wir? Wen wollte er denn noch mitbringen? Mathilde konnte sich keinen Reim darauf machen. Aber sie würde die halbe Stunde nutzen, um noch einen Happen zu essen. Die Mittagskarte stand noch vor der *Bourses,* Mathildes bevorzugtem Lokal, wenn es schnell gehen sollte. Heute gab es als Mittagsgericht *encornets farcies*, die in einer riesigen Pfanne darauf warteten, den Hunger eines Büroangestellten, die zu Hunderten die Restaurants, Cafés und Bistros am Mittag bevölkerten, zu stillen. Mathilde liebte den Geschmack des kräftig gewürzten Rinderhacks und der Pilze, die in ihrem Mantel aus zarten Tintenfischtuben und einer fruchtigen Tomatensoße schmorten. Dazu ein Stück knuspriges Brot und ein Glas gekühlten Weißwein. Was gab es Besseres an einem Tag, der noch zusätzlich von der Sonne verwöhnt wurde. Und fahren musste sie auch nicht mehr, Martin würde sie wieder nach Nîmes zurückbringen.

Das Essen zerging auf der Zunge. Das helle Fleisch des Tintenfischs hielt sich geschmacklich vornehm im Hintergrund, die mit Kräutern und einer Prise *Piment d'Espelette* gewürzte Soße verschwand bis auf den letzten Rest, aufgewischt mit einem Stück Brot, in Mathildes Mund.

Der Blick auf die große Uhr an der Ecke des Lycée Alphonse Daudet ließ sie erschrocken aufspringen. Ein Kellner kassierte gerade am Nebentisch ab.

»Ich muss los, zahle morgen.«

Der Mann nickte, und Mathilde eilte im Laufschritt zum Treffpunkt. Kaum dort angekommen, hupte Martin schon, hielt an der Bushaltestelle, und Mathilde sprang auf den Rücksitz, denn auf dem Platz neben Martin saß Odile. Was gab es denn so Außergewöhnliches zu besichtigen, das auch Odile brennend interessierte? Zu fragen machte keinen Sinn, Martin hatte seine geheimnisvolle Miene aufgesetzt, sein Gesicht glühte vor Vorfreude.

»Na, ihr zwei, habt ihr schon eine Ahnung, wo's hingeht?«

Mathilde hatte sich nach vorne gebeugt und Odile einen Kuss auf die Wange gedrückt, während Odile ihr zur Begrüßung liebevoll den Kopf tätschelte.

»Nein, absolut keine«, antworteten die beiden Frauen wie aus einem Mund.

Martin steuerte gekonnt in den großen Kreisverkehr, um zügig auf die A9 zu fahren. Die drei unterhielten sich angeregt, plauderten über Martins Integration ins Dorf, die Fortschritte, die seine Arbeiten an den Außenanlagen machten, bei denen Odile ihn mit Herzblut unterstützte. Permanent zog sie Setzlinge, grub Wurzeln aus und sammelte Samen für Martins Stauden- und Kräutergarten.

»Und welcher Fall beschäftigt dich im Moment?«, wollte Martin von Mathilde wissen.

»Der Mord an einer Schülerin des Internats *Château des Cigales*. Wir stehen noch ganz am Anfang.«

»*Mon Dieu*, ein Kind, ermordet. Wie schrecklich. *Château des Cigales*, hast du gesagt?«

Nach einem ersten Stoßseufzer verfiel Odile in Schweigen. Mathilde lugte zwischen den Sitzen nach vorne und sah, wie die alte Frau nervös ihre Hände knetete. Und hatte ihre Stimme nicht gerade eben einen lauernden Unterton gehabt?

»Genau. Du meinst wegen Arthur?«, fragte Mathilde so harmlos wie möglich.

»Wie, was Arthur? Was hat der Junge mit dieser Schule zu tun?«

Also hatte Odile noch gar nichts von Arthurs Plänen, nach den Sommerferien das Internat zu besuchen, gehört. Aber warum dann dieser merkwürdige Ton in ihrer Stimme? Ein Ton, der zwischen Erschrecken und Vorsicht lag. Darauf konnte es nur eine Antwort geben. Sie wusste, dass Dominique an der Schule lehrte. Na, die konnte was erleben.

Martin verließ die Autobahn in Richtung Villeneuve-lès-Avignon. Nach einigen Kilometern rief Odile betont munter: »Jetzt weiß ich, wo's hingeht. Du folgst schon die ganze Zeit dem Hinweisschild zum Fort und der Abbaye Saint-André. Mathilde, kennst du die Befestigungsanlage und das Kloster?«

Mathilde schüttelte den Kopf. Sie musste sich zusammenreißen, um nicht gleich loszubrüllen. Garantiert hatte Odile Dominique entweder zufällig getroffen, oder er hatte sie, womöglich sogar ihren Großvater, aufgesucht.

»Im Gegensatz zu Martin kenne ich nicht jedes alte Gemäuer in der Gegend«, antwortete sie patziger als beabsichtigt.

Odile wandte sich um. »Geht es dir nicht gut, meine Kleine?«

Sie kannte Mathilde. Der Ton macht die Musik, und dieser Ton ließ darauf schließen, dass sie wohl etwas verärgert war. Und Odile ahnte, weswegen. Dominique Gange. Sie zog den Kopf zwischen die Schultern und schwieg.

Martin hatte die Spannung, die zwischen den beiden Frauen herrschte, indes nicht bemerkt. Fröhlich plauderte er drauflos.

»Genau. Das Fort und das darin eingebettete ehemalige Benediktinerkloster Saint-André sind unser Ziel. Aber nicht wegen der alten Gemäuer, sondern wegen dem, was darin versteckt liegt. Na, irgendeine Idee, was das sein könnte?«

Mathilde war nun doch ein wenig neugierig geworden. Warum sollte sie mit ihrer schlechten Laune Martins Freude an dem kleinen Ausflug trüben. »Wegen der Landschaft?«

»Ja, so könnte man sagen. Also, die Geschichte der Anlage geht bis ins sechste Jahrhundert zurück, als hier die heilige Casarie als Eremitin in einer Grotte auf dem Hügel lebte. Im zehnten Jahrhundert wurde an der Stelle eine Benediktinerabtei gegründet. Viel ist davon jedoch seit der Französischen Revolution nicht mehr übrig. Allerdings hat man vom Mont Andaon, so heißt die Anhöhe hier, einen unglaublichen Blick auf Avignon, die Alpilles, den Luberon, den Mont Ventoux und die Dentelles de Montmirail. Erhalten sind allerdings die Terrassengärten, zwei romanische Kapellen und einige Gräber aus dem Mittelalter. Ich bin selbst total darauf gespannt.«

»Oh …«, rief Odile verzückt, »… Gartenanlagen. Wie wunderbar. Jetzt, wo du es sagst. Ich habe schon davon gehört, sie aber noch nie besucht. Eine echte Schande.«

Sie erreichten die imposanten Mauern des Fort Saint-André, die sich wie ein Schutzwall um die Klosterreste und den ehemaligen Weiler legten, von dem nur noch ein paar Steinreste zeugten. Martin steuerte einen freien Parkplatz an.

»Mesdames, darf ich bitten.«

Er stieg aus und öffnete Odile die Beifahrertür, Mathilde kletterte aus dem Fond des Wagens. Die Sonne strahlte von einem wolkenlosen blauen Himmel. Eine leichte Brise trug den Duft von Pinien zu ihren Nasen. Aus einem riesigen Baum, der den parkenden Autos etwas Schatten spendete, drang das sirrende Gezwitscher einer Girlitzschar, deren gelbes Gefieder aus dem saftigen Grün der Blätter hervorlugte.

Durch einen mächtigen Durchgang betraten sie den inneren Bereich des Forts. Von hier ging es durch einen Kassenraum, in dem Martin drei Eintrittskarten löste, zum ehemaligen Kloster.

»Das hier ist der ehemalige Eingangspavillon der Abtei.« Martin zeigte auf ein imposantes Gebäude aus der Zeit des Barocks. »Ich schlage vor, wir besichtigen heute nicht das Innere, obwohl es dort, wie ich gelesen habe, sehr qualitätsvolle Deckenmalereien zu bewundern gibt. Ich würde mir gerne mit euch den Garten anschauen. Vielleicht erhalten Odile und ich noch die eine oder andere Inspiration.« Er grinste, schlang Odile seinen rechten Arm um die Taille und drückte sie kurz an sich.

Innerhalb der grauen Mauern des martialisch anmutenden Forts eröffnete sich ihnen eine bezaubernde, von außen so nicht zu erwartende Welt. Der auf Terrassen im italienischen Stil angelegte Garten war verspielt mit Wasserbecken, Steintischen mit dazugehörigen Bänken und antikisierenden Figuren ausgestattet. Dazwischen leuchteten Rosenbeete, verströmten aromatisch riechende Kräuter ihren Duft, glänzten Lorbeerbüsche, und von weiß bis zu dunklem Blau blühenden Glyzinien umrankte Pergolen ließen ihre Blüten in Kaskaden herunterregnen.

»Ein Traum«, hauchte Odile ergriffen, die sich an der überbordenden Farbenpracht nicht sattsehen konnte.

»Ist der Garten ursprünglich genauso geplant und angelegt worden?«, wollte Mathilde wissen und hielt an einer riesigen dunkelgrünen *Vase d'Anduze*, in der eine Bougainvillea wucherte. »Ist das nicht eine Pracht. Diese Vasen findest du in der ganzen Region, sie sind ein echtes Markenzeichen. Ich habe in einer Zeitschrift ein Foto gesehen, ein Haus in New York mit genau so einem Topf davor. Sie werden in alle Welt exportiert.«

Martin blätterte in der Broschüre, die er an der Kasse für ein paar Euro erstanden hatte. »Also hier steht, Elsa Koeberlé und Génia Lioubow, die zwischen 1916 und 1950 Eigentümerinnen der Abtei waren, haben den unteren Teil des Gartens nach noch vorhandenen Plänen und nach Vorbildern aus Italien wieder neu gestaltet. Die beiden Frauen haben sich hier sicherlich einen Traum erfüllt. Hier geht es weiter.«

Martin steuerte ein von Zypressen umgebenes Parterre an, das zu den Substruktionen der in der Revolution zerstörten Gebäude gehörte. Er stieß einen überraschten Laut aus. »Das müsst ihr euch anschauen. Ist der Ausblick nicht grandios?«

Mathilde und Odile ließen ergriffen ihre Blicke schweifen, die, wie von Martin versprochen, bis zum Papstpalast von Avignon, den Dentelles de Montmirail, hin zum Mont Ventoux und den Alpilles reichten.

»Die Geschichte des Gartens ist natürlich schon sehr viel älter«, dozierte Martin, der sich wieder seiner Broschüre zugewandt hatte. »Hier steht, im zwölften Jahrhundert sind von den Mönchen Heilpflanzen gezogen worden. Gut, das leuchtet natürlich ein, in einer Zeit, in der Wundheiler noch das Sagen hatten. Um ihre Klostergemeinschaft zu ernähren, wurde auch Obst und Gemüse angebaut. Als dann das Kloster vom Reformorden der Mauristen übernommen wurde, schufen diese einen Garten auf dem Hügel des Mont Andaon. Daher die ganzen Terrassen. Was muss das für eine Arbeit gewesen sein. Sie haben in den Felsen, der zur Rhône hinabsteigt, einen Brunnen gegraben, um die Oliven- und Obstbäume und die Blumenbeete zu wässern.«

»Und wer hat sich nach den beiden Frauen 1950 um diese Pracht gekümmert?« Mathilde hatte kurz die Augen geschlossen und hielt ihr Gesicht in die wohltuende Wärme der Sonne. Für einen Moment war der ganze Ärger vergessen.

»Roseline Bacou, von 1950 bis 2012, eine Kunsthistorikerin. Ihr haben wir es überhaupt zu verdanken, uns an dem Garten erfreuen zu dürfen. Sie hat ihn und die Abtei 1990 für die Öffentlichkeit zugänglich gemacht.«

Martin, Mathilde und Odile durchstreiften weiter die herrliche Gartenanlage, ergötzten sich an der Blüten- und Farbenpracht, dem Summen der Insekten und den unterschiedlichsten Gesängen der gefiederten Gartenbewohner. Der Garten war ein Paradies für die Sinne und Balsam für die Seele.

»Und jetzt darf ich euch noch ins Hortus-Café einladen. Der Kuchen dort soll unwiderstehlich sein.«

Martin hakte Mathilde und Odile unter. Im Schatten von Judasbäumen standen einfache Eisentische mit bunten Stühlen. Martin orderte drei Kaffee und verzog sich dann ins Innere, um den Kuchen – *lasst euch einfach überraschen* – auszuwählen.

Kaum war er im Inneren des Lokals verschwunden, zischte Mathilde: »Darf ich erfahren, wann du Dominique Gange getroffen hast?«

Odile hatte die Frage bereits befürchtet und sich entschlossen, Mathilde reinen Wein einzuschenken.

»Ich mache es kurz, mein Kind. Der Mann tut dir nicht gut. Dein Großvater hat es schon immer gewusst. Du weißt, ich bin immer auf deiner Seite. Na ja, meistens. Aber dich einfach sitzen zu lassen und abzuhauen, das ist kein Stil. Er kam vor etwas mehr als einem halben Jahr ins Schloss und hat nach dir gefragt. Keine Ahnung, warum er dich nicht angerufen hat oder dich im Gericht oder der Wohnung aufgesucht hat. Ich vermute, er wollte herausfinden, wie wir, also dein Großvater und ich, auf ihn reagieren. Ich musste da gar nicht viel sagen oder tun. Dein Großvater hat ihn achtkantig rausgeworfen. Er hat ihm gedroht, ihm eine Ladung Schrot zu verpassen, wenn er sich dir noch mal nähert. Wahrscheinlich hat er sich dann nicht mehr getraut, sich bei dir zu melden. Das war's.«

Mathilde hatte es geahnt. Genauso hatte sie sich das Szenario vorgestellt.

»Und euch ist nicht die Idee gekommen, ich könnte alt genug sein, meine eigenen Entscheidungen zu treffen?«

Odile zuckte hilflos mit den Schultern. »Wir wissen, was gut für dich ist.«

Mathilde konnte es nicht fassen. Sie stieß hörbar die Luft aus und ließ sich auf ihrem Stuhl zurückfallen. Dann zog sie eine Zigarette aus der Box, zündete sie an und blies wie ein wütender Drachen den Qualm in Richtung Odile. Und Odile, die sonst kein Blatt vor den Mund nahm, kein mahnendes Wort wegen Mathildes Laster ausließ, schwieg. Natürlich hatte Mathilde recht. Es war ihr Leben, und sie hatte sich schon gar nicht einzumischen. Doch bei Rémy de Boncourt lag die Sache anders. Er konnte Gange auf den Tod nicht ausstehen, und dies nicht erst, seitdem der Mathilde verlassen hatte. Und je mehr Rémy gegen den Liebhaber seiner Enkelin gewettert hatte, desto stärker hatte Mathilde an ihm festgehalten. Bis der Tag kam, an dem Dominique sang- und klanglos von einem Tag auf den anderen von der Bildfläche verschwunden war, um sein Glück in Guyana zu suchen. Mathilde konnte nur vermuten, was seine Gründe gewesen waren. Vielleicht hatte er kalte Füße bekommen, die Bindung war ihm zu eng geworden. Oder hatte er einfach die Flucht ergriffen, hatte erkannt, dass er den Kampf gegen Rémy verlieren würde?

»Lassen wir das Thema jetzt.« Mathilde drückte die halb gerauchte Zigarette aus und warf sie in den Aschenbecher auf dem Tisch.

Martin kam zurück, drei Teller auf seinen Händen balancierend.

Auf jedem lag ein riesiges Stück saftiger Mandelkuchen mit einer nach Orangen duftenden Glasur.

»Den hätte ich nicht besser backen können.« Ein größeres Lob hätte Odile einem Kuchen nicht machen können. Mit der Gabel spießte sie den letzten Krümel auf.

»Mmh, stimmt. Da müsstest du dich richtig anstrengen.« Mathilde konnte sich die kleine Frechheit nicht verkneifen. Und Odile wusste, wann es besser war zu schweigen. Sich in der Laune, in der Mathilde im Moment war, auf ein Scharmützel mit ihr einzulassen – da hätte sie den Kürzeren gezogen.

»Ich hoffe, der kleine Ausflug hat euch gefallen?«, fragte Martin betont munter, der jetzt sehr wohl spürte, dass es um die Harmonie zwischen Mathilde und Odile nicht gerade zum Besten bestellt war.

Er hakte die beiden Frauen unter, und die drei spazierten mehr oder weniger einträchtig zurück zum Wagen. Auf der Rückfahrt nach Nîmes unterhielt Martin sie mit seinem Geplauder, berichtete von den ersten Reaktionen auf seinen Blog und bat Odile, ihm doch ein paar Rezepte zu überlassen, damit er mit einer authentischen südfranzösischen Küche zusätzlich punkten könne. Mathilde saß schweigend im Fond, während Odile so tat, als wäre die Welt zwischen ihnen in Ordnung.

»Mathilde, nächstes Wochenende könnte ich frische Poularden von Albert bekommen. Schön in Wein und mit Kräutern und Zitrone mariniert, wie du sie liebst. Wie sieht es aus? Kann ich deinem Großvater sagen, dass du zum Essen kommst?« Sie drehte den Kopf nach hinten.

»Ich überlege es mir«, brummte Mathilde. Doch dann konnte sie nicht anders, Odiles Augen waren so voller Verzweiflung und Schuldgefühle. Sie beugte sich nach vorne und drückte ihr einen dicken Kuss auf die Wange. Der älteren Frau traten die Tränen in die Augen. Martin hatte alles durch den Rückspiegel beobachtet, doch er schwieg.

»Und Martin, du kommst doch auch?«

»Wenn du mir das Rezept gleich mitlieferst, gerne. Mir läuft jetzt schon das Wasser im Mund zusammen, meine liebste Odile.«

Der Rest der Fahrt verlief in trauter und entspannter Atmosphäre. Martin setzte Mathilde an der *Maison Carrée* ab, von wo es nur noch wenige Gehminuten zu ihrer Wohnung in der Rue Dorée waren. Dort angekommen, zog Mathilde die Visitenkarte, die Dominique ihr gegeben hatte, aus der Handtasche. Sie wählte seine Nummer. Sie musste sich über einiges klar werden.

Kapitel 21

Donnerstag

»Ich weiß nicht, wie ich die ganzen Prüfungen überstehen soll. Es sind nur noch fünf Wochen.« Ophélies Stimme war ein Flüstern.

»Das schaffst du, wir schaffen es alle. Keiner von uns hat weniger als sechzig Punkte in den Vornoten. Da kann nichts mehr schiefgehen.« Paul legte seiner Freundin den Arm um die Schultern.

Die Zimmertür öffnete sich, und Tatiana kam mit Benjamin und Thierry im Schlepptau herein. Sie wedelte mit zwei Tüten Chips, Benjamin hatte drei Packungen Orangensaft dabei, und Thierry hielt in einer braunen Papiertüte eine Flasche Wodka versteckt. Ophélie stand auf und nahm ein gerahmtes Foto vom Schreibtisch, das Patricia zu Pferd zeigte, wie sie glücklich lächelnd den Hals des Fuchses umschlang. Sie legte es auf den Boden und entfachte vier Teelichter in blauen Glashaltern, die sie bereits auf dem bunten Teppich verteilt hatte. Alle setzten sich drumherum, die Chipstüten wurden aufgerissen, Pappbecher, die ebenfalls in der Papiertüte gesteckt hatten, mit einem ordentlich Schluck Wodka gefüllt.

»Wer will verdünnen?« Fragend zeigte Thierry auf den Saft. Allgemeines Kopfschütteln. Er verteilte die Becher, und die jungen Leute prosteten sich zu.

»Auf Patricia.«

Es folgte eine Art Schweigeminute, die von Tatianas Schluchzen abgelöst wurde.

»Ich kann es mir einfach nicht vorstellen, dass sie nie mehr bei uns sein wird.« Sie hielt Benjamin ihren Becher hin, der großzügig nachschenkte. Als er nach dem Saft griff, wehrte Tatiana mit einer knappen Handbewegung ab, setzte den Becher an die Lippen und trank ihn in einem Zug aus. Sie hustete und würgte und ließ sich dann einfach zur Seite kugeln, wobei ihr Kopf auf Pauls Oberschenkeln landete. Mit seiner Rechten strich er Tatiana über die Haare, mit seiner Linken hielt er Ophélie noch enger umfasst.

»Was glaubt ihr, hat die Polizei schon eine Spur?«, unterbrach Thierry das erneute Schweigen.

»Keine Ahnung. Aber ich schätze, wir hätten was davon mitbekommen.« Benjamin schob sich eine erste Handvoll Chips in den Mund. Eine zweite und dritte folgten.

Thierry streckte fordernd die Hand aus. »Lass was übrig, Mann.«

»Ob es da, wo Patricia jetzt ist, Pferde gibt?« Ophélies Augen waren vom Weinen gerötet.

»Vielleicht sogar Einhörner.« Tatiana streckte ihre Hand zu Ophélie, die diese umschloss und drückte.

»Ja, und wahrscheinlich sind die rosa. Und das Horn aus purem Gold«.

Die Mädchen brachen erneut in Schluchzen aus, und Paul schob Tatianas Kopf von seinen Beinen, wischte über den Fleck, den ihre Tränen auf seiner Hose hinterlassen hatten.

»Wie kannst du nur so herzlos sein, Paul?« Ophélie rückte ein Stück von ihrem Freund ab.

»Ich bin nicht herzlos. Aber was soll der Mist mit den Einhörnern? Wie alt seid ihr eigentlich? Und wo stecken schon wieder Samir und Florence? Ich hab fast den Eindruck, die beiden wollen nichts mehr mit uns zu tun haben.«

In diesem Moment wurde die Zimmertür aufgerissen, und die beiden Vermissten kamen herein. Florence hielt eine einzelne Rose in der Hand, die sie neben Patricias Bild auf den Boden legte. Das Mädchen umarmte die beiden Freundinnen, während Samir sich in die Runde einreihte.

»Das wurde aber auch Zeit.« Thierry schenkte sich ebenfalls aus der Wodkaflasche nach und hielt sie mit kritischem Blick auf ihren Inhalt gegen das schwache Licht der Kerzen.

Es knisterte, als Benjamin eine leere Chipstüte zusammenknüllte und in Richtung Papierkorb warf, der neben dem Schreibtisch stand. Der Wurf ging glatt daneben.

Paul übernahm wieder das Ruder. Mit einer geschmeidigen Bewegung stand er auf und setzte sich aufs Bett. »Wir müssen jetzt alle einen kühlen Kopf bewahren. Patricia ist tot, erschlagen mit einem Stein. Wir sind von der Polizei befragt worden. Was wollten die von uns wissen?« Es war eine rhetorische Frage, und er begann aufzuzählen. »Erstens, wie lange kannten wir sie, zweitens, hatte sie vor irgendetwas, irgendwem Angst, drittens, hat sie sich in der letzten Zeit hier nicht mehr wohlgefühlt, viertens, hatte sie Feinde, fünftens, wie würden wir sie charakterisieren? Wir haben diese Fragen ziemlich übereinstimmend beantwortet. Und ich glaube nicht, dass die Polizei damit auch nur ein Stück weitergekommen ist. Was mich etwas irritiert, keiner wollte bis jetzt wissen, wo wir uns zu dem Zeitpunkt aufgehalten haben.«

»Du meinst, ob wir ein Alibi haben für die Tatzeit?« Ophélie richtete sich auf. Ihre Stimme zitterte.

»Ja, so was Ähnliches.«

»Aber, wenn die nach einem Alibi fragen, würde das doch bedeuten, dass die Polizei einen von uns verdächtigt. Das ist doch absoluter Blödsinn«, echauffierte sich Benjamin.

»Natürlich ist das Blödsinn. Doch es würde mich tatsächlich selbst interessieren, wo wir alle waren. Sagen wir, so zwischen drei und fünf. In diesem Zeitraum muss es ja wohl passiert sein.«

»Gut, dann fang doch einfach mal an, wir wollen auch wissen, wo du gesteckt hast. Oder geben du und Ophélie euch gegenseitig ein Alibi?« Tatiana war empört aufgesprungen.

»Jetzt krieg dich mal wieder ein. Ich finde, Paul hat recht. Die Polizei wird uns garantiert danach fragen. Und dann brauchen wir nicht mehr lange zu überlegen.«

»Super, macht uns das nicht gerade verdächtig, wenn wir wie aus der Pistole geschossen antworten können?«

Ein Stimmenwirrwarr erfüllte den Raum, die einen stimmten Paul zu, die anderen empörten sich über sein Ansinnen, über die Alibis »Buch führen« zu wollen, wie Thierry es nannte.

»Jetzt haltet alle mal die Klappe. Ihr tut ja geradeso, als hättet ihr was zu verbergen.« Benjamin hatte das Wort ergriffen. »Ich jedenfalls hab den freien Nachmittag genutzt und war in der Bibliothek.«

»Und, hat dich jemand gesehen?«

»Keine Ahnung, ich hatte den Kopf in die Bücher gesteckt und nicht darauf geachtet, ob mich jemand gesehen hat. Ich wusste ja nicht, dass es notwendig sein könnte.«

»Ich hab dich gesehen, als ich bei Huguette Bücher abgeben wollte, aber sie war nicht an ihrem Platz. Du hast ziemlich konzentriert gewirkt, da wollte ich dich nicht stören. An was hast du denn gearbeitet?«, wollte Tatiana wissen.

»An diesem dämlichen Gesetzbuch. Ich hoffe nur, dass sie das nicht zum Prüfungsstoff machen. Ich versteh echt nur die Hälfte davon.«

»Okay, dann ist Benjamins Alibi geklärt. Du warst also auch in der Bib. Und danach?«

»Edler Großinquisitor, danach bin ich auf mein Zimmer und habe mir bei Molotov TV die *Vogue-Story* angeschaut. Zum Niederknien, der echte Wahnsinn.« Tatiana spitzte die Lippen und hauchte Paul einen Kuss zu.

»Und ich war in der Stadt. Hab ein Geburtstagsgeschenk für meine Mutter gesucht und gefunden.« Thierry gähnte. »War's das jetzt, dann hau ich mich aufs Ohr.«

»Du bleibst schön hier, bis wir fertig sind.« Pauls herrische Stimme ließ Thierry zusammenzucken.

»Okay, okay. Und was hast du gemacht? Dich mit Ophélie im Bett getummelt?«

Florence gab ein hysterisches Kichern von sich.

»Bravo, das bedeutet also, du und Samir habt den Nachmittag im Bett verbracht?«

Die beiden nickten grinsend. »Wir haben ein Alibi. Na, wie sieht's also bei dir und Ophélie aus?«

»Was soll das denn jetzt?« Ophélies Stimme klang gereizt. »Ich hab in der Zeit euren Dreck weggemacht. Pinsel ausgewaschen, mir die Finger mit Terpentin verätzt, als ich die Staffeleien abgeschrubbt hab. Schon vergessen? Die Mugler hat es mir nach der Stunde aufgebrummt.« Beleidigt zog sie sich zu Paul aufs Bett zurück, ihr Gesicht schmollend verzogen. »Und wenn ihr es genau wissen wollt, es hat mich keiner dabei gesehen. Dann hätte mir ja jemand helfen müssen. Da habt ihr euch lieber aus dem Staub gemacht.«

Alle Augen waren nun fragend auf Paul gerichtet. »Ich hab wohl am allerwenigsten ein Alibi nachzuweisen. Ich hab nämlich gar nichts gemacht. Ich lag hier auf meinem Bett und habe fest geschlafen. Hab noch nicht mal gemerkt, wie Ophélie reinkam. Erst als ich wach wurde, war mir klar, dass jemand im Zimmer war, da stank nämlich die ganze Bude nach Terpentin.«

Ophélie machte große Augen. Sie zögerte einen Augenblick. »Ach, du hast das tatsächlich bemerkt, das heißt gerochen? Ich hab nur kurz bei dir reingeschaut. Als ich gesehen habe, dass du schläfst, bin ich wieder raus und bin dann gleich unter die Dusche. Das Zeug dringt einem bis in die letzten Poren.«

»Sehr schön. Dann wäre ja alles geklärt. Alle haben ein Alibi. Ich werde es zu Papier bringen, falls man uns danach fragen sollte«, sagte Paul selbstzufrieden und erklärte die improvisierte Trauerfeier für beendet.

Kapitel 22

Donnerstagnacht

Adrien Bonhomme war ein Pedant. Und er war diszipliniert. Beides war wichtig in seinem Sport. Mit sieben Jahren hatte er mit dem Kajakfahren angefangen. Auch sein Vater war ein erfahrener Kanute gewesen, hatte ihn schon als Kleinkind, eingehüllt in eine riesige Schwimmweste, mit ins Boot genommen und war mit ihm die Loire rauf und runter gefahren. Seinen ersten Wettkampf hatte er mit zehn bestritten – und gewonnen. Seitdem hatte es für ihn nur noch ein Ziel gegeben: Weltmeisterschaften und Olympische Spiele. An beidem hatte er teilgenommen. Bei den letzten Spielen war es fast so weit gewesen. Um den Bruchteil einer Sekunde hatte er den dritten Platz, die Bronzemedaille, verpasst. Aber noch war er nicht zu alt. Bei den nächsten Spielen, wahrscheinlich seinen letzten, würde er auf dem Treppchen stehen, dessen war er sich sicher.

Im vergangenen Herbst war es dann zu dieser beschissenen Verletzung an seiner linken Wade gekommen. Neben dem Wassersport gehörte seine zweite Leidenschaft dem Klettern. Seine Trainer hatten die Hände über dem Kopf zusammengeschlagen und ihn gebeten, es zu lassen. Die Konsequenzen wären fatal, wenn er sich einen Arm oder ein Bein brechen würde. Adrien hatte diese Warnungen immer in den Wind geschlagen. Wenn er nicht in seinem Canadier saß, beziehungsweise kniete, dann hing er, durch ein Seil und Kletterfreunde gesichert, in irgendeiner Wand. Er war eben jemand, der täglich den einen oder anderen Kick brauchte.

Warum juckte seine Wade gerade jetzt? Gab es einen Wetterumschwung? Adrien erinnerte sich mit Schaudern an diesen dämlichen Unfall. Er war damals an einem Felsenstück abgerutscht. Die Schramme an der Wade war nicht tief gewesen, aber sie hatte sich entzündet. Trotz Antibiotikum wollte die Wunde in den ersten Wochen nicht heilen, da er auf sein tägliches Training nicht verzichten konnte. Der Teamarzt hatte ihm tatsächlich Angst gemacht. »Adrien, du hast die dreißig überschritten, lange kannst du den Sport nicht mehr ausüben. Wenn überhaupt. Dein Bein hat ganz schön was abbekommen. Mach dir besser schon mal Gedanken über die Zeit nach der sportlichen Karriere. Die Werbeeinnahmen werden wegbrechen. Keine Medaillen, keine Platzierungen, kein Geld.«

Die Zwangspause, die seine Ärzte ihm verordnet hatten, kam gleichzeitig mit der Bitte der Internatsleitung, die zweite Hälfte des Schuljahres bis zum BAC im *Château des Cigales* zu unterrichten. Ausdauertraining für alle zwölften Klassen und Kajakfahren als Wahlfach. Zwölf Schülerinnen und Schüler hatten sich dafür entschieden. Doch nicht alle waren mit genügend Talent und Ausdauer dabei. Die, die es brachten, waren Jugendliche, die in Gegenden geboren waren, wo der Kanu- und Kajaksport Tradition hatte, dort, wo Flüsse wie die Ardèche, der Gard, der Hérault, der Tarn, die Dordogne oder die Cèze flossen, reißende Ströme Schluchten gegraben hatten und für diesen Sport genügend Wasser mitbrachten.

Sein Bein hatte mittlerweile seine alte Stabilität zurückgewonnen. Adrien trainierte täglich seine Muskulatur. Das Gym der Schule bot dazu eine große Auswahl an Fitnessgeräten, doch Adrien vertraute auf die älteste aller Sportarten – das Laufen. Täglich rannte er Kilometer um Kilometer, hüpfte in der Hocke wie ein Frosch über die Wege, trug dabei einen Rucksack, den er mit Gewichten beschweren konnte, um seine Oberschenkelmuskulatur zu stählen. Die konnten ihn mal alle, diese Quacksalber. Und trotzdem ließ ihm der Gedanke an das Ende seiner Karriere, an sein Verschwinden in der Bedeutungslosigkeit danach, keine Ruhe.

Doch solche negativen Gedanken sollte er besser weit von sich schieben. Er dachte zurück an den Nachmittag, als er Patricia auf ihrem Pferd entdeckt hatte. So wie er mit seinem Boot verschmolz, bildete sie eine Einheit mit dem großen Fuchs, als wären sie ein Körper. Ein Anblick, der seine Fantasie beflügelte.

Es war mittlerweile so dunkel, dass er die Hand vor Augen nicht mehr sehen konnte. Eine Wolke hatte sich vor den Mond geschoben, der eben noch für ein wenig Helligkeit gesorgt hatte. Verdammt, warum hatte er nicht die Taschenlampe, die im Rucksack lag, mitgenommen? Seine Hand fuhr in die Hosentasche. Das Handy, es hatte ebenfalls eine Lampenfunktion. Doch seine Finger tasteten umsonst im Stoff herum. Adrien Bonhomme stöhnte auf. Er hatte das Scheißding doch tatsächlich in seinem Zimmer vergessen.

Fast wäre er beim nächsten Schritt über einen armdicken Ast gestolpert, der auf dem Weg lag. Er bückte sich und schleuderte ihn in Richtung der Kräuterbeete. Warum brannten die kleinen Leuchten heute nicht, die normalerweise den Weg beschienen? Adrien beschlich plötzlich das ungute Gefühl, die Verabredung zu diesem nächtlichen Treffen könnte doch keine so gute Idee gewesen sein. Andererseits versprach das, was ihn erwartete, einen ganz besonderen Kick.

Er starrte in den Himmel. Der Wind hatte am Abend aufgefrischt und schob einen Wolkenfetzen nach dem anderen durch die Dunkelheit der Nacht. Für eine Minute zeigte sich der Mond wieder als fahle Scheibe. Adriens Blick ging zu dem uralten Schwimmbad. Eine rostige Leiter war am Betonrand eingehakt.

Halt. Irgendetwas stimmte hier nicht. Warum konnte er die Leiter sehen? Normalerweise lag eine große Plane über dem Becken, festgemacht und gespannt durch ein Seil, das durch die Randösen gezogen war. Jetzt hing die Plane locker ins Becken hinein, gab den Blick frei auf die Leiter und die Reste des Sprungbretts. *Merde*, das war doch lebensgefährlich. Ein falscher Schritt, und man lag auf dem Betonboden. Das Becken hatte garantiert eine Tiefe von zweieinhalb Metern. Ein Sturz konnte zu schweren Verletzungen führen, wenn nicht sogar tödlich enden. Er trat einen Schritt vor, lauschte. Nichts. Absolute Stille. Und wenn schon jemand hineingefallen war? Adrien trat noch einen Schritt weiter, beugte sich vorsichtig über den Beckenrand.

Der Tritt in seinen Rücken kam vollkommen unerwartet, katapultierte ihn kopfüber in das alte marode Becken, gerade als eine besonders dicke Wolke vom Wind vor den Mond getrieben wurde. Adrien Bonhomme umgab tiefste Schwärze.

Kapitel 23

Freitag

Mathilde erwachte mit unsäglichen Kopfschmerzen. Bei der kleinsten Bewegung kam es ihr vor, als würde ihr Hirn gegen die Schädelwand knallen. Ihr Mund fühlte sich wie mit einem Katzenfell ausgekleidet an. Sie öffnete die Augen, drehte den Kopf vorsichtig nach rechts. Dann stieß sie, obwohl sogar diese Gefühlsregung ihr Schmerzen verursachte, einen erleichterten Seufzer aus. Gott sei Dank. Die andere Seite ihres Bettes war leer.

Was war gestern Abend nur los gewesen? Sie versuchte, sich aufzurichten und in ihrem Gedächtnis zu kramen. Ergebnis Nummer eins ihrer Reflexionen: Sie hatte definitiv zu viel getrunken und zu viel geraucht. In der ganzen Wohnung stank es wie in einer üblen Hafenkneipe der Fünfzigerjahre, in der Jean Gabin einen Coup ausheckte.

Vorsichtig schob sich Mathilde aus dem Bett und schlurfte in die Küche. Draußen war es bereits hell. Sie setzte ihre Kaffeemaschine in Gang und inhalierte schon einmal den Geruch, der ihr entgegenwaberte, als die heißen Wassertropfen auf das schwarz gebrannte Kaffeepulver fielen. Sie wankte weiter ins Badezimmer, zog sich aus und stellte die Dusche an. Wenigstens kam das Wasser heute als heißer Schwall heraus. Sie blieb zwei Minuten stehen, bis ihre Haut krebsrot war. Dann stellte sie auf kalt. Im ersten Moment blieb ihr die Luft weg, aber sie kam wenigstens zu sich. Eingewickelt in ein großes Badetuch, marschierte sie, nun fast wiederhergestellt, zurück in die Küche, goss sich eine Schale mit Kaffee voll. Sie verzichtete auf die Milch, gab dafür ungewöhnliche drei Löffel Zucker hinzu. Ihre Lebensgeister wurden endgültig geweckt.

Was war ihr gestern bloß in den Sinn gekommen? In ihrem Ärger über das eigenmächtige Verhalten Odiles und ihres Großvaters hatte sie sich spontan entschlossen, Dominique anzurufen und sich auf ein Glas Wein mit ihm zu verabreden. Es war nicht bei einem Glas in der Kneipe geblieben. Gegen zwölf waren sie zu Mathildes Wohnung gegangen. Mathilde zählte die leeren Flaschen auf dem Tisch. Es hielt sich in Grenzen. Eine Flasche Weißwein war komplett geleert, in der anderen fehlte knapp die Hälfte. Was war dann passiert? Nach der ersten Flasche hatte sich Dominique zu ihr aufs Sofa gesetzt und war ihr immer näher auf die Pelle gerückt. In diesem Augenblick wusste Mathilde, dass sie mit ihm ein für alle Mal abgeschlossen hatte. Gegen eins bat sie ihn zu gehen. Um halb zwei hatte sie sich vom Rest in der Flasche verabschiedet und war ins Bett gefallen.

Über was hatten sie sich überhaupt unterhalten? Eigentlich hatte nur Dominique geredet. Wie sehr er es bereue, sie verlassen zu haben. Wie schwierig der Beginn in Guyana gewesen war, wie sehr er das Klima dort gehasst und wie ihn Rémys Rauswurf mit dem Versprechen, eine Ladung Schrot nachzuschieben, gedemütigt hatte, wenn er nicht seine Finger von Mathilde lasse.

Ich, ich, ich. So viel hatte Mathilde begriffen: Dominique Gange war die wichtigste Person in Dominique Ganges Leben. Sie hatte es schon immer gewusst, wie sie sich endlich eingestand. Und sie war ihrem Großvater und Odile unendlich dankbar, dass sie ihn auf Abstand gehalten hatten. Sie musste bei Odile dringend Abbitte leisten. Zu ihrem Großvater sagte sie besser gar nichts. Sollte er in dem Glauben bleiben, sie und Gange hätten sich nie wieder getroffen.

Mathilde brühte sich eine weitere Ladung Kaffee auf und durchstöberte gut gelaunt ihren Kühlschrank. Eine Dose mit Anchovisfilets fiel ihr in die Hände, ein einsames Ei lag in der Eiablage. Rührei mit salzigem Fisch, ein echtes Katerfrühstück.

Mit Rachid und Felix war sie erst für neun Uhr im Internat verabredet, und den Abstecher in den *Palais de Justice* würde sie sich heute schenken. Es genügte, anzurufen und von Christine zu hören, ob etwas Dringendes auf sie wartete.

Nein, nichts Dringendes, alles habe Zeit bis zum Montag.

Und die Zahnschmerzen?

Alles gut, keine Sorge. Christine war hart im Nehmen, wie sie ihr lachend am Telefon versicherte.

Beschwingt spazierte Mathilde zur Parkgarage. Es versprach ein wunderbarer Tag zu werden. Der Wind, der in der Nacht durch die engen Gassen gefegt war, hatte alle Wolken durcheinandergewirbelt und in nichts aufgelöst. Noch war es zu kühl, das Verdeck des Cabrios herunterzuklappen. Der Verkehr aus der Stadt floss zügig, und Mathilde kam zeitgleich mit Rachids Dienstwagen beim *Château des Cigales* an.

Sie begrüßten sich, und Mathilde schaute sich fragend um.

»Wo steckt denn Felix?«

»Monsieur Hector hat schon in aller Frühe angerufen. Die Eltern sind jetzt so weit, Felix kann sich in Patricias Zimmer umsehen.«

»Sehr gut.« Mathilde wühlte in ihrer Tasche. Sie brauchte eine Zigarette, wenn sie jetzt die Gelegenheit nutzen wollte, Rachid über ihr Verhältnis zu Dominique Gange aufzuklären. Nach dem ersten Zug holte sie tief Luft und legte ihr Geständnis ab.

»Natürlich war es eine Überraschung für mich, ihn hier nach so langer Zeit zu sehen. Wir hatten vor mehr als zehn Jahren ein sehr enges freundschaftliches Verhältnis.« Sie errötete bei diesem Satz, denn Rachid musste wohl klar sein, was sie damit meinte, ohne es genau auszusprechen. »Dominique ist dann als Lehrer nach Guyana. Wie er mir sagte, ist er wegen der Sorge um seine Gesundheit zurückgekehrt.«

»Sie haben sich mit ihm getroffen?« Rachid kratzte sich nachdenklich am Kinn. Zurzeit experimentierte er mit einem Dreitagebart, der ihm, wie Mathilde fand, unheimlich gut stand.

»Ja, gestern, auf ein Glas Wein. Ich musste Klarheit darüber bekommen, wie ich mich ihm gegenüber im Rahmen unserer Ermittlungen verhalte. Ich möchte nicht den Eindruck erwecken, befangen zu sein. Nach diesem Gespräch ist das allerdings auszuschließen. Wir hatten uns vor mehr als zehn Jahren aus den Augen verloren, und dabei bleibt es. Dominique Gange ist nicht mehr als ein ferner Bekannter.« Der letzte Satz klang trotzig, duldete keinen Widerspruch.

In diesem Moment kam Thibault Barrois aus dem Schloss stolziert. Auf der obersten Treppenstufe blieb er stehen und rief, der Proklamation eines Königs an sein Volk gleich, den Beamten zu: »*Bonjour,* wir haben Sie bereits erwartet. Sie müssen sich auch wieder mit unseren Schülerinnen und Schülern unterhalten? Nun, wenn es nicht anders geht. Aber ich bitte Sie, die jungen Leute nicht allzu lange vom Unterricht abzuhalten. Sie wissen, wir steuern mit großen Schritten auf das BAC zu. Madame Dutronc und Monsieur Ravel sind übrigens seit gestern Abend wieder von der Klassenfahrt zurück.«

Abgelenkt durch eine Bewegung neben ihm, wandte der Direktor den Kopf zur Seite. Ein junger Mann, groß gewachsen, braun gebrannt, mit athletischem Körperbau und dunkelblondem gewelltem Haar, war an seine Seite getreten und flüsterte ihm etwas zu. Dann schob er seine Hand in die Hosentasche und zog ein Blatt Papier hervor, das er Barrois reichte. Mathilde und Rachid verfolgten die kleine Szene interessiert. Der Internatsleiter klopfte dem jungen Mann mit einer anerkennenden Geste auf die Schulter. Erst jetzt wandte sich der Blonde den beiden Ermittlern zu, lächelte, hob die Hand zu einem kurzen Gruß und verschwand wieder im Schloss. Nun geruhte der Schulleiter die Treppe hinunterzuschreiten, um Mathilde und Rachid auch persönlich zu begrüßen.

»Entschuldigen Sie bitte. Es war unhöflich von mir, da oben stehen zu bleiben und sofort mit der Tür ins Haus zu fallen. Aber es ist wirklich wichtig, dass die Schülerinnen und Schüler keine Unterrichtsstunde mehr versäumen. Wir schreiben bald die ersten Probeklausuren, um zu sehen, wo es vielleicht noch hakt. Es sind hervorragende junge Leute mit einem großen Wissen, und ihre Eltern erwarten natürlich von uns, dass sie die Schule mit einem ebenso herausragenden Abschluss verlassen. Ich denke, Sie verstehen das. Diese jungen Menschen sind zu Großem berufen«, fügte er pathetisch hinzu. »Und sie denken natürlich auch mit. Paul Grandmontagne …«, Barrois nickte in Richtung Schlossportal, »… hat sich gedacht, Sie wollten vielleicht wissen, was er und die anderen aus Patricias Freundeskreis zu der Zeit, als das arme Kind sterben musste, gemacht haben, also, dass sie eine Art Alibi brauchen. Er hat alles zu Papier gebracht. Hier, bitte.«

Unschlüssig, wem er nun den Zettel überreichen sollte, wedelte er mit dem Blatt Papier in der Luft herum. Rachid streckte seine Hand aus und nahm die Liste an sich.

»Das war in der Tat sehr vorausschauend. Richten Sie Monsieur Grandmontagne unseren Dank aus. Aber wir kommen trotzdem leider nicht umhin, ihn und seine Freunde noch einmal zu befragen ...«

»Ja, ja, ich verstehe schon«, schnitt Barrois Rachid das Wort ab. Er seufzte. »Es ist sowieso schon alles schwierig genug. Nach dem Mord an Patricia sind natürlich die Telefondrähte heiß gelaufen. Die Eltern wollen wissen, ob ihre Kinder auf unserer Schule noch sicher sind. Wir konnten die meisten von ihnen beruhigen. Schließlich hat Patricias Tod nichts mit unserer Schule zu tun. Oder mit den Menschen, die hier lehren und lernen, nicht wahr?«

»Wir ermitteln zurzeit in alle Richtungen, Monsieur Barrois«, gab Mathilde ausweichend zur Antwort. »Nichtsdestotrotz würden wir jetzt gerne erneut mit einigen Lehrkräften sprechen, die Patricia im letzten halben Jahr unterrichtet haben. Wenn Sie also Monsieur Bonhomme, Monsieur Ravel, Madame Dutronc und Madame Guzman bitten würden, uns zur Verfügung zu stehen.«

In einer Geste der Verzweiflung warf der Direktor die Arme in die Luft. »Tun Sie, was Sie nicht lassen können«, seufzte er und wandte sich zum Schlosseingang.

Mathilde und Rachid folgten ihm zu seinem Büro. Barrois riss die angrenzende Tür auf und brüllte seiner Sekretärin zu: »Bonhomme, Ravel, Penelope und Gisèle bitte sofort zu mir.« Dann geleitete er die beiden Ermittler in sein Arbeitszimmer. »Ich habe uns eine Kleinigkeit bringen lassen.« Er deutete auf einen Porzellanteller auf seinem Schreibtisch. Appetitlich stapelten sich mit Schinken und Käse belegte Baguettescheiben.

»Felix wird sich ärgern, wenn er das erfährt«, flüsterte Rachid Mathilde schmunzelnd zu.

Es klopfte an der Tür. Eine Dame um die sechzig trat ein. Sie trug ein von Coco Chanel inspiriertes hellblaues Bouclé-Kostüm. Der typische halbrunde Kragen der Jacke und der Rock lugten unter einem weißen knielangen Kittel hervor. Ihre wachen Augen blickten durch eine Gleitsichtbrille, das Haar war zu einem schweren Chignon geschlungen, der vermuten ließ, dass die Haare der Frau fast bis zur Hüfte reichten.

»Gisèle, meine Liebe. Komm herein. Madame Dutronc, Commandant Bouraada, Madame le Juge de Boncourt«, stellte er sie einander vor. »Madame Dutronc hat im letzten Jahr ihr dreißigstes Dienstjubiläum bei uns feiern dürfen. Sie ist damit die erfahrenste Lehrerin an unserer Schule.«

Gisèle Dutronc nickte den beiden Ermittlern zur Begrüßung freundlich zu. Dann breitete sich ein Lächeln auf ihrem Gesicht aus.

»Mademoiselle de Boncourt. Wie schön, Sie nach all den Jahren wiederzusehen. Es war ja nur ein kurzes Intermezzo an unserer Schule, aber ich erinnere mich noch gut an Sie. Und Ihre Haare und die Sommersprossen, alles wie früher. Und eine Madame le Juge ist aus Ihnen geworden. Nun, ein trauriger Umstand, der Sie wieder an Ihre alte Schule führt.«

Mathilde hatte die ausgestreckten Hände der Lehrerin ergriffen. Erstaunlich, Madame Dutronc erinnerte sich noch an sie, obwohl sie doch nie bei ihr Unterricht gehabt hatte.

»Ich freue mich ebenfalls. Sind Sie die einzige Lehrkraft aus der damaligen Zeit?«

Gisèle Dutronc schüttelte den Kopf. »Nein, Etienne Thomé ist noch da. Er geht in zwei Jahren in Pension. Geografie. Letztes Jahr haben wir Mademoiselle Vargas in Rente geschickt.«

Mathilde grinste. Mademoiselle Vargas mit der Stimme einer Maus. Musikunterricht. Was hatten sie über diese piepsige Stimme gekichert, wenn sie ein Lied anstimmte.

Barrois hatte dem Wortwechsel erstaunt gelauscht. »Wie, Sie waren auf diesem Internat? Also, vor meiner Zeit. Mademoiselle du Castelet schwang damals den Taktstock. Noch ganz die alte Schule, wie mir berichtet wurde. Doch wie ich den Worten Madame Dutroncs entnehmen konnte, waren Sie nicht lange hier?«

»Nein, ein halbes Jahr. Dann hat es mich wieder zurück in den Schoß der Familie gezogen.« Mathilde lächelte.

Gisèle Dutronc ergriff wieder das Wort.

»Ich möchte niemanden drängen, und es ist wirklich nett, Sie wiederzusehen, auch wenn die Umstände sehr, sehr traurig sind. Aber ich wollte eben mit einem Experiment beginnen, und es ist schon alles vorbereitet.«

»Setzen wir uns doch, meine Liebe. So viel Zeit muss sein.« Barrois zeigte auf die Stühle vor seinem Schreibtisch.

»Wir werden Ihre Zeit nicht länger als nötig beanspruchen, Madame Dutronc. Sie kannten Patricia seit ihrem ersten Schultag an diesem Internat?«, richtete Rachid seine erste Frage an die Lehrerin.

»Ja, ich habe sie von Anfang an unterrichtet. Es ist alles so unfassbar. Ich kann es immer noch nicht glauben, Patricia Opfer einer Gewalttat. So ein liebes, tüchtiges Mädchen. Die Chemie war vielleicht nicht ihre ganz große Stärke.« Sie lächelte traurig und zog aus der Tasche ihres Kittels ein Papiertuch, tupfte sich Tränen aus den Augen. »Aber sie hatte dafür andere Stärken. Hilfsbereit, loyal, immer fröhlich und aufgeschlossen. So habe ich sie gekannt. Das war ihr Naturell. Vielleicht war sie in letzter Zeit etwas nachdenklicher, etwas zurückhaltender, ernsthafter, aber das liegt natürlich auch daran, dass die jungen Leute sich kurz vor ihrem Schulabschluss ihre Gedanken machen, wie es weitergeht.«

Mathilde und Rachid sahen sich an.

»Seit wann hatten Sie den Eindruck, in Patricias Wesen habe sich etwas verändert, Madame Dutronc?«

»Seit wann? Das kann ich nicht genau sagen. Vielleicht seit einem halben Jahr, seitdem die Vorbereitungen auf das BAC so richtig losgingen? Ja, ich denke, seit Beginn des jetzigen Schuljahres. Vielleicht hing es auch damit zusammen, dass ihre sportliche Karriere mehr Fahrt aufnahm. Ja, da bin ich mir sogar fast sicher. Letzte Woche schaute sie statt auf die Anordnung unseres Experiments aus dem Fenster. Ich sagte zu ihr: ›Mademoiselle Hector, glauben Sie da draußen die Lösung unserer Fragestellung in den Wolken zu finden?‹ Statt Patricia gab Benjamin die Antwort. ›Madame Dutronc, nehmen Sie Ihre Chemieshow mal nicht so wichtig, Patricia schwebt gerade auf ihrem Pferd über den nächsten Parcours.‹ Ganz schön frech.« Die Lehrerin lächelte nachsichtig.

»Benjamin ist einer der engsten Freunde Patricias gewesen. Wie auch Paul Grandmontagne und der Rest seiner Clique.« Rachid hatte Felix' Notizen aus seinem Jackett gezogen.

Gisèle Dutronc nickte. »Ganz formidable junge Menschen. Sie unterstützen sich gegenseitig, sind fleißig und gewissenhaft. Und so offen gegenüber anderen. Kaum waren Samir Ben Hassan und Florence Guery an unserer Schule, die beiden sind extra von ihren Eltern für das letzte Halbjahr zu uns geschickt worden, um das Privileg, von den besten Kräften dieses Landes unterstützt zu werden, genießen zu können. Ja, wo war ich stehen geblieben? Paul und seine Freunde. Sie sind von ihnen mit offenen Armen aufgenommen worden.« Die Lehrerin erhob sich von ihrem Stuhl. »Wenn es das jetzt war? Ich muss wirklich zurück in meine Klasse. Sonst fackelt die Bande womöglich noch das ganze Schloss ab.«

Mathilde bedeutete Madame Dutronc, sich wieder hinzusetzen. »Wir sind gleich fertig. Sie waren auf Klassenfahrt, als Patricia Hector getötet wurde?«

Gisèle Dutronc faltete die Hände in ihrem Schoß.

»Ja, ins *Musée Aéronautique* in Toulouse. Zusammen mit unserem jungen Kollegen Roland Ravel.«

»Ah, wie hat er sich denn so gemacht, unser Monsieur Ravel? Wie ich Ihnen bereits sagte …«, Barrois wandte sich an Mathilde und Rachid, »… dieser junge Mann ist ganz außergewöhnlich. Studium der Mathematik und Informatik in Toulouse in Rekordzeit, exzellenter Abschluss. Die Welt wird dem jungen Wissenschaftler offenstehen. Und wir konnten ihn für dieses Halbjahr gewinnen. Durch den krankheitsbedingten Ausfall des werten Kollegen Maximin. Der Ärmste ist schon seit sieben Monaten in Krankenhäusern und Rehamaßnahmen. Monsieur Ravel wird von den jüngeren Schülern geradezu vergöttert.«

»Ja, aber krank ist er mir allerdings auch geworden«, meinte Gisèle Dutronc trocken. »Roland hat es am Abend ein wenig mit den Muscheln übertrieben. Ich musste mit den Kleinen allein ins *Aeroscopia*. Gott sei Dank stellen sie dort den Lehrern qualifiziertes Personal zur Seite. Daher musste auch nichts ausfallen, als Roland krank im Bett lag. Gestern war er schon wieder munter, vielleicht noch etwas grün im Gesicht. Und gestern Abend auf der Heimfahrt hat er schon wieder jede Menge Blödsinn mit den Kindern gemacht.«

Sie erhob sich wieder. »Ich hoffe, Sie finden den Täter so schnell wie möglich. Ich bin nur froh, dass das Verbrechen nichts mit unserer Schule zu tun hat. Es wäre verheerend.«

Mathilde und Rachid bedankten sich, und Madame Dutronc rauschte mit wehendem Kittel von dannen.

»Na so was. War Ravel erkrankt. So ein Pech aber auch. Ja nun, wo bleiben denn die anderen? Sophie, wo bleibt denn der Rest«, brüllte Barrois in Richtung seines Sekretariats. »Bitte, bedienen Sie sich«, forderte er dann in normaler Lautstärke Mathilde und Rachid mit Blick auf die belegten Brotscheiben auf. Er selbst griff eben beherzt zu, als die Tür aufging und Roland Ravel eintrat.

»Ah, sehr schön. Da sind Sie ja. Ist Monsieur Bonhomme schon aufgetaucht? Nein?«

Ravel würdigte Mathilde und Rachid kaum eines Blickes und ließ sich auf den freien Stuhl fallen. »Sie wollen mich wegen Patricia Hector sprechen? Ich kann Ihnen gleich sagen, ich weiß überhaupt nichts über sie. Weder, mit wem sie sich hier noch sonst wo rumgetrieben hat.«

»Na, na, ich muss doch wohl sehr bitten. Was heißt denn hier *rumgetrieben*. Was ist das für eine unangemessene Wortwahl?«, empörte sich Barrois.

Ravel hatte den Anstand, rot zu werden. »Pardon, ich habe es nicht so gemeint, wie es sich vielleicht angehört hat. Ich wollte eigentlich damit nur ausdrücken, ich habe null Ahnung, mit was oder wem sich Patricia beschäftigt hat. Außer natürlich mit ihrem Pferd. Ansonsten war sie in puncto Mathematik eine ausgesprochen uninteressierte Schülerin. Damit will ich nicht sagen, dass sie nichts davon verstand. Im Gegenteil, sie hat die Mathematik auf eine fast spielerische Art begriffen, konnte alles, was man ihr erklärte, problemlos umsetzen. Aber es hat sie ganz einfach nicht interessiert. Sie ist derart lieblos mit Zahlen und Formeln umgegangen, dass es mich schon fast geschmerzt hat.«

Rachid musste unwillkürlich lächeln. Dafür hatte er vollstes Verständnis. »Und das hat Sie persönlich geärgert?«

»Ja, hat es, aber nicht so sehr, dass ich sie hätte umbringen wollen.« Lässig schlug Ravel die Beine übereinander.

»Monsieur Ravel, es hat Sie ja auch niemand beschuldigt. Übrigens, wenn Sie später noch ein paar Minuten für mich haben. Wegen Ihrer, was war es denn? Magenerkrankung.«

»Klar, für Sie doch immer, *mon directeur.*«

Barrois rollte mit den Augen. Der junge Mann war ein Genie auf seinem Gebiet, aber manchmal mindestens genauso ungezogen und aufmüpfig wie seine Schüler, wenn nicht sogar noch schlimmer.

»Also, wie gesagt, ich kann nichts beitragen. Ich bin dann um fünf bei Ihnen, Monsieur Barrois. Früher geht's bei mir leider nicht. Ich hoffe, es passt. Ansonsten können Sie sich bei Sophie einen Termin machen lassen.«

Barrois sog die Luft ein und stieß sie wieder aus. Doch bevor er empört antworten konnte, war Ravel mit einem knappen Kopfnicken wieder verschwunden und ließ nicht nur einen sprachlosen Internatsleiter zurück.

Glockenhelles Lachen war auf dem Flur zu vernehmen, gefolgt von einem kurzen Wortwechsel. Dann betrat Penelope Guzman das Büro des Direktors.

»Commandant Bouraada, ich freue mich wirklich, Sie wiederzusehen.« Strahlend steuerte die Schriftstellerin auf Rachid zu. Erst dann schien sie Mathilde wahrzunehmen. »Ah, Madame …?«

Mathilde strecke die Hand aus. »Mathilde de Boncourt, ich bin die ermittelnde Untersuchungsrichterin.«

»Oh, bitte verzeihen Sie. Natürlich, wir haben uns ja bereits kennengelernt.«

Die beiden Frauen musterten sich kurz, dann nickte Penelope Guzman dem Direktor zu, nahm Platz und schlug ihre Beine mit elegantem Schwung übereinander. Mit einer anmutigen Bewegung, die ganz offensichtlich Rachid galt, warf sie den Kopf zurück.

Mathilde war beeindruckt. Bei ihrer ersten Begegnung hatte sie kaum auf Madame Guzman geachtet. Man sah ihr ihre siebenundvierzig Jahre nicht an. Sie hätte sie auf höchstens Anfang vierzig geschätzt. Mathilde kannte das Gesicht aus der Presse und vom Autorenfoto auf der hinteren Buchklappe ihrer Romane. Die Erfolgsautorin war mindestens einen Kopf kleiner als sie, ihr Haar war zu einer lockigen Kurzhaarfrisur geschnitten. Die braunen Augen wurden durch schwarzen Kajal betont. Penelope Guzman war zierlich, und ihr schlanker Körper steckte in einer Art Overall, ein Kleidungsstück, in das sich Mathilde aufgrund ihrer Größe niemals hineingewagt hätte. Sie hätte wahrscheinlich ausgesehen wie ein Flugzeugmechaniker. Penelope Guzman dagegen glich der Pilotin eines Segelflugzeugs, das sie locker und leicht durch die Lüfte steuerte.

»Madame Guzman, wir wollten noch einmal mit Ihnen sprechen, weil Sie offenbar ein ganz besonderes Verhältnis zu Patricia Hector hatten.«

Rachids Stimme riss Mathilde aus ihren Betrachtungen.

»Es geht um ein Gedicht, das Patricia geschrieben hat und Ihnen zeigen wollte.«

Madame Guzman nickte. »Ja, aber wie ich schon sagte, ich habe es nie zu Gesicht bekommen. Ich glaube, sie hat sich einfach nicht getraut.«

»Aber sie hat sich Ihnen besonders verbunden gefühlt. Das ist der Ausdruck, den eine Mitschülerin, die Patricia gut kannte, benutzt hat.«

Die Schriftstellerin lächelte, und ein versonnener Ausdruck erschien auf ihrem Gesicht. »Nein, ich glaube nicht, dass ich es war, der sie sich verbunden gefühlt hat. Ich vermute eher, es war Arthur Rimbaud persönlich. Wissen Sie, Rimbaud war ein Pferdenarr. Wie Patricia. Ich habe ihr ein Buch empfohlen, *Les chevaux de Rimbaud.*

Alexandre Blaineau hat es geschrieben, und Patricia war vollkommen begeistert von der Lektüre. Das hat uns natürlich einander nähergebracht, unsere Liebe zu Rimbaud. Wobei alles, was sich um Pferde drehte, für Patricia das wichtigste Thema schlechthin war. Fragen Sie mal Sandrine Mugler. Sie sollte Patricia beibringen, wie man Pferde malt. Zunächst kein leichtes Unterfangen, nehme ich an. Wie Sandrine mir zu Anfang der künstlerischen Bemühungen sagte, hatte Patricia fürs Zeichnen leider überhaupt kein Talent. Doch darum geht es ja eben, darum sind wir hier. Wenn sich einer unserer jungen Leute brennend für ein Thema, für einen Aspekt in der Kunst, der Literatur, der Mathematik interessiert, unterstützen und fördern wir ihn mit all uns zur Verfügung stehender Kraft. Sandrine war am Ende überrascht, wie gut die Zeichnungen von Patricia dann doch noch geworden sind. Hat sie das Ihnen gegenüber nicht erwähnt? Nein. Nun, dann fragen Sie doch einfach nach. Monsieur Barrois, mein Kurs beginnt in fünf Minuten. Madame, Messieurs.«

Mathilde und Rachid bedeuteten ihr, dass das Gespräch beendet sei, und Penelope Guzman stand mit der Leichtigkeit einer Elfe auf und schwebte aus dem Zimmer.

Keine Minute später wurde die Tür zu Barrois' Büro aufgerissen. Mit einem Knall landete sie an der Wand. Mathilde erkannte den Mann, der keuchend ins Zimmer stürzte, sofort. Es war der Gärtner des Internats, Raoul Flandin, der Onkel von Lucas.

»Monsieur, es ist etwas Furchtbares passiert. Ich habe ihn gerade gefunden. Monsieur Bonhomme, er ist tot. Er liegt im alten Schwimmbad. Er muss hineingestürzt sein.«

Wenn es bis jetzt vielleicht noch Zweifel am Zusammenhang zwischen Patricia Hectors Tod und dem Schlossinternat und seinen Bewohnern gegeben haben könnte, so waren diese nun endgültig zerstreut, dessen waren sich Mathilde und Rachid augenblicklich sicher.

Wie ein Lauffeuer sprach sich der Tod von Adrien Bonhomme herum. Sie hatten davon während des Mathematikunterrichts erfahren. Mademoiselle Delattre war in den Unterrichtsraum gestürmt, hatte Roland Ravel etwas zugeflüstert und war wieder verschwunden.

»Leute, Ruhe bitte. Ich muss euch eine traurige Nachricht übermitteln. Euer Lehrer Adrien Bonhomme ist gestorben.«

Die knappen Worte schlugen ein wie eine Bombe. Ungläubige Blicke, schieres Entsetzen, Gemurmel, Getuschel, hysterische Schreie. An die Fortsetzung des Unterrichts war nicht mehr zu denken.

»Ich kann mir vorstellen, dass ihr alle diesen Schock erst einmal verdauen müsst. Ich schätze, es ist auch im Sinn von Directeur Barrois, wenn ihr euch bis zum Nachmittagsunterricht zurückzieht. Als Vertrauenslehrer steht euch sicherlich jederzeit Monsieur Gange zur Verfügung, wie auch alle anderen Kolleginnen und Kollegen für euch da sind. Meine Wenigkeit eingeschlossen.«

Roland Ravel fühlte sich angesichts der fassungslosen Schar junger Leute absolut nicht wohl in seiner Haut. Einige der Mädchen hatten Tränen in den Augen, er hörte hier und da ein ungläubiges »O nein« und heftiges Schluchzen. Er räusperte sich. »Nun ja, ihr könnt, Sie können natürlich auch hierbleiben, wir können einfach nur hier sitzen und uns ein wenig unterhalten. Wenn Sie mögen.«

Schließlich war er kaum älter als die Kids in seiner Klasse. Und wenn sie jetzt eine Art Freund an ihrer Seite brauchten, warum nicht. Er zuckte unmerklich mit den Schultern und wartete ab. Ein Teil der Schüler nickte, andere standen auf, packten ihre Sachen zusammen. Er hatte es sich schon fast gedacht. Paul und seine Clique verließen als Erste den Unterrichtsraum.

»Monsieur Ravel, ich glaube, es geht uns allen nicht gut. Wir ziehen uns dann mal zurück.« Paul nickte dem jungen Lehrer kurz zu und öffnete die Tür. Er blieb stehen und wartete, bis seine Schäflein den Raum einer nach dem anderen verlassen hatten.

»Paul, einen Moment bitte. Ich weiß nicht, ob Ihre Nachmittagskurse tatsächlich stattfinden werden, aber bitte halten Sie sich alle bereit. Ich denke, man wird Sie informieren«, fügte er lahm hinzu, als Paul als Letzter verschwand und die Tür leise hinter sich zuzog.

Paul hatte Mühe, sich Gehör zu verschaffen. »*Merde*, was ist das denn schon wieder? Bonhomme tot? Wir müssen reden.«

Mit schnellen Schritten strebte er seiner Bude entgegen, gefolgt von seiner aufgewühlten Entourage. Sie ließen sich aufs Bett fallen, besetzten den Boden.

»Glaubst du, er ist ermordet worden?« Mit großen blauen Augen starrte Ophélie Paul an.

»Was weiß denn ich?«, fuhr er das Mädchen an. Ophélie erschrak. So hatte er noch nie mit ihr gesprochen. Beleidigt glitt sie vom Bett, setzte sich auf den Bettvorleger und lehnte sich an Tatianas Schulter.

»Da könnt ihr Gift drauf nehmen. Zuerst Patricia, jetzt Bonhomme. In unserer Schule geht ein Mörder um, die beiden waren nicht die Letzten«, prophezeite Benjamin mit düsterer Stimme.

»Du hast sie doch nicht alle. Wo ist überhaupt der Zusammenhang zwischen Patricia und Bonhomme? Ein Triebtäter, da bin ich mir sicher, hat Patricia auf dem Gewissen. Ich glaube noch nicht mal, dass jemand Bonhomme getötet hat. Ravel sagte nur, er ist tot. Garantiert ein Unfall«, gab Thierry seinen Senf dazu.

Suchend schaute sich Paul um. »Samir, wo ist Florence?«

»Sie musste noch aufs Klo und wollte nicht euer Pissoir benutzen, sie wird schon gleich kommen.«

In diesem Moment öffnete sich die Zimmertür, und Florence stürmte mit hochrotem Kopf hinein.

»Bonhomme ist in den alten Pool gefallen. Der Gärtner hat ihn gefunden. Ich hab Huguette getroffen. Alle Mitarbeiter des Internats versammeln sich in diesem Augenblick. Huguette sagte, es könne sein, dass ihn da jemand hineinbefördert hat. Aber was Genaues wusste sie nicht.« Florence rutschte neben Samir, der den Arm um sie legte.

»Und wann soll das passiert sein?«, fragte Tatiana.

»Keine Ahnung. Der Gärtner hat ihn irgendwann am Vormittag gefunden. Also wohl davor. Vielleicht sogar in der Nacht. Oh, wie gruselig. Stell dir vor, du fällst in dieses Becken, und keiner ist da, um dir zu helfen.«

»Stopp mal. Über dem Pool liegt eine fette Plane, da fällst du nicht so einfach rein«, gab Samir zu bedenken.

Alle schwiegen. Man hätte eine Stecknadel fallen hören können. Samir hatte recht. Ophélies Worte durchbrachen die Stille. Ihre Stimme war nur noch ein Flüstern. »Dann ist er also tatsächlich ermordet worden. Der arme Adrien.«

Kapitel 24

Freitag

Die Nachricht vom Tod Adrien Bonhommes erreichte Felix Tourrain, als er sich eben von Patricias Eltern verabschiedete.

Madame und Monsieur Hector hatten ihn sehr gefasst empfangen, ihm zuerst einen Kaffee angeboten, den Felix gerne angenommen hatte. Natürlich hatten sie wissen wollen, wie weit die Ermittlungen mittlerweile gediehen waren. Doch Felix konnte die Frage nicht beantworten.

»Wir haben noch keinen Anhaltspunkt, es tut mir sehr leid.«

»Und haben Sie herausgefunden, warum Patricia nicht mehr gerne das Internat besucht hat, wie meine Frau andeutete?«

»Nein, auch das nicht. Alle, sowohl ihre Freunde wie auch ihre Lehrer, waren verblüfft, das zu hören, und können sich keinen Reim darauf machen. Auch Benjamin Bonnaire kann es sich nicht vorstellen. Er sagte, er hätte es gespürt, wenn Patricia so empfunden hätte. Benjamin stand Ihrer Tochter offensichtlich besonders nahe?«

Madeleine Hector nickte. »Ja, ein guter Junge, die beiden haben sich sehr gemocht. Er ist sogar zwei oder drei Mal als Turniertrottel mitgefahren.« Sie lächelte wehmütig.

»Turniertrottel?«

»So nennt man die Begleiter von Pferd und Reiter auf einem Wettkampf. Sie halten das Pferd, helfen beim Satteln und so, Helfer eben«, erklärte Patricias Vater mit rauer Stimme.

»Ach so. Nun, jedenfalls ist auch Benjamin in dieser Hinsicht nichts aufgefallen.«

Felix verschwieg, dass die einzige Person, die dazu eine Andeutung gemacht hatte, Ophélie Costa gewesen war. Denn mehr als eine Andeutung war es nicht gewesen. Sein Blick fiel auf ein Foto, das Patricia auf dem blanken Rücken ihres großen Pferdes mit dem rötlich schimmernden Fell zeigte.

»Baronet ist wirklich ein schönes Tier. Monsieur Ruiz hat ihn mir gezeigt.«

»Ja, er war ihr ganzer Stolz. Sie hat ihn so geliebt.« Die Stimme von Madeleine Hector stockte. »Wir werden ihn natürlich behalten. Er soll seine Sportlerkarriere beenden. Wir möchten nicht, dass er von anderen Personen geritten wird …«

Felix nickte verständnisvoll.

Plötzlich ergriff Madeleine Hector seine Hände und sah ihn eindringlich an.

»*Mon lieutenant,* ich irre mich nicht. Ich fühle es, ich weiß es, irgendetwas hat Patricia bedrückt. Sie müssen herausfinden, was es war. Ich bin sicher, es wird Ihnen helfen, den Mörder unserer Tochter zu finden.«

Felix drückte vorsichtig die Hände, die wie zwei welke Blätter in den seinen lagen.

»Madame Hector, wir lassen nicht locker. Wenn es etwas gibt, das Patricia belastet hat, werden wir es herausfinden.«

Jacques Hector räusperte sich. »Wollen Sie jetzt vielleicht Patricias Zimmer sehen? Wir bleiben dann wohl besser draußen, nicht wahr, Madeleine?«

»Gerne, wenn Sie so weit sind. Ich habe noch eine Frage. Hat Ihre Tochter vielleicht Tagebuch geführt? Gäbe es ein Versteck für ein solches Buch in ihrem Zimmer?«

Madeleine Hector schüttelte den Kopf. »Nein, nicht, dass ich wüsste. Patricia war so ein offenes fröhliches Mädchen. Sie hat viele Gedanken mit uns geteilt. Warum sollte sie Tagebuch führen, wenn sie Eltern hat, mit denen sie über alles reden, denen sie alles anvertrauen kann?«

Felix schwieg dazu. Patricia hatte ihren Eltern nicht alles anvertraut, sonst würden sie sich nicht so verzweifelt die Frage stellen, was ihre Tochter wohl so verstört hatte, dass sie das Internat nur noch ungern besuchte.

Jacques Hector begleitete Felix zu Patricias Zimmer. Er öffnete die Tür, warf einen Blick hinein, ließ Felix eintreten und zog sich zurück.

Was für ein Unterschied zu dem Zimmer im Internat. In diesem Mädchenreich schienen die Farben geradezu zu explodieren. Eine Wand in Pink, die andere in Gelb, die dritte in Dunkelgrün. Die Tapeten waren übersät mit Pferdebildern, Fotografien und Zeichnungen, die mit PH signiert waren. *Gar nicht mal so übel,* dachte Felix, als er die anatomisch korrekten Pferdekörper betrachtete.

Doch bis auf die Erkenntnis, dass Patricia zu Hause in Farben geschwelgt hatte, ergab die Untersuchung ihres Zimmers nichts, was die Ermittlungen weiterbringen konnte. Kein Tagebuch, keine Notizen, einfach nichts. Nach einer halben Stunde hatte er seine Arbeit beendet und kehrte zurück ins Wohnzimmer, als sein Handy klingelte. Er konnte einen überraschten Ausruf nicht unterdrücken, als Rachid ihm mitteilte, die Leiche von Adrien Bonhomme sei auf dem Gelände des Internats entdeckt worden. Allerdings könne man noch nicht sagen, ob es sich um einen Unfall oder um ein Verbrechen handelte.

Jacques und Madeleine Hector waren aufgesprungen, als sie Felix' Überraschungslaut gehört hatten.

»Gibt es etwas Neues?« Aufregung klang aus ihren Stimmen, ein Hoffnungsschimmer breitete sich auf ihren Gesichtern aus.

»Nein, es tut mir leid.«

Enttäuscht setzten sich die beiden wieder aufs Sofa.

»Und, haben Sie etwas in Patricias Zimmer entdeckt, was Ihnen weiterhelfen kann?«

Wieder musste Felix den Kopf schütteln. »Auch das nicht. Aber wir bleiben dran, versprochen«, fügte er hilflos hinzu und verabschiedete sich.

Ein wenig verflog seine trübe Stimmung, als er das eisenzaunbewehrte Grundstück verließ und sein Blick auf das mächtige *Château de Tarascon* am Rhôneufer fiel, dessen helle Mauern im Sonnenlicht schimmerten. Wann war er zum letzten Mal hier gewesen? Das musste Jahre her sein, ein Ausflug mit den Eltern, glaubte er sich zu erinnern. Das Land barg so viele traumhafte Orte, die Touristen von überall anzogen. Felix überkam geradezu das Verlangen, es ihnen gleichzutun und gemeinsam mit Sabine das Städtchen neu zu entdecken, sich wie ein Urlauber unbeschwert durch die Gassen treiben zu lassen, den Alltag für ein paar Stunden zu vergessen.

Felix traf am Schlossinternat ein, als Adrien Bonhommes Leiche bereits abtransportiert worden war. Der Wagen der *Identification criminelle* stand mit geöffneten Türen einige Meter von dem alten Pool entfernt. Felix hob das gelb-schwarze Absperrband an und begrüßte Mathilde und Rachid, die abwartend am Beckenrand standen. Marius, der Leiter der Spurensicherung, schob die weiße Kapuze seiner Arbeitskombi aus der Stirn und winkte Felix zur Begrüßung zu.

»Das Opfer kam ganz sicher nicht über diese alte, rostige Leiter ins Becken. Die Rostpartikel sitzen ganz locker am Handlauf, wir hätten welche an seinen Händen entdeckt. Er ist entweder hineingefallen oder hineingestoßen worden.«

»Oder hineingesprungen?«, brachte Mathilde eine dritte Alternative ins Spiel und wies auf das offenbar nachträglich angebrachte kurze marode Sprungbrett.

»Das schließe ich eher aus. Das Becken hat eine Tiefe von mehr als zwei Metern. Warum sollte jemand einen Sprung hinein wagen? Okay, vielleicht, um etwas zu retten? Einen Hund, eine Katze? Aber dann würde ich die Leiter, auch wenn sie noch so wackelig erscheint, benutzen. Oder mich am Beckenrand hinuntergleiten lassen. Bei einem Sprung kann man sich ganz leicht einen Köchel verstauchen oder sogar brechen. Der Mann war Leistungssportler, Kajakfahrer. Der braucht seine Beine, der geht ganz sicher nicht das Risiko ein, sich zu verletzen.«

»Ist er hierhergeschafft und ins Becken geworfen worden?«, fragte Felix.

»Nein, das habe ich bereits Rachid und Madame le Juge gesagt.

Keine Schleifspuren oder Ähnliches, was darauf hinweisen könnte, dass er nicht auf seinen eigenen Beinen hierhergegangen ist. Ihr müsst abwarten, was Regis entdeckt. Unsere Arbeit ist für heute hier draußen erledigt.«

Er kletterte aus dem Becken und entledigte sich seiner Schutzkleidung. Der Tatortfotograf und die beiden Mitarbeiter von Marius hatten sich bereits auf den Weg gemacht.

»Es tut mir leid, wir Kriminaltechniker können euch leider auch keine Spuren herzaubern. Der Mann ist, wie's aussieht, gesund und munter hierhergegangen, stand am Beckenrand und fiel aus irgendeinem Grund hinein. Es gibt kein Anzeichen für einen Kampf. Die Spuren, die sich ansonsten hier befinden, stammen von unterschiedlichen Personen, die jüngsten direkt hier.« Marius zeigte auf eine Stelle links der Leiter. »Sie sind vom Gärtner und dessen Neffen. Die Plane, die zum Schutz über dem Pool lag, haben wir eingepackt.«

»Also hat jemand die Plane absichtlich entfernt«, stellte Felix fest.

Rachid zuckte mit den Achseln. »Die Plane gibt uns im Moment noch echt Rätsel auf. Der Gärtner sagte, sie sei stabil und so sicher über das Becken gerollt und gespannt gewesen, dass sie den Sturz eines Menschen abfängt. Er überprüft in regelmäßigen Abständen, ob sich etwas gelockert hat oder die Abdeckung vielleicht marode und brüchig geworden ist. Ansonsten kommt hier kaum noch jemand hin. Es war reiner Zufall, dass der Gärtner heute Morgen hier vorbeikam und die abgerollte Plane und den toten Bonhomme im Becken entdeckt hat. Er hat seinen Neffen umgehend weggebracht und den Direktor benachrichtigt. Da war der Mann im Becken bereits seit Stunden mausetot.«

»Und wie lange war die Abdeckung schon weg?«, wollte Felix wissen.

»Das wusste der Gärtner nicht. Sie kann schon seit Tagen nicht mehr an ihrem Platz gewesen sein, sie kann aber auch erst kurz vor Bonhommes Tod entfernt worden sein«, antwortete Rachid.

»Man hätte das Loch schon längst zuschütten sollen«, brummte Marius ungehalten. »Der Pool wird doch offensichtlich schon seit ewigen Zeiten nicht mehr benutzt.«

»Vielleicht steht er ja unter Denkmalschutz, so wie wahrscheinlich das Schloss. Gehören nicht alle Teile in einem Park oder so, die aus der Erbauungszeit eines alten Gemäuers stammen, zu dem ganzen Ensemble und stehen damit unter Schutz?« Seitdem Felix mit einer Archäologin liiert war, brillierte er immer öfter mit seinem Fachwissen zur Historie.

»Wahrscheinlich schon. Ein Pavillon, eine Kapelle oder so, aber doch kein Schwimmbad. Ich glaube auch nicht, dass es schon so alt ist. Meiner Meinung nach ist es gefährlich und gehört gestopft, dieses Loch. Aber es muss ja meist erst zu einem Unglück kommen, bevor man reagiert. Ist doch bei allem so.«

Marius stapfte zu seinem Wagen und schob sich auf den Fahrersitz.

»*Salut.* Ich mach mich dann mal auf den Weg.« Er tippte sich an die Stirn, schloss die Autotür und fuhr los.

Mathilde und die beiden Polizisten gingen langsam zurück zum Schloss, aus der Entfernung beobachtet von zig Augenpaaren. Ein vollkommen aufgelöster Internatsleiter erwartete sie bereits.

»Es ist ein Unglück gewesen, da bin ich mir ganz sicher. Wer hätte einem Mann wie Bonhomme nach dem Leben trachten wollen? Und das in unserem Internat.« Barrois raufte sich die Haare. »Ein Drama. Und was das für unsere Schule bedeutet, daran will ich überhaupt nicht denken. Das Telefon steht nicht mehr still. Die Kinder haben die Nachricht mit ihren Handys in die ganze Welt verbreitet. Heute Nachmittag werden bereits zwei Schülerinnen abgeholt. Die Eltern glauben, ihre Kinder seien nicht mehr sicher in unserer Schule. Es ist alles so unfassbar, so unglaublich. Wir werden womöglich schließen müssen.«

Mathilde legte ihre Hand beruhigend auf den Arm des Direktors. »Warten wir doch das Ergebnis der Gerichtsmedizin ab, vielleicht war es ja ein Unglücksfall«, sagte sie mit mehr Zuversicht in der Stimme, als sie tatsächlich empfand. »Monsieur Barrois, wir würden uns jetzt gerne das Zimmer von Adrien Bonhomme anschauen. Versuchen Sie inzwischen einfach, hier so gelassen und ruhig wie möglich den Schulalltag weiterlaufen zu lassen.«

Der kleine Mann fuhr sich mit der Hand über die Augen. »Einfach. Tss. Das ist leichter gesagt als getan. Aber Sie haben recht, es macht keinen Sinn, wenn ich als Schulleiter hier vollkommen in Panik gerate. Kommen Sie bitte mit. Ich bringe Sie zu Bonhommes Zimmer.«

Mit einer Handbewegung scheuchte er Schüler und Lehrer, die vor dem Schloss standen oder aus den Fenstern starrten, zurück in den Alltag.

Kapitel 25

Freitag

»Das Zimmer hat was von einer Mönchszelle. Na ja, es wird ja auch nur ein halbes Jahr bewohnt. Wer macht sich da schon die Mühe, sich häuslich und gemütlich einzurichten?«

Felix hatte Barrois mit allem Nachdruck aus Bonhommes Zimmer herauskomplimentieren müssen. Jetzt standen er, Mathilde und Rachid in dem knapp sechzehn Quadratmeter großen Raum, den Bonhomme während seiner Lehrtätigkeit im Internat als sein Zuhause betrachten sollte, und zogen sich Handschuhe über. Das Zimmer war etwas kleiner als die Doppelzimmer der Schüler, aber ähnlich ausgestattet. Das Bett, ein einfaches Holzgestell mit dicker Matratze an der Wand, ein Schreibtisch unter dem Fenster, Kleiderschrank und Kommode für Kleidung und Wäsche. Neben dem Schreibtisch stand eine Holztruhe mit Metallbeschlägen, die mit einem kleinen Vorhängeschloss gesichert war.

»Die hat wohl Bonhomme gehört. Das ist eine altmodische Reisetruhe«, konstatierte Felix und machte sich am Schloss zu schaffen, während Mathilde Türen und Schubladen öffnete und zwischen Wäschestücken und anderen persönlichen Dingen des Opfers kramte.

Mit einem Pfiff kam Rachid aus dem kleinen Bad zurück, das er einer ersten Inspektion unterzogen hatte. »Hier, sein Handy. Es lag auf der Ablage des Waschbeckens. Er muss es vergessen haben, was darauf hindeutet, dass er sein Zimmer vielleicht mit einer gewissen Eile oder in Aufregung verlassen hat. Wenn wir Glück haben, finden wir etwas Brauchbares. Ansonsten nichts Auffälliges im Bad.

Die üblichen Männerutensilien, Rasierschaum, Pinsel, Seife, Deo, Schere, Nagelreiniger, Shampoo. Interessant ist eventuell ein Blister mit Schmerztabletten, davon fehlen vier Stück, und eine entzündungshemmende Salbe. Die Tube ist ebenfalls angebrochen. Was gibt's bei euch?«

Mathilde schüttelte den Kopf. »Nichts. Normale Wäsche, Hemden, Hosen, Badesachen, Sportklamotten, ein paar Bücher, meist über Sport. Hier«, sie zeigte auf den Stapel auf dem Nachttischschrank, »*Wildwasserfahren in Kanada*, *Traumziele für Wassersportler*. Aus Belletristik hat er sich wohl nichts gemacht. Kein Roman, keine Gedichtsammlung. Im ganzen Zimmer gibt es übrigens auch keinen Computer. Wir müssen bei Barrois nachfragen, vielleicht hat er einen im Lehrerzimmer deponiert.«

Felix mühte sich weiterhin vergeblich mit dem Schloss der Truhe ab. »Hat Marius nicht zufällig einen Schlüsselbund bei Bonhomme entdeckt? Er muss ja irgendwie sein Zimmer abgeschlossen haben, und auch für den Zugang zum Schloss benötigt man einen Schlüssel.«

»Wenn, dann liegt er jetzt zusammen mit seinen Kleidern bei Regis.« Rachid packte das Handy in einen Asservatenbeutel. Dann zog er seinen eigenen Schlüsselbund aus der Jackentasche, an dem ein kleines Taschenmesser hing. Er klappte einen kleinen Schraubenzieher heraus. »Probier's mal mit dem.«

»Der passt auch nicht in das Loch.« Felix ignorierte Rachids ausgestreckte Hand und konzentrierte sich weiter darauf, mit einer gebogenen Büroklammer in dem Schlüsselloch herumzustochern.

»Doch nicht als Schlüsselersatz. Du sollst damit die Schrauben der Beschläge lösen. Wenn sie weg sind, ist wie durch Zauberei auch das Schloss verschwunden«, grinste Rachid und begann, die erste Schraube aufzudrehen.

Nach ein paar Minuten waren Beschlag und Vorhängeschloss entfernt, und Felix klappte neugierig den Deckel auf. Mathilde und Rachid standen daneben und schauten ihm über die Schulter. Felix beförderte einen Rucksack aus der Truhe, in dem er nach eingehender Untersuchung lediglich eine Stabtaschenlampe entdeckte. Darunter lagen zwei Paar Hanteln von verschiedenem Gewicht, ein dunkelrotes einzelnes Paddelblatt und eine graue Spritzschutzdecke, wie Kajakfahrer sie benutzten, um sich von der Hüfte abwärts vor Wasser zu schützen.

Mit einem Mal hielten alle drei den Atem an. Unter der dunkelgrauen Plastikdecke lagen Zeitschriften der übelsten Art. Junge Mädchen, Teenager, nackt, in eindeutigen Posen.

Rachid pfiff durch die Zähne. »Was haben wir denn da?«

»Adrien Bonhomme hatte offenbar noch ein ganz besonderes Hobby«, sagte Mathilde trocken und beförderte mit behandschuhten Fingern die vier Hefte aus der Truhe. »Er war vielleicht nicht pädophil, hatte aber wohl eine ganz besondere Neigung zu Mädchen zwischen …«, sie blätterte angewidert in einer der Zeitschriften, »… vierzehn und achtzehn Jahren, schätze ich. Felix, machen Sie sich bitte direkt an die Arbeit, und versuchen Sie herauszufinden, ob jemals etwas über Bonhomme in dieser Richtung bekannt oder sogar aktenkundig geworden ist. Vielleicht gibt es auch in den sozialen Netzwerken irgendeinen Post, der ihn beschuldigt. Noch wissen wir nicht, ob es ihm genügt hat, diese Drecksblätter zu konsumieren. Wir versiegeln das Zimmer. Die Truhe und ihr Inhalt kommen zur Spurensicherung. Marius soll sich Bonhommes Bude ebenfalls vorknöpfen.«

Ein Klopfen ließ die drei Ermittler herumfahren. Die Tür öffnete sich einen Spalt, und eine junge Frau mit kurz geschnittenem Haar und slawischen Gesichtszügen steckte den Kopf hinein.

»Lieutenant Tourrain? Kann ich Sie bitte sprechen?« Schüchtern verharrte sie im Türrahmen.

»Mademoiselle Sorokina, natürlich, wenn Sie bitte einen Augenblick draußen warten.«

Das Mädchen nickte und zog sich zurück.

»*Alors,* während du hörst, was die junge Dame zu sagen hat, werden wir nach Bonhommes Computer fahnden.«

Rachid folgte Mathilde und Felix auf den Flur und brachte ein Polizeisiegel an der Tür an. Tatiana stand ein paar Meter entfernt mit dem Rücken an die Wand gelehnt und verfolgte interessiert das Geschehen.

»Sie wollten mich sprechen, Mademoiselle Sorokina?«

Eine leichte Röte überzog ihr Gesicht. »Könnten Sie mich vielleicht Tatiana nennen? Ich glaube, dann ist es für mich leichter, mit Ihnen zu reden …«

»Lieutenant Tourrain«, vollendete Felix den Satz, bevor das Mädchen noch auf die Idee käme, ihn mit seinem Vornamen anzusprechen.

»Und könnten wir uns bitte draußen unterhalten?«

Die junge Frau zögerte, doch als Felix zustimmend nickte, ging sie mit federnden Schritten voraus. Er zog galant das schwere Eingangsportal auf. Draußen erwartete sie der strahlende Sonnenschein eines Junitages wie aus dem Bilderbuch. In den beiden Brunnen, die in der Mitte der Rasenrondelle standen, plätscherte das Wasser, das aus den Mäulern von auf den Schwanzspitzen stehenden Delfinen spritzte. Eine dunkelblaue Limousine mit einem grünen Kennzeichen, auf dem orangefarbene Zahlen und Buchstaben leuchteten, wiesen das Gefährt als Wagen eines *corps diplomatique* aus. Das Auto kroch über den Kies und hielt an. Ein in einen eleganten Zweireiher gekleideter Mann stieg aus, hielt die Beifahrertür auf, der eine ebenso elegant gewandete Frau Mitte dreißig entstieg.

»Das sind garantiert Eltern, die ein Kind abholen«, flüsterte Tatiana und steuerte eine Holzbank mit geschwungener Rückenlehne an, die gegenüber einem der Brunnen stand. Sie setzte sich. Felix nahm neben ihr Platz und wartete ab.

»Ich weiß nicht, wo ich jetzt anfangen soll, aber ich glaube, es wäre wichtig, wenn Sie sich Gedanken darüber machen würden, ob Monsieur Bonhomme vielleicht etwas für junge Mädchen übrighatte.«

Tatiana war bei ihren Worten errötet und starrte auf den Delfin.

»Wie kommen Sie darauf?«

Die junge Frau schwieg zunächst, dann räusperte sie sich und setzte sich kerzengerade hin. Ihre Stimme klang nun sicher und fest.

»Es ist keine große Sache gewesen, ist auch schon ein paar Wochen her. Aber er hat mir, als ich in eines der Kajaks gestiegen bin, an die Brust gefasst. Ich hab so getan, als würde ich nichts merken. Ab da habe ich ihn auf Abstand gehalten und ihn auch nicht mehr aus den Augen gelassen. Als ich den Eindruck hatte, er wollte es bei Florence probieren, hab ich ihn mit einem ganz bösen Blick angestarrt, etwa so.«

Sie verengte ihre Augen zu Schlitzen und sah den Lieutenant durchbohrend an. Felix musste unwillkürlich lächeln.

»Und dann hat er sich nicht mehr getraut. Florence hat es noch nicht mal bemerkt.«

»Haben Sie mit jemandem darüber gesprochen? Mit einer Freundin, jemandem aus der Clique, einem Lehrer?«

»Nein, es war ja nichts weiter passiert. Und er war gewarnt. Noch mal hätte er sich das nicht getraut. Hätte ich darüber geredet, wäre es ihm nicht gut bekommen. Er wäre geflogen, nehme ich an. Und das wollte ich nun auch wieder nicht. Eigentlich war er ja ein ganz netter Typ. Und wenn es ein Zufall gewesen ist, ich meine, dass er mich berührt hat, dann hätte ich seine Karriere zerstört. Das hätte ich mir dann auch nicht verziehen. Außerdem ist das Schuljahr bald zu Ende. Bonhomme wäre seiner Wege gegangen, wie ich und meine Freunde auch. Aber da er nun mal tot ist, nun ja, ich meine, vielleicht ist er deswegen gestorben, weil er, wie soll ich sagen, doch eine Schwäche für junge Mädchen hatte. Oder war es ein Unglück?«

»Das wissen wir noch nicht, Mademoiselle Tatiana, aber vielen Dank, dass Sie sich mir anvertraut haben. Und es ist ganz sicher nicht mehr passiert?« Prüfend sah Felix in das Gesicht der jungen Frau.

»Nein, ich schwöre es bei der heiligen Mutter vom Don.«

»Und Ihre Freundin Patricia? Könnte sie ähnliche Erfahrungen gemacht haben? Mit wem hätte sie darüber geredet?«

Tatiana riss die Augen auf, ihre Stimme überschlug sich. »Patricia, *mon Dieu*, meinen Sie, glauben Sie, nein, also ich weiß von nichts. Ich habe nichts gesehen, und sie hat nie über einen solchen Zwischenfall gesprochen. Aber wollen Sie damit andeuten, Adrien hat womöglich Patricia getötet?« Tränen traten in ihre braunen Augen, und ihre Unterlippe zitterte.

»Nein, ich will damit gar nichts andeuten«, antwortete Felix beschwichtigend.

Er war kurz davor, dem Mädchen in einer beruhigenden Geste seine Hand auf ihre zu legen. Im letzten Moment zog er sie wieder zurück. Wie schnell hatten gerade Mädchen in diesem Alter eine solche Situation missverstanden. Stattdessen sagte er: »Ich danke Ihnen nochmals, es war sehr mutig von Ihnen, mit mir so offen über alles zu sprechen.«

Die junge Frau reckte sich und strahlte Felix an, als hätte sie soeben einen Orden von ihm erhalten. Er stand auf und verabschiedete sich.

Zur gleichen Zeit verließen Mathilde und Rachid das Schloss. Unter Rachids Arm klemmte ein schlankes Notebook. Felix schloss sich den beiden an.

»Marius schickt gleich jemanden vorbei, der die Truhe abholt. Er hat versprochen, so schnell wie möglich alles auf verwertbare Spuren untersuchen zu lassen. Und wir haben Bonhommes Notebook. Doch so offen, wie es im Lehrerzimmer an seinem Platz lag, glaube ich nicht, dass wir etwas Interessantes darauf entdecken werden. Und was hat Mademoiselle Sorokina von dir gewollt?«

Felix berichtete von seinem Gespräch mit der jungen Russin und schloss: »Ich weiß nicht, ob sie mir alles erzählt hat. Allerdings reicht das, was sie gesagt und was wir in Bonhommes Zimmer entdeckt haben, aus, einen schwarzen Fleck auf seiner weißen Sportlerweste zu vermuten.«

Kapitel 26

Freitag

Weder Bonhommes Handy noch sein Notebook brachten neue Erkenntnisse. Unverfängliches Material hatte Marius am nächsten Tag die Inhalte der beiden Geräte genannt, als er mit Rachid telefonierte. Adrien Bonhomme war auch nicht aktenkundig geworden. Lediglich drei Protokolle wegen zu hoher Geschwindigkeit auf der Autobahn in den letzten sieben Monaten, doch sonst nichts. Er war in dieser Hinsicht offenbar ein unbeschriebenes Blatt. Sie hatten nichts außer den in seiner Reisetruhe entdeckten vier Zeitschriften mit ihrem pornografischen Inhalt und der Aussage einer Siebzehnjährigen, ihr Sportlehrer habe sie beim Einsteigen in ein Kajak an der Brust berührt.

»Wenn du gehofft hast, an den Hanteln Spuren von Patricia Hector zu finden, muss ich dich ebenfalls enttäuschen. Der Schlag auf ihren Kopf stammte ausschließlich von dem sichergestellten Stein. Aber eine andere spannende Sache habe ich für euch.«

Marius machte eine bedeutsame Pause, und Rachid wusste, er hatte eine kleine Sensation auf Lager.

Es raschelte im Hörer. »Eine Sekunde, ich hab's gleich. So. Der Rucksack war zwar bis auf die Taschenlampe leer, aber außen am Boden haben wir Lehmkrümel entdeckt, die identisch mit dem Erdreich des Tatorts sind. Colette aus dem Labor war verdammt schnell, und was hat sie wohl unter ihrem Mikroskop entdeckt? Wir haben es hier mit einem Lehmkalksteinboden zu tun, der sich unter anderem aus einem ganz bestimmten Mergel zusammensetzt. Mergel ist ein Sediment, das in diesem Fall Schluffkörner enthält von einer Größe zwischen 0,034 und 0,039 Millimetern.«

Rachid verstand nichts von Gesteinen, Böden und ihrer Zusammensetzung.

»Du willst damit sagen, Bonhommes Rucksack stand auf dem Boden in der Nähe, wo die Leiche von Patricia Hector lag? Er kann nicht woanders abgestellt worden sein?«

Marius überlegte eine Sekunde. »Diese Mischungen aus Lehm, Ton und Kalkstein treffen wir in unseren Regionen natürlich öfter an. Und auch die Schluffkörner, die darin stecken. Du siehst sie mit dem bloßen Auge nicht, aber die Größe ist identisch. Gewöhnlich kann sie zwischen 0,002 und 0,063 Millimetern variieren, doch wir haben hier identische Größen. Also würde ich sagen, Fundort der Leiche und Abstellplatz des Rucksacks liegen sehr eng beieinander. Und wenn dieser Rucksack Adrien Bonhomme gehört hat, dann ist nicht auszuschließen, dass dieser Mann sich in der Nähe aufgehalten hat. Vielleicht habt ihr euren Mörder.«

»Vielleicht. Danke Marius, und grüß Colette. Ihr wart wirklich verdammt schnell.«

Marius lachte. »Wir kennen doch deine Madame le Juge. Wenn die Ungeduld einen Namen hätte, hieße sie Madame de Boncourt. Ich bin gespannt, was unser *médecin légiste* noch herausfindet. Wäre nett, wenn ihr mich umgehend auf dem Laufenden haltet.«

Rachid versprach es und beendete das Gespräch. Felix war bei der Obduktion Bonhommes anwesend und würde sich melden, sobald Regis seine Arbeit beendet hatte. Dann wählte er Mathildes Handynummer.

»Mathilde, wenn Sie im Moment nichts Besseres zu tun haben, komme ich bei Ihnen im Büro vorbei. Es gibt Neuigkeiten von Marius.«

Natürlich hätte er die Ergebnisse des Kriminaltechnikers der Richterin auch am Telefon mitteilen können.

Bei Mathildes Reaktion beschleunigte sich sein Puls für einen Moment.

»Was sollte ich Besseres zu tun haben, als Sie zu sehen, Rachid. Ich bin gespannt. Regis arbeitet ebenfalls mit allem Nachdruck. Vielleicht haben wir bald Ergebnisse, mit denen wir endlich weiterkommen. Ich muss nur noch ganz kurz was erledigen. Sagen wir in einer Stunde?«

Als Mathilde am Morgen ihr Büro im *Palais de Justice* betreten hatte, war sie auf eine vollkommen verheulte Christine getroffen. Sie habe die ganze Nacht kein Auge zugemacht, jetzt taten nach der Wurzelbehandlung plötzlich alle Zähne weh. Mathilde entließ ihre Sekretärin mit dem Hinweis darauf, sich den Rest des Tages freizunehmen. Dann würden die Akten, die ansonsten auf ihren Schreibtisch wanderten, eben einen Tag länger warten müssen.

Als Erstes rief sie Lucette an, die ganz sicher heute aus der Presse erfahren würde, dass ein Lehrer des Internats *Château des Cigales* zu Tode gekommen war. Spätestens jetzt würde die schreibende Zunft auch eine Verbindung zu Patricia Hector herstellen. In den bisher erschienenen Artikeln war die Schlagzeile *Ein hoffnungsvolles Talent der Springreiterszene ist einem brutalen Mord zum Opfer gefallen* zu lesen gewesen. Von der Schülerin eines Eliteinternats war dagegen nicht die Rede.

Mathilde telefonierte mit einer weit weniger aufgelösten Lucette, als sie befürchtet oder erwartet hatte. Sie fasste kurz die Ereignisse zusammen und bat Lucette, sich wegen Arthur keine Sorgen zu machen, sie, Mathilde, sei davon überzeugt, Patricias Mörder würde bis zum nächsten Schulbeginn seiner gerechten Strafe entgegensehen, und die exakten Todesumstände Bonhommes seien noch nicht einmal geklärt. Lucette war dankbar über Mathildes Informationen und meinte, man werde einfach abwarten, noch sei Arthur nicht an der Schule angemeldet.

Zufrieden beendete Mathilde das Gespräch und fuhr ihren Computer hoch. Sie hatte zwar keine schlaflose Nacht gehabt, doch unbeantwortete Fragen und aufkommende Zweifel hatten zumindest ausgereicht, wieder einmal ihren Frühstücksappetit zu verscheuchen. Warum war Dominique wirklich nach Metropolitan-Frankreich zurückgekehrt? War es wirklich das Wetter, das ihm in Guyana zu schaffen gemacht hatte? Ein wenig fadenscheinig, diese Aussage, befand Mathilde. Dominique war ein Sonnenanbeter gewesen. Sie lebten hier in Südfrankreich, hier waren monatelang Höchsttemperaturen an der Tagesordnung. Gut, hohe Temperaturen und eine hohe Luftfeuchtigkeit konnten einem zu schaffen machen. Doch die ständig wehenden Passatwinde machten eine Luftfeuchtigkeit von achtzig und mehr Prozent in Guyana durchaus erträglich.

Sie zögerte einen Moment und loggte sich dann in den SCDC, den *Service central de documentation criminelle*, ein. Ihre Finger verharrten kurz über der Tastatur, doch dann gab sie entschlossen den Namen Dominique Gange ein, in der Erwartung einer »Nicht gefunden«-Meldung auf dem Bildschirm. Erleichterung durchströmte sie. Gott sei Dank, tatsächlich nichts. Warum nur hatte sie befürchtet, sein Name würde ihr jetzt ins Auge springen? Dominique Gange, ein Betrüger, ein Dieb, ein Erpresser, ein, ja, was sonst noch? Doch warum keimte dieses Misstrauen schon wieder auf, kaum dass sie die Seite des SCDC verlassen hatte?

Mathilde stand auf, öffnete das Fenster zum Boulevard des Arènes und beobachtete einige Minuten das bunte Treiben. Die Restauratoren waren ein paar Meter weitergezogen und brachten den nächsten Mauerabschnitt der Arena auf Vordermann. Die ersten Besucher reckten die Hälse und bewunderten das antike Erbe der Stadt, ein Polizeifahrzeug bog entgegen der erlaubten Fahrtrichtung ab, um sich in der Nähe des Eingangs zum Justizpalast zu positionieren. Alles wie immer. Sie zündete sich eine Zigarette an und blies den Rauch nach draußen.

Seufzend ging sie zurück zum Schreibtisch, überlegte und gab dann zunächst die Begriffe Guyana, Cayenne, Schule und Lehrer in den Computer ein. Erstaunlich, was die Suchmaschine ihr in Sekundenschnelle lieferte. Alleine in Cayenne gab es fast fünfzig Schulen, angefangen von den zahlreichen *Écoles maternelles*, den Kindergärten beziehungsweise Vorschulen, über Privatschulen bis hin zu den *Lycées*. Dann fügte sie das Stichwort Dominique Gange hinzu. Er war Lehrer am *Lycée Melkior et Garré* gewesen. Ein Foto zeigte ihn inmitten seiner Kollegen vor einem weißen modernen Gebäude mit schmalen aneinandergereihten Dächern. Auf der aktuellen Seite der Schule tauchte er natürlich nicht mehr als Mitglied des Lehrkörpers auf.

Mathildes Blick wanderte über die Einträge. Dominique schien ein sehr engagierter Pädagoge zu sein. Mit seiner Klasse hatte er einen Preis für ein Biologieprojekt gewonnen und jede Menge Vorträge gehalten. Mathilde reduzierte ihre Eingaben, ließ das Wort *Lycée* aus. Neue Suchergebnisse füllten in Sekundenschnelle den Bildschirm. Und eins davon ließ bei ihr sämtliche Alarmglocken schrillen. Es war ein Artikel in der Tageszeitung *FA France Antilles*, Ausgabe *France-Guyane*. Die Überschrift lautete *Ehefrau eines Lehrers Opfer der Flammen*. Mathilde klickte den Artikel an. So ein Mist, er ließ sich nicht öffnen. Sie wählte die 24-Stunden-Option, um gegen eine Zahlung von 1,70 Euro das Zeitungsarchiv von *France-Guyane* nutzen zu können.

Neun Artikel beschäftigten sich mit einem Brand im Januar letzten Jahres und seinen Folgen. Waren die ersten fünf Beiträge noch im Zeitraum von zwei Wochen erschienen, so folgten Nummer sechs und sieben in einem Abstand von drei Wochen, mehr als einen Monat später eine kleine Notiz und der letzte Artikel noch einmal drei Wochen danach. Mathilde rechnete nach. Kurz nach dem letzten Beitrag schien Dominique Guyana verlassen zu haben, um im Mutterland wieder neu anzufangen.

Das Feuer war am vierten Januar im Haus des Ehepaars in einem Quartier, in dem Besserverdienende lebten, ausgebrochen. Es waren Schulferien, und der Hausherr war beim Joggen gewesen. Joggen? Im Januar war es in Guyana so heiß wie in allen übrigen Monaten. Auch die Luftfeuchtigkeit war weder höher noch niedriger. Und er war wegen des für ihn unverträglichen Klimas zurückgekehrt?

Als Dominique G. zu seinem Haus kam, standen bereits drei Löschfahrzeuge davor. Doch für seine Frau war jede Hilfe zu spät gekommen. Die nächsten Artikel befassten sich mit der Brandursache. Ein Kurzschluss in der Elektrik durch einen defekten Wasserkocher war offensichtlich der Auslöser gewesen. Warum der Wasserkocher auf dem Couchtisch und nicht in der Küche stand, konnte nicht geklärt werden. Tatsache war, das Feuer hatte sich in Windeseile über die Polster und Gardinen im Wohnzimmer ausgebreitet. Die Leiche von Madame G. war vor der verschlossenen Haustür entdeckt worden. Sie hatte es offenbar nicht mehr geschafft, diese zu öffnen, um sich nach draußen zu retten. Warum sie nicht versucht hatte, durch eine der beiden Türen, die in den Garten führten, zu fliehen, blieb unklar. Ein weiterer Artikel gab darüber Auskunft, dass das Haus eine Holzkonstruktion gewesen war, die in kürzester Zeit ein kompletter Raub der Flammen geworden war.

Der vorletzte Artikel barg jede Menge Zündstoff. Erstmals wurde erwähnt, dass die Frau von Dominique G. eine *marron* gewesen war, eine Nachfahrin entflohener afrikanischer Sklaven. Ihr Vater erhob den Vorwurf, sein Schwiegersohn habe dafür gesorgt, dass der Wasserkocher zur Katastrophe führte, und die Haustür abgeschlossen, sodass seine Tochter keine Möglichkeit mehr gehabt habe, nach draußen zu gelangen. Dominique G. habe zurück ins Mutterland gewollt, seine Ehefrau wollte in Guyana bleiben. Es habe deswegen zahlreiche Auseinandersetzungen zwischen den Eheleuten und mit der Familie gegeben. Er als Stammesoberhaupt habe seinem Schwiegersohn untersagt, sich scheiden zu lassen oder seine Frau zu verlassen. Mit dem Feuer habe dieser Tatsachen geschaffen, die es ihm ermöglichten, dem Land einfach den Rücken zu kehren.

Ein letzter Artikel nahm Bezug auf diese Anschuldigungen, die von Anfang an nicht haltbar gewesen waren. Es war zwar zu einer Anhörung gekommen, nicht aber zu einer Anklage. Dominique G. konnte ungehindert das Land verlassen.

Die Buchstaben und Zahlen tanzten vor Mathildes Augen. Das konnte doch nicht wahr sein, was sie in diesem letzten Beitrag las. Die junge Frau war zum Zeitpunkt ihres Todes achtzehn Jahre alt gewesen. Sie scrollte zu einem der älteren Artikel zurück. Da stand es: Dominique G. und seine Frau waren zwei Jahre verheiratet gewesen, das bedeutete, er musste die Ehe mit einer Sechzehnjährigen geschlossen haben. Seit 2006 aber war die Altersgrenze, ab der man eine Ehe schließen konnte, für Männer und Frauen auf achtzehn Jahre gesetzt worden. Es gab nur wenige Ausnahmen, diese Grenze unterschreiten zu dürfen, und dann auch nur mit Einverständnis der Eltern des minderjährigen Partners. Meist war eine solche Ausnahme die Schwangerschaft der Frau.

Mathilde wurde heiß und kalt. Dominique hatte eine Minderjährige geschwängert, sie dann, vielleicht sogar auf Druck der Eltern, geheiratet. Zwei Jahre später war sie tot. Und das Kind? Falls Dominiques Frau tatsächlich schwanger gewesen war, musste doch ein Kind existieren.

Sie ließ sich fassungslos in ihrem Stuhl zurücksinken. Kein Wort hatte er über all das verloren. Ihr Großvater hatte so was von recht. Der Typ war einfach ein Mistkerl. Und er war ganz sicher nicht die Liebe, die die *manouche* ihr prophezeit hatte. Warum hatte er ihr nichts davon erzählt? War es Monsieur peinlich, Verkehr mit einer Sechzehnjährigen gehabt zu haben? Mit einer Farbigen verheiratet gewesen zu sein? So ein Drecksack. Und wenn wirklich etwas an den Anschuldigungen des Schwiegervaters dran war? Sie musste wissen, was in den offenbar wenigen Unterlagen in Cayenne stand.

Mathildes Handy klingelte. Es war Rachid, und er hatte Neuigkeiten von Marius, über die er mit ihr sprechen wollte. Nichts war ihr jetzt lieber, als Rachid zu sehen, seine gelassene Art würde ihr in diesem Chaos helfen, selbst ruhig und objektiv zu bleiben. Doch zuvor wollte sie Kontakt mit den Kollegen in Guyana aufnehmen. In Cayenne war es jetzt halb acht am Morgen. Die ersten Beamten würden wahrscheinlich ihre Dienststellen aufsuchen. Sie wählte die Nummer des *Commissariat de Police* in der Avenue du Général de Gaulle in Cayenne.

Eine halbe Stunde später hatte sie sich durchtelefoniert. Capitain Egide Delaye von der Police nationale in Cayenne hatte ihr versprochen, das wenige, was sie hatten, herauszusuchen und ihr per E-Mail zu schicken. Offenbar war Dominiques Schwiegervater noch ein paarmal vorstellig geworden, hatte die Polizei beschuldigt, Rassisten zu sein, die einen Weißen wegen des Mordes an einer *marron* nie festsetzen würden. Irgendwann hatte der Mann dann offenbar aufgegeben. Von der Existenz eines Kindes wusste Delaye nichts. Mathilde bedankte sich und grübelte nach. Dass Dominiques Frau schwanger gewesen sein könnte, war reine Spekulation ihrerseits. Jetzt gab es vier Möglichkeiten: Die Frau war nie schwanger gewesen, das Kind war tot, es war zur Adoption freigegeben worden, oder es wurde von der Familie der jungen Frau großgezogen. Doch bei alldem, was ihr durch den Kopf ging, stand eine Tatsache wie in Riesenlettern geschrieben im Vordergrund: Dominique hatte offenbar, wie Bonhomme, Interesse an jungen Mädchen. Und das würde er ihnen erklären müssen.

Kapitel 27

Freitag

Mathilde und Rachid saßen bei ihrer zweiten Tasse Kaffee und tauschten die neuesten Ergebnisse ihrer Ermittlungen aus. Rachid fasste die Überlegungen knapp zusammen.

»Wir haben zwei Männer, von denen wir annehmen, dass sie auf sehr junge Frauen stehen. Der eine, Adrien Bonhomme, hat sich nachweislich an einem Tatort aufgehalten, hat vielleicht aus Versehen Tatiana Sorokina unsittlich berührt und in seinem Zimmer Pornohefte versteckt. Doch dieser Mann ist tot. Abgesehen von seiner glänzenden Sportkarriere, wissen wir nicht viel von ihm. Wir müssen noch tiefer in sein Leben eindringen, dürfen dabei nichts übersehen. Der andere, Dominique Gange, hat, so eine Vermutung, eine Minderjährige geschwängert und geheiratet. Diese junge Frau ist mittlerweile ebenfalls tot. Und dazu wird uns Monsieur Gange einige Fragen beantworten müssen. Annahmen und Vermutungen. Etwas dünn bisher.«

Mathilde war froh und erleichtert, Rachid rechtzeitig wegen ihrer Beziehung zu Dominique reinen Wein eingeschenkt zu haben. Ansonsten wäre sie jetzt ihre Ermittlungen los. Rachid war der gewissenhafteste Polizist, den sie sich vorstellen konnte, und er hätte ihre Mitarbeit nie und nimmer geduldet, wenn sie persönlich in diesen Fall involviert gewesen wäre. Doch nach zehn Jahren ohne den geringsten Kontakt mit Dominique und lediglich einem Gespräch bei einem Glas Wein am Abend war ihre persönliche Beziehung, oder das, was davon übrig war, weder ausschlaggebend noch überhaupt irgendwie der Rede wert. Trotzdem sprach sie das Thema Rachid gegenüber noch einmal offen an.

Der Commandant zögerte nur einen Moment, während Mathilde die Luft anhielt. Dann lächelte er. »Nein, Mathilde, machen Sie sich darüber keine Gedanken. Sie sind für mich über jeden Zweifel erhaben.«

Mathilde wurde ein wenig rot. Wie bombastisch sich das anhörte. *Über jeden Zweifel erhaben.* Doch ganz gleich, wie es in ihren Ohren klang, Rachid vertraute ihr und ihrer Objektivität, ihrer Professionalität.

Als sein Handy klingelte, warf er einen kurzen Blick aufs Display und nahm an.

»*Bonjour*, Felix. Regis ist fertig? Dann lass mal hören, was unser Doktor herausgefunden hat. Ich bin bei Madame le Juge.«

Zuerst schwieg Rachid eine Minute, dann zog er ein Blatt Papier von Mathildes Schreibtisch zu sich und kritzelte einige Notizen darauf. »Nicht so schnell, Felix. Okay, ich hab's. Er hatte also kaum eine Chance?« Wieder notierte er ein paar Worte. Dann setzte er Felix vom neuesten Ermittlungsstand in Kenntnis. »Und du meldest dich wieder, wenn du noch was über unseren Olympioniken rausgefunden hast«, verabschiedete er sich dann von seinem Kollegen.

Mathilde sah ihn gespannt an.

»Nun, es gibt keinen Zweifel. Adrien Bonhomme ist nicht an den Folgen eines Unfalls gestorben.«

Die Untersuchungsrichterin nickte. »Ich habe es geahnt. Es wäre einfach ein zu großer Zufall gewesen, besonders nachdem wir nun wissen, dass er am Tatort oder zumindest ganz in dessen Nähe gewesen ist. Es fasziniert mich noch immer, wie man diese Schluffkörner, weniger als einen Millimeter groß, so eindeutig zuordnen kann. Aber entschuldigen Sie, ich schweife ab.«

Sie stand auf, ging zum Fenster und öffnete es.

»Falls es Sie nach einer Zigarette gelüstet, ich kann warten, bis der erste Zug Ihren Kopf wieder freigepustet hat«, schlug Rachid mit einem Lächeln vor.

Wie gut er sie mittlerweile kannte. Mathilde zündete sich dankbar eine Gauloises an, inhalierte tief. »Frei, Sie können loslegen.«

»Regis sagt, Bonhomme muss innerhalb weniger Minuten gestorben sein.« Er sah auf seine Notizen. »Es kam beim Sturz ins Becken zu einer atlanto-okzipitalen Dislokation, dabei wird die Schädelbasis von der Halswirbelsäule getrennt. Die beiden Teile sind gegeneinander verschoben. Diese Form des Genickbruchs endet in der Regel tödlich. Es ist sogar fraglich, ob man Bonhomme hätte helfen können, wenn er sofort gefunden worden wäre. Es ist übrigens eine der häufigsten Todesarten, wenn man kopfüber in zu seichte Gewässer springt.«

»Oder in diesem Fall ins Nichts«, meinte Mathilde nachdenklich und schloss das Fenster. »Gibt es einen Hinweis darauf, dass ihn jemand ins Becken befördert hat?«

»Ja, gibt es. Regis hat auf Bonhommes Rücken ein Hämatom entdeckt, so groß wie eine aufgeschnittene Orange. Er vermutet, es rührt von einem Tritt mit dem Fuß oder dem Knie her. An der Kleidung gab es hingegen keine Spuren. Bonhomme muss so dicht am Beckenrand gestanden haben, dass schon ein leichter Schubser genügt hätte, ihn ins Straucheln zu bringen. Durch den Tritt fiel er ins Becken, mit tödlichen Folgen.«

»Ich frage mich nach jedem Fall, den wir gemeinsam gelöst haben, ob es noch komplizierter geht«, seufzte Mathilde. »Und jetzt habe ich die Antwort auf der Hand. Patricia Hector ist tot. Bonhomme war in der Nähe. Doch hat er sie auch getötet? Er hatte eine, sagen wir vorsichtig, Schwäche für junge Mädchen. Doch jetzt ist auch er tot. Wer hat ihn auf dem Gewissen? Wurde Bonhomme aus Rache getötet, weil er Patricia erschlagen hat? Oder ist er getötet worden, weil er Zeuge des Mordes an Patricia war?«

Mathilde setzte sich wieder hin und legte ihre Hände in den Nacken. »Das würde wiederum bedeuten, wir haben einen Täter, der sowohl Patricia als auch Bonhomme auf dem Gewissen hat. Bonhomme beobachtet den ersten Mord, erpresst den Täter, ein Treffen zwischen den beiden endet für den Lehrer tödlich.«

Rachid nickte. »Oder wir haben zwei Täter. Bonhomme tötet Patricia, wird aus Rache von Mörder Nummer zwei ins Jenseits befördert. Das heißt, wir sind jetzt so weit wie vorher: Wir ermitteln im Fall einer toten Schülerin, haben keinen Anhaltspunkt, warum und von wem sie getötet worden ist, und haben auch noch einen zweiten Mord dazubekommen. Halten wir uns also zunächst an die Person, die noch in der Lage ist, einige unserer Fragen zu beantworten. Ich schlage vor, wir machen uns auf den Weg zu Monsieur Gange.«

Kapitel 28

Freitag

Rachid warf Mathilde einen Seitenblick zu. Sie waren mit dem Dienstwagen unterwegs. Mathilde hatte die Augen geschlossen, dunkle Schatten lagen darunter. Sie wirkte abgespannt und müde auf ihn. Wie aus einem Sekundenschlaf erwacht, schreckte sie plötzlich hoch, kramte ihre Sonnenbrille aus der Handtasche und setzte sie auf.

»Ich muss furchtbar aussehen«, sagte sie, als hätte sie seine Gedanken gelesen.

»Na ja, Sie haben schon mal frischer auf mich gewirkt«, antwortete der Commandant ehrlich. »Liegt es an der Geschichte mit Gange? Sie macht Ihnen mehr zu schaffen, als Sie sich selbst eingestehen, Mathilde. Sie wissen, ich habe absolut keine Bedenken, aber wäre es vielleicht nicht doch einfacher für Sie …« Weiter kam er nicht.

»Auf keinen Fall. Gange ist Teil meiner Vergangenheit. Aber es stimmt, allein der Gedanke, er könnte vielleicht etwas mit dem Tod seiner Frau oder mit den Morden an Patricia und Bonhomme zu tun haben, setzt mir zu. Doch nicht so, dass ich nicht meinen Job professionell erledigen könnte. Im Gegenteil, gerade weil wir uns kennen, möchte ich zur Aufklärung dieser Verbrechen beitragen können. Objektiv und mit dem gebührenden emotionalen Abstand.«

Rachid nickte verständnisvoll. »Ich würde an Ihrer Stelle genauso handeln.«

Mathilde ließ trotz angenehmer Temperaturen dank der Klimaanlage im Wagen die Fensterscheibe herunter und wedelte mit ihrem Arm im Fahrtwind. Der Himmel war von einem geradezu übernatürlichen Blau. Sie schob die Sonnenbrille auf die Haare und ließ die staubigen Zypressen am Straßenrand an sich vorbeihuschen. Ihre trüben Gedanken flogen für einige Momente mit dem Wind davon.

»Rachid, ist dieser Himmel nicht eine Pracht? Lapislazulifarben. Wussten Sie, dass es zu Zeiten Leonardos oder Michelangelos zu den teuersten Farbpigmenten in der Malerei gehörte? Jetzt eine Landpartie im Cabrio, ein nettes Picknick, ein kühler Wein und einfach nichts tun«, seufzte sie und ließ die Scheibe wieder nach oben fahren. »Wenn nichts Außergewöhnliches passiert, werde ich morgen und am Sonntag tatsächlich einmal *ü-ber-haupt* nichts machen.« Sie betonte jede Silbe einzeln.

In Rachids Kopf purzelten die Gedanken durcheinander. Dann fasste er sich ein Herz.

»Hätten Sie vielleicht Lust, morgen mit mir einen kleinen Ausflug zu unternehmen? Ich wollte bei meinem Vater in Frontignan vorbeischauen. Und dann hätte ich noch so eine Idee.«

Er wurde rot und starrte auf die Straße. Wie Mathilde seinen auch für ihn selbst überraschenden spontanen Vorschlag wohl aufnehmen würde?

Ihre Antwort kam ohne Zögern. »Wunderbar. Ich wollte mir sowieso schon immer gern mal die Schnitzereien Ihres Vaters anschauen. Und ich werde uns ein Picknick von Odile einpacken lassen. Ein Strandpicknick oder ein Landpicknick? Wäre das mit Ihrer Idee kompatibel?«

Rachid schmunzelte. Er war erleichtert und zugleich auch irgendwie gerührt, mit welcher Freude Mathilde seine Einladung angenommen hatte.

»Warten Sie's ab. Aber ein Picknick ist schon mal ein guter Plan. Das heißt also, Sie werden heute Abend zu Hause im Château sein? Ich hol Sie morgen dort ab. Sagen wir gegen neun? Dann haben wir was vom Tag.«

»Sehr schön. Odile wird sich freuen, Sie zu sehen.«

Die beiden schwiegen, bis sie wenige Minuten später das Internat erreicht hatten. Barrois begrüßte sie mit einer Mischung aus Sorge und Resignation. Er machte einen mitleiderregenden Eindruck, sein Gesicht wirkte grau, und seit ihrem letzten Besuch hatten sich tiefe Falten hineingegraben.

»Ganz gleich, wie Sie das schaffen, aber ich bitte Sie, beenden Sie die Mordserie. Die Existenz unserer Schule steht auf dem Spiel. Schon wieder vier Abmeldungen. Die meisten Eltern scheinen vernünftig, aber noch einen Toten können wir uns nicht leisten.« Der Direktor breitete flehentlich die Arme aus.

»Wir tun, was wir können. Jetzt hätten wir gerne Monsieur Gange gesprochen. Unter Umständen dauert es auch nicht lange.«

»Häh? Wie bitte? Monsieur Gange? Warum ihn? Was hat er mit alldem zu tun?«

Das Grau in Barrois' Gesicht wich einer grünlichen Farbe, als wäre ihm mit einem Mal etwas ganz übel auf den Magen geschlagen. Er stützte sich auf seinen Schreibtisch und atmete tief durch. Dann reckte er sich zu seiner ganzen Größe.

»Gut, wie Sie wünschen. Wenn Sie mit Gange sprechen wollen, dann soll das so sein.«

In Richtung Sekretariat brüllte er: »Sophie?« Als niemand antwortete, steigerte er seine Lautstärke. »Sophie, wo stecken Sie?« Immer noch keine Reaktion. Er sprang auf, raste zur Verbindungstür und riss sie auf. Suchend schaute er sich im Büro seiner Sekretärin um. Viel fehlte nicht, und er hätte die Vorhänge aus den Schienen gerissen, in der wilden Vermutung, Sophie könne sich dahinter verborgen halten. Alles und jeder hatte sich gegen ihn verschworen.

»Haben Sie gehört, Mathilde, Monsieur Gange ist sehr schnell nur Gange geworden«, flüsterte Rachid.

Sie hörten Barrois tobend aus dem Sekretariat rennen. Seine Schritte stapften über den Flur. Zwei Minuten später kehrte er zurück. »Toilette«, murmelte er resigniert. »Sie war auf der Toilette. Mademoiselle Delattre lässt ihn holen. Wenn es Sie nicht stört, würde ich wieder gerne dabeibleiben.«

»Nein, tut uns leid. Bei diesem Gespräch bitten wir Sie, es uns alleine führen zu lassen«, antwortete Rachid.

»Oh, steht es so schlimm um Gange? Hat er etwa, hat er etwa ...« Barrois fing an zu stottern.

»Monsieur le Directeur, wir wollen einfach nur mit Monsieur Gange reden. Nicht mehr und nicht weniger«, versuchte Mathilde den Mann zu beruhigen.

»Mathilde, du willst mich sprechen?« Gange trat ins Büro. »Oh, ich sehe, du bist nicht allein.«

Fragend schaute Barrois zwischen der Untersuchungsrichterin und seinem Stellvertreter hin und her. Die beiden kannten sich, er hatte es doch geahnt, nur vergessen, bei Gange nachzuhaken. Wie auch, wenn hier dauernd jemand starb? Doch bevor er noch etwas dazu sagen konnte, fragte Rachid, wo man sich bitte mit Monsieur Gange ungestört unterhalten könne. Barrois zeigte auf die dick gepolsterte Tür zwischen seinem und dem Zimmer seiner Sekretärin.

»Im Büro von Mademoiselle Delattre. Wenn wir die Tür schließen, dringt nichts aus diesem Raum heraus beziehungsweise an meine Ohren. Sophie, kommen Sie bitte in mein Büro«, brüllte er dann, obwohl sie ihn, mittlerweile von ihrem Gang zur Toilette zurückgekehrt, durch die geöffnete Tür sehr gut hören konnte. Mit entsprechend empörtem Gesicht kam sie aus ihrem Büro. Mitleidig sah sie zu Gange und nickte ihm aufmunternd zu. *Wenigstens sie hat ihn noch nicht abgeschrieben,* dachte Mathilde.

Einladend wies Barrois ins Nebenzimmer, und Gange folgte sichtlich irritiert den beiden Ermittlern. Suchend schauten sie sich nach einer dritten Sitzgelegenheit um. Hinter dem Schreibtisch stand ein bequemer Sessel, vor dem Fenster ein Stuhl, der so unbequem aussah, dass Mathilde ihn insgeheim sofort Delinquentensitz nannte. Auf ihm mussten wahrscheinlich die Schüler, die herbeizitiert wurden, Platz nehmen. Die Sitzfläche war sehr kurz, die Rückenlehne dafür umso länger und steil, Geradesitzen war bei einem solchen Möbel angesagt. Auf einem Hocker vor dem Fenster stand eine üppige Blattpflanze, die Rachid kurzerhand samt Unterteller auf den Boden stellte. Er wischte mit der flachen Hand ein paar Erdkrümel von der Sitzfläche und schob ihn für sich an den

Schreibtisch. Mathilde setzte sich auf den Schreibtischstuhl, für Gange blieb das Delinquentensitzmöbel. Der Lehrer versuchte, sich so elegant wie möglich hinzusetzen und die Beine übereinanderzuschlagen, was allerdings misslang. So hockte er dann mit eng nebeneinandergestellten Beinen da, die Hände im Schoß gefaltet mit gerade durchgedrücktem Rücken.

»Nun, was verschafft mir die Ehre dieses Besuchs?«, versuchte er einen scherzhaften Ton anzuschlagen. Dabei konnte er eine gewisse Unruhe nicht verbergen, wie Mathilde registrierte. Sie ließ ihn nicht aus den Augen. Seine Hände, die eben noch ruhig dagelegen hatten, rieb er jetzt aneinander, als würde er sie waschen. *In Unschuld?*, schoss es ihr durch den Kopf.

»Dominique, du kannst dir vielleicht denken, warum wir hier sind?« Konnte sie ihn in dieser Situation überhaupt duzen? Rachid bemerkte ihr Unbehagen und nickte unmerklich.

Gange schüttelte zuerst vehement den Kopf, um dann einzulenken. »Wahrscheinlich wegen der beiden Toten. Aber nein, ich kann mir nicht erklären, warum man deswegen gerade mit mir sprechen will.«

Es fiel Mathilde immer schwerer, bei dieser Befragung beim persönlichen »Du« zu bleiben, und Rachid übernahm kurzerhand für sie.

»Monsieur Gange, wir wissen, dass Sie Guyana bald nach dem Tod Ihrer Ehefrau verlassen haben. Sie ist bei einem Brand ums Leben gekommen.« Keine Frage, eine Feststellung.

Gange war für einen Moment sprachlos. Dann sprang er vom Stuhl auf, der umzukippen drohte. Wie gebannt starrten die drei auf das kippelnde Möbel, das sich dann jedoch entschloss, auf seinen vier Beinen stehen zu bleiben.

»Setzen Sie sich wieder. Bitte.«

Dominique zögerte, doch dann kam er der Aufforderung nach. Diesmal beugte er sich nach vorne, so gut es ging, stützte seine Ellbogen auf die Oberschenkel und legte sein Kinn auf die aneinandergelegten Fingerspitzen. Er atmete tief ein und aus, als wolle er sich beruhigen. Nach mehrfachem Räuspern setzte er zu einer Antwort an.

»Ja. Das stimmt. Aber was hat das mit Bonhomme und Patricia Hector zu tun? Ich verstehe nicht ganz.«

Mathilde hatte sich mittlerweile wieder gefasst. »Dominique, deine Frau war sechzehn Jahre alt, als ihr geheiratet habt. War sie zu diesem Zeitpunkt schwanger?«

Gange wollte schon wieder aufspringen, überlegte es sich dann aber anders. Mit gepresster Stimme sagte er: »Wie kommst du darauf?«

»Weil es einen außergewöhnlichen Anlass geben muss, um die Erlaubnis zu erhalten, eine so junge Frau ehelichen zu können. Und das ist in den allermeisten Fällen eine Schwangerschaft.«

Erneut begehrte Gange auf. »Ich frage noch einmal, was hat das mit dem zu tun, was hier passiert ist?«

»Das liegt doch auf der Hand, Monsieur Gange. Ihre Frau war minderjährig, als Sie sich mit ihr eingelassen haben. Ist es das, was Ihnen einen Kick gibt, junge Mädchen? Fast noch Kinder? Mädchen wie Patricia?«

Fassungslos sah Gange zwischen Mathilde und Rachid hin und her. »Das ist ja wohl ein schlechter Witz. Mathilde, sag du doch auch was dazu. Wie alt warst du, als wir zwei zum ersten Mal zusammen ins Bett gegangen sind? Zweiundzwanzig, dreiundzwanzig? Und hattest du da den Eindruck, ich stehe eher auf junges Gemüse? Sie sind doch bescheuert.«

Mathilde biss sich auf die Lippen. Nur mit größter Anstrengung gelang es ihr, ihre Professionalität zu bewahren und so gelassen wie möglich Rachids Befragung zu folgen.

»Beruhigen Sie sich, Monsieur Gange. Nun, ich frage Sie noch einmal, was hat Sie veranlasst, Verkehr mit einer Sechzehnjährigen zu haben?«

»Nichts hat mich veranlasst, wie Sie es nennen. Wir haben uns kennengelernt, einfach so. Sie hat in einer Bar gekellnert. Sie hat mir gefallen, und ich bin mit ihr im Bett gelandet. Herrgott noch mal, so was passiert eben. Ich habe sie für erheblich älter gehalten. Diese einheimischen Mädchen dort wirken auch älter.« Er schüttelte den Kopf. »Entschuldigung. Diese Mädchen, es hört sich so mies an, aber es ist tatsächlich so. Sie sah wie mindestens zwanzig aus. Ich hab sie nicht nach ihrem Alter gefragt. Das ist der einzige Vorwurf, den man mir machen kann. Und als sie mir sagte, sie erwarte ein Kind, habe ich sie anstandslos geheiratet.«

»Und die Anschuldigungen Ihres Schwiegervaters, Sie hätten sie sich durch ein selbst gelegtes Feuer vom Hals geschafft?«

Gange blies die Backen auf und ließ die Luft mit einem lauten »Pfff« entweichen. »Dummes Zeug. Er kam nicht über den Tod seiner Tochter hinweg. Und wir hatten unser Kind ein Jahr zuvor verloren …« Er verstummte und rieb sich über die Augen.

Mathilde beobachtete jede seiner Regungen. Weinte er?

»Elisabeth ist nie darüber hinweggekommen. Sie war seitdem nicht mehr sie selbst. Sie war sogar in Behandlung. Aber es hat nichts genutzt. Meine Frau hat sich immer stärker in sich selbst zurückgezogen, ihr ist alles gleichgültig geworden. Und in einem solchen Moment der tiefsten Depression hat das Unheil seinen Lauf genommen. Als ich vom Joggen zurückkam, war alles zu spät. Ich glaube, als alles Feuer gefangen hatte, hat sie noch nicht einmal mehr versucht, sich zu retten.« Jetzt rannen tatsächlich Tränen über Ganges Gesicht.

Rachid zog ein Taschentuch aus seiner Jackentasche und reichte es dem weinenden Mann, der es dankbar annahm.

Mathilde saß wie vom Donner gerührt hinter dem Schreibtisch. Wenn sich Dominique in den letzten zehn Jahren nicht zu einem Oscar-verdächtigen Schauspieler entwickelt hatte, dann hatte er jetzt die Wahrheit gesagt. Sie stand auf, ging zu ihrem ehemaligen Freund und legte ihm die rechte Hand auf die Schulter.

»Dominique, nur noch eine Frage. Es muss sein. Was hast du am Montag zwischen drei und fünf am Nachmittag und vorgestern zwischen halb elf und zwölf in der Nacht gemacht?«

»Sind das die Zeitpunkte, zu denen Patricia und Adrien gestorben sind?«, fragte er mit geröteten Augen.

Mathilde nickte.

Gange holte tief Luft. »Am Montagnachmittag habe ich zwei jüngeren Schülern aus der Siebten ein wenig mit der spanischen

Sprache auf die Sprünge geholfen, und in der Nacht, in der Adrien starb, war ich um elf mit Eloise Rodriguez im Bett, in ihrer Wohnung in Nîmes. Ich hab sie am selben Abend in einer Kneipe kennengelernt. Sie wird es euch bestätigen. Und sie ist um die vierzig. Keine Chance, sie mit einer Minderjährigen zu verwechseln.«

Es versetzte Mathilde einen winzigen Stich, als sie das hörte. Kaum hatte sie Dominique abblitzen lassen, hatte er am nächsten Tag eine Eroberung, die er ins Bett zerren konnte. Und sie war sich sicher, dass er auch in den Monaten zuvor, nachdem er in Nîmes angekommen war, nichts hatte anbrennen lassen. Doch an seinen Alibis für beide Tatzeiten gab es wahrscheinlich nichts zu rütteln.

Kapitel 29

Freitag

Als sie Dominique entlassen hatten, blieben Mathilde und Rachid etwas ratlos zurück.

»Es hätte zu gut gepasst«, durchbrach Rachid die Stille, die im Raum herrschte.

»Ja, es hätte mir zwar leidgetan, aber es hätte in der Tat gepasst. So bleibt uns im Moment im Fall Hector nur Bonhomme als Tatverdächtiger, und der ist tot. Wir sollten uns, wenn wir schon mal hier sind, noch mit Madame Mugler unterhalten. Sie scheint ja ebenfalls etwas mehr Zeit mit Patricia verbracht zu haben, wenn sie ihr speziellen Zeichenunterricht gegeben hat. Wie Felix sagte, müssen Patricias Pferdezeichnungen sehr gelungen sein. Oder haben Sie noch eine andere Idee?« Mathilde sprang auf und wanderte wie ein Tiger im Käfig durch das Büro. »Rachid, das ist die reinste Bankrotterklärung. Ich weiß im Moment überhaupt nicht weiter. Zwei Tote, und die einzige Verbindung ist diese Schule. Wir müssen uns noch intensiver mit den Lehrern und den Schülern befassen, jetzt, wo wir unseren vermeintlichen Hauptkandidaten aufgeben mussten.«

»Dann auf zu Madame Mugler. Ich befürchte, auf diesem Hocker kann ich keine weitere Befragung mehr überstehen.«

Ein heftiges Pochen an der Zwischentür machte Mathilde und Rachid darauf aufmerksam, dass hinter besagter Tür ein sehr nervöser Schulleiter auf sie wartete.

Am liebsten hätte Barrois seinen Kollegen Gange auf dem Flur abgefangen, als er hörte, wie sich die Tür zum Sekretariat öffnete und schloss. Doch er übte sich in Geduld. Mademoiselle Delattre saß eingeschüchtert in seinem Chefsessel. Sie hatte versucht, ein belangloses Gespräch mit ihm zu beginnen, doch Barrois hatte ihr geboten zu schweigen, in der Hoffnung, irgendeinen Satz aus dem danebenliegenden Raum zu hören. Allerdings vergeblich.

Als er jetzt die ernsten Mienen der beiden Ermittler erblickte, begann sein Herz wie wild zu pochen. War sein Stellvertreter etwa ein kaltblütiger Mörder? Aber nein, dann hätten ihn die beiden doch nicht so einfach ziehen lassen.

»Nun?« Zu mehr war sein ausgetrockneter Mund nicht mehr fähig.

»Alles bestens, Monsieur Barrois. Wir hatten lediglich ein paar Fragen an Monsieur Gange. Er hat sie zufriedenstellend beantwortet, und alles ist gut. Mademoiselle Delattre, wenn Sie uns jetzt bitte den Weg zum Atelier zeigen. Wir haben noch ein paar Fragen an Madame Mugler«, wandte sich Rachid dann an die Sekretärin.

»Wie, was, Madame Mugler? Was wollen Sie denn von ihr?« Barrois hatte seine Sprache wiedergefunden.

»Keine Sorge. Madame Mugler hat Patricia ein wenig Privatunterricht erteilt. Vielleicht hat das Mädchen ihr etwas anvertraut, dem sie keine Beachtung schenkte, das uns aber weiterhilft«, erklärte Mathilde mit beruhigender Stimme. Und einer plötzlichen Eingebung folgend fügte sie hinzu: »Und im Anschluss würden wir gerne noch mit Madame Dutronc sprechen. Wenn Sie ihr also ausrichten würden, dass sie sich …«, Mathilde schaute auf ihre Uhr, »… gegen halb fünf zu unserer Verfügung hält? Das wäre ganz reizend.«

»Ja, gut, natürlich. Das können wir einrichten. Nicht wahr, Sophie?«

Die Sekretärin nickte und schälte sich aus den Tiefen des Chefsessels.

»Kommen Sie bitte mit. Das Atelier liegt auf der Rückseite des Schlosses, im ehemaligen Wintergarten. Wegen des Lichts, wissen Sie.«

Als Mathilde und Rachid das Büro verließen, hörten sie Barrois vor sich hinbrummen. »Die verdächtigen doch jetzt nicht ernsthaft auch noch meine gute alte Gisèle?«

Sophie führte Mathilde und Rachid durch die weitläufigen Flure des Schlosses. Sie öffnete eine hohe Flügeltür, hinter der sich ein riesiger Saal mit einem prachtvollen Deckengemälde verbarg. Als Mathilde ihren Großvater damals gefragt hatte, warum ihr Schloss nicht auch einen solchen Saal besäße, hatte er gebrummt, so ein Zimmer – Zimmer! – sei überflüssig und dekadent.

»Das ist der ehemalige Ballsaal. Wir nutzen ihn für ganz besondere Veranstaltungen. Der Fußboden ist noch aus der Erbauungszeit.«

Die Sekretärin wies stolz auf das honigbraune glänzende Parkett, das in der Mitte zu einem mehrzackigen Stern gelegt war.

»Sie glauben gar nicht, wie strapazierfähig das Holz ist. Und die Decke zeigt in der Mitte um die Sonne herum die Allegorien der Erdteile und in den Ecken die der Künste. Da zum Beispiel …«, sie wies auf eine weiß gewandete Frauenfigur, die eine Flöte an die Lippen hielt, »… ist die Musik dargestellt. So, und hier haben wir den Wintergarten mit dem Atelier.«

»Aber die Schüler kommen doch mittlerweile nicht durch den Ballsaal ins Atelier?«, fragte Mathilde, die sich daran erinnerte, mit welchen Strafen man bedacht worden war, wenn man dieses Heiligtum auch nur betreten hatte.

»Nein, natürlich nicht. Ich befürchte, sonst würde das Parkett, trotz seiner außergewöhnlichen Qualität, ein wenig zu sehr leiden.«

Der Wintergarten nahm die gesamte Breite des Ballsaals ein und war weit in den Außenbereich hineingebaut, lag so fast inmitten der Rosenrabatten. Sophie Delattre zog eine moderne Schiebetür auf. Sie traten ein, und der Eindruck, der sich ihnen bot, war atemberaubend. Das Sonnenlicht ließ die Glasflächen wie aus geschliffenem Kristall erscheinen. An den Seiten waren Jalousien herabgelassen, die für angenehme Temperaturen im Raum sorgten. Ein leichtes Summen deutete darauf hin, dass zusätzlich ein Klimagerät seine Arbeit tat. Den Gartensaal bestimmte in seiner Mitte eine Anzahl von Staffeleien. Daneben standen kleine Hocker zum Ablegen des Arbeitsmaterials.

Wenn Sandrine Mugler erstaunt über den unerwarteten Besuch war, so zeigte sie es nicht.

»Madame de Boncourt, Commandant.«

Die Malerin nickte den beiden freundlich zu, wischte sich die Hände an einem Lappen ab und streckte sie dann entschuldigend mit gespreizten Fingern von sich.

»Entschuldigen Sie bitte, wenn ich Sie nicht mit Handschlag begrüße, der Terpentingeruch ist sehr anhänglich.«

Die Sekretärin blieb noch einen Moment zögernd stehen. »Ja, dann lasse ich Sie mal alleine. Ich werde Madame Dutronc Bescheid sagen, dass Sie sie erwarten, und mein Büro dann wieder für Sie räumen.«

Neugierig warf sie beim Hinausgehen einen Blick auf einige Skizzen, die wie auf einer Wäscheleine mit Klammern an einer Schnur, die an die Wand gepinnt war, hingen. »Wunderschön, Madame Mugler. Was Sie so alles aus den Kindern herauskitzeln können.«

»Danke, Mademoiselle Delattre. Zum Ende des Schuljahres werden wir eine kleine Ausstellung präsentieren.« Sandrine Mugler wandte sich wieder Mathilde und Rachid zu.

»Furchtbare Zeiten. Zuerst Patricia, und jetzt hat es auch noch den armen Adrien erwischt. *Mon Dieu*, was sage ich da. Erwischt. Kein schönes Wort. Als hätte eine Katze eine Maus erwischt.« Hilflos hob sie die Arme. »Was plappere ich nur für ein dummes Zeug. Darf ich Ihnen ein Wasser anbieten?«

Die beiden Ermittler nickten dankbar, und Madame Mugler goss drei Gläser voll, nicht ohne sie vorher gegens Licht zu halten.

»Sie würden nicht glauben, wie oft meine Schüler ihre Pinsel in meinen Trinkgläsern säubern.« Sie stellte zwei Gläser auf einen breiten halbhohen Schrank mit vielen niedrigen Schubladen.

Mathilde griff sich ein Glas und inspizierte verstohlen dessen Boden. War da nicht doch eine Spur von Zinnoberrot zu sehen?

»Entschuldigen Sie bitte, wenn ich etwas unkonzentriert auf Sie wirke, aber diese Morde nehmen uns alle sehr mit. Ich bin froh, wenn das Schuljahr endlich zu Ende ist.« Sie leerte ihr Glas in einem Zug und sah abwartend zu Mathilde und Rachid.

»Das verstehen wir, Madame Mugler, und wir arbeiten daran, die beiden Verbrechen so schnell wie möglich aufzuklären. Dabei sind wir auf die Hilfe aller in dieser Schule angewiesen. Wie gut kannten Sie Adrien Bonhomme?«, leitete Rachid das Gespräch ein.

»Wir haben uns gut verstanden. Er war ein Kollege, mit dem man wirklich lachen konnte, witzig, eloquent. Allerdings war er auch sehr von sich überzeugt, aber nicht in einer unangenehmen Art. Und er hat sich sehr für Kunst interessiert. Deswegen hatte ich ihn auch gefragt, ob er Lust hätte, mich zu einer Vernissage eines lieben Freundes zu begleiten. Adrien hatte aber schon etwas vor.« Sie füllte ihr Glas nach und stellte es auf einem Hocker ab. »Es ist unfassbar, als wir in der Galerie mit einem Glas Champagner angestoßen haben, ist er gestorben.« Ungläubig starrte sie Rachid an. »Barrois sagte uns, es sei zwischen elf und zwölf passiert. Wäre er mit mir gekommen, würde er vielleicht noch leben. Und der Tod Patricias, ich kann es immer noch nicht glauben. Sie hatte ihr Leben doch noch vor sich. Adrien natürlich auch«, fügte sie hinzu. »Aber bei so einem jungen Menschen geht es einem noch näher. Dieser sinnlose Mord. Haben Sie schon eine Idee? Hängen die beiden Taten etwa miteinander zusammen?«

Mathilde und Rachid blieben eine Antwort schuldig, und nach kurzem Zögern fuhr Sandrine Mugler mit ihren Überlegungen fort. »Zwei so unterschiedliche Opfer, ein junges Mädchen, ein Mann in den besten Jahren. Wo bitte ist da der Zusammenhang? Aber das ist Ihr Metier, diese Frage zu beantworten, nicht wahr?«

»Wir versuchen es.« Mathildes Stimme war sanft. »Madame Mugler, Sie haben Patricia Hector Privatunterricht gegeben. Sind Sie sich dabei nähergekommen, hat sich Patricia Ihnen in irgendeiner Form anvertraut? Ich könnte mir vorstellen, dass es ein sehr intensiver Prozess ist, einer Schülerin, die bisher nicht gerade durch künstlerisches Talent aufgefallen ist, nun wie soll ich sagen, die Seele der Kunst einhauchen zu wollen«.

Die Malerin lächelte. »Das haben Sie sehr schön ausgedrückt, Madame de Boncourt. Patricia ist auf mich zugekommen und hat mich gebeten, ihr beizubringen, wie man ein Pferd zeichnet. Ganz einfach so. ›Madame Mugler, wie zeichnet man ein Pferd? ‹ Sie war voller Eifer dabei, wir haben über Pferdezeichnungen Leonardo da Vincis gesessen, haben die wunderbaren Skizzen von Degas analysiert, sind hinausgefahren und haben uns ihre Pferde in natura angesehen, ihre Anatomie und die Bewegungen studiert. Und dann haben wir mit dem Einhauchen der Seele begonnen, Patricia war absolut offen dafür. Aber nur, wenn es um Pferde ging.« Sandrine Mugler schmunzelte, wurde aber sofort wieder ernst. »Und sie hat tatsächlich ein gewisses Talent erkennen lassen. Als ich ihr anbot, sich vielleicht noch anderen Themen zu widmen, hat sie allerdings vehement abgelehnt. Keine Zeit. Ich habe hier eine Zeichnung von ihr. Wollen Sie sie sehen?«

Ohne die Antwort abzuwarten, ging die Künstlerin zu dem Schrank, zog eine Schublade auf und kam mit einem Blatt zurück, das sie vorsichtig mit den Spitzen von Daumen und Zeigefinger hochhielt.

»Ein Pferd. Nicht mehr und nicht weniger. Aber schauen Sie nur, wie wunderbar Patricia das Auge getroffen hat. Sie hat all ihre Liebe zu dem Tier in dieses kleine Kunstwerk gelegt. Ich werde die Eltern bitten, ob ich es behalten darf.«

Wie einen kostbaren Gegenstand brachte sie das Blatt wieder zurück und legte es in den Schrank »Und nun zu Ihrer Frage. Nein, außer dem Wunsch, zu lernen ein Pferd zu zeichnen, gab es nichts. Sie hat mir kein Geheimnis, keine Sorgen anvertraut. Es tut mir leid, ich kann Ihnen da nicht weiterhelfen.« Sie schüttelte traurig den Kopf.

Mathilde schaute auf ihre Armbanduhr. Sie hatten noch ein paar Minuten bis zum Treffen mit Gisèle Dutronc.

»Madame Mugler, mein Neffe Arthur ist ein ganz großer Fan von Ihnen. Er wird wohl ab dem kommenden Schuljahr das Internat besuchen.«

»Wie nett. Dann ist Arthur also noch ein ganz junger Mann. Und interessiert sich bereits für die Kunst, das hat man selten.«

»Ja, er ist ein vielseitig interessiertes Bürschchen. Ich glaube, ich werde mit ihm eine Ihrer Ausstellungen besuchen. Wo finden wir Ihre Werke zurzeit?«

Sandrine Mugler goss sich noch ein Glas Wasser ein und nippte daran.

»Nun, ich stelle im Moment nicht mehr so viel aus. Die Arbeit an der Schule lässt mir leider weniger Zeit, als ich gehofft hatte, für meine Kunst noch abzweigen zu können. Und dieses halbe Schuljahr ist länger, als ich dachte.« Sie schmunzelte. »Aber wenn Sie und Arthur was Neueres sehen wollen, dann besuchen Sie doch das *Carré d'Art.*«

Das Museum für moderne Kunst, entworfen vom Stararchitekten Norman Foster, lag direkt gegenüber der antiken *Maison Carrée.* An der Stelle des Museums standen bis in die Achtzigerjahre die Reste des Theaters von Nîmes, eine Kolonnade auf ionischen Säulen, die unter großem Protest abgebrochen und bei der Autobahnraststätte Caissargues wiederaufgebaut worden war.

»Danke, das werden wir machen. Dürften wir uns vielleicht noch ein wenig im Atelier umschauen?«

Rachid stand bereits mit auf dem Rücken verschränkten Armen vor dem Werk eines jungen Künstlers.

»Gerne. Im Moment üben wir uns im Aktzeichnen. Da gibt es noch nicht so viel zu sehen. Aber an der Schnur hängen die Ergebnisse der Kinderporträts. Einige von ihnen sind sehr gelungen. Wir haben uns den Kopf Johannes des Täufers als Säugling von da Vinci als Vorbild genommen. Leonardo war der Erste, der es, meiner Meinung nach, geschafft hat, ein Baby auch wie ein Baby aussehen zu lassen und nicht wie einen Miniaturerwachsenen.«

Sandrine Mugler zeigte auf eine großformatige Fotografie eines pausbäckigen Kinderkopfes.

»Und das sind unsere Ergebnisse. Manche sehen, nun, etwas drollig aus, hier hat sich jemand besonders Mühe mit den kleinen Bäckchen gegeben. Ein richtiger kleiner Putto ist draus geworden.«

Mathilde und Rachid betrachteten bewundernd die Zeichnungen von Schülerhand.

»Bemerkenswert, was hier zu Papier gebracht wurde. Und das hier, ist das auch von einem Ihrer Schüler?« Mathilde zeigte auf ein Podest, auf dem der in Ton fein modellierte Kopf eines vielleicht fünfjährigen Kindes ruhte. Ob Junge oder Mädchen, vermochte Mathilde nicht zu sagen.

»Nein. Das ist von mir. Ich dachte, wenn wir noch genügend Zeit hätten, könnten wir uns noch an einem dreidimensionalen Köpfchen versuchen. Doch jetzt bin ich froh, wenn wir es bis zum Ende des Schuljahres schaffen, wenigstens die Grundzüge der Aktzeichnung zu verinnerlichen. Nun, wenn ich dann weiter nichts für Sie tun kann. Ich nehme an, Sie finden den Weg zurück zum Büro von Mademoiselle Delattre?«

Mathilde und Rachid verabschiedeten sich.

»Außer dass Patricia zeichnerisches Talent entwickelt hat, haben wir nichts erfahren«, resümierte Mathilde den Besuch im Atelier.

»Und jetzt liegen unsere Hoffnungen bei Madame Dutronc, glauben Sie?«

Mathilde nickte. »Mir geht ein Gedanke nicht aus dem Kopf. Madame Dutronc hat erwähnt, Patricia Hector habe seit Beginn des Schuljahres verändert gewirkt. Und dafür muss es einen Grund geben. Sie glaubt, der Anlass könne die Intensivierung ihrer sportlichen Aktivitäten gewesen sein. Vor dem Mädchen lag eine, wie wir wissen, erfolgreiche Karriere als Springreiterin. Wir sollten mit Madame Dutronc reden, sie soll noch einmal gründlich darüber nachdenken, ob es nicht doch noch einen weiteren Grund für Patricias verändertes Wesen geben könnte.«

Sie waren mittlerweile am Büro der Sekretärin angekommen. Die Tür stand einen Spalt offen, und aus dem Zimmer drang das leichte Geplauder von zwei Frauen. Mathilde klopfte und schob die Tür auf. Die Sekretärin und Madame Dutronc saßen bei einer Tasse Kaffee, und die Lehrerin begrüßte die beiden Ermittler mit einem Kopfnicken.

»Bin schon weg.« Sophie Delattre sprang auf. »Ich habe Ihnen einen bequemeren Stuhl hineingestellt. Auf dem Holzstühlchen sitzt man nämlich wie auf einem Armesünderbänklein. Dann bis später, Gisèle.« Sie lächelte der Lehrerin aufmunternd zu.

Gisèle Dutronc hatte den weißen Kittel, in dem man sie zuletzt gesehen hatte, gegen einen grünen getauscht, der sie wie eine

Chirurgin aussehen ließ. Abwartend saß sie auf ihrem Stuhl und rührte in ihrer Tasse.

Mathilde und Rachid setzten sich dazu.

»Madame Dutronc, als wir uns das letzte Mal gesprochen haben, sagten Sie, Sie hätten eine gewisse Veränderung im Wesen von Patricia Hector festgestellt. Überlegen Sie bitte noch einmal ganz genau. Was genau ist Ihnen aufgefallen?«

Mathildes Stimme klang eindringlich. Die Lehrerin schloss die Augen, zwei steile Falten bildeten sich auf ihrer Stirn. Sie biss sich auf die Lippen und antwortete nach einer Minute des intensiven Nachdenkens.

»Ich hätte mir ja keine Gedanken gemacht, wenn Sie mich nicht danach gefragt hätten. Und was heißt Veränderungen? Patricia wirkte mehr in sich gekehrt, vielleicht auch minimal weniger aufmerksam im Unterricht, etwas gedankenverloren. Dann schaute sie aus dem Fenster, und wenn ich sie ansprach, dauerte es ein paar Sekunden, bis sie reagierte. Ich habe dann gesagt: ›Sehen Sie sich gerade über ein Feld galoppieren? ‹ Dann lächelte sie und nickte. Und das ist öfter passiert. Aber ich glaube, das habe ich Ihnen schon erzählt. Diese geistige Abwesenheit hing mit ihrem Sport zusammen. Mehr Training, die Turniere und so. Ich kenn mich mit der Reiterei ja nicht aus. Aber es ist enorm zeitaufwendig. Dass sie da noch so gut in der Schule war und auch immer noch Zeit für ihre Freunde aufbrachte, war schon sehr bemerkenswert. Ja, Patricia war einfach ein bemerkenswertes Mädchen.«

Die Lehrerin hatte geredet, ohne Luft zu holen. Wie um das eben Gesagte zu bestätigen, tippte sie zweimal fest mit ihrem Zeigefinger auf den Schreibtisch.

Mathilde gab sich nicht so leicht geschlagen und hakte nach. »Madame Dutronc. Wir glauben, es steckt mehr dahinter. Bitte gehen Sie noch einmal in sich. Ist etwas in der Schule geschehen? Etwas, das Patricia beschäftigt haben könnte, ihr emotional zugesetzt hat?«

Gisèle Dutronc dachte nach, ihr Blick war konzentriert an die Zimmerdecke gerichtet. Ein plötzlicher Ruck ging durch sie, ihr

Kopf schnellte herum, und sie sah Mathilde und Rachid durchdringend an. Ihre Stimme war leise und nachdenklich.

»Das einzig Dramatische war der Tod von Michel Russo. Das ist jetzt ein Jahr her. Aber nein, warum sollte das Patricia emotional belastet haben? Sie kannte den Jungen doch kaum. Es war eine Tragödie, aber keine, in die Patricia involviert gewesen ist.«

Rachid zückte sein Notizbuch. »Michel Russo, sagten Sie. Was ist damals geschehen?«

»Ja, das war eine wirkliche Tragödie. Der Junge war zwei Klassen unter der von Patricia, aber ich glaube, nur ein Jahr jünger. Michel Russo war ein zarter Junge, und als er starb, war er noch nicht lange bei uns. Er hatte ein schwaches Herz, ein Geburtsfehler. Doch das wusste niemand. Weder die Familie noch wir. Und er hat alles mitgemacht, also im Sport. Rugby, Tennis, Laufen. Und dann ist es irgendwann für sein Herz zu viel geworden. Ein Mitschüler, mit dem er sich das Zimmer geteilt hat, Philibert Tessier, hat ihn am Morgen tot im Bett gefunden. Michel Russo ist im Schlaf gestorben. Schrecklich, ganz schrecklich, eine wirkliche Tragödie.« Gisèle Dutroncs Stimme zitterte verdächtig.

Mathilde kam das Foto, das bei Lucas auf dem Regal stand, in den Sinn. Der Junge hieß Michel. Und wie sagte Lucas? *Sein Herz ist plötzlich stehen geblieben.*

»Man hat die Leiche des Jungen sicherlich obduziert. Wissen Sie etwas über das Ergebnis, Madame Dutronc?«, wollte Rachid wissen.

»Ja, der Junge ist in Nîmes untersucht worden. Er hatte eine Aortenisthmusstenose. Ich hatte davon noch nie etwas gehört. Seitdem hat sich der Begriff bei mir im Kopf festgesetzt. Dadurch litt er unter Bluthochdruck. Gestorben ist er letztlich an einer Entzündung der Herzinnenhaut. Michel hat sich ein paar Tage vor seinem Tod körperlich überanstrengt, vielleicht kam auch noch die Aufregung wegen einer Klassenarbeit hinzu, ich weiß es nicht. Nun, er starb im Schlaf. Wir haben dann einen Kranz besorgt. Sehr schön, mit Sonnenblumen, vom Kollegium und den Schülern. Aber niemand von uns war bei der Beerdigung dabei. Die Familie hatte darum gebeten. Es sollte eine Beisetzung im engsten Kreis werden.

Ein Drama für die Eltern und alle, die den Jungen liebten. Wir hatten, als Michel zu uns kam, seinen Vater kennengelernt, ein sehr charmanter Mann.«

»Ich habe ein Foto von Michel Russo gesehen. Bei Lucas, dem Neffen des Gärtners. Lucas ist ein Freund von Sébastien. Er muss sehr an Michel gehangen haben, wenn er ein Bild mit Trauerflor von ihm aufgestellt hat.«

Erstaunt hielt Rachid in seiner Bewegung inne. Die beiden waren auf dem Weg zum Parkplatz.

»Sie wussten von der Tragödie?«

Mathilde errötete leicht. »Ja, nur habe ich zu diesem Zeitpunkt keinen Zusammenhang gesehen.«

»Vielleicht gibt es ihn auch nicht. Zwei Klassenstufen Unterschied. Und Madame Dutronc hat offenbar im Blick, wer zum Freundeskreis gehört. Sie sagte, als Florence und Samir an die Schule kamen, wurden sie gleich in Paul Grandmontagnes Clique, und damit auch in die von Patricia, aufgenommen. Nun, wenn wir davon ausgehen, dass Patricia Hector Michel Russo mehr oder weniger nicht gekannt hat, dann wird sein plötzlicher Tod wohl kaum der Grund für ihr Insichgekehrtsein gewesen sein. Oder?«

Die Untersuchungsrichterin nickte langsam. Sie biss sich auf die Lippe, und ihre Worte klangen nachdenklich.

»Sie haben wahrscheinlich recht. Doch wir sollten die Clique nach Michel und Patricia fragen. Vielleicht wissen die Freunde mehr als Madame Dutronc.«

»Welchen Eindruck hatten Sie von dem Jungen auf dem Foto, von Michel Russo?«

Mathilde musste nicht lange überlegen. »Er kam mir sehr zart vor, aber fröhlich, offen, lebensbejahend.« Sie zuckte mit den Achseln. »Nun, so wirkt es jedenfalls im Nachhinein auf mich.«

Auf der Rückfahrt versuchte Rachid vergeblich, Regis zu erreichen. Er hinterließ auf der Mailbox eine Nachricht mit der Bitte, herauszufinden, wer damals die Leiche des Jungen Michel Russo obduziert hatte, und ihm oder Mathilde Bescheid zu geben.

Dann fasste er das Ergebnis ihrer Befragungen an diesem Nachmittag zusammen.

»Dominique Gange können wir von unserer Liste der Verdächtigen streichen, und Patricia Hector hat sich Madame Mugler nicht anvertraut. Dafür haben wir Kenntnis von einem dritten Toten, der jedoch offensichtlich nichts mit unseren beiden Morden zu tun hat, denn der Junge starb aufgrund eines angeborenen Herzfehlers. Also werden wir, wie Sie vorgeschlagen haben, bei Paul und seinen Freunden nachhaken müssen, ob sich Patricia und Michel kannten. Wir sollten uns auch mit Philibert Tessier und Lucas unterhalten. Genau betrachtet haben wir drei Tote, einen Verdächtigen weniger und sind unserem Mörder keinen Schritt nähergekommen.«

Kapitel 30

Freitag und Samstag

Als Mathilde im Château de Boncourt ankam, duftete es in der Küche nach Zwiebeln, Knoblauch, Oliven und allerlei frischen Kräutern. Zielsicher marschierte sie zu dem schweren, gusseisernen Topf auf dem Herd, hob den Deckel und schnupperte.

Odile, die soeben mit einem Korb Kartoffeln aus dem Vorratsraum trat, wischte sich die Hände an ihrer Schürze ab und zog Mathilde spielerisch an ihrem Pferdeschwanz.

»*Bonsoir, ma petite.* Hungrig? Möchtest du die Soße kosten?«

»*Bonsoir,* Odile. Immer. Wieso nur führt mich mein erster Weg immer in die Küche?«

Ein freudiges Kläffen war zu hören, und die beiden Labradore Henri und Babou stürmten herein, wie immer in der Erwartung, dass Mathilde, wenn sie in der Küche auftauchte, ein Leckerchen für sie bereithielt. Sie setzten sich vor den Küchenschrank, klopften im Gleichtakt mit ihren Ruten auf den Boden und blickten aus erwartungsvollen Augen auf, dass sich die Schublade wie ein Sesam-öffne-dich herausschob und ihren köstlichen Inhalt preisgab. Mathilde ließ sich nicht lumpen, und die beiden Hunde verzogen sich mit zwei kleinen getrockneten Schweinsohren unter den Tisch.

Odile hielt ihr einen kleinen Löffel hin. Verzückt schloss Mathilde die Augen, als die Mischung aus Weißwein, Zitrone, Oliven und Tomaten, in der das Hähnchen badete, ihren Gaumen aufs Angenehmste kitzelte.

»Meinst du, dein *poulet corsaire* schmeckt kalt genauso köstlich? Und ob davon morgen etwas übrig bleibt?«

»Ich denke schon. Ich kann dir eine Portion abzweigen, die kannst du dann mitnehmen. So verhungerst du mir wenigstens nicht oder kommst noch auf die absurde Idee, Fertigpizza zu horten. Apropos verhungern. Wenn du möchtest, stelle ich dir ein paar Vorräte zusammen, ich weiß ja um den trostlosen Inhalt deines Kühlschranks.«

Mahnend hob Odile ihren hölzernen Kochlöffel und richtete ihn wie eine Waffe auf Mathilde. »Aber warum fragst du wegen des Hähnchens?«

»Ich werde morgen ein Picknick machen. Und dazu brauche ich noch einige Köstlichkeiten von dir.« Mathilde strahlte übers ganze Gesicht.

»Mit wem?«

»Sei nicht so neugierig.«

»So, wie du strahlst, ist es ganz sicher kein Ausflug mit Vivienne oder deinem Großvater. Martin?«

Mathilde schüttelte den Kopf.

»Doch nicht etwa mit diesem Tunichtgut Dominique?«

»Ach was, Odile. Das Thema ist erledigt. Nein, Rachid hat mich eingeladen, seinen Vater zu besuchen, und im Anschluss wollen wir ein Picknick machen. Er hat nur nicht verraten, wo.«

Mit dieser Nachricht hatte sie Odile in hellste Aufregung versetzt.

Am nächsten Morgen stand Mathilde frisch geduscht und in Jeans und ärmelloser Bluse in der Küche. Ihre noch feuchten Haare hatte sie mit einem dunkelgrünen Reif gebändigt. Der alte Picknickkorb aus geflochtenen Weinranken, der die Familie schon seit ewigen Zeiten begleitete, stand auf dem großen Refektoriumstisch, Teller, Besteck, Gläser – aus Glas, das musste sein – waren schon sicher verstaut. Odile hatte das Hähnchen in eine Dose mit Deckel verpackt. Es wartete mit hart gekochten Eiern, eingelegten Tomaten und salzigen Oliven im Kühlschrank, um zusammen mit einem kühlen Weißwein und einer Flasche Wasser in den Korb zu wandern. Mathilde trällerte einen Schlager vor sich hin, der zurzeit auf jedem Sender lief.

»Mathilde?«

»Ja? Odile, sag, kann ich dieses Stück Roquefort auch einpacken?«

»Mathilde, Telefon, es ist der Commandant.«

Wieso Telefon? Ach, sie hatte ihr Handy noch in ihrem Zimmer liegen. Daher der Anruf auf dem Festnetz. Wahrscheinlich wurde es bei ihm etwas später. Und Rachid wusste, wie ungeduldig Mathilde werden konnte.

»Sag ihm, ich brauche auch noch ein wenig. Er kann sich ruhig Zeit lassen.«

Erst als Odile neben ihr stand und ihr das Telefon in die Hand drückte, nahm sie deren besorgtes Gesicht wahr. »Der Vater des Commandant«, flüsterte sie.

Erschrocken nahm Mathilde das Telefon entgegen. »Rachid? Was ist passiert?« Sie lauschte eine Minute. »Ja, natürlich. Es tut mir so leid. Gute Besserung, er soll ganz schnell wieder auf die Beine kommen. *Au revoir.*«

Sie fing den fragenden Blick Odiles auf.

»Rachids Vater hatte in der Nacht einen leichten Herzinfarkt. Gott sei Dank hat er nicht den Helden gespielt, der sich sagt, wird schon nichts sein. Monsieur Bouraada hat zuerst seine Nachbarin angerufen, die hat kurzerhand die SAMU* alarmiert, und zwanzig Minuten später war er im Hospital. Es ist nichts Dramatisches, aber Rachid will natürlich heute bei seinem Vater sein.«

Sie seufzte und klappte den Deckel des Picknickkorbes wieder auf. Doch dann hatte sie eine Idee.

Keine Stunde später saß Mathilde mit ihrem Cousin Sébastien in ihrem Peugeot-Cabrio und fuhr rasant die von Pinien und Zypressen gesäumte Allee vom Schloss zur Straße. Vivienne hatte nichts gegen den spontanen Ausflug ihres Sohnes einzuwenden gehabt.

»Wo fahren wir hin?«

Sébastien liebte die Unternehmungen mit Mathilde. Ob es ein Büchermarkt war, auf dem er eines seiner geliebten *bandes dessinées* – Asterix und Obelix waren immer noch seine Favoriten – kaufen

* Service d'Aide Médicale Urgente: Rettungsdienst

konnte, ein Kinobesuch oder ein *course camarguaise*, mit ihr machte es ihm am meisten Spaß.

»Das ist eine Überraschung.«

Sébastien gab natürlich keine Ruhe, bohrte nach und löcherte sie unaufhörlich mit Fragen. Wie, was, wer, wann. Doch Mathilde schwieg eisern. Seine Aufregung wuchs, und endlich steuerte sie ihren Wagen auf den Parkplatz von *Château des Cigales*.

»*Ouah*, noch ein Schloss! Mathilde, ist es größer als unseres?«

»Ja, ich glaube schon. Hopp, steig aus, wir wollen jemanden überraschen.«

Sie gingen geradewegs zum Haus des Gärtners. Ob sie vorher hätte anrufen sollen? Vielleicht war Lucas überhaupt nicht da. Aber dann wäre es auch keine Überraschung für den jungen Mann gewesen, der solche spontanen Abenteuer ganz sicher genauso liebte wie Sébastien.

Tatsächlich saß er vor dem Haus auf einer Gartenbank, den Kopf konzentriert über ein Buch gebeugt.

»Lucas!«

Der junge Mann sprang auf, rannte auf Sébastien zu und umarmte ihn stürmisch. Die beiden stimmten in ihrer Wiedersehensfreude ein wahres Wolfsgeheul an, das umgehend Lucas' Onkel mit besorgter Miene aus dem Haus trieb.

»Was ist denn hier los?«

Die Besorgnis in seinem Gesicht wich einem verschmitzten Lächeln. Mathilde begrüßte den Gärtner und versuchte, sich gegen das Freudengeheul Gehör zu verschaffen.

»*Bonjour*, Monsieur Flandin, bitte entschuldigen Sie den Überfall an Ihrem wahrscheinlich freien Samstag. Ich, das heißt Sébastien und ich, wollen Ihren Neffen zu einem spontanen Ausflug mit Picknick einladen. Sie haben doch hoffentlich nichts dagegen? Ich wollte mit den beiden zur *Clos Gaillard*.«

»Aber nein, wie könnte ich. Eine wunderbare Idee. Eigentlich hatte ich vor, Lucas am Mittag für das Wochenende nach Nîmes zu seinen Freunden zu fahren, aber ich glaube, dieser Ausflug mit Sébastien ist für ihn der Hit des Tages, nicht wahr, Lucas?«

»Der Hit des Tages, der Hit des Tages.« Lachend sprangen die beiden Freunde umeinander herum.

Eine Viertelstunde später waren sie auf dem Weg zum *Clos Gaillard*, einem großen Park vor den Toren von Nîmes. Raoul Flandin hatte Lucas noch ein Pflanzenbuch zugesteckt, damit sie auch alles zuordnen konnten, was sie in der Botanik entdeckten.

Mathilde stellte das Cabrio auf dem großen Parkplatz ab und erteilte ihre Anweisungen.

»Sébastien, nimmst du bitte den Korb. Und Lucas, du die Decken. Das hier ist der *Clos Gaillard*, ihr werdet sehen, das ist ein ganz besonderer Park. Ich hab mir überlegt, wir machen einen kleinen Spaziergang. Für dich, Lucas, gibt es sehr viele Pflanzen zu entdecken. Aber bitte keine abbrechen oder herausreißen.«

Der junge Mann reagierte empört. »Das würde ich doch nie machen. Ich nehme mir nur die Pflanzen und Blumen, die sowieso rumliegen. Ich bring sie doch nicht um.«

Mathilde lächelte. Wie hatte sie es nur wagen können, so etwas zu sagen.

Der *Clos Gaillard* war eine ausgedehnte Grünanlage von mehreren Hundert Hektar, ein Ort, der bereits in der Jungsteinzeit besiedelt gewesen war. Vor mehreren Jahrzehnten hatte die Stadt Nîmes das gesamte Areal in einen riesigen Park verwandeln lassen, in dem man spazieren und picknicken und sich zugleich über Natur und Naturschutz informieren konnte. In diesem Stadtpark gab es auf verhältnismäßig kleinem Raum das zu entdecken, was die Natur der gesamten Region ausmachte. *Garrigue*, *Clapas*, eine Form des Trockenmauerbaus, die *Capitelles*, kleine, meist runde Behausungen aus Trockenmauern, oder *Masets*, die rechteckig waren und ein Zimmer besaßen. An diesem Ort waren so eine ganze Reihe typischer überkommener Traditionen des Languedoc vereint. Hier wuchsen Mandelbäume, Oliven, Feigen und Apfelbäume, und ein Bienenstand informierte die Besucher über das Leben ihrer kleinen Bewohner.

Eine der *Capitelles* stand isoliert und trug den Namen *La grande seule*. Dort sollte das Picknick stattfinden. Sébastien und Lucas alberten herum, brachen in lautes und fröhliches Lachen aus. Mathilde behielt die beiden im Auge, konnte jedoch nicht verhindern, dass Sébastien für einen Augenblick nicht auf den Weg achtete und ein älteres Paar anrempelte. Er entschuldigte sich sofort, und die beiden jungen Männer zogen weiter.

Indigniert blieb das Paar stehen und schaute ihnen kopfschüttelnd nach. Mathilde verlangsamte ihren Schritt. Da kam doch garantiert noch ein unangemessener Kommentar. Und sie behielt recht.

»So ein Unglück, gleich zwei von der Sorte. Sie können einem aber wirklich leidtun«, meinte die Frau mit einem mitleidigen Lächeln in Richtung Mathilde.

Kurz überlegte sie, welche Antwort am besten zu dieser blöden Bemerkung passen könnte. Doch wem nutzte das? Sie setzte ein ausgesprochen hochnäsiges Gesicht auf und stolzierte erhobenen Hauptes hinter Sébastien und Lucas her. Solche Leute waren es nicht wert, auch nur einen kostbaren Atemzug an sie zu verschwenden.

Im Schatten der *grande seule* breiteten sie die Decke aus. Sébastien und Lucas machten sich sofort über die immer noch herrlich kühle Zitronenlimonade her, die Odile noch dazugepackt hatte. Gerne hätte Mathilde jetzt ein Glas Wein getrunken, aber es wäre ihr bei der Hitze garantiert zu Kopf gestiegen, und mit den beiden jungen Männern an Bord wollte sie kein Risiko eingehen.

Von den Schätzen, die im Picknickkorb waren, blieb nichts übrig. Sie brachten den Müll in die Mülleimer am Wegesrand und verstauten das Geschirr und die Verpackungen im Korb. Mathilde streckte sich auf der Decke aus, während Sébastien und Lucas in ihrem Pflanzenbuch blätterten und versuchten, eine winzige Blume mit dunkelblauen Blütenblättern, die in der Nähe wuchs, zu bestimmen.

»Lucas?«

»Hmm?«

»Michel, der tote Junge, war doch dein Freund.«

Lucas nickte, ohne aufzusehen. Irgendwie kam sich Mathilde dabei schäbig vor, ihn auszufragen. Aber sie brauchte ein paar Antworten.

»Du warst sehr traurig, als er gestorben ist. Gab es noch jemanden, der traurig war? Noch einen Freund, eine Freundin?«

Mathilde glaubte schon, Lucas habe die Frage entweder nicht verstanden oder wollte nicht darauf antworten. Doch dann sah er plötzlich auf und strahlte übers ganze Gesicht.

»Ja, hatte er.«

Und wie ein Schatten legte sich eine tiefe Traurigkeit über seine eben noch so fröhlichen Züge. »Aber die Freundin ist auch tot. Raoul sagt, sie ist vom Pferd gefallen und gestorben. Das war Patricia. Ich hab sie nicht gut gekannt, aber Michel, der hat sie gemocht.«

Mathilde nickte unmerklich. Sie hatte es geahnt.

Zurück im Internat, setzte sie Lucas und Sébastien bei Lucas' Onkel ab, der den beiden versprach, noch ein wenig Fußball mit ihnen zu spielen.

Mathilde ging die Stufen zum Schloss hoch. Sie hatte Glück, die Tür war nur angelehnt. Sie schob das schwere Holzportal auf. Barrois würde sicher nicht begeistert sein, sie schon wieder zu sehen. Aber sie musste mit Philibert Tessier, Michels Zimmergenossen, reden. Sie hoffte, dass der Junge das Wochenende im Internat verbrachte.

Ihre Schritte klangen hohl in der leeren Vorhalle. Vereinzelt vernahm sie ein Lachen, ein Poltern. Ausgestorben war das Schloss zumindest nicht. Das Schrummen der Marseillaise erklang, der Klingelton ihres Handys. Es war Regis. Eine Kollegin hatte die Obduktion von Michel Russo vorgenommen, und er hatte sich umgehend die Unterlagen schicken lassen. Kein Zweifel, der Junge war aufgrund seines angeborenen Herzfehlers gestorben. Es gab keine Anzeichen für ein Fremdverschulden. Mathilde dankte dem Gerichtsmediziner und versprach ihm eine Flasche seines bevorzugten Rotweins. So brummig der Arzt auch war, so schnell und unkompliziert lieferte er seine Ergebnisse ab.

Nachdenklich steckte Mathilde ihr Handy ein. Kein Fremdverschulden. Michel war einsam in seinem Bett gestorben. Und Philibert hatte nichts gehört? Man starb doch nicht einfach so, lautlos, friedlich. Ein Keuchen, wenigstens schweres Atmen musste doch seine Nachtruhe unterbrochen haben. Und Patricia? Sie war tatsächlich mit Michel befreundet gewesen, wirkte nach dessen Tod in sich gekehrt.

Diese Clique hatte die Antworten auf ihre Fragen, da war sich Mathilde sicher. Sie hockten permanent aufeinander, da musste doch jemandem aufgefallen sein, dass Patricias Verhältnis zu Michel mehr gewesen war als nur ein kurzes Hallo auf dem Flur oder im Park.

Ihr Handy gab erneut die Töne der Nationalhymne zum Besten. Rachid. Endlich. Hoffentlich nicht mit einer Hiobsbotschaft. Doch der Commandant konnte Mathilde beruhigen. Sein Vater hatte eine Angina Pectoris, und es ging ihm schon wieder besser. Und den Ausflug würden sie nachholen, versprochen. Mathilde winkte ab, das habe doch nun keine Priorität. Erst musste Rachids Vater wieder auf die Beine kommen.

»Felix hat vorhin angerufen. Es gibt über Adrien Bonhomme nichts zu berichten, kein schwarzer Fleck auf dem Trikot. Bis auf die Verkehrsverstöße, nichts. Sein Trainer schildert ihn als untadeligen Sportsmann, beliebt bei seinen Trainingskollegen. Er hatte eine Art Dauerverlobte, eine Kanutin, die beiden lebten in einer lockeren Beziehung. Wenn er Interesse an jungen Mädchen gehabt haben sollte, so ist es ihm gelungen, es absolut geheim zu halten. Mehr als die vier Hefte in der Truhe und das vage Gefühl von Tatiana Sorokina haben wir nicht.«

Mathilde seufzte resigniert. »Es wäre auch zu schön gewesen, wenigstens einen konkreten Ansatz zu haben. Also fischen wir weiterhin im Trüben. Regis hat sich übrigens gemeldet. Es gibt keinen Zweifel, Michel Russo ist aufgrund seines angeborenen Herzfehlers gestorben. Keine Fremdeinwirkung. Allerdings habe ich Neuigkeiten zu Patricia Hector. Es gibt eine Verbindung zwischen Michel Russo und ihr. Die beiden waren befreundet. Und sein Tod fällt zeitlich zusammen mit ihrer Wesensveränderung. Von wegen die zukünftige Reiterkarriere, die sie nachdenklich werden ließ. Das Mädchen war einfach erledigt, der Tod eines guten Freundes hat sie umgetrieben. Ich werde heute noch mit Philibert Tessier sprechen. Irgendetwas stimmt hier nicht. Die Frage ist nur, was. Ich rufe Sie später wieder an. Und grüßen Sie bitte Ihren Vater von mir. Es ist wunderbar, dass es ihm wieder besser geht.«

In der Tat war Barrois nicht wirklich über ihr neuerliches Auftauchen erfreut. Die Störung des Unterrichts, musste das denn sein? Mathilde zeigte sich erstaunt. Unterricht am frühen Samstagnachmittag? Aber ja, im Gegensatz zu den öffentlichen Schulen würde im Internat auch samstags in den drei höheren Klassenstufen der Lehrstoff vermittelt, und es behage ihm nun überhaupt nicht, betonte Barrois ein ums andere Mal, dass die jungen Leute schon wieder davon abgehalten wurden. Mathilde beruhigte ihn. Sie wolle heute nur mit Philibert Tessier sprechen. Von der Befragung Paul Grandmontagnes und seiner Clique in naher Zukunft sagte sie nichts, denn schon jetzt schien der Direktor am Ende seiner Kräfte angelangt zu sein.

Barrois seufzte tief und schwer. »Na gut. Warten Sie bitte in meinem Büro, ich gebe Mademoiselle Delattre Bescheid. Philibert hat jetzt, glaube ich, Sportunterricht. *Mon Dieu*, wie soll ich das in der kurzen Zeit nur hinbekommen. Bonhomme tot. Er war ja nicht nur ein Ass im Kanusport, er hat es schließlich auch geschafft, seine Schülerinnen und Schüler für den theoretischen Teil im Sport zu sensibilisieren. Schließlich wird in diesem Jahr erstmals nicht nur die sportliche Leistung bewertet, sondern es wird eine schriftliche Prüfung abgelegt. Himmel hilf, wie finde ich nur so schnell einen Ersatz? Nun, das ist ja nicht Ihr Problem, Madame le Juge. Ich werde dann mal Philibert aufspüren lassen. Sophie, Sophie, wo stecken Sie denn schon wieder?«

Er ließ Mathilde in seinem Büro zurück, um Minuten später mit abgehetztem Gesichtsausdruck wiederaufzutauchen.

»Um alles muss man sich selber kümmern. Tessier ist gleich da. Kein Sport, Biologie. Er hält gerade ein Referat. Ist aber fast fertig.« Die Sätze kamen abgehackt, und nach jedem Satz musste Barrois tief Luft holen.

Er ließ sich in seinen Sessel fallen und zog ein Taschentuch aus seiner Jackentasche, mit dem er sich über die Stirn fuhr. »Sport. Das Fach treibt mich noch in den Wahnsinn. Ein Lehrer auf Klassenfahrt in Madrid, kommt erst Ende der Woche wieder, eine Lehrkraft schwanger, eine tot. Jerôme hat genug mit den jüngeren Schülern zu tun. Womit habe ich das verdient? Keine Ahnung, wo ich so schnell einen Ersatz für Bonhomme herbekomme.«

Die Verzweiflung in seiner Stimme wuchs mit jedem Wort. In Mathildes Kopf glomm der Funke einer Idee auf, die in kürzester Zeit Gestalt annahm. Der Direktor brauchte einen Ersatz? *Voilà,* sie würde ihn liefern.

»Monsieur Barrois, ich hätte eine Lösung für Ihr Problem. Nur brauche ich dazu Ihre Zustimmung.« Sie hatte sich in Sekundenschnelle alles genau überlegt. Zeigte sich der Direktor einverstanden, war es für beide Seiten, wie sagte man doch so schön, eine Win-win-Situation.

Im Gesicht des Direktors spiegelten sich in schneller Folge Misstrauen, Neugierde, Hoffnung. Abwartend saß er in seinem Sessel, allerdings nun nicht mehr wie ein Häufchen Elend, sondern gespannt wie eine Katze, bevor sie zum Sprung ansetzte.

»Monsieur Barrois, die Gruppe um Paul Grandmontagne war eng mit Patricia Hector befreundet. Von Madame Dutronc wissen wir, dass sich das Mädchen vor ziemlich genau einem Jahr in seinem Wesen verändert hat. Diese Veränderung fällt zeitlich zusammen mit dem Tod von Michel Russo. Wir wissen mittlerweile, dass die beiden jungen Leute eine Freundschaft verband, von der bis jetzt noch nie die Rede war. Auch nicht bei denjenigen, die sich Patricia eng verbunden fühlten und sie kannten. Mit ihnen müssen wir sprechen. Wir könnten natürlich jede und jeden einzeln wieder in die Mangel nehmen.«

Bei den Worten *in die Mangel nehmen*, zuckte der Direktor, wie Mathilde es erwartet hatte, zusammen.

»Madame le Juge. Sie wissen um den gesellschaftlichen Hintergrund dieser Schüler. Aber ich kann Ihnen bis jetzt nicht ganz folgen. Wo bleibt die Lösung meines Problems?«

»Monsieur le Directeur. Ich weiß, welchen Status die jungen

Leute genießen, und uns ist auch bewusst, dass Ihre Schule zurzeit unter der Beobachtung vieler besorgter Eltern steht.«

Mathilde legte eine Kunstpause ein. Mit dem, was sie jetzt vorschlug, lehnte sie sich ganz schön weit aus dem Fenster.

»Monsieur Barrois, Ihnen fehlt ein Lehrer. Wenn ich Sie richtig verstanden habe, wird es schwierig werden, in absehbarer Zeit einen Ersatz für Adrien Bonhomme zu finden. Ich habe folgende Idee: Eine unserer Polizistinnen ist eine hervorragende Sportlerin. Sie ist auf den wildesten Gewässern zu Hause …«, hoffte Mathilde zumindest, »… sie klettert, läuft und ist zudem eine ausgewiesene Kriminalistin. Coralie Mollard könnte Bonhommes Aufgaben für die nächsten Tage übernehmen und die Klasse auf ihr Sportabitur vorbereiten, bis Sie eine adäquate Kraft gefunden haben. Monsieur Bonhomme hat auf seinem Computer einen gut strukturierten Lehrplan hinterlassen, den Brigadier Mollard übernehmen kann. Sie ist im Übrigen eine junge Frau, die sich hervorragend in die menschliche Psyche hineinversetzen kann. Sie kann uns behilflich sein, Sie und Ihre Schule von dem Schatten, der über ihr liegt, zu befreien.«

Mathilde hatte in Windeseile die nächsten Schritte ihres Plans durchdacht. Der SIAT* war eine Nummer zu groß für diesen Einsatz. Dessen Agenten, die in kriminelle Netze eingeschleust wurden, waren knallharte Burschen, die in einem Eliteinternat unter Teenagern fehl am Platz waren. Hier musste diffizil vorgegangen werden, und dafür war Coco Mollard genau die richtige Person. Sie könnte es vielleicht schaffen, in kürzester Zeit das Vertrauen der Cliquenmitglieder zu gewinnen und an die notwendigen Informationen heranzukommen. Die junge Beamtin musste sich lediglich auf fünf Punkte konzentrieren. Was hatte zu Patricias Veränderung geführt? War es der Tod von Michel Russo? Was wusste die Clique darüber? Gaben die Antworten auf diese drei Fragen einen Hinweis darauf, warum und von wem Patricia Hector ermordet worden

* Service interministériel d'assistance technique. Hier agieren Mitarbeiter der Polizei, des Militärs und des Zolls, die bei Bedarf in kriminelle Netze eingeschleust werden.

war? Und wie passte die Ermordung Adrien Bonhommes ins Bild? Kurzum, Brigadier Mollard sollte so schnell wie möglich das Rätsel lösen, etwas, das Mathilde, Rachid und Felix bisher nicht gelungen war. Ein bisschen viel verlangt, oder? Vielleicht, aber es war möglich.

Sie wartete ab, wie der Direktor reagieren würde. Sein zuletzt von leiser Hoffnung geprägter Gesichtsausdruck wich einem Verstehen. Er nickte. Ein Lichtstreif am Horizont wurde für ihn und seine Schule sichtbar.

»Sie meinen so etwas wie eine Profilerin. Ich verstehe. Und dazu in der Lage, die Lücke, die Adrien Bonhomme hinterlassen hat, wenigstens zeitweilig zu schließen. Aber eine Kriminalistin, eine Profilerin ist dazu da – wie sagten Sie? –, sich in die menschliche Natur hineinzuversetzen, in die Psyche, und soll dort womöglich auch etwas entdecken.«

Sein Gesicht verdunkelte sich wieder. Der Lichtstreif war so schnell verschwunden, wie er gekommen war.

»Soll das bedeuten, Sie haben den Verdacht, mit Paul und seinen Freunden stimmt irgendetwas nicht? Verdächtigen Sie ihn etwa, oder sonst wen aus der Clique?«

Mathilde wägte ihre Worte sorgsam ab.

»Ich bin ganz offen zu Ihnen. Wir verdächtigen niemanden, doch die jungen Leute verheimlichen irgendetwas. Diesen Verdacht hegen wir nicht erst, seitdem wir von der Freundschaft zwischen Patricia Hector und Michel Russo wissen. Und Brigadier Mollard soll herausfinden, was das ist.«

»Ich kann Ihnen nicht ganz folgen, Madame le Juge. Was hat das eine mit dem anderen zu tun? Warum sollen die beiden nicht befreundet gewesen sein? Aber wie dem auch sei. Grundsätzlich wäre ich froh, den Sportunterricht weiter anbieten zu können. Doch mir ist, je länger ich darüber nachdenke, nicht sehr wohl bei dem Gedanken, eine Ihrer Spezialagentinnen hier zu haben. Wenn das rauskommt, nicht auszudenken.«

Spezialagentin. Insgeheim musste Mathilde lächeln. Aber nur sehr kurz, denn auch ihr verursachte ihr eigener Plan Magenschmerzen. Sie dachte kurz nach und bot Barrois einen Kompromiss an.

Coco Mollard undercover in der Schule agieren zu lassen, sollte die Ultima Ratio sein, ein letzter Versuch, wenn es denn die einzige Möglichkeit wäre, in die Gruppe vorzudringen.

»Monsieur le Directeur, ich schlage vor, jemand aus meinem Team und ich werden morgen noch einmal mit Paul Grandmontagne und seinen Freunden sprechen. Vielleicht zeigen sie sich endlich kooperativ. Ich weiß, morgen ist Sonntag, aber Paul und die anderen sind da?«

Barrois nickte gottergeben

»Sollte das nicht funktionieren, wird Brigadier Mollard am Montag mit ihrer Arbeit beginnen.«

»Geht das denn so einfach und auch so schnell?«, fragte Barrois skeptisch.

»Lassen Sie das ruhig meine Sorge sein. Sie sind also damit einverstanden?«

»Was bleibt mir übrig? Also tun Sie, was Sie für richtig halten, Madame le Juge. Wo bleibt denn nur dieser Philibert?«

Kaum hatte er die Worte ausgesprochen, klopfte es an der Tür, und Sophie Delattre schob einen dicklichen Jungen von etwa sechzehn Jahren in das Büro des Schulleiters.

Mathilde erhob sich, um den sichtlich eingeschüchterten Jungen zu begrüßen. Was hatte die Sekretärin ihm denn nur erzählt, dass er jetzt vor ihr stand wie das personifizierte schlechte Gewissen?

»Philibert, ich darf Sie doch Philibert nennen? Ein außergewöhnlicher Name, nicht wahr?«

Der Junge wurde rot, und die Pickel, die sein Gesicht verunzierten, glühten förmlich auf.

»Mein Vater ist Architekt und ein glühender Verehrer der Baumeister der französischen Renaissance. Er sagt, was die gebaut haben, ist für die Ewigkeit. Im Gegensatz zu dem Schrott, der heute so produziert wird. Und Philibert Delorme ist sein ganz großer Favorit. Wenn es nach meinem Vater ginge, sollte ich in ein paar Jahren in der Lage sein, Delormes *Palais de Tuileries* wiederaufzubauen.«

Mathilde musste lachen. Der Junge gefiel ihr, er hatte Witz und Verstand und, wie ihr schien, auch Herz.

»Philibert, es geht um Michel Russo.«

Erstaunt zog der Junge die Augenbrauen hoch.

»Wie, um Michel? Ich dachte, Sie kommen wegen des Mädchens oder Monsieur Bonhomme. Ich wüsste, ehrlich gesagt, auch nicht, was Sie wegen dieser Morde gerade von mir erfahren könnten. Aber Michel ist doch nicht ermordet worden. Oder etwa doch?« Er riss die Augen auf.

»Keine Sorge, Philibert, wir gehen von einem natürlichen Tod aus. Hast du eine Ahnung, ob Michel Patricia Hector kannte? Ob er mit ihr befreundet war?«

Philiberts Pusteln schienen sich vermehrt zu haben. Sein ganzes Gesicht glühte wie von roter Farbe übergossen. Mit fester Stimme antwortete er: »Nein, das kann ich mir nicht vorstellen, das hätte ich doch mitbekommen. Er war zwar nur ein paar Monate hier im Internat, aber wir hatten uns trotzdem ganz gut angefreundet. Nein, ich hätte das gemerkt. Allerdings …« Philibert zögerte.

»Allerdings …?«

»Allerdings war er ein paar Tage bevor er starb irgendwie komisch.«

Barrois schlug mit der Faust so fest auf seinen Schreibtisch, dass ein paar Büroklammern aus einer kleinen Porzellanschale hüpften. »Tessier, was soll das denn jetzt heißen?«

Der Junge war erschrocken zusammengefahren.

»Nichts, Monsieur le Directeur. Ich hatte nur den Eindruck, dass er irgendwie geheimnisvoll getan hat. Das war's. Ich hab nicht mal nachgefragt. Wenn er mir was hätte erzählen wollen, hätte er's ja wohl gemacht. Ich war schließlich sein Freund. Vielleicht war das ja sein Geheimnis, dass er in diese Patricia verliebt war. Und vielleicht benahm er sich deswegen manchmal so merkwürdig. Woher soll ich das wissen«, maulte der Junge störrisch.

»Philibert.« Mathildes Stimme klang sanft, aber eindringlich. »Bitte versuchen Sie sich an die Nacht zu erinnern, in der Michel starb. Gab es irgendetwas, was Sie heute, wenn Sie darüber nachdenken, als außergewöhnlich empfinden würden?«

»Hören Sie, da habe ich mir wochenlang den Kopf drüber zerbrochen. Ob ich irgendwas gehört oder gespürt habe. Da war nichts. Wir haben uns in unsere Betten gelegt, und am nächsten Morgen war Michel tot.«

»Danke, Philibert. Ich habe nur noch eine letzte Frage. Können Sie sich vorstellen, dass Michel sich, abgesehen von anstrengenden Sportaktivitäten, die sein Herz nicht verkraftet hätte, über irgendetwas furchtbar aufgeregt hat? Auch Stress, Ärger, Angst oder eben Aufregung können einem kranken Herzen Schaden zufügen. Etwas in dieser Richtung muss nicht am selben Tag passiert sein. Vielleicht am Tag zuvor oder noch früher?«

Der Junge kratzte sich am Kopf und dachte nach.

»Vielleicht die Sache mit dem *boudin*. Das hat ihn echt fertiggemacht. Ich hab schon gedacht, der kotzt gleich auf den Tisch oder kippt womöglich aus den Latschen.«

»War Michel Vegetarier?«

»Ach Quatsch, Vegetarier. Der hätte eine ganze Lammkeule allein gefuttert. Keine Ahnung, was plötzlich los war. Er wurde ganz bleich und hat sich tierisch aufgeregt, als er die Blutwurst nur gerochen hat. Also, diese *boudin*, das war echt nicht sein Ding. Aber wer stirbt schon, wenn er ein Stück Blutwurst essen muss? Kein Mensch. War's das jetzt? Die nächste Stunde fängt gleich an.«

Barrois sah fragend zu Mathilde. Die nickte.

»Sie können dann gehen, Tessier.«

Philibert flitzte aus dem Büro, und Mathilde konnte sich lebhaft vorstellen, dass der Junge den Raum mit dem Gefühl verließ, gerade noch einmal der Inquisition entronnen zu sein.

»Nun, hat Ihnen Tessier weiterhelfen können? Was wollten Sie denn nun eigentlich von ihm hören?«

»Das weiß ich noch nicht, Monsieur le Directeur«, antwortete Mathilde ehrlich. Sie verabschiedete sich mit einem »Bis morgen«, ein Abschiedsgruß, den Barrois mit einem leidenden Augenaufschlag zurückgab. Als sie das Büro des Direktors verließ, hörte sie ihn noch murmeln: »Ich glaube, die Frau weiß selbst nicht so genau, wo das alles hinführen soll«, und sie gab ihm im Stillen recht.

Mathilde sammelte Sébastien wieder ein, der sich mit einer herzlichen Umarmung von Lucas und seinem Onkel trennte.

»Mathilde, das machen wir jetzt öfter. Lucas ist mein wirklich guter Freund«, verkündete ihr Cousin, als er neben ihr hertrabte und noch einmal zurückblickte. »Guck mal, ich glaub, die Frau will was von dir.«

Mathilde drehte sich um. Die Frau kam ihr bekannt vor, sie gehörte zum Personal des Internats.

»Madame le Juge, bitte warten Sie. Ich habe hier etwas, was Sie vielleicht interessiert.«

»Madame …?«

»Huguette, Huguette Lamarre. Ich leite die Schulbibliothek. Es ist furchtbar, aber ich habe mich erst heute endlich dazu durchringen können, den Handapparat von Patricia Hector aufzulösen. Sie hatte dort Bücher stehen, die sie für ein Referat in Französisch gebraucht hat. Und das hier habe ich in diesem Buch gefunden.«

Die Bibliothekarin hielt Mathilde ein Exemplar einer Biografie über Arthur Rimbaud von Pierre Petitfils vor die Nase.

»Und das lag drin. Wissen Sie, ich schüttle die Bücher immer aus, bevor ich sie zurückstelle. Die Kinder vergessen so oft etwas darin. Bis hin zu Liebesbriefen. Und dabei habe ich das hier gefunden. Vielleicht war es Patricia, die sich die Seite kopiert und vergessen hat, sie mitzunehmen.«

Mathilde nahm das Blatt entgegen, die Kopie einer Seite aus der Biografie mit einem Zitat Rimbauds. Drei Zeilen waren unterstrichen.

Laut las Mathilde vor:

»Ich! Ich, der sich Magier oder Engel genannt hat, losgesagt von jeder Moral, ich bin der Erde zurückgegeben, eine Pflicht zu suchen und die raue Wirklichkeit zu umarmen!«

Die Worte *Moral*, *Pflicht* und *raue Wirklichkeit* waren zusätzlich mit einem roten Stift fett umrahmt.

Kapitel 31

Samstag

Sabine war von der Idee begeistert gewesen, einen ganzen Tag in der pittoresken kleinen Stadt zu verbringen, und hatte einen Plan erstellt, was man in Tarascon besichtigen und wo man ein hervorragendes Essen einnehmen könne. Felix war leicht schwindelig geworden, als sie ihm ihre Ministädtetour präsentiert hatte. Doch mit dem Hinweis auf das Bistro und die Bäckerei, denen man einen Besuch zwischendurch abstatten würde, hatte Felix nichts mehr gegen ihr Wunschprogramm einzuwenden gehabt.

Treffpunkt war die *Tarasque*, die steinerne Figur eines menschenfressenden Ungeheuers, dessen Kopf menschliche Züge trug, während der Körper dem einer Schildkröte ähnelte, aus deren schuppigem Panzer sechs krallenbewehrte Drachenbeine den reptilienhaften Körper trugen.

Die beiden waren getrennt angereist und hatten tatsächlich auf dem Platz neben der Burg eine Parkmöglichkeit gefunden, von der es nur wenige Meter bis zur *Tarasque* waren, die auf einem Felsen neben der Flutmauer der Rhône thronte und aufmerksam zur Burg blickte. Nur einen Steinwurf entfernt lag die Kirche Sainte-Marthe, gewidmet der heiligen Martha, der Bezwingerin des Ungeheuers. Sie hatte es durch ihren Gesang gefügig gemacht, und es folgte der Heiligen wie ein Hund. Die aufgebrachten Bewohner Tarascons, unter denen die *Tarasque* zahlreiche Opfer gefunden hatte, erschlugen das unheimliche Wesen, obwohl Martha dies zu verhindern versucht hatte.

»Eigentlich tut es mir leid, dieses Untier. Wie King Kong, da hab ich echt geheult, als er getötet wurde«, meinte Sabine nachdenklich, nachdem sie Felix aus einem Reiseführer die Legende der *Tarasque* vorgelesen hatte.

Er schloss sie in die Arme. »Du hast eben ein gutes Herz, *mon cœur*«, sagte er und küsste sie. »Und nun, was hast du jetzt mit mir vor?«

Die junge Frau zog ihren Freund an beiden Händen vorbei an den Judasbäumen, deren üppige rosafarbene Blütenpracht man noch ahnen konnte, zum *Château de Tarascon*. Erbaut in den Jahren 1400 bis 1435 von den Grafen von Provence-Barcelona, zugleich Herzöge von Anjou, gehörte es zu den schönsten mittelalterlichen Schlössern in Frankreich. Hier residierte unter anderem König Réne, der wohl beliebteste Regent, den Frankreich jemals hatte. *Le bon roi*, der gute König, der seinen Altersruhesitz in Aix-en-Provence gefunden hatte, war nicht nur ein dichtender und malender Schöngeist gewesen, sondern er hatte die Gegend durch die Pflanzung von Maulbeerbäumen und die damit verbundene Zucht der Seidenraupen und durch die Verbesserung der Weine zu einer auch wirtschaftlich bedeutenden Region gemacht.

Felix, der durchaus an historischen und kulturellen Fakten interessiert war, ließ sich von Sabines Vortrag ins fünfzehnte Jahrhundert entführen. Doch ehe er sichs versah, landete er wieder in der Gegenwart.

»Hör zu. Vom 18. Jahrhundert bis 1926 diente das Schloss als Gefängnis. In der Zeit ist hier ganz schön was kaputtgegangen. Und jede Menge Graffiti gibt es drin zu sehen, die die Gefangenen hinterlassen haben. Aber sieh nur, wie wunderbar es wieder restauriert worden ist. Die Zinnen stammen übrigens aus der Zeit der Restaurierung. Wollen wir uns auch das Innere anschauen?«

Felix sah skeptisch auf seine Uhr. »Ich befürchte, das wird zu viel. Wenn ich mir so dein Programm betrachte.«

Das laute Grummeln seines Magens erinnerte ihn daran, dass es auch Zeit für ein zweites Frühstück war.

Liebevoll wuschelte Sabine ihm durch die Haare.

»Ich weiß, dein Wissenshunger möchte mehr erfahren, aber dein

Bauchhunger hat mal wieder die Regentschaft übernommen«, sagte sie mit einem fröhlichen Lachen.

Felix schloss sie fest in seine Arme. Nicht nur deswegen liebte er Sabine, wie er noch nie einen Menschen geliebt hatte.

»Wie wäre es mit einem Kompromiss. Ich informiere dich schnell über alles restliche Wissenswerte, gib mir dafür drei Minuten, und dann hast du dir ein Sandwich redlich verdient.«

Als wäre Sabine in Tarascon geboren, führte sie Felix anschließend durch die malerischen Gassen der Altstadt, vorbei an pastellfarbenen Häusern mit geschlossenen Fensterläden. An einem Antiquitätenladen hielt sie an, in dessen Schaufenster eine antik aussehende bemalte rote Schale auf einem samtbezogenen Podest stand. Sabine presste ihre Nase an die Scheibe.

»Fälschung«, sagte sie im Brustton der Überzeugung. »Soll wohl eine attische schwarzfigurige Kylix, eine Trinkschale, sein.«

Felix war voll Bewunderung, mit einem Blick entlarvte seine Freundin, die Archäologin, eine Fälschung.

»Du könntest glatt bei den Kollegen für Antikenfälschung in Paris anfangen.«

»Dann wäre ich aber ganz schön weit weg von dir. Und wer geht schon freiwillig nach Paris«, lächelte sie verschmitzt und zog Felix weiter bis zu einer *boulangerie*, die üppig belegte Brote anbot. Nachdem der erste Hunger gestillt war, ging es weiter, Worte und Sätze in Sprachen aus aller Welt summten um ihre Ohren. Und bis auf zwei Knirpse, die sich unwillig von ihren Eltern durch die Sträßchen zerren ließen, sahen sie nur in entspannte und fröhliche Gesichter von Menschen, die die schönsten Wochen des Jahres in der kleinen Stadt verbrachten.

»Und wo geht es jetzt hin?«

»Lass dich überraschen. Ich sage nur so viel: Du brauchst ein neues Hemd.«

Felix sah an sich herunter. Ein neues Hemd? Wenn Sabine meinte. Übermütig hüpfte sie vor ihm her, zog ihn durch die Rue Frédéric Mistral, benannt nach dem Dichter, Literaturnobelpreisträger und vor allem Bewahrer der provenzalischen Sprache, weiter zur Rue Louis Renard bis zur Rue Proudhon. Vor einem beeindruckenden Gebäude aus dem siebzehnten Jahrhundert hielt sie an.

»Tataa, das *Hôtel d'Ayminy*. Was sich wohl darin versteckt?«

Felix hatte zunächst keine Ahnung, doch der Schriftzug an der Mauer klärte ihn alsbald auf. *Souleïado*, die Textilmanufaktur, die hier inmitten der Altstadt eine Boutique und ein Museum in dem prachtvollen alten Stadtpalais beherbergte. Im Innenhof hingen Stoffbahnen wie Fahnen vor den Mauern, und einmal in der Boutique angekommen, war Sabine nicht mehr zu bremsen. Ein Kleid, ein Paar Shorts, zwei Blusen, eine Handtasche und ein geblümtes dunkelrotes Hemd für Felix, mit dem er auf einem Camarguepferd eine, wie Sabine befand, hervorragende Figur abgeben würde.

Bepackt mit mehreren Tüten, konnte Felix über ihre Ausdauer nur so staunen. Allein die Besichtigung des Stoffmuseums hatte ihm wenigstens zwei Blasen beschert. Zumindest hatte er den Eindruck, so sehr brannten seine Fußballen. Er war eindeutig nichts mehr gewohnt. Wie lange lag die letzte große Wanderung in den Cevennen zurück? Das musste im Oktober vergangenen Jahres gewesen sein. Ein Blick auf Sabines Füße ließ ihn jedoch mannhaft schweigen. In schicken Sandaletten mit einem Absatz von mindestens sechs Zentimetern schwebte sie durch die Gassen, kein bisschen müde und sprühend vor Lebenslust.

Sie schaute auf ihre Uhr. »Wir können unsere Einkäufe noch zu den Autos bringen. Und dann kommt der letzte Programmpunkt an die Reihe.«

Sabine hatte sich so viel Mühe für den heutigen Tag gegeben, und Felix würde nicht protestieren. Nein. Wenn Sabine sich noch etwas anschauen wollte, bitte. Zwar nagte bereits wieder der Hunger an ihm, doch seine Freundin so glücklich zu sehen war wichtiger. Er würde ihr folgen, auch wenn es seine Kraft und sein geschwächter Körper kaum noch zuließen. Leise seufzte er in sich hinein. Mit Schwung schlug Sabine ihre Autotür zu, verstaute das neue Hemd in Felix' Wagen und sah ihn aus treuen Augen an.

»Auf zum letzten Gefecht.«

Und zurück ging es in die Altstadt, vorbei an Sainte-Marthe

mit ihrem imposanten Glockenturm. An den Tischen der Restaurants und Bistros hatten sich mittlerweile hungrige Gäste eingefunden, die bereits vor einem Apéro saßen. Felix lief das Wasser im Munde zusammen, als er einen unauffälligen Blick auf einen der Speisevorschläge warf, die auf einer dunklen Tafel in schwungvoller Handschrift aufgelistet Appetit machten und zur Einkehr einladen sollten. Jetzt ein kühles, frisch gezapftes Bier, eine *pression*.

»Gleich hast du's geschafft.«

Und schon bog Sabine erneut ab. Links lag ein von Platanen gesäumter Parkplatz, rechts erhob sich der Bahndamm, über den eben ein Zug ratterte. *Nicht gerade die idyllischste Ecke von Tarascon,* dachte Felix bei sich. Welche Überraschung sich hier wohl verbergen mochte? Ein Schild auf der Straßenecke wies den Weg zur Police nationale, ganz sicher kein Ziel für den heutigen Abend. Doch was war das oberhalb des Hinweisschildes? Eine Bierreklame für ein deutsches Bier. Und in dem unscheinbaren Gebäude, an dessen Ecke das goldglänzende, verheißungsvolle Reklameding angebracht war, das Sabine nun zielstrebig ansteuerte, verbarg sich ein Restaurant. Köstliche Fleischdüfte strömten bis auf den Gehweg.

»Das, mein Schatz, habe ich für dich herausgesucht. Hier bekommst du das beste Stierfleisch weit und breit. Lass dich überraschen.«

Und die Überraschung gelang in jeder Hinsicht. Links neben dem Lokal verbarg sich ein Gartenteil zwischen hohen Mauern, in diesem *jardin clos* saß man fernab vom Lärm des Straßenverkehrs. Das Steak mit grünen Bohnen zerging auf der Zunge, und die *seiches à la plancha* ließen Sabine verzückt die Augen bei jedem Bissen schließen. Die Vinaigrette aus Olivenöl, Knoblauch, Petersilie und einem fruchtigen Weinessig begleitete den zarten Tintenfisch in perfekter Harmonie.

Ein traumhafter Tag neigte sich dem Ende zu, bis zwischen zwei Bissen einer göttlichen Zitronentarte mit einer Meringuehaube Felix' Handy klingelte. Madame le Juge, Mathilde de Boncourt.

Kapitel 32

Samstag und Sonntag

Mathilde hatte sich mehrfach bei Felix entschuldigt, ihn nicht nur während des Wochenendes zu stören, sondern ihn auch noch am nächsten Tag ins Internat scheuchen zu müssen. Das folgende Telefongespräch mit Rachid lag ihr besonders schwer im Magen. Wie würde er die Idee, Coralie einzuschleusen, aufnehmen?

Sie hörte ihm die Erleichterung an, als er vom Gesundheitszustand seines Vaters berichtete. Er sei stabil, seine Herzbeschwerden entsprächen einer Angina Pectoris von geringem Schweregrad, sein Vater hätte nur leichte Einschränkungen bei körperlichen Belastungen, aber trotzdem müsse er in Zukunft mehr auf sich achtgeben. Das Wochenende wolle er noch bei ihm bleiben, auch wenn der ihm schon mehrfach mitgeteilt habe, er solle bloß keinen Wind um ihn machen. Schließlich gäbe es ja noch Carla Brouni, die sich darum reißen würde, ihn zu umsorgen.

Mathilde kannte Carla Brouni – *Alles, was mich von der Frau des französischen Ex-Präsidenten unterscheidet, ist ein O* – vom Hörensagen. Sie schmunzelte bei der Vorstellung, wie Madame, die ein Auge auf Rachids Vater geworfen hatte, um ihn herumwuselte. Doch dann wurde sie ernst, berichtete Rachid von den neuesten Entwicklungen. Sie spürte, wie schwer es ihm fiel, die Ermittlungen auch nur für einen Tag aus der Hand zu geben. Nur ihr Plan, Coralie Mollard mit einzubeziehen, bereitete dem Commandant, wie erwartet, ein gewisses Unbehagen. Doch nach kurzem Zögern willigte er ein.

»Mathilde, Sie wissen, wir bewegen uns damit auf ganz dünnem

Eis. Brigadier Mollard als *haricot vert* einzuschleusen … Wir werden vorsichtshalber die zuständige Dienststelle erst am Dienstag darüber informieren, vielleicht ist der Einsatz des Brigadiers dann bereits beendet, und es braucht niemand etwas davon zu erfahren.«

Mathilde lachte. *Les haricots verts*, so wurden die Polizisten genannt, die als verdeckte Ermittler – undercover – eingesetzt wurden. Undercover – ein Wort, das für einen Franzosen nicht einfach auszusprechen war. Underco-ver hörte sich bei ihnen an wie *haricot vert* – grüne Bohne. Sie war erleichtert, als Rachid letztlich zustimmte.

Fehlte nur noch die Einwilligung von Coralie Mollard selbst. Die junge Polizistin hatte an der *Faculté de Droit et de Science politique* ihr Aufbaustudium der *Sciences criminelles* zur Kriminologin mit Erfolg abgeschlossen und arbeitete zurzeit in ihrem Heimatdorf Montauban-sur-Vidourle an der Seite ihres Chefs Dieudonné Borie. Die Ermittler aus Nîmes hatten die junge Beamtin im Jahr zuvor im Laufe der Ermittlungen in einem besonders verwickelten Fall kennen- und schätzen gelernt. Mathilde wusste, dass Coco Mollard nur darauf wartete, ihr Können und Wissen endlich einzusetzen. Und Strafzettel verteilen und Verkehrsumleitungen planen verlangten nun nicht gerade nach solchen Fähigkeiten. Vielleicht ergab sich dazu jetzt die Möglichkeit, und die junge *gardien-brigadier* der Ortspolizei in Montauban-sur-Vidourle würde den ersten Schritt nach oben auf der Karriereleiter machen können.

Mathilde und Coralie waren seit dem Fall um einen geheimnisvollen Orden in lockerem Kontakt geblieben, und so wunderte es die Polizistin nicht wirklich, als Mathilde sie am Samstagabend anrief. Nachdem sie sich nach Coralies Mutter und Dédé Borie, Cocos Chef, erkundigt hatte, rückte sie mit ihrem Undercover-Plan heraus. Die Reaktion von Coco überraschte sie nicht. Die junge Frau war sofort Feuer und Flamme. Und nein, im Moment sei es so was von ruhig in Montauban. Ob ihr Einsatz von höherer Stelle genehmigt werden würde, oder ob sie Urlaub beantragen solle?

Mathilde gestand Coco, dass sie, nach Absprache mit Commandant Bouraada, abwarten wolle, den Einsatz zu melden. »Ich werde

Sie auf jeden Fall am Sonntagabend noch einmal anrufen. Vielleicht haben Felix und ich dann bereits die Clique geknackt. Dann wäre ihr Einsatz überflüssig.« Mathilde sah Coralies enttäuschtes Gesicht bei diesen Worten förmlich vor sich. »Doch wie ich diese jungen Leute einschätze, werden Sie am Montag mit einem gepackten Koffer vor den Toren des Internats stehen müssen, Coco.«

Als Mathilde am Sonntag am *Château des Cigales* ankam, wartete Felix bereits auf sie. Der schlaksige Rotschopf stand an sein Auto gelehnt und fächelte sich mit einer Zeitung Luft zu. Es war heute der bisher heißeste Tag des Monats Juni. Die Ärmel seines dunkelroten Hemdes mit den gelben Blümchen hatte er hochgekrempelt. In seiner Linken hielt er ein Sandwich, in das er herzhaft hineinbiss.

»*Bonjour*, Lieutenant, es tut mir sehr leid, ich störe Sie am Samstagabend und nutze auch noch Ihren freien Sonntag schamlos aus«, begrüßte Mathilde ihn. Sie musterte ihn und lächelte. Felix, der sonst dunkelblau und schwarz bevorzugte, heute in einem roten Hemd. Wenn dieser Farbtupfer mal nicht Sabine zu verdanken war.

Felix hatte Mathilde den Rücken zugewandt und packte den Rest seines Brotes zurück in eine Papiertüte. »Kein Problem. Sabines Schwester ist heute da, so eine Art Mädelstag ist angesagt, bei dem ich nur gestört hätte. Gibt es Neuigkeiten über Rachids Vater?«

»Er ist stabil. Doch Rachid traut dem Frieden nicht. Kaum ist sein Vater zu Hause, wird er sich übernehmen, meint er. Um ihm noch eine Zeit lang ins Gewissen zu reden, bleibt er heute in Frontignan.«

»Sehr gut. Nun, wie wollen wir vorgehen, Madame le Juge?«

»Paul und seine Freunde wissen, dass wir kommen. Also, kein Überraschungsmoment, das wir nutzen könnten. Wir werden en bloc befragen, ich etwas massiver, Sie freundlich und verständnisvoll, und achten Sie besonders auf die Reaktion jedes Einzelnen.«

Felix grinste. »Glauben Sie, die Good-Cop-Bad-Cop-Nummer zieht bei denen? Das durchschaut die Bande doch sofort. Allerdings habe ich leider keinen besseren Vorschlag, also, versuchen wir es.«

Direktor Barrois hatte das Antikengemach vorbereiten lassen, zusätzliche Stühle waren hineingebracht, und auf dem Arbeitstisch waren Gläser und Flaschen mit Wasser und Saft hingestellt worden. Bis auf Florence Guery waren alle Jugendlichen anwesend. Barrois zuckte entschuldigend die Achseln.

»Sie ist von ihrem Vater überraschend abgeholt worden. Ihre Großmutter hatte einen Schlaganfall. Vielleicht überlebt sie den Sonntag nicht. Soll ich dann mal …?«

»Ja, bitte. Und Sie können uns getrost alleine lassen. Wir haben nur ein paar wenige Fragen, dann dürfen Sie alle wieder gehen«, wandte sich Mathilde an die jungen Leute.

Barrois zögerte, dann nickte er seiner Schülerschar aufmunternd zu und verließ den Raum mit schweren Schritten.

Mathilde ließ sich Zeit. Aufmerksam ließ sie ihre Blicke über jeden Einzelnen schweifen. Es war interessant zu sehen, wie sich die Clique auf den Stühlen verteilt hatte. Die Sitzgelegenheiten standen nicht nebeneinander, sondern waren nacheinander angeordnet, wie ein Pfeil, der sich nach hinten verbreiterte. Ganz vorne saß Paul Grandmontagne, die Beine locker übereinandergeschlagen, mit gelangweilter Miene. Leicht versetzt links von ihm Ophélie, über die kurze Distanz Händchen haltend mit Paul, dicht dahinter Thierry Schmitz, der sein Kinn auf Ophélies Schulter stützte. Rechts von Paul starrte Tatiana Sorokina Löcher in die Luft und fächelte sich mit der Hand nicht vorhandene Kühlung an ihren Hals. Hinter ihr saß Samir Ben Hassan rittlings auf seinem Stuhl, die Beine betont lässig nach vorne geschoben. Lediglich Benjamin Bonnaire machte auf Mathilde und Felix einen halbwegs gelassenen Eindruck, alle anderen spielten ihnen Theater vor, sie selbst als supercoole Hauptdarsteller.

»Nun, Mesdames, Messieurs, dann wollen wir mal.« Mathilde zog sich einen Stuhl heran, stellte ihn frontal und nur knapp einen Meter vor Paul Grandmontagne, der sofort mit dem Oberkörper so weit wie möglich zurückwich. Felix blieb stehen und lehnte sich betont lässig an einen alten Bücherschrank. Von hier aus konnte er die Clique aus einer anderen Perspektive beobachten und hatte die hinten Sitzenden besser im Blick als Mathilde.

»Mademoiselle Costa …«

Alle hatten erwartet, dass die Untersuchungsrichterin mit Paul beginnen würde, und so rissen sie die Augen auf und starrten abwechselnd Mathilde und Paul an.

Keine zwei Stunden später saßen Mathilde und Felix erschöpft in der Sonne auf einer steinernen Bank vor dem Schloss. Felix beobachtete die zarten Regenbogen, die sich bildeten, als aus dem Maul des Delfins im Bassin die Wasserfontänen gen Himmel spritzten. Mathilde hatte sich eine Zigarette angesteckt und schaute den sich kringelnden Rauchwölkchen nach.

»Wir hätten den Sonntagvormittag besser nutzen können, das denken Sie doch jetzt, Felix?«, fragte sie mit geschlossenen Augen und genoss die Wärme auf ihrem Gesicht.

»Das kann man wohl sagen«, brummte er. »Die Bande hat uns ja ganz schön auflaufen lassen.«

Das Gespräch mit den sechs Jugendlichen hatte sie keinen Deut weitergebracht. Gelangweilte Gesichter, nachdenkliches Überlegen, Antworten, die die Ermittler so bereits gehört hatten. Aber ja, man habe Michel Russo vom Sehen gekannt, spätestens, nachdem er tot war, kannte ihn jeder im Internat. Und nein, Patricia mochte ihm begegnet sein, aber eine enge Freundschaft zwischen den beiden, nein, das musste wohl ein Irrtum sein. Patricia sei so eine Liebe gewesen, vielleicht habe sie sich mal Michels angenommen, ihm ein Buch ausgeliehen, ihm bei einem Referat geholfen, das er in der Bibliothek vorbereitet hatte, aber enge Freundschaft, niemals. Und wenn Michel Russo sich in Patricia verliebt hätte, könnten ja wohl eher dessen Freunde etwas dazu sagen und nicht sie. Und was die Liste angehe, was jeder von ihnen zum Zeitpunkt von Patricias Tod gemacht habe, mehr hätten sie leider nicht zu bieten. Und Thierry Schmitz hatte in spöttischem Tonfall hinzugefügt, sie hätten dies auch nie als Auflistung von Alibis empfunden, sondern lediglich als freiwillige Auskunft.

Mathilde seufzte resigniert, als sie das alles Revue passieren ließ. Nicht einer Mauer des Schweigens hatten sie gegenübergesessen, sondern einer Mauer des Nichts-Sagens.

Der Tod des Olympioniken schien Paul und seiner Clique zumindest nahezugehen. Ophélie hatte sich mit bekümmerter Miene eine Träne weggewischt und die Jungs mit ernsten Gesichtern in die Luft gestarrt. Sie hatten den Mann gemocht, ein toller Typ, Weltklasseathlet. Nur Tatiana hatte nicht in die Lobeshymne eingestimmt, sondern lediglich Felix einen Blick aus großen Rehaugen zugeworfen.

Sie konnten es drehen und wenden, wie sie wollten, sie waren kein Stück weitergekommen. Ihre Hoffnungen lagen nun auf einer jungen Kriminalistin aus Montauban-sur-Vidourle. Am Montag wurde, so Mathilde, um im olympischen Sprachjargon zu bleiben, das Staffelholz an Coco Mollard weitergegeben, die als Régine Polnareff, ein Name, der im ganzen Netz nicht zu finden war, ihre Arbeit im *Château des Cigales* aufnehmen würde.

Kapitel 33

Sonntag

Nachdem sie das Internat verlassen hatten, sehnte sich Mathilde geradezu nach Abwechslung und Normalität, nach einem Gespräch unter Erwachsenen, ein wenig Kultur, einem erfrischenden Tropfen, purer Entspannung. Spontan rief sie Martin an.

»Und ob du willkommen bist. Wein habe ich letzte Woche bei euch geholt, das dürfte für uns beide reichen. Und ich bin gerade dabei, ein Rezept von Odile auszuprobieren. Lass dich überraschen. Wir sehen uns gleich, ich freu mich auf dich.«

Martin hatte Mathilde vor ein paar Tagen erzählt, welche spannende Aufgabe ihm der Bürgermeister von Saint-Fons angetragen hatte. Und wie glücklich er darüber war. Erstens, weil es ihm große Freude bereitete, auf historischen Pfaden zu wandeln, und zweitens, weil man es ihm, Martin Endress, dem Mann aus Deutschland, anvertraut hatte. »Jetzt bin ich einer von euch«, hatte er stolz gesagt, was Mathilde fast Tränen der Rührung in die Augen getrieben hatte.

Schwüle Hitze lag über dem Land, und die Zikaden in den Alleebäumen gaben sich alle Mühe, auf sich aufmerksam zu machen. Mathilde hörte sie schon gar nicht mehr, während es für Martin immer noch der Inbegriff eines südfranzösischen Sommers war. Von seinem Haus aus hatte man einen wunderbaren Blick auf die entfernten Cevennen, deren Berge aus dem milchigen Dunst der Nachmittagssonne drängten. Es war ein Nachmittag, der zum Nichtstun geradezu einlud. Das alte Steinhaus und der Garten hatten sich zu einem wahren Paradies entwickelt. Auf dem runden marokkanischen Tisch mit dem blau-gelben Mosaikmuster stand ein Tonkühler mit einer Flasche Weißwein bereit, ein Keramikteller mit aufgemalten Sonnenblumen, ein Fundstück des letzten Flohmarktbesuches in Sommières, war beladen mit Schinken, Oliven und gegrillten marinierten Zucchini. Aus dem Haus duftete es verführerisch.

Die beiden umarmten sich herzlich, und Mathilde schnupperte in Richtung Küche.

»Hm, ist das, was ich da rieche, etwa auch noch für uns? Schinken und Brot hätten mir schon genügt, aber bei diesem Duft läuft mir das Wasser im Mund zusammen. Eine Quiche?«

»Du hast eine echte Spürnase. Eine *pissaladière*, nach Odiles Rezept. Allerdings von mir etwas abgewandelt.«

Mathilde folgte Martin in die Küche, um ein Tablett mit Tellern, Besteck und Gläsern sowie den südfranzösischen Zwiebelkuchen nach draußen zu tragen.

»Du hast noch Tomaten untergemischt. Sehr interessant, würde Odile jetzt sagen«, grinste Mathilde. »Wie hast du sie so schnell fertig bekommen? Allein den Teig zu kneten ist doch ein ziemlicher Aufwand!«

»Ich gestehe, ich habe ein Fertigprodukt benutzt. Aber die weißen Zwiebeln eigenhändig geschält, geschnitten und sanft geschmort. Anchovisfilets und Oliven aus dem Glas, gehackte Tomaten aus der Dose, *et voilà* die *pissaladière* à la Martin.«

Mathilde stellte Teller und Gläser auf den Tisch und strich bewundernd über die glänzende Fläche. »Der Tisch ist ein Traum und dazu die neuen Korbstühle. Sehr schön, und vor allem eine grundlegende Verbesserung. Diese weiße alte Kunststoffgarnitur war wirklich gruselig.«

Sie legte die rot karierten Servietten neben die Teller, Martin schnitt den Zwiebelkuchen in Stücke und goss den Wein ein. Mit einem Seufzer ließ Mathilde sich in einen Sessel fallen. Mit besorgter Miene reichte Martin ihr ein Glas.

»Du siehst ganz schön fertig aus. Plagt dich wieder ein komplizierter Fall?«

»Mehr als kompliziert.« Mathilde berichtete in knappen Worten.

»Aber genug davon. Ich habe keine Lust, darüber zu reden, ich bin hier, damit du mich ablenkst. Das ist heute deine vornehmste Aufgabe. Und pass auf, dass ich nicht zu viel trinke. Bis der vertrackte Fall gelöst ist, muss ich einen kühlen und klaren Kopf bewahren. Und jetzt erzähl du mir, was es mit den Geheimnissen auf Lejeunes Dachboden auf sich hat.«

»Später. Zuerst essen wir und trinken einen Schluck. Ich bin gespannt, wie dir meine Kreation schmeckt. Du brauchst Odile mein Tomatensakrileg ja nicht auf die Nase zu binden. Und danach machen wir einen kleinen Spaziergang. Ich möchte dir etwas zeigen. Erst dann werde ich berichten.«

Mathilde lächelte. Martin war ein echter Geheimniskrämer und hatte seinen Spaß daran, sie auf die Folter zu spannen. Die nächste Stunde verging wie im Flug. Der zarte Duft, den eine leichte Brise vom Jasminbaum zu ihnen trug, vermischte sich mit den würzigen Kräutern, in denen die Zucchini gebadet worden waren. Martin hatte ihn im letzten Herbst als seinen Hausbaum gepflanzt, eine Sitte zu wichtigen Anlässen in seiner Familie. Und der Beginn eines neuen Lebensabschnitts gehörte für ihn dazu. Seine üppigen weißen Blüten waren zugleich ein Blickfang für die Augen wie eine reiche Nahrungsquelle für die Bienen.

Martin gab ein paar Dorfgeschichten zum Besten, sie aßen und tranken, und eine kleine Besichtigung seines Nutzgartens setzte den Schlusspunkt.

»Odile wird Augen machen, wie hier alles wächst. Ich dünge mit Pferdemist, den ich von der *manade* bekomme.«

»Und der Stall ist immer noch leer?«

Mathilde zeigte auf den Holzbau, der sich an den Garten anschloss. Zurzeit bewahrte Martin darin Werkzeug und Gartenutensilien auf. Doch sein größter Wunsch war es, hier einen oder besser noch zwei Esel einziehen zu lassen, um mit ihnen, wie vor mehr als hundertvierzig Jahren Stevenson mit seinem Esel die Cevennen erkundet hatte, seine nähere Umgebung zu bereisen.

Martin seufzte. »Ja, leider. Ich weiß im Moment nicht, wohin mit dem ganzen Krempel, den ich da eingelagert habe. Ich habe schon mit Manuel gesprochen, er wird mir bei der Suche nach einem Tier helfen und mir auch mit dem Futter und was ich sonst so brauche behilflich sein. Und wenn ich mal nicht da sein sollte, würde er sich auch um sie kümmern. Mal schauen, vielleicht im Herbst. So, und jetzt zeige ich dir etwas ganz Besonderes. Du hast hoffentlich ordentliche Schuhe an?«

Bis jetzt hatte Martin noch gar nicht auf Mathildes Garderobe geachtet. Aber ja, so konnte sie den kurzen steilen Anstieg zu »seiner« Kapelle mitmachen, denn die *Chapelle Saint- Gengoult* war sein Ziel.

Noch am selben Tag, als Aristide Lejeune ihm davon erzählte, hatte sich Martin auf den Weg zu dem kleinen Gotteshaus gemacht. Es lag zehn Minuten vom Dorf entfernt, wenn man schnell ging. Er hatte nicht schlecht gestaunt, als er sich die kleine Kirche näher angeschaut hatte. Er war schon an ihr vorbeigelaufen, hatte ihr jedoch keine große Beachtung geschenkt, da sie, von wilden Brombeeren überwuchert, kaum sichtbar gewesen war und er sie für den verfallenden Rest von was auch immer gehalten hatte, nur eben nicht für ein Kirchlein. Gleich am nächsten Tag hatte er sich mit einer Astschere bewaffnet wieder auf den Weg gemacht. Jetzt waren die Brombeeren mit ihren dornigen Trieben gestutzt, und Martin war bereit, die Kapelle aus ihrem Dornröschenschlaf zu erwecken.

Mathilde schaute an sich herunter. »Wenn du nicht gleich den Mont Lozère mit mir bezwingen willst, wird es schon gehen.« Sie hatte für den Besuch des Internats ihre Pumps gegen ein Paar sportliche Sneaker eingetauscht und trug blaue Jeans und einen leichten gestreiften Baumwollpullover.

»Dann los. Der kürzeste Weg führt direkt durchs Dorf.«

Martin schnappte sich einen Rucksack, der auf einem der Stühle lag und bereits Mathildes Neugierde geweckt hatte.

»Proviant für die lange Wanderung? Eigentlich bin ich noch pappsatt. Wann gedenkst du denn anzukommen?«

»Du bist ganz schön frech für dein Alter, *ma chère* Mathilde. Nein, da sind Arbeitsmaterialien drin, ein Fotoapparat und etwas zum Schreiben.«

»Du hast wohl etwas ganz Besonderes entdeckt?«

Mathilde versuchte, aus Martin einige Informationen herauszukitzeln. Doch er schwieg beharrlich, lenkte ab, plauderte über dies und das und marschierte beschwingt durchs Dorf, wo man natürlich auch Mathilde de Boncourt kannte. Die beiden wurden fröhlich gegrüßt, und ein alter Mann, der auf einer Bank am Bouleplatz saß und die Spieler kritisch beäugte, prostete ihr mit einem Glas Bier zu.

»Lust auf ein Spielchen, Mathilde?«

»Nein, lieber nicht. Ihr zieht mir ja doch das Fell über die Ohren.«

Das hörten die Spieler gerne, und mit besonders großem Elan warfen sie ihre silbernen Kugeln in Richtung *cochonette*, der kleinen Zielkugel.

Ein Weilchen später hatten sie die Kapelle erreicht. Sie war in einem trostlosen Zustand. Martin hatte sie zwar von der Rankenumarmung befreit, doch verschwand sie weiterhin inmitten hoch wachsender Büsche. Das kleine Gotteshaus war ein einfacher Saal, erbaut aus Bruchsteinen, die noch Reste eines späteren Verputzes zeigten. Licht fiel in den knapp fünf mal sieben Meter großen Bau alleine durch die rechteckige Tür, die eine schlichte Rahmung umfing, und durch das darüber liegende runde Fenster. Das flach geneigte Satteldach war steingedeckt und das ehemalige offene Glockentürmchen über dem Eingang komplett eingestürzt. Von der einstigen Holztür waren lediglich die eisernen Angeln im Mauerwerk übrig, und im Inneren deutete nichts mehr auf die Nutzung als Gebetsraum hin. Keine Bänke, kein Altar. Müll lag in allen Ecken und einzelne, aus dem Dach herabgestürzte Steine.

Martin war trotz des erbarmungswürdigen Zustands restlos begeistert.

»Wenn das Kapellchen wiederhergerichtet ist, hat Saint-Fons ein echtes Kleinod gewonnen. Und ganz in der Nähe muss die Quelle gewesen sein. Die Stelle werde ich auch noch finden«, verkündete er euphorisch.

»Und dann machen sich Pilgerscharen auf den Weg, die sich aus der Quelle Heilung erhoffen?«, fragte Mathilde.

Aristide Lejeune hatte, als Martin ihm von seinen Plänen erzählte, die Quelle zu finden, bereits kleine Fläschchen vor Augen gehabt, gefüllt mit dem heilenden Wasser, die man gewinnbringend für das Dorf verkaufen konnte. Genauso geschäftstüchtig hatte Mathilde Lejeune auch eingeschätzt. Allerdings war sie vom Erfolg des Unternehmens nicht restlos überzeugt. Aber wenn es dem Dorf nutzte. Nachdem sie die Kapelle ehrlich bewundert hatte, ließen sie sich auf einem breiten warmen Stein inmitten duftender Thymianbüsche nieder, und Martin erzählte von seiner ersten Begutachtung der Funde auf dem Dachboden der *mairie*.

»Hier, wo wir sitzen, muss ein keltisches Oppidum gewesen sein. Und garantiert war die Quelle damals schon ein heiliger Ort. Ich habe in dem Sammelsurium einiges an Scherben und einen Bronzearmreif entdeckt. Römische bis mittelalterliche Keramik ist in Mengen da oben, ein alter Webstuhl, bäuerliches Arbeitsgerät und noch viel mehr, mit dem man ein bescheidenes Heimatmuseum bestücken könnte. Ein altes Gemälde mit der Kapelle habe ich auch entdeckt. Überhaupt gibt es ganz nette Zeichnungen und Gemälde, die ich aber noch sichten muss. Dazu ein paar interessante Kupferstiche aus dem achtzehnten Jahrhundert und einige sehr qualitätsvolle Arbeiten aus der Neuzeit. Dieser Dachboden ist eine wahre Fundgrube. Ich fühle mich wie ein Junge auf Schatzsuche«, grinste er.

Als sich Mathilde eine Stunde später verabschiedete, fühlte sie sich wie neu geboren. Es war eine wirklich gute Idee gewesen, dieser Abstecher nach Saint-Fons und zu Martin, dessen unbekümmerte und mitreißende Art ihr wenigstens für ein paar Stunden Ablenkung verschafft hatte.

Kapitel 34

Montag

Am Montagmorgen um neun Uhr wurde Coralie Mollard ihrer Klasse vorgestellt. Siebzehn gespannte Gesichter verfolgten jede ihrer Bewegungen, so kam es ihr zumindest vor. Coco war nervöser, als sie gedacht hatte.

Als Mathilde de Boncourt am Sonntag angerufen hatte, war ihre Tasche bereits gepackt gewesen. Den Nachmittag verbrachte sie damit, sich via Internet mit dem Internat so weit wie möglich vertraut zu machen und einen Schnellkurs in Sachen Kajakfahren zu absolvieren. Wenn es nach der Richterin ging, musste Coralie nicht einmal aufs Wasser, denn entgegen Mathildes Einschätzung war das Wildwasserfahren nicht gerade ihre bevorzugte Sportart. Ein Freund verstand sich jedoch bestens darauf und schickte ihr einige gute Tipps und Hinweise auf Internetseiten und Lehrfilme, die sie sich bei YouTube anschauen solle, um der Sportart näher zu kommen.

»Darf ich Ihnen Mademoiselle Régine Polnareff vorstellen? Nein, sie ist nicht verwandt mit dem Sänger, die Frage können Sie sich also schon mal sparen. Mademoiselle Polnareff wird den Unterricht von Monsieur Bonhomme übernehmen. Ich bitte Sie zunächst, seiner zu gedenken und für eine Minute zu schweigen.«

Barrois hatte eine Hand auf Cocos Schulter gelegt. Sie spürte, wie sich die Hand verkrampfte und sich in ihren Schultermuskel krallte. Man hätte eine Stecknadel fallen hören können, so still war es im Raum. Das einzige Geräusch, das die Ruhe durchbrach, stammte von einer riesigen Hummel, die von außen gegen eine

Fensterscheibe flog, ein Laut in dieser Stille wie ein Donnerschlag. Leicht benommen flog das Insekt davon, und leises Gemurmel wurde hörbar.

Der Direktor warf der Klasse einen letzten aufmunternden Blick zu und trat auf den Flur. »Nun, dann überlasse ich Sie Ihrem Schicksal.« Er sah Coralie mahnend und zugleich sorgenvoll an, schien noch etwas hinzufügen zu wollen, überlegte es sich anders und verschwand. Coco kehrte zurück zu ihrer Klasse. Unruhe erfüllte jetzt den Raum.

»Noch einmal, *bonjour*. Ich freue mich, mit Ihnen in der nächsten Zeit zusammenzuarbeiten. Wie Ihnen der Direktor bereits gesagt hat, ist mein Name Régine Polnareff. Ich hoffe, es ist für Sie in Ordnung, wenn Sie mich Régine nennen. Und ich würde mich freuen, wenn ich auch Sie beim Vornamen nennen dürfte. Für die wenigen Wochen, die wir noch gemeinsam haben und in denen ich Sie auf Ihr BAC vorbereite, arbeitet es sich ganz sicher erheblich leichter zusammen, wenn wir auf diese Weise einen vertrauten Umgang miteinander schaffen.«

Alles schwieg. *Mon Dieu*, was plapperte sie denn da? Kam es bei diesen Kids denn nicht gut an, sich mit dem Vornamen anzureden? Sie fühlte sich unsicher und auch irgendwie ein wenig schäbig, wie eine … ja wie eine Betrügerin, denn sie gaukelte den jungen Leuten vor, sie bis zu ihrer Abschlussprüfung zu begleiten. Und wenn der Fall gelöst sein würde? Was dann, hatte sie den Direktor gefragt? Doch Barrois konnte sie beruhigen. Er hatte bereits seine Kontakte spielen lassen, und ein ausgebildeter Sportlehrer würde ab nächster Woche einspringen können.

»Nun, wenn Ihnen das nicht recht ist, dann …«

Weiter kam sie nicht. Ein blonder, gut aussehender junger Mann sprang auf und deutete eine kleine Verbeugung an.

»Paul Grandmontagne. Ich glaube, ich spreche im Namen aller, wenn ich Ihnen sage, dass es uns eine Ehre ist, Sie mit Régine anzureden. Ich bin Paul«, fügte er mit einem gewinnenden Lächeln hinzu.

Die Augen der weiblichen Mitschüler hingen an seinen Lippen, und die Jungs nickten zustimmend, einige hielten den Daumen hoch.

Das war also Paul. Charismatisch, der geborene Anführer. Coralie erkannte sofort, dass er wahrscheinlich das stärkste Glied in der Kette war und damit das am schwersten zu knackende. Doch bevor hier überhaupt etwas oder jemand geknackt werden konnte, musste sie sich mit jedem Einzelnen aus der Clique vertraut machen.

In der folgenden halben Stunde stellten sich die jungen Leute vor, und Coralie erläuterte, wie sie den Unterricht in den nächsten Tagen gestalten wollte. Ihr Hauptaugenmerk würde auf der theoretischen Prüfung liegen, denn es erschien ihr anmaßend, die Sportstunden auf dem Wasser durchführen zu wollen, nie könne sie ein Ersatz sein für den Kollegen Adrien Bonhomme, der ein Ass in dieser Disziplin gewesen war.

Pünktlich um Viertel vor zehn kehrte sie ihrer Klasse den Rücken, alle Fragen, die sie an die Schülerinnen und Schüler hatte, waren geklärt, und umgekehrt wussten diese, was sie erwartete. Vor der Tür stand bereits der nächste Lehrer und musterte sie interessiert. Er hatte ein Mathebuch unter den Arm geklemmt, wie Coco anhand der Kurven und Formeln auf dem Buchdeckel erkannte.

»Du bist also die neue Kollegin. Roland Ravel. Schön, mal jemanden in meinem Alter im Kollegium sitzen zu haben, wenn auch nur für kurze Zeit. Ich gehöre zu den Externen und bin nach dem BAC wieder weg. Eigentlich schade.« Er taxierte Coco noch einmal von Kopf bis Fuß und verschwand grinsend im Klassenraum.

Ganz schön frech, aber gut aussehend. Sie schlenderte nach draußen zu ihrem Wagen und zerrte ihr Gepäck aus dem kleinen Kofferraum. Es war mehr Zeug, als sie eigentlich brauchte, aber es sollte immerhin den Anschein haben, dass sie längere Zeit im Internat verbringen würde. In der großen Eingangsdiele kam ihr Sophie Delattre entgegen, nahm ihr eine Tasche ab und brachte sie nach oben. Die Sekretärin schloss die Tür auf.

»Ist das das Zimmer von Monsieur Bonhomme?«

»Nein, wo denken Sie hin? Das ist immer noch versiegelt. Und es ist auch kein schöner Gedanke, die Räumlichkeiten eines Verstorbenen zu beziehen, nicht wahr?« Die Sekretärin händigte ihr den Schlüssel aus. Zögernd blieb sie in der Tür stehen.

Coralie hatte ihr schon auf dem Weg zu ihrer Bleibe einige Fragen beantworten müssen. *Wo kommen Sie her? Haben Sie Familie? Wo waren Sie vorher?* Sie hatte so wahrheitsgemäß wie möglich geantwortet, und Mademoiselle Delattre war nicht weiter in sie eingedrungen. Doch jetzt schien ihr noch etwas auf dem Herzen zu liegen.

»Ja, Mademoiselle Delattre. Ist noch was?«

»Normalerweise weiß ich, wer die Schule verlässt und wer neu hinzukommt. Das meiste bespricht Direktor Barrois mit mir. Und ich wundere mich ein wenig über sein Vorgehen. Er hat mir nicht einmal Bescheid gesagt, dass heute bereits die neue Lehrkraft ihren Dienst antritt.«

Und nun? An eine misstrauische Sekretärin, die über jeden Schritt ihres Chefs informiert war, hatte niemand gedacht.

»Ja, nun, das war auch nicht die Idee von Monsieur Barrois. Er hätte Sie ganz sicher in seine Überlegungen einbezogen. Adrien war ein guter Freund, er hat mir so viel von Ihrem Internat erzählt. Ich habe vor zwei Wochen mein Sportstudium beendet. Nachdem ich von Adriens Tod erfuhr, habe ich gestern Mittag einfach Monsieur Barrois angerufen, ob ich aushelfen kann, vielleicht bis zum Ende des Schuljahres oder auch länger. Er hat spontan zugesagt. Ich glaube, er war erleichtert, dass seine Schülerinnen und Schüler nahtlos unterrichtet werden.«

Ob Sophie Delattre ihr das Geschwafel abnahm, konnte sie nur hoffen. Zumindest machte diese einen zufriedenen Eindruck, bat sie, bei jedwedem Problem bei ihr vorbeizukommen, und wünschte ihr ansonsten einen schönen Tag.

Puh, das war gerade noch mal gut gegangen. Coco räumte ihre Klamotten in den Kleiderschrank und legte demonstrativ ein Buch mit dem Titel *Optimales Training: Leistungsphysiologische Trainingslehre*, das sie sich während ihrer Polizeiausbildung irgendwann einmal zugelegt hatte, auf den Nachttisch. Sie setzte sich aufs Bett. Wie nun am sinnvollsten vorgehen?

Sie hatte gestern noch mit Lieutenant Tourrain gesprochen, der die erste Befragung von Paul und seinen Freunden vorgenommen hatte. Seine Notizen, zusammen mit den Informationen von Madame le Juge, ergaben ein gewisses Muster im Verhalten der jungen Leute, das auch ihre Beobachtung in den letzten Stunden bestätigte.

Paul Grandmontagne war der Anführer, Ophélie Costa ließ keinen Blick von ihm. Ihre Körperhaltung ließ innere Anspannung vermuten, sie war aufmerksam und vorsichtig zugleich. Paul war ihr Gesetz, sie würde sich nach dem richten, was ihr Freund vorgab. Ganz anders die junge Russin. Tatiana erschien selbstbewusst. Während die Übrigen den einführenden Worten des Direktors gelauscht hatten, beschäftigte sich Tatiana Sorokina damit, ihre Fingernägel zu maniküren. Florence Guery saß wie ein schüchternes Häschen neben Samir Ben Hassan, die Augen in einer Art Dauererstauntsein groß geöffnet, den Kopf an die Schulter des Freundes gelegt, der ihr mechanisch in einer beruhigenden Geste über den Arm strich. Zwei, die auf dem Weg waren, sich innerhalb der Clique abzuschotten. Sie brauchten Paul und sein Gefolge nicht mehr. Thierry Schmitz markierte den Starken. Weit zurückgelehnt hatte er auf seinem Stuhl gesessen, die Arme hinter dem Kopf verschränkt. Der große bullige junge Mann würde den perfekten Leibwächter für Paul abgeben. Und Benjamin Bonnaire? Er war derjenige, dem Patricia am nächsten gestanden hatte. Ein unauffälliger Junge, der die Reiterin auf Turniere begleitet und sie wohl am besten gekannt hatte. Und damit der Einzige in der Gruppe, der sich mit Pferden und ihrem Verhalten auskannte.

Coco nahm sich die freiwillig abgegebenen »Alibis« vor. Als Adrien Bonhomme starb, lagen alle angeblich in ihren Betten. Keine wirklichen Alibis, aber niemand hätte das Gegenteil beweisen können.

Und als Patricia Hector starb? Benjamin Bonnaire hatte den Nachmittag in der Bibliothek verbracht. Die zuständige Mitarbeiterin war in einem Nebenraum, um neue Bücher zu katalogisieren, konnte sich nicht erinnern, wer wann vor seinem Handapparat gesessen hatte. Bonnaire wurde jedoch von Tatiana Sorokina gesehen, die Bücher abgeben wollte, Huguette Lamarre jedoch nicht an ihrem Platz angetroffen hatte. Alibi Bonnaire für 15:30 Uhr. Und danach?

Tatiana war um diese Zeit ebenfalls in der Bibliothek gewesen, danach hatte sie eine halbe Stunde draußen in der Sonne gesessen, ob sie dort jemand gesehen hatte, keine Ahnung. Ab 16 Uhr hatte sie in ihrem Zimmer bei Molotov TV die *Vogue-Story* angeschaut. Dauerte bis 18 Uhr. Keine Zeugen.

Thierry Schmitz gab an, in Nîmes ein Geburtstagsgeschenk für seine Mutter gekauft zu haben. Hatte einen Kassenbon der FNAC mit der Uhrzeit 16 Uhr. Und dann? Angeblich noch herumgeschlendert, nach einer Jeans gesucht und zurück ins Internat auf sein Zimmer gegangen. Auch hierfür keine Zeugen.

Florence Guery angeblich mit Samir Ben Hassan im Bett. Gegenseitiges Alibi. Nicht zu überprüfen.

Ophélie Costa war im Atelier gewesen, Reinigungsarbeiten von 15:00 Uhr bis 15:45 Uhr. Keine Zeugen. Danach in Grandmontagnes Zimmer vorbeigeschaut, den sie dort tief schlafend angetroffen hatte. Anschließend geduscht und sich auf Mathe für den nächsten Tag vorbereitet. Keine Zeugen.

Grandmontagne. Den Nachmittag verschlafen. Kurz vor 16 Uhr dabei von Ophélie Costa gesehen. Sehr dünnes Alibi.

Coco knabberte an ihrem Stift. Genau betrachtet, waren alle mehr als dünn. Der Todeszeitpunkt von Patricia war vom Gerichtsmediziner auf die Zeit zwischen halb vier und halb fünf festgelegt worden. Mit dem Fahrrad brauchte man vom Internat bis zum Tatort zwanzig Minuten. Bis auf die Spuren, die Patricia und ihr Pferd zurückgelassen hatten, war nichts entdeckt worden. Keine weiteren Schuhspuren, kein Hinweis auf ein Fahrrad. Und die einzig verwertbaren Hinweise stammten sowieso nicht von einem der Jugendlichen, sondern von Adrien Bonhomme. Ganz schön verzwickt dieser Fall.

Aber Mathilde de Boncourt hatte recht. Die Gruppe war eine verschworene Clique, die Alibis waren dürftig, und was Coco am meisten erstaunte, war die Tatsache, dass sich angeblich an diesem Nachmittag jeder für sich alleine beschäftigt hatte. Bis auf Florence und Samir. Das war doch nicht normal für eine so eng zusammenhockende Freundesclique, einen solchen Nachmittag zu verschlafen oder Modeshows verfolgend – alternativ zu sich auf Mathe vorbereitend – im Zimmer zu verbringen.

Natürlich war der Untersuchungsrichterin und den Kollegen die Dürftigkeit dieser Alibis auch aufgefallen. Was hatten Paul und seine Freunde sich dabei gedacht? Warum hatten sie sich nicht gegenseitig eins gegeben? Hybris? Uns kann sowieso keiner was anhaben? Diese verschworene Gemeinschaft gab mehr als nur ein Rätsel auf.

Kapitel 35

Montag

Direktor Barrois hatte Coralie zu sich bestellt, um zu hören, wie sie mit der Klasse zurechtgekommen war, und sie erneut zu ermahnen, mit Fingerspitzengefühl vorzugehen.

»Wissen Sie, Mademoiselle Mollard, es ist ein Wunder, dass die Schule bisher davon verschont geblieben ist, von einer Armada an Rechtsanwälten bestürmt zu werden oder, genauso schlimm, Scharen von Eltern, die ihre Kinder eigenhändig von der Schule holen. Daher noch einmal meine eindringliche Bitte: Tragen Sie, zumindest gedanklich, Glacéhandschuhe.«

»Sie können sich darauf verlassen, Monsieur Barrois. Wie Ihnen bereits Madame le Juge gesagt hat, sind die jungen Leute keine Verdächtigen. Ich bin hier, um ihr Vertrauen zu gewinnen und herauszufinden, was sie uns verheimlichen. Überlegen Sie nur, wenn es etwas mit Patricias oder auch mit Adrien Bonhommes Tod zu tun hat, nicht auszudenken, welchen Gefahren sie sich durch ihr Schweigen vielleicht aussetzen.«

Barrois wurde blass. »Sie glauben, der Täter schlägt noch einmal zu?«

Zut. Gerade eine solche Unruhe hatte Coralie nicht stiften wollen.

»Monsieur Barrois, solange wir den oder die Täter nicht haben, wissen wir überhaupt nichts. Wir tappen vollkommen im Dunkeln, haben bisher kein Motiv für einen der Morde. Und wenn Ihre Schüler etwas wissen, sollten sie reden. Nicht mehr und nicht weniger.«

»Vielleicht befürchten sie ja gerade, sich in Gefahr zu bringen, wenn sie reden«, gab der Direktor zu bedenken.

»Umso wichtiger, dass sie es tun.« Coralie kam sich vor wie eine altmodische Schallplatte, die immer wieder an dieselbe Stelle sprang. »Und um eine Gefahr zu verhindern, dazu sind wir da«, ergänzte die junge Polizistin mit fester Stimme.

Barrois erhob sich, ging zum Fenster und sah hinaus. Er drehte Coralie den Rücken zu, und sie konnte seine Worte kaum verstehen, so leise kamen sie ihm über die Lippen.

»Mademoiselle Mollard, bitte seien Sie ehrlich zu mir. Ich kann eins und eins zusammenzählen. Zwar kann ich es mir beim besten Willen nicht vorstellen, aber insgeheim befürchten Sie, der Mörder könnte unter Patricias Freunden sein. Habe ich recht?«

Coco schwieg.

»Und was ist mit Bonhomme? Wäre auch er ein Opfer einer meiner Schüler gewesen?« Er schüttelte unwillig den Kopf und drehte sich zu Coralie um. »Ich habe mich sehr schnell mit Madame le Juge arrangiert und Ihrem Einsatz in meiner Schule zugestimmt. Aber je länger ich darüber nachdenke, desto intensiver beschleicht mich der Verdacht, dass Sie nicht einfach nur mit Paul und den anderen sprechen wollen, sondern einen konkreten Verdacht haben, nur noch keine Beweise. Hab ich recht?«

Die Polizistin sah Barrois fest in die Augen. »Noch einmal, Sie irren. Wir haben keinen konkreten Verdacht. Ich kann es nur noch einmal wiederholen, wir glauben lediglich, dass sie uns etwas verschweigen. Sollte das relevant für unsere Ermittlungen sein, sind wir erstens in unseren Mordermittlungen hoffentlich endlich einen Schritt weiter, und zweitens können wir Ihre Schüler dann vor einer vielleicht bestehenden Gefahr beschützen.«

Coralie befeuchtete sich mit der Zunge die Lippen. Allmählich konnte sie sich selber nicht mehr hören.

Barrois nickte. Er fühlte sich absolut nicht wohl in seiner Haut, aber was blieb ihm übrig? Er hatte sich auf all das eingelassen und konnte nur hoffen, dass dieser Spuk bald ein Ende hatte. Er bedankte sich bei Coralie für ihre klaren Worte und entließ sie mit einem tiefen Seufzen.

Coco ließ sich auf ihr Bett fallen. Sie hatte sich den Mund fusselig geredet, und noch immer war Barrois von ihrem Tun nicht wirklich überzeugt. Doch wer konnte es ihm verübeln? Mehr als eine vage Vermutung war es ja tatsächlich nicht.

Ihr Blick fiel auf das Buch auf ihrem Nachttisch. *Optimales Training.* Es war Zeit, sich mental auf die erste echte Unterrichtsstunde am Nachmittag vorzubereiten. Doch vorher ging sie noch einmal alle relevanten Aspekte der beiden Verbrechen durch und kam zu keinem anderen Schluss wie ihre Kollegen und die Richterin. Bonhomme war der perfekte Verdächtige gewesen für den Mord an Patricia Hector. Nur konnte ihn niemand mehr befragen. Weitere Verdächtige gab es nicht. Verdächtige! Plural! Der Gedanke war doch total verrückt. Aber warum denn nicht? Ganz plötzlich hatte sie eine Szene aus dem Film *Mord im Orientexpress* vor Augen. Ein Toter, mehrere Täter, viele Hände, die zustachen, einen Menschen töteten. Und wenn es hier genauso gewesen war? Patricias Freunde übten gemeinsam Rache am Mörder ihrer Freundin?

Coralie biss sich auf die Lippen. Diese Überlegung war nicht von der Hand zu weisen. Daher die Mauer des Schweigens, nur nichts ausplaudern, sich nur nicht verplappern. Dieser Gedanke war es zumindest wert, verfolgt zu werden. Allerdings spielte die Frage, ob Patricia Hector wegen Michel Russos Tod deprimiert gewesen sein könnte, in dieser Überlegung keine große Rolle. Sie schaute auf ihre Armbanduhr. Jetzt musste sie sich allerdings der Lektüre widmen, wenn sie nicht total blöde vor ihren Schülern stehen wollte. Beim nächsten Mal würde sie sich den Inhalt von Bonhommes Computer vorknöpfen, auf dem die Unterrichtsmaterialien lagen. Heute musste das Buch mit den Trainingstipps ausreichen. Dem Kanusport war hierin ein eigenes Kapitel gewidmet, das würde fürs Erste genügen. Den theoretischen Unterricht wollte sie heute an der frischen Luft abhalten, erklären, wie und warum dieser oder jener Muskel funktionierte, zur Demonstration einige Dehnübungen absolvieren lassen und im Anschluss ein Dauerlauf im Park, um die Kondition zu überprüfen. Der Plan kam ihr selbst absolut simpel vor, und sie hoffte, niemandem würde auffallen, wie wenig Ahnung sie tatsächlich hatte. Und beim Nebeneinanderher-Traben konnte sie vielleicht den Leutchen schon die eine oder andere Information entlocken.

Drei Stunden später stand Coralie nach ihrer ersten Unterrichtseinheit unter der Dusche. Das Wasser perlte an ihr ab wie ihre Worte an Paul und dem Rest der Clique.

Bis auf Ophélie hatten sich alle Läufer als sehr ausdauernd erwiesen, waren in einem ruhigen, aber hohen Tempo durch den Park und den Wald gelaufen. Vorweg natürlich das Oberhaupt Paul, gefolgt von zwei Schülern, die nicht zu seinem engen Freundeskreis gehörten, dahinter Samir, neben ihm Tatiana, deren unendlich lange gebräunte Beine nur so über die Wege flogen. Coco selbst hatte allerdings ihre eigene Fitness vollkommen überschätzt. Sie hatte die Läufer starten lassen und war ihnen zügig gefolgt, um sie nacheinander aufzusammeln. Doch bis zu Paul hatte sie es gar nicht geschafft, und als sie auf der Höhe von Benjamin angelangt war, ging ihr doch tatsächlich fast die Puste aus. Beim Traben hatte sie Florence und Ophélie ein paar Worte abringen können, und der Einzige, der sich zu einem Schwätzchen während des Laufs aufgelegt zeigte, war Thierry Schmitz gewesen.

»Macht doch viel mehr Spaß, in einer Gruppe zu laufen. Trainiert ihr öfter zusammen, Sie, Paul und die anderen?«, hatte sie gekeucht.

Thierry hatte den Kopf geschüttelt. Nein, da würden die Mädchen nicht mitmachen. Feiern, Kino, zusammen abhängen, das wäre mehr so ihr Ding, aber Sport?

Sie hatte sich dann weiter vorgewagt. Ja, klar, auf die Schwächeren, die Mädchen, müsse man wahrscheinlich zu viel Rücksicht nehmen. Oder auf die, die aufgrund einer Krankheit nicht mithalten konnten. Allergien, da könnten schon mal die Bronchien ein Problem bekommen, oder ein krankes Herz, da wäre auch nichts mit körperlicher Anstrengung.

Thierry hatte von der Seite auf sie herabgeschaut.

»Régine, sehen Sie das schlanke Reh da vorne? Tatiana? Die rennt uns allen davon. So viel zum Thema schwache Mädchen. Ganz ehrlich, so ein dummes Geschwätz hätte ich Ihnen als Sportlehrerin nicht zugetraut.«

Coco musste unwillkürlich grinsen. Recht hatte er.

»Stimmt, erwischt.« Schweigend trottete sie neben Thierry her, ließ sich dann zurückfallen. Der junge Mann verlangsamte ebenfalls, bis er wieder auf Coralies Höhe war. Er hatte angebissen, allerdings nicht so, wie sich die Polizistin das vorgestellt hatte.

»Ich wollte Sie nicht anblaffen, von wegen *dummes Geschwätz,* meine ich. Aber mit diesen versteckten Krankheiten, das kann schon mal passieren, dass da einer stirbt. Sie sind ja eben erst angekommen und können es nicht wissen. Wir hatten tatsächlich einen Fall, krankes Herz, meine ich. Michel, zwei Klassen unter uns, er hatte eins und hat sich beim Sport übernommen. Er hat's nicht überlebt.«

Mit diesen Worten ließ er sie stehen und spurtete nach vorne. Coco verlangsamte ihr Tempo noch einmal, bis Ophélie zu ihr aufschließen konnte. Sie war eindeutig die am wenigsten Sportliche der Clique.

»Geht's, oder wollen Sie eine Schrittpause einlegen?«

Dankbar hatte die junge Frau das Angebot angenommen und marschierte neben Coralie her, die ebenfalls einen Gang zurückgeschaltet hatte.

»Ihr Freund Paul ist ganz schön schnell, ein toller Athlet.«

Die Augen der jungen Frau strahlten. Noch immer außer Atem, nickte sie einfach.

»Sie sind schon lange zusammen?«

»Achtzehn Monate und vier Tage«, hechelte Ophélie.

»Sie haben auch einen tollen Freundeskreis, wenn ich das richtig sehe. Wichtig, Freunde zu haben, auf die man sich verlassen kann, mit denen man durch dick und dünn geht.«

Ophélie hielt an. Ihre Augen verengten sich, und in ihrer Stimme schwang Misstrauen mit.

»Wie meinen Sie das jetzt?«

»Wie ich es sage, ich finde es gut, Freunde zu haben, auf die man sich verlassen kann. Patricia Hector war ebenfalls eine solche Freundin, sagte mir Thierry.« Eine kleine Lüge, aber vielleicht taute Mademoiselle so etwas auf.

»Sie haben davon gehört? Wir stehen immer noch unter Schock. Patricia war …« Sie zögerte, rang nach Worten. »Sie war eine der Besten. In jeder Beziehung.« Ophélie trabte wieder los. Die Audienz war beendet.

Nicht viel, was Coco während der Trainingsphase gehört hatte. Nach der Laufeinheit hatte sie die Schüler noch einmal versammelt. Sie lobte die Ausdauer, ermahnte hier und da und wies auf eine bessere Arm- oder Atemtechnik hin. Womit sie nicht gerechnet hatte, war das Gespräch, um das Paul sie im Anschluss gebeten hatte.

»Es war ein super Training. Nicht so verbissen wie bei Adrien. Doch erlauben Sie mir eine Frage. Sie haben ganz gezielt einige Schüler angesprochen?«

Woher wusste Paul das? Er war vorneweg gelaufen. Diese Information musste er von den Läufern im Mittelfeld und den Nachzüglern erhalten haben.

»Ja, natürlich. Es ist mir wichtig, Sie alle so schnell wie möglich kennenzulernen.«

»Aha. Ist Ihnen das gelungen?«

Das ironische Grinsen auf Pauls Gesicht und der spöttische Blick aus den eisblauen Augen brachten Coco ein wenig aus der Fassung. Hatte er sie durchschaut? Ahnte er, dass er es mit einer Ermittlerin zu tun hatte? Mit jemandem, der ihnen auf den Zahn fühlen, das Geheimnis der Clique ergründen wollte?

»Ich stehe erst am Anfang mit dem Kennenlernen, aber mit irgendjemandem muss ich ja beginnen, nicht wahr?«, antwortete sie ausweichend.

Paul nickte. »Stimmt, Régine. Und ich war Ihnen noch nicht wichtig genug?« Das ironische Grinsen war einem süffisanten Lächeln gewichen.

»Doch, wichtig genug schon, aber heute einfach zu schnell. Wir werden es nachholen.«

»Versprochen?«

»Versprochen.«

Der spöttische, ja, wissende und lauernde Blick Paul Grandmontagnes ging Coralie nicht aus dem Sinn. Sie stieg aus der

Dusche und trocknete sich ab. Diese Bande kam ihr vor wie in eine Teflonschicht gehüllt. Alles perlte an ihnen ab. Sie musste sich unbedingt etwas einfallen lassen, um diese jungen Aale greifen zu können.

Kapitel 36

Montag

Nach dem Duschen hatte Coralie es sich auf dem Bett bequem gemacht und den zweiten Unterrichtstag vorbereitet, ein Zehnfragentest zum Thema Paddeltechniken, Umgang mit Wasserhindernissen und Sicherheit. Mehr war ihr in der kurzen Zeit nicht eingefallen. Sie überflog noch einmal alle Punkte, zwei Fragen erschienen ihr zu einfach, aber was sollte es.

Jetzt tat ihr das Kreuz weh, und die untergeschlagenen Beine fühlten sich verkrampft und müde an. Da half nur erneute Bewegung, und sie entschloss sich, das Terrain um das *Château des Cigales* zu erkunden und dabei das alte Schwimmbecken, in dem Adrien Bonhomme den Tod gefunden hatte, in Augenschein zu nehmen.

Die Sonne hatte sich bereits hinter die Baumwipfel verzogen, und ihr goldenes Licht lugte zwischen den grünen Zweigen hervor. Coco bewunderte die symmetrisch angelegten Rosenrabatten, erfreute sich an der bunten Pracht des Staudengartens und inhalierte tief die würzigen Gerüche, die den Kräuterbeeten entströmten. Es war ein wirklich schönes Internat mit gepflegten Außenanlagen und Sportstätten, die nichts zu wünschen übrig ließen. Als sie sich dem naturbelassenen Abschnitt des Terrains näherte, in dem auch der alte Pool lag, vernahm sie Stimmen, die helle eines Mädchens, die ihr bekannt vorkam, und eine Stimme, die eindeutig einem jungen Mann im Stimmbruch gehören musste.

Vorsichtig näherte sie sich der Stelle, an der zwei Personen ganz offensichtlich einen kleinen Disput ausfochten.

»Mann, Ophélie, wie lange soll ich denn noch warten. Das Schuljahr ist ja schon fast zu Ende.«

Das Kieksen wurde zum Krächzen, den armen Jungen hatte der Stimmbruch ganz schön erwischt. Und sein Gegenüber war Ophélie, das blond gelockte Püppchen an Grandmontagnes Seite. Hatten diese beiden etwas miteinander? Befand sich Ophélie auf Abwegen?

Coco verbarg sich so gut wie möglich hinter dem Stamm einer uralten Linde. Sie reckte den Hals, um einen Blick auf den jungen Mann zu erhaschen. Nun, er war auf jeden Fall keine Konkurrenz für den smarten Paul. Circa fünfzehn Jahre alt, damit am Ende seiner Stimmentwicklung angekommen, fast grotesk hager mit dürren Armen, die Hose schlotterte um seinen Hintern. Allerdings hatte er schöne Haare, die sich in dunklen Locken in seinem Nacken kringelten. Die Nase hätte dem Schnabel eines Raubvogels alle Ehre gemacht. Wie der Bug eines Schiffs wagte sie sich aus dem schmalen Gesicht hervor. Nein, das war kein Typ, dem Ophélie ihre Gunst schenken würde.

Der junge Mann redete weiter auf das Mädchen ein, doch nun so leise, dass Coco kein Wort mehr verstand. Umso lauter tönte Ophélies Stimme, als sie offenkundig das Gespräch beendete.

»Jetzt hör schon auf. Du weißt, was passiert ist. Patricia ist tot, Bonhomme hat das Zeitliche gesegnet. Es ist jetzt mehr als ungünstig, darüber zu diskutieren. Wir werden uns ab jetzt voll auf unseren Abschluss konzentrieren. Du bist noch zwei Jahre hier, du wirst einen Ersatz für uns finden. Im nächsten Jahrgang wird es garantiert eine andere Gruppe geben, dann nehmen die dich auf, da bin ich mir ganz sicher. Und jetzt troll dich.«

Doch der Junge dachte offensichtlich nicht daran, klein beizugeben. Ganz offensichtlich entspann sich ein Streit, gekrächzte Worte rangen mit einer sich überschlagenden Mädchenstimme. Coco lauschte vergeblich. Die Stimmen ebbten weiter ab, und Sekunden später trat der junge Mann auf den Weg, der zum Schloss führte. Sie hatte einen Vorsprung und huschte im Schutz der Bäume zurück in Richtung Château, um dem Jungen dann unbefangen und mit einem fröhlichen Liedchen auf den Lippen entgegenzugehen.

»Ah, *bonjour*, wir kennen uns noch nicht. Régine Polnareff, die neue Sportlehrerin. Und wer sind Sie?«

Der Junge war tief in Gedanken versunken und hielt erschrocken inne. Fast feindselig blickte er zu Coralie, ballte seine Hände zu Fäusten. Doch sie lächelte ihn weiter entwaffnend an, und seine Gesichtszüge entspannten sich langsam.

»Castor. Castor de Pouligny. Aus der Zehnten. Wir haben Sportunterricht bei Jerôme Klein. Sie sind der Ersatz für Monsieur Bonhomme«, stellte der Junge dann mit einem Kiekser, der seine letzte Worte Karussell fahren ließ, fest.

»Ja. Und Sie genießen einen einsamen Abendspaziergang?«

Castor rollte mit den Augen und schnaubte durch die Nase.

»Ja, wie man sieht. Muss weiter, hab noch was zu tun. Und Sie, passen Sie auf, dass Sie nicht auch in irgendeinem Loch landen und sich das Genick brechen.«

Sprachs und marschierte unbeirrt weiter.

»Danke für den Tipp«, rief Coco hinterher, doch Monsieur de Pouligny drehte sich noch nicht einmal mehr um.

Ein Knacken von brüchigem Geäst drang an ihre Ohren. Sie spazierte summend weiter in die Richtung, aus der Castor gekommen war. Entweder war Ophélie noch dort, oder sie näherte sich ebenfalls dem Schloss. Sie beschleunigte ihren Schritt, sie musste die junge Dame unbedingt erwischen. Alleine.

Da tauchte Mademoiselle Costa auch schon zwischen den Bäumen auf und richtete ihre Frisur, die ein niedrig hängender Ast in Unordnung gebracht hatte. Ihr Gesicht war gerötet, die Wimperntusche leicht verschmiert, registrierte Coralie aus den Augenwinkeln, während sie sich interessiert über eine wilde Orchidee am Wegesrand beugte.

Die Stimme des Mädchens zitterte vor unterdrückter Wut. Oder war es Verzweiflung?

»Sie sind Castor begegnet?«

»Ja«, erwiderte Coco fröhlich. »Ich erkunde das Gelände. Castor ist mir dabei über den Weg gelaufen. Sie haben sich mit ihm getroffen? Wie nett! Er ist, glaube ich, eine Klasse unter Ihnen? Ich hatte in meiner Schule ganz schön zu leiden, die Schüler aus den oberen Klassen waren so was von arrogant, die hätten sich nie mit uns ›Kleinen‹ abgegeben. Aber solche Dünkel sind Ihnen hier im Internat offensichtlich fremd.«

»Woher wissen Sie, dass ich mich mit ihm abgegeben habe, wie Sie es nennen?«

»Nun, nicht mehr als eine Vermutung. Er kam immerhin aus der gleichen Richtung. Aber ich kann mich natürlich auch irren.«

Ophélie schüttelte den Kopf. »Nein, stimmt schon. Wir haben uns zufällig getroffen. Und er ist übrigens zwei Klassen unter mir.« Ihre Stimme klang mühsam beherrscht.

Coralie spürte geradezu, wie es im Kopf des Mädchens arbeitete. *War diese Lehrerin in der Nähe? Hat sie was mitbekommen? War unser Gespräch unverfänglich?*

»Wir hatten eine Abschlusstheateraufführung geplant, also wir von der BAC-Klasse. Und hatten Komparsen angeheuert, Castor war einer davon. Doch wegen der ganzen Todesfälle werden wir darauf verzichten. Mit den Planungen waren wir auch noch nicht sehr weit gekommen. Es hat Castor ziemlich geärgert, als das Projekt geplatzt ist. Er hat mich eben deswegen ganz schön angemacht. Was bildet sich der Fratz ein? Sieht sich schon als zweiten Pierre Niney, nur kann er dem niemals das Wasser reichen.«

Coco hatte den französischen Schauspieler, der vor ein paar Jahren im Film die Modeikone Yves Saint Laurent verkörpert hatte, bestens vor Augen. Nun, vielleicht entwickelte sich Castor noch in diese Richtung.

»Ja, das ist natürlich schade. Einerseits, dass er nicht im Theaterstück mitwirken wird, andererseits, dass er bald den Kontakt zu Ihnen und Ihren Freunden verliert. Wollen wir gemeinsam zum Schloss zurückgehen?«, fragte sie, bevor ihr das Mädchen noch davoneilen würde.

Natürlich hatte sie Ophélie die Theaternummer nicht abgenommen. Castor war richtig wütend gewesen. Und das wegen eines Schultheaterstücks, in dem er als Komparse auftreten sollte? Nie und nimmer! Und auch Ophélie war wegen irgendetwas erregt und aufgebracht. Da steckte mehr dahinter. Coco seufzte innerlich. Es reihte sich ein Geheimnis an das andere. Wie wollte und sollte sie bei deren Aufdeckung bloß weiterkommen?

Die ersten Meter legten die beiden Frauen schweigend zurück.

»Sind Sie schon lange Lehrerin?« Ophélie begann das Gespräch in lockerem Plauderton. Doch sie konnte die Polizistin nicht täuschen. Das Gesicht des Mädchens wirkte angespannt, lauernd.

»Nein, noch nicht lange. Ihre Klasse ist meine erste Bewährungsprobe. Aber Sie machen es mir leicht. Sie sind alle sehr angenehm im Umgang, fleißig und aufgeschlossen.«

»So schätzen Sie uns ein?«

»Ja, das ist mein erster Eindruck. Werden Sie und Paul nach dem BAC zusammen studieren?«

»Sie wollen wissen, ob wir zusammenbleiben?«

Coco setzte eben zu einer Antwort an, als Ophélie Costa von einer Sekunde zur anderen in Tränen ausbrach, die wie Sturzbäche über ihre Wangen liefen. Ohne ein weiteres Wort spurtete das Mädchen los und war binnen Sekunden aus ihrem Blickfeld verschwunden.

Kapitel 37

Montag

Ophélie wischte sich die Tränen vom Gesicht. *Mon Dieu*, wie musste sie jetzt aussehen. Sie versuchte, sich zu entspannen, als sie sich dem Schloss näherte.

Auf der Bank vor einem der Springbrunnen saßen Tatiana und Thierry und winkten ihr zu. Sie winkte zurück und dachte bei sich: *Ich hasse euch, ich hasse dich, Tatiana, salope.* Genau, das war sie, ein Dreckstück, eine falsche Schlange. Wie sie sich heute beim Dauerlauf an Pauls Fersen geheftet hatte. Und sie, Ophélie, war wie ein blasser Mehlwurm hinterhergehechelt. Sie musste mit Paul reden. Jetzt, sofort.

»Süße, setz dich zu uns.« Tatiana hatte ihre langen Beine von sich gestreckt, makellos braune Haut, die in der Abendsonne schimmerte wie Bronze. Einen Arm hatte sie lässig um Thierrys Schulter gelegt. Und der bildete sich auch noch was drauf ein.

In Ophélies Augen brannten erneut die Tränen. Wie hatte sie nur so blind sein können. Diese Hyäne hatte es auf Paul abgesehen, sie hatte ihre Krallen ausgefahren, und der Geifer troff ihr bereits aus dem Maul mit den aufgespritzten Lippen. Ophélie hätte vor Wut am liebsten laut geschrien. Aber sie hatte sich im Griff. Und dieser Blödmann war auch noch drauf und dran, auf das Miststück reinzufallen. Und das, wo sie doch alles für ihn getan hatte.

Es war typisch für Paul, sie die Drecksarbeit erledigen zu lassen. Castor war ja nicht mehr zu bremsen gewesen, die Aufnahme in die Clique, der Einzug ins gelobte Land, das Betreten der heiligen

Hallen, in denen Paul gottgleich regierte. Und ganz plötzlich, nachdem Bonhomme im Pool seinen letzten Atemzug getan hatte, hatte Paul entschieden, es sei vorbei mit den Neuaufnahmen. Alle müssten sie an ihren Abschluss, ihre Zukunft denken. Sein Vater würde ihn einen Kopf kürzer machen, wenn er die Aufnahme zur ENA, der *École nationale d'administration*, nicht schaffte. Serge Grandmontagne hatte selbst die strenge Ausbildung dort absolviert. Und heute war er eine ganz große Nummer in Paris, leitender Direktor des Kabinetts der Ministerin für Sport. Eine glänzende Karriere läge vor Paul, wenn sie ihn in Straßburg an der Hochschule für Verwaltung nehmen würden.

Ophélie war vom Glauben abgefallen, war mit einem Tritt in den Hintern von Paul in die schlimmste Krise ihres Lebens befördert worden, als er ihr seine Pläne gestern Abend mit unbewegter Miene mitgeteilt hatte. Nicht verzweifelt gestanden, nein, knallhart einfach so ins Gesicht gesagt. Und was würde aus ihrem Traum werden, gemeinsam in den USA zu studieren? *Nichts*, hatte er mit einem mitleidigen Lächeln verkündet. Und sie dann eiskalt aufgefordert, diesem Castor zu stecken, es sei vorbei mit der Aufnahme in seine Clique.

Sie hatte gebeten und gebettelt, er müsse sich das überlegen mit dem Studium in Straßburg. Sie wollten doch zusammenbleiben, eine gemeinsame Zukunft planen.

»*Chérie*, was redest du denn da? Natürlich bleiben wir zusammen. Das ist doch gar keine Frage. Nur eben nicht an irgendeiner Uni in den USA, sondern in Straßburg.«

Paul wusste genau, dass sie niemals die Noten schaffen würde, um dort angenommen zu werden. Und wenn sie sich jetzt noch so viel Mühe gab. Die Einzigen, die mit Paul mithalten konnten, waren Samir und Tatiana. Und früher Patricia.

Ja, sie war verzweifelt gewesen. Doch zu diesem Zeitpunkt hatte sie nicht im Mindesten geahnt, hatte sich auch nicht dafür interessiert, wie sich Tatiana ihre Zukunft vorstellte, deren Pläne sie, Ophélie, an den Rand des Abgrunds beförderten.

»So, und nun schmoll nicht rum. Ich hab Castor gesagt, dass du dich mit ihm treffen würdest. Also, *chérie,* sei so nett, und erledige die Angelegenheit. Auf dich wird er garantiert nicht sauer sein.«

Und Ophélie hatte es getan. Sich mit Castor getroffen, der natürlich total stinkig war. Er war ziemlich hartnäckig gewesen, als sie ihm klarmachte, dass es gar nichts nützte, wenn Paul etwas entschieden hatte, dann war das eben so. Ja, und dann hatte Castor die Bombe platzen lassen.

»Dein feiner Paul kann mich mal. Und du tanzt auch noch nach seiner Pfeife. Bist du so dämlich, oder tust du nur so? Paul nutzt dich aus, weißt du das eigentlich? Er kann dich im Bett gebrauchen und schickt dich vor, wenn er nicht die Traute hat, dieser Arsch. Und für ganz besondere Stunden hat er Tatiana. Das hast du nicht gewusst, stimmt's?«, zischte Castor leise wie ein giftiges Reptil, wobei erstaunlicherweise in dieser Tonlage seine Stimme von Krächzern und Kieksern verschont blieb.

Ophélie war aus allen Wolken gefallen. Sie brachte kaum ein Wort heraus.

»Wie jetzt?«, fragte sie mit heiserer Stimme.

»Wie jetzt?«, äffte der Junge sie nach. »Ich hab die beiden gestern gesehen. Wie sie es bei der künstlichen Grotte getrieben haben.«

Dann hatte sich Castor umgedreht und war gegangen. Ophélie war wie zu Eis erstarrt zurückgeblieben. Bis jetzt hatte sie die Clique für unantastbar gehalten. Doch mit nur einem Satz hatte diese Ratte es geschafft, einen Keil zwischen sie zu treiben, die Saat des Misstrauens zu säen.

Sie winkte Tatiana und Thierry zu und stolperte die Schlosstreppe hoch. Dieser Wichser konnte was erleben.

Paul erwartete immer, dass man bei ihm anklopfte. Jetzt wusste sie auch, warum. Weiß der Teufel, was er getrieben hatte, wenn seine Zimmertür abgeschlossen war. Ophélie stürmte in Pauls Bude. Er saß am Schreibtisch, den Kopf tief über ein Buch gebeugt.

»Ah, Monsieur bereiten sich auf Straßburg vor?«

Paul drehte sich um und lächelte sein Lächeln, bei dem sie normalerweise einfach so dahingeschmolzen wäre.

»Süße, hast du deinen Job erledigt?«

Hallo?! Merkte er noch nicht mal, wie stinkwütend sie war? Ophélie versuchte, ihrer Stimme einen festen Klang zu geben.

»Castor weiß Bescheid. Er war nicht begeistert, hat die Kröte aber geschluckt.«

Sie zog ihre Schuhe aus und setzte sich im Schneidersitz aufs Bett. Als gäbe es im Moment nichts Wichtigeres zu tun, inspizierte sie ihre Fingernägel. Nur nicht aufschauen, dann würde sie sofort in Tränen ausbrechen.

»Hast du mir nichts zu sagen, Paul?«, nuschelte sie in ihre Haare, die ihr ins Gesicht fielen.

»Häh? Was sagst du? Hör mal, ich bin da gerade an einem verdammt komplizierten Abschnitt. Lass mir mal eben für ein paar Minuten Ruhe, oder, noch besser, komm in einer halben Stunde wieder«, antwortete Paul, ohne den Blick von seinem Buch zu nehmen.

Ophélie war kurz davor, wie immer, seinen Anweisungen Folge zu leisten und zu verschwinden. Doch diesmal hatte er sich geschnitten. Diesmal würde er ihr zuhören. Mit einer Stimme, die selbst in ihren Ohren unnatürlich hoch klang, schleuderte sie ihm die Frage entgegen, deren Beantwortung ihr wahrscheinlich das Herz brechen würde.

»Hast. Du. Mit. Tatiana. Geschlafen?« Sie betonte jedes einzelne Wort.

»Häh?«

»Häh? Häh? Hast du nichts anderes auf Lager?« Erstaunlich, wie schnell sie sich im Griff hatte. Nun war sie ganz ruhig. »Du hast mich ganz genau verstanden. Ich will wissen, ob du mit der Schlampe gevögelt hast?«

»Wie kommst du denn da drauf?«

»Man hat euch gesehen?«

»Hat Castor, die kleine Ratte, dir das ins Ohr geflüstert?«

»Also stimmt's.«

»Blödsinn. Castor war wahrscheinlich der Letzte, mit dem du gesprochen hast. Eben noch lustig hier raus, und jetzt tickst du vollkommen aus. Das kann ja nur mit Castor zu tun haben. Wo und wann will er mich denn gesehen haben?«

»Gestern. Wann, hat er nicht gesagt. Bei der künstlichen Grotte.«

»Pff. Absoluter Bockmist. Das saugt er sich aus den Fingern. Er ist sauer, der kleine Castor, weil er es nicht in unseren Kreis geschafft hat. Und das ist seine miese kleine Rache. Er will einen Keil zwischen uns treiben.«

Paul war aufgestanden und setzte sich neben Ophélie aufs Bett. Er versuchte, sie zu küssen, doch sie stieß ihn weg.

»Du bist mit Tatiana im Sportunterricht vorweg gelaufen. Das habt ihr noch nie gemacht.«

»Tatiana hat es noch nie gemacht. Ich laufe immer vorn«, grinste Paul selbstgefällig. »Tatiana war immer bei dir oder Patricia. Vielleicht wollte sie ja die Neue beeindrucken.«

Wie gerne würde sie ihm glauben. Ophélie seufzte.

»Ja, das würde zu ihr passen. Und du bist nicht ein klitzekleines bisschen in sie verliebt?«

Jetzt schmiegte sie sich an ihn. Wie gut er roch. Genau, sie würde es riechen, wenn er was mit Tatiana gehabt hätte. Dieses nuttige Parfum, das sie benutzte, wäre doch garantiert an Paul hängen geblieben.

»Paul, denkst du manchmal an Patricia?«

Er hob ruckartig den Kopf. »Wie kommst du denn jetzt da drauf? Natürlich denk ich manchmal an sie und an alles, was passiert ist. Wir müssen uns jetzt aber auf uns konzentrieren, *chérie*.«

»Du hast recht. Soll ich heute Nacht zu dir kommen? Ein wenig kuscheln?«, schnurrte Ophélie.

Für einen Moment schämte sie sich ihrer selbst. Wie schnell hatte sie den furchtbaren Verdacht, Paul könne sie tatsächlich betrogen haben, fallen lassen. *Absoluter Bockmist*, und schon war sie davon überzeugt, dass nichts, aber auch rein gar nichts an Castors Geschwätz dran war. War sie einfach nur eine blöde Gans, oder …

Pauls Stimme holte sie zurück in die Realität.

»Nein, geht heute Abend nicht. Du siehst ja«, er zeigte auf seinen Schreibtisch, »da türmt sich die Arbeit. Ein anderes Mal, *chérie,* versprochen.«

Um Ophélies Protest im Keim zu ersticken, zog er sie an sich und küsste sie leidenschaftlich. Als sie endlich wieder Luft bekam, versuchte sie, den Knopf seiner Jeanshose zu öffnen, doch er gab ihr einen Klaps auf die Finger.

»Nicht jetzt, und nicht heute Abend. Jetzt sei ein braves Mädchen, und lass mich arbeiten.«

Paul stand auf und zog Ophélie an den Händen vom Bett.

»So, und nun Abmarsch.«

Er schob sie Richtung Tür, öffnete sie, und schon stand Ophélie draußen. Die Tür schloss sich. Einen Moment blieb sie unschlüssig stehen. Der Klingelton von Pauls Handy, seine gedämpfte Stimme, die dem Anrufer antwortete – Ophélies Misstrauen erwachte augenblicklich wieder zum Leben.

Kapitel 38

Montagnacht

Paul klappte seine Bücher zu. Wenn die Sonne verschwand, wurde es ratzfatz dunkel, und die Glühbirne in seiner Schreibtischlampe war nicht eben die stärkste. Irgendwie tat ihm Ophélie leid. Sie konnte doch nicht wirklich glauben, dass er sich jetzt schon binden würde. Und Tatiana hatte schon eine ganz besondere Klasse. Und sie war hinter ihm her wie eine rollige Katze hinter dem Kater. Warum da etwas anbrennen lassen? Bis jetzt war er Ophélie wirklich treu gewesen. Aber wenn sie so zickig daherkam. Das konnte er nun wirklich gar nicht gebrauchen. Allerdings war heute ein denkbar ungünstiger Abend, um sich auf ein Treffen mit Tatiana einzulassen. Er hatte sie am Telefon vertröstet. Dieser ganze Stress mit Castor und Ophélie, nein, heute brauchte er mal seine Ruhe.

Er ging zu Bett und fiel sofort in einen tiefen Schlaf, aus dem er allerdings keine Stunde später durch ein lautes Klopfen an der Zimmertür geweckt wurde. Paul schaltete seine Nachttischlampe an.

»Heh, wer stört denn da mitten in der Nacht«, grunzte er und richtete seinen Blick fragend auf die Tür. Keine Antwort. Dafür bemerkte er einen Zettel, den irgendjemand unter der Tür durchgeschoben hatte.

Er kroch aus dem Bett und öffnete die Tür. Niemand da. Der Flur lag im Dunkeln. *Merde.* Jetzt war er wieder hellwach. Neugierig faltete Paul den Zettel auseinander, der von einem Notizblock stammte, wie ihn alle hier benutzten. Unliniertes, hochwertiges Papier, in der linken oberen Ecke das Wappen der Schule, eine fette

Zikade auf dem herzförmigen Blatt des Maulbeerbaums. Die Botschaft war handgeschrieben, in Druckbuchstaben. Keine Schrift, die Paul auf Anhieb bekannt vorkam. Aber eine Handschrift konnte man verändern, wenn man zum Beispiel als Rechtshänder mit links schrieb und sich einen dicken Handschuh anzog.

Treffen bei der k. Grotte. 24 Uhr. Patricia.

Mehr stand da nicht. Und Patricia war ganz sicher nicht die Unterzeichnerin. Patricia war tot. Paul rieb sich die Augen. Sollte das ein Scherz sein? Wollte Tatiana ihn so doch noch zu einem Rendezvous locken? Oder kam die Nachricht von einer Person, die mit ihm über Patricia sprechen wollte? Doch wer sollte das sein? Die Botschaft war Paul ein Rätsel.

Er setzte sich aufs Bett, blies die Backen auf und ließ die Luft mit einem lauten »Pfff« entweichen. Wenn er wissen wollte, was das Ganze sollte, musste er zur Grotte. Er schlüpfte in seine Jeans, zerrupfte den Zettel in winzige Teilchen und spülte sie das Klo runter. Eigentlich konnte er einer solchen Heimlichtuerei nichts abgewinnen. In der Clique hatten sie keine Geheimnisse voreinander. Jedenfalls nicht viele. Okay, er selbst war Ophélie gegenüber auch nicht gerade ehrlich gewesen. Aber das war etwas ganz anderes.

Mit einem Mal hellte sich Pauls Gesicht auf. Natürlich, das war's! Clique, Geheimnistuerei, das passte doch wie Arsch auf Eimer. Die anderen hatten hundertprozentig geplant, eine Art Erinnerungsparty für Patricia zu organisieren. Natürlich. Und die künstliche Grotte war der Treffpunkt. Vielleicht ein wenig spooky, aber das hatte was. Da hätte er gleich draufkommen können. Garantiert ein Vorschlag von Thierry. Der hatte ab und zu solche ausgefallenen Ideen.

Viertel vor zwölf. Er musste sich beeilen. Aus seinem Kleiderschrank nahm er ein dunkles Kapuzensweatshirt und streifte es über den Kopf. Der gut bestückte Vorrat an alkoholischen Getränken, die auf dem Boden des Schranks auf ihren Einsatz warteten, wurde um eine teure Flasche Wodka dezimiert. Er würde sich doch nicht lumpen lassen und freute sich schon auf die Gesichter der anderen, wenn er mit wissend-gelangweiltem Blick bei der Grotte eintreffen würde. Paul schlüpfte in seine staubigen Sportschuhe, die noch vom Dauerlauf am Nachmittag neben dem Bett standen.

Keine zehn Minuten später hatte er sein Ziel fast erreicht. Die Taschenlampenfunktion seines Handys bewahrte ihn zweimal davor, über irgendetwas zu stolpern. Die Nacht war schwarz wie selten. Nach Sonnenuntergang hatte es aufgefrischt, und dunkle Wolken, die Regen ankündigten, hatten das Regiment am Himmel übernommen. Keine Sterne, kein Mond waren zu sehen.

Paul bemerkte den Schatten, der ihm leichtfüßig folgte, nicht. Das Knistern, als der Schatten auf einen vertrockneten Ast trat, hörte er, maß ihm aber keinerlei Bedeutung zu. Das Licht, hinter dem der Schatten ihm in einigem Abstand folgte, war so gedimmt, dass Paul, der die Augen stur geradeaus und vor seine eigenen Füße gerichtet hielt, es nicht sah.

Merkwürdig, wie ruhig es war. Kein Wispern, kein Kichern. Aber das passte auch zu seinen Leuten. Wahrscheinlich hockten sie im Gebüsch, und wenn er ankam, würden sie mit lautem Gejohle herausspringen.

Dann hatte er die Grotte erreicht. Zwei tiefe Nischen waren aus roh behauenen Steinen nebeneinandergebaut, durch einen breiten Spalt ab Hüfthöhe waren sie im Inneren miteinander verbunden. Von Weitem sah es aus, als hätte ein Riese willkürlich Steine aufeinander- und nebeneinandergeschleudert, die dabei kreuz und quer gelandet waren, was den natürlichen Charakter der Grotte unterstrich. Bei den Schülern hieß sie daher *La Grotte de l'Orge*, die Grotte des Oger, ein menschenfressender Riese aus der französischen Märchenwelt.

Vor der künstlichen Felsenhöhle lag ein großer Teich, aus dem früher das Wasser für die Kaskade, die ehedem links der Grotte herabsprudelte, gespeist worden war. Heute war der Teich ausgetrocknet, und heimische Pflanzen hatten sich seiner bemächtigt. Der kleine Wasserfall, der durch einen kostspieligen Mechanismus in Gang gehalten worden war, hatte aufgehört zu sprudeln. Hinter der Grotte stand erhöht das ehemalige Pumpenhaus, in dem mittels Wasserdampf die Kolben angetrieben worden waren, die das Wasser aus dem Teich pumpten und es als Kaskade wieder in diesen herabstürzen ließen, wo der Kreislauf von Neuem begann, bis der kleine See nicht mehr ausreichend mit Grundwasser gespeist worden war. Heute war das Pumpwerk eine Ruine, in dessen Innerem die alten Maschinen wie schlafende Tiere aus Eisen und Stahl hockten. Der Zugang war mit Brettern verbarrikadiert, und drum herum verlief ein mittlerweile marode gewordener Zaun.

»Paul, Paul? Hier bin ich.«

Die Stimme war leise und lockend, schwebte von hinten herbei, umwob ihn, ohne dass er erkennen konnte, wer sich ihm näherte. Er drehte sich einmal um die eigene Achse, leuchtete in die Dunkelheit. Da war nichts, absolut gar nichts. Kein Thierry, keine Tatiana, keine Menschenseele. Nur dieses Flüstern.

Urplötzlich überkam ihn ein nicht greifbares Gefühl der Panik. Diese körperlose Stimme war irgendwie unheimlich. *So ein Unsinn,* schalt er sich selbst. *Es gibt keine Gespenster, keine menschenfressenden Riesen. Dummes Zeug für kleine Kinder.*

Die Worte wurden klarer.

»Paul, hier bin ich.«

Sie drangen eindeutig aus dem linken Teil der Grotte. Paul hätte auf Anhieb nicht sagen können, ob die Stimme männlich oder weiblich war, doch die Sprachmelodie kam ihm irgendwie bekannt vor. Er musste über sich selbst grinsen. Keine Gespenster, niemand, der ihm etwas Böses wollte. Aber warum diese merkwürdige Heimlichtuerei? Okay, er würde das Spiel mitmachen.

Paul ließ den Strahl seiner Handytaschenlampe auf den schmalen Weg rechts vom Teich fallen. Hier lagen ein paar Steinbrocken, die vielleicht aus der künstlichen Felsformation herausgebrochen oder herausgefallen waren.

»Wenn du mich nun willst sehen, musst in die rechte Nische gehen«, sang die Stimme. Sie war eindeutig weiblich. Ophélie? Tatiana?

Paul konnte sich ein Lachen nicht verkneifen. Wie dämlich war das denn, jetzt reimte sie auch noch. Nun, wenn es ihr Spaß machte.

Gehorsam betrat er die rechte Seite der Grotte. Der Spalt zwischen den tiefen Felsnischen erinnerte ihn an die Situation in einem Beichtstuhl. Nicht, dass er jemals einen aufgesucht hätte. Aber war es nicht so? Der Priester saß in einer Art Kabine, daneben eine zweite, dazwischen ein Gitter, durch das der reuige Sünder seine Vergehen beichtete. Er hörte ein leises Scharren, dann drang die Stimme wieder an seine Ohren.

»Paul, komm näher.«

Ein Wispern, ein Schmeicheln. Paul befiel mit einem Mal eine unglaubliche Erregung. Auf welches Abenteuer hatte er sich da eingelassen? Er trat an den Spalt heran. Den Duft, der seine Nase nun erreichte, kannte er.

»Noch näher.«

Neugierig streckte Paul seinen Kopf durch den Spalt.

Das Messer drang mit atemberaubender Geschwindigkeit in seinen Hals, zerfetzte die Schlagader. Blut schoss heraus, und noch ehe Paul begreifen konnte, was geschah, war die Sauerstoffzufuhr zu seinem Hirn gekappt. Die Wodkaflasche und das Handy fielen zu Boden. Bewusstlos sank er zusammen und tat zweieinhalb Minuten später seinen letzten Atemzug. Gleichzeitig erlosch das kleine Licht, das ihn an diesen Ort geleitet hatte. Der Akku seines Handys war leer.

Kapitel 39

Dienstag

Coralie verteilte die Blätter mit den zehn Fragen.

»Ihr habt zwanzig Minuten Zeit. Im Anschluss wollen wir uns gemeinsam über die Antwortmöglichkeiten unterhalten.«

Eine Unruhe lag über der gesamten Klasse. Einige rutschten auf den Stühlen hin und her, andere glotzten wie hypnotisiert auf ihre Handys. Dies lag nicht an dem sich zusammenbrauenden Gewitter, sondern schlicht und ergreifend an dem leeren Stuhl in der drittletzten Reihe. Dem Stuhl, auf dem eigentlich Paul Grandmontagne hätte sitzen sollen.

»Weiß einer von Ihnen, wo Paul steckt?«

Allgemeines Kopfschütteln.

Die Zettel waren mittlerweile auf jedem Schreibtisch angekommen, doch niemand nahm einen Stift zur Hand, um mit der Beantwortung der Fragen zu beginnen. Als hätte eine plötzliche Lähmung die ganze Schar befallen, deren Anführer durch Abwesenheit glänzte.

Die junge Polizistin überkam ein mulmiges Gefühl. Doch dann erreichte sie ein kleines Zeichen der Entwarnung.

»Ich glaube, er hat gestern lange über seinen Büchern gesessen. Wahrscheinlich ist er eingepennt und hat verschlafen. Soll ich nach ihm sehen?«

»Ja, er hat lange gearbeitet, das stimmt«, ließ sich die zaghafte Stimme Ophélies vernehmen.

Thierry war bereits aufgestanden.

»Danke, Thierry. Versuchen Sie bitte zuerst, ihn auf seinem Handy zu erreichen.«

Der junge Mann zog sein Smartphone aus der Hosentasche. Dann schüttelte er den Kopf. »Nichts. Wahrscheinlich ist es ihm abgeschmiert, oder er hat es ausgeschaltet. Das macht er öfter, wenn er nicht gestört werden will.«

»Gut, dann sehen Sie in seinem Zimmer nach. Und die anderen fangen bitte schon einmal so langsam an.«

Mit leisem Murmeln wurden Stifte gezückt, und das erste Kratzen von Kugelschreiber und Bleistift auf Papier war zu hören. Coco sah zu Ophélie, die zwar einen Stift in der Hand hielt, aber keine Anstalten machte, zu beginnen. Sie starrte wie gebannt auf die Tür. Das Mädchen wirkte blass, übernächtigt, angespannt. Dunkle Schatten lagen unter ihren Augen.

Ein paar Minuten später riss Thierry die Tür auf und schlängelte sich zu seinem Tisch.

»Er ist wohl noch joggen, bevor das Gewitter losbricht. Im Bad ist er nicht, ich hab mich umgesehen, aber seine Sportschuhe sind weg. Das macht er öfter vor dem Unterricht, eine Runde Laufen. Der wird gleich auftauchen.«

Thierry ließ sich auf seinen Stuhl fallen. Ophélie, die vor ihm saß, drehte sich um und sagte etwas. Er schüttelte den Kopf, ihre Züge entspannten sich, und sie beugte den Kopf über ihr Arbeitsblatt.

Nach zwanzig Minuten sammelte Coralie die Blätter ein. Noch immer war Paul nicht erschienen. Auch sie hatte sich von Thierrys Vermutung, sein Freund sei zum Joggen, beruhigen lassen. Doch jetzt war mittlerweile eine halbe Stunde des Unterrichts vergangen. Hier stimmte etwas nicht.

»Ich werde mir Ihre Blätter heute Nachmittag ansehen«, änderte sie das Programm. »Thierry, wenn Sie bitte noch mal in Pauls Zimmer gehen würden, vielleicht steht er jetzt unter der Dusche. Und Sie, Ophélie, würden Sie bitte bei Mademoiselle Delattre nachfragen, ob eine Krankmeldung vorliegt?«

»Dann hätte Sophie Sie benachrichtigt«, rief Benjamin laut.

Mit einem Schlag herrschte lautes Stimmengewirr im Raum.

»Vielleicht ist ihm beim Joggen übel geworden.«

»Oder er hat sich den Knöchel verstaucht und wartet auf Hilfe.«

»Ach was, der kriecht doch noch auf dem Bauchnabel schneller zum Schloss, als du rennen kannst.«

»Und wenn er sich was gebrochen hat?«

»O nein, und wenn er überfallen worden ist?«, schrie eine hysterische Stimme schrill in die Runde.

In Sekundenschnelle war das Chaos perfekt. Thierry raste aus dem Unterrichtsraum, kehrte drei Minuten später wieder zurück. Kein Paul unter der Dusche. Florence hing schluchzend an Samirs Hals, ein anderes Mädchen stürzte aus dem Raum, würgend, die Hände vor dem Mund. Tatiana saß wie zur Salzsäule erstarrt und gab wimmernde Klagelaute von sich, während Benjamin zu Ophélie geeilt war und sie in die Arme nahm. Der Einzige, der gefasst reagierte, war Thierry.

»Leute, jetzt mal ganz ruhig. Wir alle kennen Paul, der ist immer für eine Überraschung gut. Dann joggt er mal eben zwei Stunden. Diese dämlichen Fragen beantwortet er doch mit links. Dem ist es einfach zu doof. Versteht ihr. Denkt an die Musik. Er hört lieber eine Oper, als mit Madame Riquet Tonleitern zu üben. So ist er nun mal. Der kommt gleich und wundert sich über euer Gejaule.«

Demonstrativ gelassen setzte sich Thierry auf seinen Platz. Coralie fühlte sich für einen Augenblick angesichts der Reaktionen und Szenen in den letzten Minuten regelrecht überfordert. Dann kehrte allmählich wieder Ruhe ein, und einige Gesichter wandten sich ihr mit der unausgesprochenen Frage zu, wie es nun weitergehe. Jetzt hieß es, die Nerven zu bewahren. Die Schülerinnen und Schüler entspannten sich, und diesen Zustand musste sie aufrechterhalten.

Sie fasste einen Entschluss. Bis zum Ende des Unterrichts war es noch eine knappe Viertelstunde. Sie würde ihn beenden und die jungen Leute, bis auf Ophélie und Thierry, die Paul offenbar am nächsten standen, vorzeitig entlassen. Sie glaubte nicht an eine erweiterte Laufeinheit. Doch sie durfte jetzt nicht in Panik verfallen und diese auch noch auf die Schüler übertragen. *Ganz ruhig bleiben, tief durchatmen,* sagte sie sich, doch es rumorte in ihrem Magen, und Coralie wurde übel bei dem Gedanken, dass womöglich während ihres Aufenthalts im Internat ein weiteres Verbrechen begangen worden war. Sie setzte sich selbst eine Frist von einer halben Stunde. Wenn Paul bis dahin noch nicht aufgetaucht war, musste sie reagieren und die Suche nach dem jungen Mann einleiten.

Sie verlieh ihrer Stimme einen festen Klang. »Thierry, würden Sie bitte trotzdem Directeur Barrois darüber informieren, dass Paul nicht zum Unterricht erschienen ist? Und danach möchte ich Sie kurz sprechen. Sie ebenfalls, Ophélie. Die anderen können schon gehen.«

Erneutes Gemurmel, doch alle standen auf, packten ihren Kram und verließen schweigend, tuschelnd oder kichernd den Raum. Tatiana blieb bei Ophélie stehen, umarmte sie kurz und verließ mit Benjamin, der ihr den Arm um die Schulter legte und sie an sich drückte, den Raum. Ophélie hängte ihren Schulrucksack über die Schulter und schlenderte betont langsam zum Lehrertisch.

»Warum wollen Sie mit mir sprechen?«

»Wegen Paul. Sie sind eng mit ihm befreundet, wie ich gehört habe. Haben Sie eine Ahnung, wo er stecken könnte?«

»Ach ja? Das haben Sie gehört? Meinen Sie nicht, wenn ich eine Ahnung hätte, würde ich Ihnen die mitteilen?«

Coralie war erstaunt über die Arroganz in der Stimme der jungen Frau. Genauso hätte Ophélie fragen können: *Ach ja? Und was geht Sie das an? Halten Sie mich für blöde?*

»Mademoiselle Costa, ich kenne Sie alle erst seit ganz kurzer Zeit. Doch Sie sind mir anvertraut worden, und daher mache ich mir natürlich Gedanken um Sie und Ihre Schulfreunde. Und nun ist heute Morgen ein Schüler nicht zum Unterricht erschienen, ein Schüler, der in Kürze mit einem ganz sicher bedeutenden Berufswunsch vor Augen einen hervorragenden Abschluss machen möchte und es sich nicht leisten kann, diese kleine Klausur, auch wenn sie ihm vielleicht unwichtig erschienen sein mag, zu versäumen. Und da Sie ihn wahrscheinlich besser kennen als jeder andere, möchte ich eigentlich nur von Ihnen wissen, wo Monsieur Grandmontagne abgeblieben sein könnte.«

Mit der Reaktion, die folgte, hatte Coralie nicht im Mindesten gerechnet. Ophélie brach in ein schrilles Geheul aus, und Tränen der Wut rannen über ihre knallroten Wangen.

»Sie wussten also auch Bescheid. Alle wussten es, nur ich nicht.«

In unheimlicher Rage schleuderte sie ihren Rucksack auf den Boden und versetzte ihm einen Tritt, der ihn in die nächste Ecke beförderte.

Coralie zog ein Papiertaschentuch aus ihrer Jeans und reichte es Ophélie, deren wildwütende Schluchzer zu einem Stakkato animalischer Töne anschwoll. Sie nahm das Taschentuch, zerknüllte es und warf es ihrer Lehrerin vor die Füße.

»Ophélie, jetzt beruhigen Sie sich bitte. Was soll ich gewusst haben?«

»Dass Paul sich in Straßburg beworben hat. Er will auf die ENA, ohne mich, das schaffe ich gar nicht, da kommen nur die Besten hin. So wie Paul und Tatiana.«

Ophélies Stimme brach, sie verfiel in Schweigen

Tatiana. Nach dem frustrierenden und erniedrigenden Besuch bei Paul hatte sie noch bei Tatiana vorbeigeschaut. Doch das hätte sie besser nicht gemacht. Noch bevor sie auch nur Luft holen konnte, hatte Tatiana sie schon abgeblockt. »Keine Zeit, meine Süße, muss noch was arbeiten und mit Papa telefonieren. Hab höchstens zwei Minütchen für dich.«

Ophélie hatte beiläufig geseufzt und scheinheilig gefragt: »Was hältst du von Straßburg? Ich überlege, ob ich Paul begleiten soll.«

Tatiana hatte mit den Schultern gezuckt, ihre Nägel weiterlackiert, und dann kam der Satz, der Ophélie den Boden unter den Füßen wegriss.

»Übrigens. Als Paul mir von seiner Bewerbung erzählt hat, bin ich gleich nachgezogen. Mit meinem Abschluss dürfte die ENA kein Problem für mich darstellen.«

Einer Ohnmacht nahe, war Ophélie aus Tatianas Zimmer gewankt.

»Ophélie? Geht es wieder?«

Das Mädchen richtete sich zu seiner vollen Größe auf. »Kann ich jetzt gehen?«

Trotzig marschierte sie an Coco vorbei und hob ihren Rucksack auf, aus dem der fetzige Klingelton eines Handys ertönte. Sie riss ihr Telefon, das in einer rosa Hülle mit goldenen Flamingos steckte, heraus und starrte auf das Display.

»Von Thierry. Roland meint, Paul sei in Montpellier, um Samuel Goldstein zu hören. Wer ist das?«

Erleichterung durchströmte Coco. Im nächsten Augenblick stürmte Thierry herein.

»Paul ist wahrscheinlich gerade in Montpellier. Ihr glaubt nicht, was Barrois veranstaltet hat. Am liebsten hätte er Spürhunde kommen lassen. Und rumgeschrien hat er, noch nicht mal mehr auf grüne Bohnen sei Verlass. Ist das ein Idiot. Na, egal. Wusste gar nicht, dass er sich mit dem Guru treffen wollte.«

»Wie jetzt? Was für ein Guru?« Ophélie steckte ihr Handy wieder in den Rucksack.

»Na, Goldstein eben. Roland hat es ihm gesagt. Er hat es im *Midi Libre* gelesen und sich gedacht, das könnte was für Paul sein.«

»Roland Ravel?«, fragte Coralie.

»Ja. Dieser Goldstein ist heute und morgen in Montpellier. Der größte Wirtschaftswissenschaftler aller Zeiten. Lehrt in Stanford. Und Paul wollte sich dessen Auftritt wohl nicht entgehen lassen. Deswegen ist auch das Handy ausgeschaltet. Goldstein gehört zu haben, kann für Straßburg jedenfalls nichts schaden.«

Ophélies Stimme war tonlos, als sie sagte: »Straßburg, die ENA, du hast es auch gewusst?«

»Ja, klar. Paul wollte aber nicht, dass es an die große Glocke gehängt wird. Falls er wider Erwarten doch durchfällt.« Er hielt inne. »Jetzt sag nicht, du hattest keine Ahnung davon?«

Er machte einen Schritt auf Ophélie zu, die sich mit einer Hand an die Kante des Lehrerschreibtischs krallte. Als er sie tröstend in die Arme nehmen wollte, stieß sie ihn mit unglaublicher Wucht von sich. Thierry, dieser Verräter.

»Hau bloß ab, Arschloch«, kreischte sie laut.

Thierry zögerte, doch Coralie machte ihm ein Zeichen zu gehen. Er trollte sich und warf einen letzten irritierten Blick zu seiner Freundin. Leise zog er die Tür hinter sich zu.

»Ophélie?«

»Hm?«

»Wollen Sie reden?«

»Nein.«

Das Mädchen hob den Kopf und stolzierte mit arroganter Miene aus dem Zimmer.

Doch so leicht konnte man Coco nichts vormachen. Ophélie Costa musste bis ins tiefste Innere in ihrem Stolz verletzt worden sein. *Zut*, jetzt war Thierry weg, und sie musste bis zum Nachmittag warten, wenn der werte Monsieur Schmitz aus der letzten Unterrichtsstunde kam.

Im ersten Moment war sie erleichtert gewesen, doch genau betrachtet, beruhigte Coco die Nachricht, Grandmontagne sei wahrscheinlich in Montpellier, nicht wirklich. Und dass er nicht erreichbar war, trug auch nicht gerade dazu bei. Sie musste bei Ravel nachhaken, vielleicht hatte der mittlerweile etwas von Paul gehört. Und mit Barrois hatte sie ebenfalls ein paar Takte zu reden, von wegen grüne Bohnen.

Sie brachte ihre Unterrichtsunterlagen ins Lehrerzimmer. Roland Ravel hatte eine Freistunde und saß über seinem Computer. Als Coco ihre Mappe auf den Arbeitstisch plumpsen ließ, schaute er auf.

»Das war ja eben eine ganz schöne Aufregung wegen nichts und wieder nichts.« Er klappte seinen Laptop zu und hob einen bunten Keramikbecher hoch. »Möchtest du auch einen?«

Ohne eine Antwort abzuwarten, stand er auf und goss zwei Becher voll mit Kaffee. Coralie setzte sich neben ihn und blies über das dampfende Getränk.

»Bist du sicher, dass Paul Grandmontage in Montpellier ist? Einfach so, ohne jemandem was zu sagen? Und wie ist er hingekommen?«

»Mit dem Zug. Wie sonst. Und was heißt sicher? Es ist die einzige Erklärung für sein Verschwinden. Wir haben vor zwei Tagen über Goldstein gesprochen. Er hat gemeint, das wäre *die* Gelegenheit, dem Mann zuzuhören. Ich hab ihm den Artikel aus dem *Midi Libre* gegeben, in dem steht, wann und wo er spricht. Ob Pauls Interesse allerdings ernst war, weiß ich nicht. Der Junge versteht es nämlich vorzüglich, sein Fähnchen nach dem Wind zu drehen, wenn du verstehst, was ich meine. Ich finde Goldstein grandios, und wenn Paul es auch tut, glaubt er bei mir einen Stein im Brett zu haben. Heh, ich bin der König der Redewendungen. Das hab ich von meiner Großmutter. Die hat immer einen passenden Spruch auf den Lippen.«

Coco ging auf Ravels Albernheiten nicht ein. »Du magst ihn nicht besonders?«

»Es geht so. Er redet mit gespaltener Zunge.« Roland Ravel grinste von einem Ohr zum anderen.

»Und wie sicher bist du, dass Grandmontagne in Montpellier ist?«

»Sicher? Ich bin mir doch nicht sicher. Ich vermute es einfach nur. Hat jemand versucht, ihn telefonisch zu erreichen?«

Coralie nickte. »Ausgeschaltet.«

»Nun, während eines Vortrags von Goldstein und einer anschließenden Diskussion ist das auch besser.«

Roland Ravel schaute auf die große Wanduhr über der Tür.

»Zeit für mich. Mathe in der Elf. Wenn sich Paul meldet, sag ich dir Bescheid. Und wenn du was hörst …«

»Ja, ich melde mich dann.«

Sie trank ihren Kaffee aus und begab sich zum Büro des Direktors. Das Gefühl der Erleichterung über Pauls Verbleib hatte wahrlich nicht lange angehalten. Mit jedem Schritt beschlich sie ein wenig mehr die Angst, dass sein Verschwinden vielleicht doch einen ganz anderen Grund hatte.

Kapitel 40

Dienstag

»Es tut mir außerordentlich leid, Brigadier Mollard. Ich bin tatsächlich in Panik geraten. Paul Grandmontagne verschwunden. Ich habe schon seinen leblosen Körper vor meinem geistigen Auge gesehen. Furchtbar, ganz furchtbar die Vorstellung. Gott sei Dank ist ja nichts passiert. Es wird allerdings Konsequenzen haben, doch andererseits, der junge Mann denkt an seine Zukunft. Trotzdem, er hätte Bescheid sagen müssen.«

Waren seine Worte anfangs noch von großer Erleichterung gekennzeichnet, so war der Ärger in seiner Stimme nun unüberhörbar.

»Und das mit den grünen Bohnen … Fast hätte ich Sie damit auffliegen lassen. *Pardon.*«

Coralie zuckte mit den Schultern. »Das glaube ich zwar nicht, aber bitte seien Sie in Ihrer Wortwahl zukünftig etwas vorsichtiger.«

Sophie Delattre hatte den beiden Kaffee gebracht und war wieder hinter ihrer schallgedämpften Tür verschwunden. Irgendwie kam ihr diese junge Lehrerin suspekt vor. Von nichts auf gleich in ihrem Eliteinternat angestellt. *Eh bien*, Hauptsache, die Zwölf hatte wieder geregelten Sportunterricht. Als Thierry vorhin im Sekretariat wegen Paul nachgefragt hatte, hatte sie keinen geringeren Schreck bekommen als Monsieur Barrois nur eine Minute später. Auch sie hatte sich das Verschwinden des Jungen als in einem Horrorszenario gipfelnd vorgestellt. Gott sei Dank nur ein Szenario. Und jetzt saß diese Régine schon bei Barrois in trauter Zweisamkeit bei einer Tasse Kaffee. Nun, ihr konnte es eigentlich egal sein.

Vorsichtig stand sie auf, rollte ihren Schreibtischstuhl auf der weichen Unterlage zurück und schlich zur gepolsterten Tür. Wenn wirklich alles ganz leise um sie herum war, kein Schülerlärm, kein Zikadengeplärre, und man ein Ohr gaaaanz fest an die Tür presste, konnte man, wenn nebenan laut genug gesprochen wurde, das eine oder andere Wort aufschnappen.

Was hatten die beiden nur mit grünen Bohnen?

Paul … Clique … verschwiegen … Michel … wussten Sie? … Ophélie … wütend … glauben Sie? …

Mehr war nicht zu verstehen, und aus den wenigen Fetzen hätte man sich sonst was zusammenreimen können. Aber das war nicht ihre Art. Schlimm genug, dass sie überhaupt lauschte.

Fast wäre Sophie Delattre rückwärts über den hohen Teppichsaum gestolpert, als die Tür zum Sekretariat aufgerissen wurde.

»Castor, was fällt Ihnen ein. Haben Sie noch nie was davon gehört, dass man …«

Noch bevor die Sekretärin einen Vortrag über gute Manieren halten konnte, hielt der Junge sich mit geblähten Backen und würgend die Hand vor den Mund. Doch es war zu spät. Er schaffte es noch gerade bis zum gut gefüllten Papierkorb neben dem Schreibtisch, dann erbrach er sich hinein.

Der spitze Schrei, den Sophie ausstieß, ließ keine zehn Sekunden später Barrois und Coralie in ihr Zimmer stürzen. Der Junge kniete vor dem Papierkorb, doch außer Gallenflüssigkeit kam nichts mehr heraus. Bleich und mit vom Schweiß klatschnassen Haaren ließ er sich seitlich auf den Teppich fallen.

»*Mon Dieu*, Castor, was ist passiert?«

Die Sekretärin bückte sich zu dem Jungen, wischte mit einem Papiertaschentuch über dessen Gesicht. Dann starrte sie entsetzt den Direktor an.

Paul! Derselbe grauenhafte Gedanke schoss allen in diesem Augenblick durch den Kopf. Paul Grandmontagne, tot. Ermordet wie Patricia Hector und Adrien Bonhomme.

Castor versuchte zu sprechen, doch aus seinem Mund kamen nur unzusammenhängende Wortfetzen.

»Paul, Blut, mir wird übel.« In Sekundenschnelle hielt Coco ihm wieder den Eimer vor den Mund, doch trotz konvulsivischem Würgen kam nichts mehr aus seinem Magen heraus.

»Wasser bitte«, forderte sie und setzte sich zu Castor auf den Boden. Sie umschlang seinen Oberkörper mit den Armen und zog den Jungen zu sich heran, sodass er sich an sie anlehnen konnte.

»Ganz ruhig, Castor. Sag uns, was passiert ist?«

Sie hielt ihm das Glas Wasser an die Lippen, gierig trank der Junge ein paar Schlückchen, hustete und schloss die Augen. Mit matter Stimme begann er zu berichten.

»Ich wollte mit Paul sprechen, bin ihm gestern in der Nacht deswegen gefolgt. Aber da war so ein merkwürdiges Geräusch. Ich hab plötzlich Schiss bekommen und bin wieder zurück in mein Zimmer. Heute Morgen hab ich vor seiner Tür auf ihn gewartet, aber er kam nicht raus. Dann bin ich runter zum Unterrichtsraum, aber da ging er nicht rein. Da hab ich mir noch nichts dabei gedacht. Ich hab gewartet, irgendwann würde er schon auftauchen, und dann würde ich ihn zur Rede stellen. Als dann Thierry rausgerannt ist, hab ich so ein komisches Gefühl bekommen. Ich bin dann raus und in die Richtung gelaufen, in der Paul in der Nacht verschwunden war. Und dann hab ich ihn gefunden. Es war so furchtbar.«

Ein Zittern lief durch seinen ganzen Körper, und Coco hatte Mühe, ihn ruhig bei sich auf dem Boden zu halten. Er versuchte aufzustehen, und als dies nicht gelang, schlug er wild um sich, bis Coralie seine Arme an seinen Oberkörper presste.

»*Chut*, alles gut, dir passiert nichts. Was ist mit Paul? Wo hast du ihn gefunden?«

»Ich weiß nicht, er liegt da, drumherum ist alles voller Blut. Und er bewegt sich nicht. Er liegt in der Grotte.«

Castor war einer Ohnmacht nahe.

»Mademoiselle Delattre, bitte rufen sie einen Wagen der SAMU, der Junge muss sofort in ein Krankenhaus. Monsieur Barrois, informieren Sie bitte umgehend Madame de Boncourt. Sie und der Commandant sollen mit einem Rechtsmediziner und der Spurensicherung sofort zu dieser Grotte kommen. Wo ist sie?«

Barrois erklärte ihr den Weg.

Coco bettete Castors Kopf auf eine zusammengelegte Wolldecke, die die Sekretärin aus dem Wandschrank geholt hatte. Allmählich ließ sein Zittern nach.

»Bis der Krankenwagen kommt, behalten Sie ihn bitte im Auge.«

Sophie Delattre wunderte sich nicht im Mindesten über den Befehlston und die Anweisungen der Lehrerin. Der angeblichen Lehrerin. Sie hatte es doch gleich gewusst, dass mit Régine etwas nicht stimmte.

Nachdem sie den Notruf gewählt hatte, setzte sie sich neben Castor auf den Boden und hielt seine Hand. Sie schaute auf und durchbohrte Coralie mit strafendem Blick.

»Sie sind von der Polizei, stimmt's? Und Sie heißen auch nicht Régine Polnareff. Wie konnten Sie nur, Monsieur le Directeur? Nach all den Jahren unserer Zusammenarbeit hätten Sie mich ruhig einweihen können.«

»Es tut mir leid, Sophie. Das lag nicht in meiner Macht. Ich habe mir den Einsatz von Brigadier Mollard auch anders vorgestellt.«

Ich mir auch, dachte Coco bei sich. »Verlieren Sie keine Zeit, rufen Sie endlich Madame le Juge an«, raunzte sie den Direktor an und stürmte aus dem Zimmer.

Im Laufschritt eilte sie an den Beeten und Sportplätzen vorbei, nahm im Wäldchen denselben Weg, auf dem sie am Vortag Castor und Ophélie begegnet war. Der große, ausgetrocknete Teich, von dem Barrois gesprochen hatte, lag jetzt vor ihr, dahinter erkannte sie die beiden Öffnungen der künstlichen Grotte. Sie hatte keine Waffe dabei, um sich gegebenenfalls zu verteidigen. Doch warum sollte der Täter sich noch im Umkreis der Grotte aufhalten? Wenn Paul tatsächlich gestern Nacht getötet worden war, hatte sich der Mörder längst aus dem Staub gemacht.

Vor der künstlichen Höhle blieb Coralie abrupt stehen. Das Summen, das aus der Felsenhöhle an ihr Ohr drang, verriet ihr, dass die Fliegen sich bereits über ihr Opfer hergemacht hatten. Gleichzeitig nahm sie den Geruch von Alkohol wahr. Vorsichtig und mit klopfendem Herzen betrat sie den linken Teil der steinernen Nische.

Der plötzliche Wechsel vom Sonnenlicht zur dumpfen Düsternis der Grotte ließ sie blinzeln. Doch schnell gewöhnten sich ihre Augen an das Zwielicht, und was sie sah, ließ sie einen Schrei ausstoßen. Der Kopf von Paul samt seinen Schultern hing auf der einen Seite, durch einen breiten Spalt hindurchgeschoben, der Rest des Körpers lag dann wohl in der anderen Hälfte der Höhle. Die Szenerie erinnerte Coco an ein Tier auf einem Opferstein, das man hatte ausbluten lassen. Rückwärts und mit angehaltenem Atem trat sie wieder hinaus in die Helligkeit und widmete sich dem rechten Teil der Grotte. Der Junge kniete, die Arme hingen leblos herab, eine zerbrochene Flasche lag am Boden neben ihm. Ein zweites Bild setzte sich in Cocos Kopf fest, das eines Verurteilten, der sich – freiwillig? – aufs Schafott begeben hatte. Hier konnte sie nichts mehr tun.

Die Lieblichkeit der Natur außerhalb der Grotte irritierte die Polizistin. Die Vögel zwitscherten im Geäst der Bäume, ein freundliches Insekt steuerte einen goldgelb blühenden Ginsterbusch an. Ihr Handy klingelte. Mathilde de Boncourt. Die Untersuchungsrichterin und Commandant Bouraada waren bereits auf dem Weg. Aus der Ferne vernahm Coralie das Heulen der Sirenen. Der Wagen der SAMU war auf dem Weg, um Castor abzuholen.

Unsicher sah sie sich um. Die Gedanken wirbelten nur so durch Coralies Kopf. Hoffentlich hatte sie keine Spuren verwischt. Sie musste den Leuten von der *Identification criminelle* zeigen, wo sie langgelaufen war. Es hatte in den frühen Morgenstunden gewittert und ein wenig geregnet, vielleicht gab es verwertbare Spuren. Was war hier alles bloß schiefgelaufen? Sie sollte Paul und seine Clique im Auge behalten, aus ihnen herauskitzeln, welches Geheimnis sie hüteten. Und jetzt? Nichts hatte sie herausgefunden, und der Junge war tot. Bestialisch ermordet. Weswegen hatte Castor Paul sprechen wollen? Mitten in der Nacht? Und welches Geräusch hatte er gehört?

Coralie setzte sich auf einen Stein, die unterste Stufe einer Kaskade, über die ehedem der kleine Wasserfall links von der Grotte sich in den Teich ergossen hatte, und stützte ihre Hände in den Kopf. Das war vermutlich ihr erster und letzter Einsatz im Rahmen einer solchen Ermittlung gewesen. *Adieu PJ, bienvenu Police muni-*

cipale. Sie würde den Rest ihrer Tage in Montauban-sur-Vidourle verbringen. Vielleicht war es auch besser so.

Ein plötzliches Knacken im Gehölz ließ sie auffahren. Eiskalt lief es ihr den Rücken herunter, und ihr Körper spannte sich. Einem Mörder mit einer Waffe wäre sie hier hilflos ausgeliefert. Sie griff nach dem erstbesten Verteidigungsmittel, einem scharfkantigen Stein, der sich an irgendeiner Stelle aus dem künstlichen Felsungetüm gelöst hatte.

»Régine? Régine sind Sie das?«

Coralie stieß erleichtert den Atem aus, um im nächsten Moment aufzuspringen und der schlanken Gestalt entgegenzulaufen. Das Mädchen durfte nicht noch mehr Spuren verwischen, durfte vor allem nicht in die Grotte.

»Ophélie, bleiben Sie stehen. Nicht weiter. Bitte.«

Die junge Frau kam einen weiteren Schritt auf Coralie zu. Ihre Haare hingen wirr ins Gesicht, und das kunstvoll aufgetragene Make-up war verschmiert. Dunkle Schlieren der verlaufenen Wimperntusche lagen auf ihren Wangen. Als Coco sie erreicht hatte, geriet Ophélie ins Wanken, konnte sich gerade noch am Stamm einer jungen Buche halten. Dann rutschte sie an ihm herab, ging auf die Knie.

»Er ist tot«, flüsterte sie.

Mit einem letzten Schritt war Coco bei ihr und kniete sich neben sie.

»Kommen Sie. Das ist kein Ort für Sie, wir gehen zurück zum Schloss.«

Wie schwer ein Körper war, der sich nicht bewegen wollte. Sie hatte alle Mühe, das Mädchen auf die Beine zu ziehen. Sie legte ihm einen Arm um die Hüfte, um es zu stützen. Mehrfach stolperte Ophélie, und die Polizistin konnte gerade noch das Gleichgewicht halten.

Nun waren auch die Sirenen der Einsatzfahrzeuge der Polizei zu hören, und als die beiden Frauen das Rugbyfeld passiert hatten, kamen ihnen Mathilde de Boncourt, der Commandant und drei Kriminaltechniker bereits entgegengelaufen.

Mathilde warf Coralie einen fragenden Blick zu. Es war nicht die Zeit für viele Worte.

»Paul Grandmontagne. Vierhundert Meter in diese Richtung, dann kommt ein ausgetrockneter Teich. Dahinter, in der Grotte. Ich begleite Mademoiselle Costa ins Schloss.«

Mathilde und Rachid nickten und eilten weiter.

Als Coralie und ihr Schützling die Schlosstreppe erreichten, rannte eine weitere Person an ihnen vorbei hinter den Ermittlern her. Ein älterer Mann mit kurz geschnittenem grauen Haar und einer altmodischen ledernen Arzttasche. Direktor Barrois stand mit ausgestrecktem Arm vor dem Schloss, sein Gesicht, seine ganze Haltung versteinert wie die einer Statue. Er hatte dem Rechtsmediziner den Weg zur Grotte angezeigt.

»*Mon Dieu*, reden Sie!« Seine Bewegungen waren roboterhaft, sein Gesicht entbehrte jeder Mimik, als er die Worte herauspresste.

Coco wunderte sich, dass aus einem Mund, der wie aus einem Felsblock gemeißelt wirkte, überhaupt noch ein menschliches Wort kam. Sie schüttelte den Kopf und nickte zu Ophélie, die sich jetzt wie eine lebensgroße Puppe mitschleppen ließ.

»Ist die SAMU noch da?«

»Nein, sie sind mit Castor weg. Sollen wir einen weiteren Rettungswagen bestellen?« Barrois riss sich zusammen, doch seine Stimme war tonlos, brüchig.

»Ich kümmere mich um Mademoiselle Costa. Gehen Sie hinein, halten Sie den Unterricht oder was weiß ich am Laufen. Und sorgen Sie dafür, dass niemand draußen herumrennt und unsere Arbeit behindert.«

Mit leisem Wimmern machte Ophélie auf sich aufmerksam. In diesem Moment kam Tatiana Sorokina aus dem Schloss gestürzt, im Schlepptau Thierry und Benjamin.

»Heilige Mutter Gottes, was ist los? Wo ist Paul? Stimmt es? Ist er tot?«, kreischte sie in einem Atemzug. Die beiden jungen Männer hielten sie links und rechts am Oberarm fest.

»Monsieur Barrois, kümmern Sie sich um die drei, ich bringe Ophélie auf ihr Zimmer«, befahl Coralie streng. Jetzt bloß die Nerven behalten. Sie schleppte das Mädchen an ihren Freunden vorbei, die ihnen mit ungläubigen Gesichtern nachstarrten. Als Tatiana Anstalten machte, ihnen zu folgen, hielten Thierry und Benjamin sie zurück.

»Lasst mich los«, schrie sie in unbändiger Wut. »Ich will mit. Ich will wissen, was passiert ist. Ophélie, was ist mit Paul?«

Coralie hörte noch, wie Barrois endlich ein Machtwort sprach und die drei Jugendlichen in sein Büro scheuchte. Das Geheul der jungen Russin verfolgte Coco bis vor Ophélies Zimmer.

Kapitel 41

Dienstag

Coralie Mollard konnte es kaum erwarten, das Schloss zu verlassen und zu den Kollegen zu stoßen, die im Umfeld der Grotte ihre Arbeit verrichteten. Doch sie musste sich zuerst um Ophélie kümmern, die schluchzend auf ihrem Bett lag. Das Glas Wasser hatte sie nicht angerührt und die tröstende Hand der Polizistin mehrfach weggeschoben.

»Ophélie, bitte erzählen Sie mir, was Sie wissen. Was ist hier vorgefallen? Paul ist tot. Wie Ihre Freundin Patricia und Monsieur Bonhomme ist auch er Opfer eines Verbrechens geworden. Es darf nicht noch mehr geschehen. Wir brauchen Ihre Mithilfe. Bitte, Ophélie.«

Das Schluchzen wurde leiser, ebbte ab. Das Mädchen richtete sich auf und trank einen Schluck Wasser.

»Sie sind keine Lehrerin, oder?« Sie wischte sich mit einem Zipfel ihrer Bettdecke die Tränen vom Gesicht, dann umklammerte sie ihn mit beiden Fäusten. »*Nounours*«, das Wort ein einziger Klagelaut.

Teddybär? Suchend schaute sich Coralie um. Auf einem kleinen Sessel, auf dem sich ein Kleiderberg türmte, lugte aus der Ecke etwas hervor, das wie ein Teddybär aussah. Sie stand auf und zerrte das Plüschtier, das vor lauter Liebe kaum noch einen Pelz besaß und ein Ohr verloren hatte, hervor, legte es neben Ophélie aufs Bett, die es sofort an sich drückte.

»Mein kleiner Alfred«, schniefte die junge Frau und küsste den Teddy auf die Schnauze.

Sie ist noch ein richtiges Kind, schoss es Coralie durch den Kopf.

»Nein, ich bin keine Lehrerin. Ich bin hier, um zu verstehen, was geschehen ist. Du und deine Freunde, ihr verschweigt etwas. Und euer Schweigen hat Patricia, Adrien Bonhomme und jetzt auch Paul das Leben gekostet. Ophélie, warum ist Paul gestern Nacht zur Grotte gegangen? Und was wollte Castor von ihm?«

Ophélie hielt den Bären eng umschlungen. Sie legte ihren Kopf auf den des Teddys und schloss die Augen.

»Könnte ich noch ein Glas Wasser haben?«, bat sie mit müder Stimme.

Coralie ließ im Bad frisches Wasser in den Becher laufen und brachte ihn der jungen Frau, die jetzt gierig trank. Wenige Tropfen spritzten auf den Kopf des Teddys, die sie in einer mütterlichen Geste einer Träne gleich wegstrich.

»Ophélie, hör mir zu. Dein Freund Paul ist tot. Es muss einen Zusammenhang geben mit dem Tod von Adrien Bonhomme und deiner Freundin Patricia.«

Keine Reaktion. Ophélie drückte ihr Gesicht in den Körper des Plüschtiers. Coralie dachte schon, das Mädchen wäre vor Erschöpfung eingeschlafen, doch ganz plötzlich richtete es seinen Oberkörper auf und starrte sie mit wirrem Blick an.

»Zusammenhang? Sie glauben doch nicht, dass Paul die beiden getötet hat? Aber das ist doch Unsinn. Nicht wahr? Und wer hat dann ihn getötet?«, schluchzte sie verzweifelt. »Das kann nicht sein, hier läuft jemand herum, der drei Menschen auf dem Gewissen hat. Finden Sie endlich diese Person«, kreischte sie dann und warf den Bären quer durchs Zimmer. Sekunden später sprang sie vom Bett, nahm das Plüschtier wieder in die Arme und streichelte seinen Kopf, als habe es sich verletzt. Sie legte sich zurück aufs Bett und zog die Decke bis zum Kinn, die Lippen zusammengepresst, die Augen lugten lauernd hervor.

»Michel Russo, er war ebenfalls ein Schulfreund. Er starb im letzten Jahr. Haben Sie ihn gekannt?«, versuchte sie es erneut.

Ophélies Züge erstarrten für einen Moment. »Er war an dieser Schule. Das ist alles. Er war kein Freund, ich hab ihn nur vom

Sehen gekannt wie Paul und die anderen auch. Warum fragen Sie?« Ihre Stimme war nun schneidend und beherrscht.

»Ophélie, ich glaube Ihnen nicht.«

Coralie war fasziniert von der unglaublichen Wandlungsfähigkeit der jungen Frau. Von weinerlich über hysterisch, wütend, eiskalt bis hin zu arrogant, denn genau so antwortete sie jetzt.

»Sie sagen, ich lüge? Sie sind nicht ganz bei Trost. Mein Freund ist umgebracht worden, und Sie haben nichts Besseres zu tun, als einen alten Todesfall, der übrigens durch einen Herzinfarkt verursacht worden ist, rauszukramen? Suchen Sie endlich Pauls Mörder. Am besten fangen Sie bei Castor an. Der tut, als könnte er kein Wässerchen trüben. Aber ist es nicht so, dass der Täter an den Ort des Verbrechens zurückkehrt? Er hat Pauls Leiche gefunden. Vielleicht hat er ihn auch getötet.« Ihr Gesicht verzog sich zu einer hässlichen Fratze. »Ich glaube, ich hab ihn sogar gesehen. Er ist in Richtung Wald gegangen. Ja, jetzt fällt's mir wieder ein. Ich hab noch gedacht, wo will Castor denn um diese Zeit hin? Wie habe ich das nur vergessen können. Das ist die ganze Aufregung.«

Sie verstummte und sah ihr Gegenüber auffordernd an. *Was sagst du nun?*, drückte ihr Blick aus.

Coralie runzelte die Stirn. Log sie schon wieder? Castor lag im Krankenhaus. War nicht vernehmungsfähig. Warum hätte er Paul töten sollen?

»Sie haben also Castor letzte Nacht gesehen. Was haben Sie um diese späte Zeit draußen gemacht?«

»Nichts.«

»Ophélie. Waren Sie unterwegs, weil Sie wissen wollten, was Paul vorhat? Sie sind sich darüber im Klaren, dass auch Sie, wie Castor, dem Mörder hätten begegnen können? Sie beide haben großes Glück gehabt. Also, was hatten Sie im Wald zu suchen? Und was wollte Castor von Paul?«

Das Mädchen schloss die Augen. Ob es jetzt endlich mit der Wahrheit herausrückte? Ophélies Stimme sank zu einem Flüstern herab.

»Ich hab geglaubt, Paul hätte ein Date mit Tatiana. Ich wollte die beiden in flagranti erwischen. Als ich gesehen habe, dass Castor hinter Paul herstiefelt, hab ich die Verfolgung abgebrochen und bin zurück in mein Bett.«

Das konnte natürlich die Wahrheit sein. Doch warum sollte Castor Paul gefolgt sein? Coralie hakte noch einmal nach.

»Keine Ahnung. Wegen des Theaterstücks, das geplatzt ist? Was weiß ich«, lautete die mürrische Antwort. »Und jetzt will ich meine Ruhe. Sie sind rücksichtslos. Ich habe noch nicht mal die Zeit zu trauern gehabt.« Wieder verkroch sie sich unter dem Laken.

Die nächsten Worte wählte Coralie besonders vorsichtig. Sie ging zum »Du« über.

»War Paul sehr in dich verliebt?«

Außer einem leisen Schluchzen keine Reaktion.

»Ophélie?«

»Ich glaube schon«, wisperte die junge Frau. »Aber wer weiß so was schon mit Gewissheit? Ich hab es schon gesagt, ich glaube, Tatiana hat versucht, ihn mir auszuspannen. Sie hielt sich seit ein paar Tagen immer sehr in Pauls Nähe auf, flüsterte ihm was ins Ohr, solche Sachen.«

»Und Paul hat sich auf das Spiel eingelassen?«

»Keine Ahnung. Warum sollte er. Wir waren doch glücklich.«

»Aber es hat dich verletzt, die Sache mit Straßburg, nehme ich an. Wie sehr?«

Ophélies vom Weinen und Wütendwerden gerötetes Gesicht wurde noch eine Nuance dunkler.

»Das kann doch wohl nicht wahr sein. Glauben Sie etwa, ich hätte ihn aus Eifersucht getötet?«, zischte sie. »Ich hab Ihnen gesagt, knöpfen Sie sich Castor vor. Oder Tatiana. Wir reden hier von drei Menschen, soll ich die alle ermordet haben? Paul, weil er mich eventuell betrogen hat? Dann hätte ich eher Tatiana einen Kopf kürzer gemacht. Warum Patricia, warum Bonhomme? Sie ticken doch nicht ganz richtig. Ich sag jetzt überhaupt nichts mehr, lassen Sie mich endlich in Ruhe.« Ihre Stimme, zuerst noch voller Wut, war nun schwach und piepsig.

Coralie musste einsehen, dass sie hier nicht mehr erreichen

konnte. Ein Wechselbad der Gefühle, das war zurzeit Ophélie Costas Leben. Und sie, Brigadier Mollard, hatte immer noch nichts in der Hand, was sie den Kollegen präsentieren könnte. Und ob ein Gespräch mit Tatiana oder Thierry etwas brachte, daran hatte sie gehörige Zweifel. Sie würden alle mauern wie Ophélie.

Kapitel 42

Dienstag

»Herzlich willkommen im Zikadenteam«, begrüßte Felix Tourrain seine Kollegin Coralie Mollard in Anspielung auf den Namen des Schlosses *Château des Cigales*.

Die beiden hatten sich ebenfalls während der Ermittlungen auf der Ordensburg der Lichttempler im Jahr zuvor kennengelernt. Coralie sah der ersten Besprechung mit dem Lieutenant und Commandant Bouraada im Büro der Untersuchungsrichterin mit gemischten Gefühlen entgegen, und sie konnte eine gewisse Anspannung nicht verbergen. Zum einen war während ihres Undercover-Einsatzes ein Mensch zu Tode gekommen, zum anderen arbeitete sie zum ersten und vielleicht letzten Mal mit einem Ermittlerteam zusammen, dem sie den allergrößten Respekt zollte. Sie war als Letzte eingetroffen und froh, als der Lieutenant, der nur zwei Jahre älter war als sie, sie so herzlich begrüßte.

Sie schüttelte den dreien die Hand und setzte sich auf den verbleibenden freien Stuhl, der an den kleinen Besuchertisch in der Ecke des Arbeitszimmers herangeschoben worden war. Coralie nickte, als Rachid Bouraada aufstand, zur Kaffeemaschine ging und fragend einen Becher in die Höhe hielt.

»Gerne, vielen Dank. Ohne Zucker und Milch bitte.« Ihre Stimme klang verzagt, und Mathilde lächelte ihr aufmunternd zu.

»Um es vorweg zu sagen, Brigadier Mollard, Sie hätten die Tat nicht verhindern können. Grandmontagne hat sich mitten in der Nacht zur Grotte begeben, und Ihre Aufgabe war es nicht, die ganze Clique rund um die Uhr im Auge zu behalten.«

In der Mitte des runden Tischchen stand eine altmodische Etagere, die wenig Platz einnahm, aber genügend Fläche für eine bunte Mischung von süßen Teilchen bot. Felix hatte bereits eine Madeleine in der Hand, von der einige Krümel, als er herzhaft hineinbiss, auf seinen Notizblock segelten.

Der Commandant leitete die Besprechung ein. »*Alors*, im Internat herrscht im Moment Ruhe. Zwei unserer Leute sind vor Ort. Mademoiselle Costa hat gegenüber dem Direktor den Wunsch geäußert, nach Hause fahren zu dürfen. Wir hätten sie nicht daran hindern können, aber sie wird in der Schule bleiben müssen, da ihre Eltern zurzeit in Südafrika sind.«

»Was meinst du, hat sie etwas mit den Morden zu tun?«

Felix zögerte, sich ein kleines *pain au chocolat* zu nehmen, schließlich hatten die anderen noch kein erstes Mal zugegriffen. Seine Hand schwebte kurz über dem Gebäck, doch er zog sie wieder zurück. Rachid beantwortete seine Frage.

»Im Moment können wir gar nichts ausschließen. Allerdings gibt das, was wir haben, nicht genügend her, auch nur daran zu denken, sie für die nächsten vierundzwanzig Stunden festzusetzen. Sie sagt, sie hat Castor de Pouligny in der Nacht von Grandmontagnes Ermordung in den Wald gehen sehen. Der Junge ist genauso sehr oder genauso wenig verdächtig wie sie. Gut, sie hätte vielleicht ein Motiv, wenn sich Tatiana Sorokina tatsächlich an ihren Freund Paul rangemacht hat. Doch die Frage, warum Patricia Hector und Bonhomme sterben mussten, ist damit noch lange nicht geklärt.«

Mathilde bediente sich von der Etagere. Nachdenklich knabberte sie an einem rosa *macaron*. »In der Tat haben wir außer drei Mordopfern nichts. Beginnen wir also wieder ganz von vorne, nämlich beim Tod von Michel Russo. Coralie, Sie haben mit Costa und Sorokina gesprochen. Beide kannten nach eigenen Angaben den Jungen nur vom Sehen. Alle in der Schule wissen jedoch von seinem tragischen Tod durch Herzversagen. Was ist mit Thierry Schmitz und Benjamin Bonnaire? Kannten sie ihn näher? Die beiden werden wahrscheinlich dasselbe sagen: *Klar, wir kannten ihn vom Sehen*, und das war's.«

Mathilde hielt inne. Warum nur erschien ihr Michel Russos Tod so wichtig? Wie ein Puzzleteil, das plötzlich dem Auge das Motiv des Puzzles zu erkennen gibt. Es war nicht nur ihr berühmtes Bauchgefühl, das keine Ruhe geben wollte. Den anderen erging es ja nicht anders. Michel Russo war der Schlüssel zu allem. Nur fehlte noch das passende Schlüsselloch samt Tresor, um an die darin verborgenen Geheimpapiere zu gelangen.

Coralie stellte ihren Kaffeebecher ab, den sie, als gäbe er ihr Halt, mit beiden Händen umklammert hielt. Sie räusperte sich.

»Wissen Sie, was mir nicht aus dem Kopf geht? Ophélie hat auf die Frage nach Michel Russo sofort dichtgemacht. Und nicht nur das, sie hat im gleichen Atemzug mitgeteilt, die gesamte Clique habe ihn nicht näher gekannt. Nun, wie entsteht so eine Gemeinschaft? Junge Leute finden sich nach und nach zusammen, jemand Neues, der dazupasst, wird aufgenommen. Diese Gruppen kapseln sich ab, unternehmen alles gemeinsam, eine geheimnisvolle Aura umgibt sie vielleicht. Liegt es da nicht nahe, sich einer solchen Gruppe anschließen zu wollen? Vielleicht schieße ich jetzt übers Ziel hinaus, aber wenn Michel Russo den Versuch unternommen hat, dazuzugehören? Und der wurde an eine Bedingung geknüpft. Ich meine …« Die junge Polizistin errötete, als sie in die gespannten Gesichter der Anwesenden sah. Was plapperte sie denn da für ein unausgegorenes Zeug? Sie verstummte.

Mathilde nickte nachdenklich. Da war er, der Gedanke, der auch ihr bereits durch den Kopf geschossen war, als es noch gar keinen Fall gab. Arthur, der unbedingt auf dieses Internat wollte, und ihre bange Frage, ob die Schule vielleicht einmal in die Schlagzeilen geraten war durch ein *Bizutage*!

»Reden Sie weiter. Eine interessante Überlegung«, ermunterte sie Coralie, und auch die beiden Kollegen sahen sie gespannt an.

»Grandmontagne war ihr Leitwolf. Er sucht die neuen Mitglieder aus, die wahrscheinlich aus angesehenen und einflussreichen Familien stammen.«

Felix unterbrach sie. »Aber das sind an dieser Schule doch die meisten, nehme ich mal an. Und welche Rolle spielt Patricia Hector?

Ihr Vater ist sicher ein angesehener Mann, aber ›nur‹ ein Apotheker.« Er deutete mit den Fingern Gänsefüßchen an.

»Das stimmt. Patricias Vater ist Apotheker, aber sein Name wird gehandelt als ein Mitglied im neuen Vorstand des *Ordre national des pharmaciens*, der Apothekerkammer. Das weiß ich von Barrois. Und Michels Vater gehört *Rhône-Plessis*, der Chemiegigant. Ich spinne die Geschichte weiter. Michel wird aufgefordert, der Gruppe beizutreten, und er ist Feuer und Flamme. Von seinem Herzfehler weiß niemand, noch nicht einmal er selbst. Er muss eine Aufgabe lösen, eine Mutprobe bestehen oder etwas in der Art, um dazuzugehören. Und währenddessen stirbt er. Kein Mord, ein Unfall. Die jungen Leute sind schockiert, wissen nicht, was sie tun sollen, und breiten einfach den Mantel des Schweigens darüber. Und es würde mich auch nicht wundern, wenn Castor ebenfalls aufgenommen werden wollte. Doch das ist nur eine vage Mutmaßung, ein Bauchgefühl.« Unsicher lächelte sie in die Runde.

»Ein *Bizutage*, natürlich. So kann es gewesen sein«, murmelte Mathilde hörbar. »Da keine Tötungsabsicht vorgelegen hat, würde zwar alle ein mildes Urteil erwarten, aber auch ein mildes Urteil macht sich nicht gut im Lebenslauf. Wie passt dann der Mord an Patricia Hector in dieses Szenario?«

»Tatverdächtig war und ist immer noch Adrien Bonhomme, die Erdkrümel an seinem Rucksack legen nahe, dass er am Tatort gewesen ist,« warf Rachid ein.

Mathilde stützte ihr Kinn auf beide Fäuste und schloss die Augen. »Michel und Patricia waren befreundet. Greifen wir die Idee von Brigadier Mollard auf, den *Bizutage*. Was, wenn Patricia reden wollte? Dann könnte es jeder aus der Clique gewesen sein. Man bringt sie zum Schweigen, bevor sie die Zukunft der anderen ruinieren kann.«

Felix meldete sich zu Wort. Kurz hob er den Arm wie ein folgsamer Schüler, nahm ihn dann aber sofort wieder herunter, als sei ihm die Geste peinlich.

»Hat nicht Grandmontagne das größte Interesse gehabt, Patricia zum Schweigen zu bringen? Er hatte ganz schön was zu verlieren.

Strebt ein Studium an der ENA an, und dann ein solcher Skandal. Der Kopf der Clique trägt, auch wenn nicht beabsichtigt, die Schuld am Tod eines Mitschülers.«

Die anderen nickten zustimmend. Eine Folgerung, die auf jeden Fall Sinn ergab.

Rachid spann den Faden weiter. »Fragen wir uns, wie Bonhomme in das Bild passt. Hat er die Tat beobachtet? Hat er Paul, wenn dieser der Mörder von Patricia war, erpresst? Was hat er sich davon versprochen? Wie hätte Paul für ihn nützlich sein können? Ging es um Geld?«

»Moment.« Felix blätterte in seinen Notizen. »Hier haben wir was. Bonhomme war Leistungssportler, Olympiateilnehmer. Und der Vater von Paul ist die rechte Hand der Ministerin für Sport.«

Rachid stieß hörbar die Luft aus. »Nicht schlecht. Felix, kümmerst du dich bitte darum, was der alte Grandmontagne für Bonhomme hätte tun können? *Bon,* puzzeln wir weiter. Paul tötet Patricia, Bonhomme beobachtet die Tat, erpresst Paul und wird dann selbst getötet. Von Paul?« Rachid beantwortete seine Frage selbst. »Wenn er Patricia Hector ermordet hat, dann war er auch skrupellos genug, Bonhomme zu töten. Beide, der Lehrer und das Mädchen, hätten aus unterschiedlichen Gründen dafür gesorgt, dass es eine Karriere für den jungen Mann niemals gegeben hätte.«

Coralie räusperte sich. Ein Gedanke, der ihr bereits durch den Kopf gegangen war, ließ sie einfach nicht los, so verrückt er sich auch anhören musste.

»Ich weiß, ich habe Sie eben schon ziemlich gefordert. Aber kennen Sie das Buch oder den Film *Mord im Orientexpress* nach Agatha Christie?«

»Das wäre ja abgefahren.« Felix begriff sofort, was Coralie damit sagen wollte.

Auch Rachid nickte.

Mathilde lächelte. »Fahren Sie fort, Coralie. Sie sind eine echte Bereicherung mit Ihren Ideen.«

»Nun, ein Mann hat in der Story Schuld auf sich geladen. Alle, die in den Fall verwickelt waren und Leid ertragen mussten, töteten ihn gemeinsam. Folgendes Szenario: Bonhomme verabredet sich mit Paul wegen seines Erpressungsversuchs, aber nicht nur der Junge erscheint, sondern die ganze Clique, sie entledigen sich gemeinsam des Mannes, der versucht hat, Pauls Zukunft zu vernichten. Dieses Szenario funktioniert allerdings nicht bei Patricia. Bonhomme hätte alle Hände voll zu tun gehabt, allesamt zu erpressen. *Alors*, Paul tötet Patricia, Bonhomme beobachtet, erpresst, und die Clique zahlt es ihm heim.«

Eine lange Pause trat ein, während der jeder über Coralies Idee nachdachte. Auch Coco selbst reflektierte noch einmal das Gesagte. Plötzlich kam ihr ein Mord à la Christie absurd vor. Sie wollte eben wieder zurückrudern, als der Commandant das Wort ergriff und leider zu demselben Schluss kam: Diese These war nicht haltbar.

»So faszinierend der Gedanke auch ist, Brigadier Mollard, so wenig passt er zu den Anhaltspunkten, die wir haben. Bonhomme ist mit einem gezielten Tritt in den Pool befördert worden. Gut, man könnte anmerken, einer oder eine hat ihn getreten, während die anderen sozusagen Spalier standen. Aber wie im Fall Patricia Hector hat die Spurensicherung keinen Hinweis darauf gefunden, dass sich mehrere Personen am Tatort aufgehalten haben. Ich befürchte, wir drehen uns im Kreis. Unsere Vermutungen helfen uns leider nicht weiter. Paul Grandmontagne ist ein Verdächtiger wie aus dem Bilderbuch, in beiden Fällen. Doch er wird uns nichts mehr sagen können.«

»Wer könnte außer dem Jungen noch infrage kommen?« Mathilde war ans Fenster getreten und setzte sich auf die Fensterbank. Draußen pulsierte das Leben, mit dem Beginn des Sommers waren in Nîmes die Touristen angekommen.

»Nur eine Person, die auch ein Motiv hat. Doch wer könnte welches Motiv haben? Wir wissen es einfach nicht.« Felix lehnte sich in seinem Stuhl zurück, so weit weg wie möglich von der Etagere mit ihrer süßen Versuchung. Bis auf das Häppchen, das die Untersuchungsrichterin genommen hatte, war er bis jetzt der Einzige, der überhaupt zugegriffen und die Auswahl bereits ansehnlich dezimiert hatte.

Mathilde seufzte. »Nein, wir wissen es nicht. Nun, dann zu unserem letzten Opfer. Wer hat Paul Grandmontagne auf dem Gewissen? Castor de Pouligny? Weil ihm die Mitgliedschaft entgangen ist? Hat ihn das so wütend gemacht, dass er Paul getötet hat?« Die letzten Worte hatte sie in einem zweifelnden Ton gesprochen.

Rachid zuckte mit den Schultern. »Das Motiv mag nichtig erscheinen, aber ist nicht erst letzte Woche in Paris ein Mann totgeschlagen worden, weil er versehentlich mit seinem E-Scooter einen Autospiegel abgebrochen hat? Zurzeit ist der Junge nicht vernehmungsfähig. Die Ärzte sagen, es wird noch zwei, drei Tage dauern, bis wir mit ihm sprechen können. Dann noch mal zurück zu Mademoiselle Costa und ihrer Eifersucht. Brigadier Mollard?«

Coralie nickte. »Ja. Sie war verletzt und wütend. Allerdings sagte Ophélie auch, sie hätte dann eher Tatiana getötet als Paul.« Sie zuckte mit den Schultern. »Das ist schon alles. So abwegig wäre es auch nicht. Tötungsdelikte aus Eifersucht treffen entweder die Person, die man liebt, oder die, die man hasst. Eigentlich kann ich mich ganz gut auf mein Bauchgefühl verlassen, aber in diesem Fall ...«

»Willkommen im Club«, lachte Felix. »Was wären wir ohne unseren Bauch, der uns die Richtung weist.« Dann wurde er wieder ernst. »Bonhomme, wenn er denn ein Erpresser war, wäre der ideale Kandidat für den Mord an Grandmontagne gewesen. Nur weilte er bereits nicht mehr unter den Lebenden. Also zurück zu den Frauen in Pauls Dunstkreis. Was ist mit Tatiana Sorokina? Das Temperament, jemandem die Gurgel durchzuschneiden, hat sie wahrscheinlich. Coralie, Sie haben doch mit ihr geredet.«

»Ja, sie hat ganz die Coole gegeben, muss aber vorher schlimm geheult haben. Überall lagen zerknüllte Taschentücher herum, und ich hatte den Eindruck, sie war auch nicht ganz nüchtern, als ich mit ihr sprach. Sie sagte aus, sie habe bis gegen zweiundzwanzig Uhr einige Folgen einer Serie in einem Streamingdienst geschaut und dann eine halbe Stunde mit ihrem Vater telefoniert, der sich zurzeit in Dubai aufhält.«

Rachid rechnete kurz nach. »In Dubai war es dann Mitternacht.«

Coralie nickte. »Ja, sie hat so lange gewartet wegen des Geburtstags ihres Vaters, also der war kurz nach Mitternacht.« Nachdenklich biss sie sich auf die Lippen. »Allerdings ist es nur schwer vorstellbar, dass sie Paul zur Grotte bestellt, sich in aller Seelenruhe eine Serie reinzieht, dem Papa ein Geburtstagsküsschen nach Dubai sendet und dann kurz darauf Paul kaltblütig die Kehle durchschneidet.«

»Nein, vorstellen kann man es sich kaum. Aber in unserem Metier geschehen noch viel unvorstellbarere Dinge. Insofern …« Rachids Augen waren von einer tiefen Traurigkeit erfüllt. »Aber das ist ein gutes Stichwort, *bestellt*. Paul ist ja wohl nicht zum Spaß zur Grotte gelaufen. Jemand hat ihn angerufen, nur ist sein Handy verschwunden, oder hat ihm eine Nachricht zugesteckt. Allerdings haben wir nichts dergleichen gefunden.«

Schweigen breitete sich aus. Niemand wusste mehr so recht weiter. Mathilde warf einen Blick auf ihre Armbanduhr. Es machte keinen Sinn, sich heute weiter die Köpfe zu zerbrechen. Wie es aussah, war ihre einzige Option, erneut den Rest der Clique zu befragen. Noch saßen Tatiana und Co im Internat, und Barrois hatte zugesagt, sie nach Möglichkeit nicht einfach davonziehen zu lassen. Doch das war einfacher gesagt als getan. Keiner der jungen Leute stand unter einem konkreten Verdacht, und wenn die Eltern einen von ihnen von der Schule nehmen wollten, war es ihr gutes Recht. Mathilde wunderte sich sowieso, dass noch kaum jemand sein Kind nach Hause geholt hatte. Allerdings schienen die Eltern dieser Internatsschüler in alle Welt verstreut zu sein, da blieb wohl kaum Zeit, sich darum zu kümmern. Sie ergriff das Wort.

»Nun, wir stehen immer noch mit leeren Händen da. Ich schlage daher vor, wir beenden die heutige Sitzung, vielleicht fallen uns ja im Schlaf die Antworten auf alle Fragen ein. Und morgen werden wir verstärkt Druck auf die Clique ausüben.«

In diesem Augenblick schrillte Rachids Handy.

»Es ist Regis, er kann doch Grandmontagne nicht schon obduziert haben? Die Leichenschau war für morgen vorgesehen.«

Felix nickte. Er war erleichtert gewesen, als Regis ihm mitgeteilt hatte, er brauche nicht dabei zu sein, so wie es eigentlich verabredet war. Fünf Polizeischüler des Abschlussjahrgangs würden das zweifelhafte Vergnügen haben, dem *médecin légiste* über die Schulter zu schauen.

»Ja, Regis, ich höre.«

Das Gesicht Rachids war angespannt, und er lauschte aufmerksam den Worten des Gerichtsmediziners. Dann bedankte er sich, beendete das Gespräch, und wandte sich seinen Mitstreitern zu.

»Er wollte uns nur über seine Vermutung zur Tatwaffe und seine erste oberflächliche Begutachtung informieren. Bis auf einen sauberen Schnitt, der die Halsschlagader durchtrennt hat, weist der Körper des Jungen keine Zeichen von Gewalt auf. Der Schnitt ist mit einer einzigen fließenden Bewegung von einem Rechtshänder durchgeführt worden. Die Waffe hatte eine Klinge von etwa acht bis zehn Zentimetern, die Klinge ist gebogen, wie bei einem Obstmesser oder einer Hippe.«

»Hippe?«

»Ja, laut Regis ist das ein gebogenes Messer mit sichelförmiger Klinge, das im Gartenbau verwendet wird.«

»Dann sollten wir uns morgen auch mal in der Internatsküche und der Gärtnerei umschauen. Vielleicht wird ein solches Messer ja vermisst. Und der Zugang zur Küche und den Gartenutensilien dürfte nicht schwierig sein. Was für uns die Sache nicht einfacher macht.«

Mit diesen Worten schloss Mathilde die Besprechung. Felix und Coralie würden am nächsten Vormittag die verbliebenen Cliquenmitglieder erneut befragen. Rachid hatte einen Termin mit dem Präfekten in der Sache Capitain Fleuri, und Mathilde musste um neun zu einer Anhörung.

Kapitel 43

Dienstag

Gerne wäre Mathilde nach dem Meeting noch mit irgendjemandem auf ein Glas Wein oder einen Kaffee in eines der zahlreichen Bistros in der Nähe des *Palais de Justice* gegangen. Doch Rachid zog es zu seinem Vater nach Frontignan, um ihm auf die Finger zu sehen, wie er sagte. Felix war direkt nach Montpellier zu Sabine abgerauscht, und Coralie Mollard traf sich mit einem Freund aus Studienzeiten.

Um zu ihrer Familie zu fahren, war es Mathilde zu spät, und zu früh, um nach Hause zu gehen. Planlos bummelte sie durch die Stadt, immer wieder das grausige Bild des toten Paul vor Augen. Sie musste sich irgendwie ablenken.

In Nîmes pulsierte das Leben, und der weiße Stein, aus dem die *Maison Carrée* erbaut war, strahlte in der späten Nachmittagssonne. Vor und auf den Stufen des antiken Tempels drängten sich die Touristen. Die Treppen seines modernen Pendants auf der gegenüberliegenden Straßenseite, dem *Carré d'Art*, bevölkerte eine Reihe junger Leute mit konzentrierten Mienen und Zeichenblöcken auf den Knien.

Spontan entschloss sich Mathilde, dem *Carré d'Art* und dem darin integrierten *Musée d'art contemporain*, dem Museum für zeitgenössische Kunst, einen Besuch abzustatten. Das Gespräch mit Sandrine Mugler hatte sie neugierig auf das Werk der Künstlerin gemacht. Doch sie musste sich beeilen, das Museum würde bald schließen. Das letzte Mal war sie vor vier oder fünf Jahren hier gewesen. Eigentlich eine Schande.

Mathilde bezahlte ihre Eintrittskarte und erstand eine kleine

Broschüre, die über die Ausstellung informierte. Die Sammlung des Museums deckte den künstlerischen Zeitraum von 1960 bis heute ab, las sie, und ihre Schwerpunkte waren der *Nouveau Réalisme*, *Supports-Surfaces* und die *Figuration Libre*, worunter sich Mathilde nichts vorstellen konnte. Italienische Künstler der *Arte Povera* waren ebenso vertreten wie bedeutende Werke amerikanischer Künstler. Viele der Werke waren ohne Titel, und wenn sie einen trugen, erschloss er sich Mathilde nicht immer. Sie musste sich mehr Zeit nehmen, so viel war klar. Einfach nur durchzurauschen wurde der Kunst und den Künstlern nicht gerecht.

Sie spazierte an den ausgestellten Fotografien und Bildern vorbei, verharrte vor eigentümlichen Installationen und Bildhauerwerken. Manches davon hätte sie sofort in ihr Wohnzimmer gehängt oder gestellt, anderes sprach sie dagegen überhaupt nicht an. Aber so war das mit der Kunst. Nicht alles musste allen gefallen. Auch deutsche Namen sprangen ihr ins Auge. Hier musste sie unbedingt noch einmal mit Martin hin, der ihr sicher einiges über die Künstler erzählen konnte.

Im vierten Raumkompartiment hatte Mathilde noch immer kein Werk von Sandrine Mugler entdeckt. Vielleicht konnte ihr der ältere Mann, der reglos auf einem Stuhl in der Ecke saß und sie nicht aus den Augen ließ, weiterhelfen. Zögernd trat sie auf ihn zu. Und wenn der Typ nun selber ein Kunstwerk war, das irgendwelche merkwürdigen Dinge tat, wenn man ihn ansprach? Mit solch drolligen Ideen verblüfften doch manche Konzeptkünstler, konnte sich Mathilde zumindest lebhaft vorstellen. Der Gedanke, der Mann könne sie vielleicht zu einem Tänzchen auffordern, ließ sie schmunzeln. Aber nein, der Herr war ein ganz normaler Museumsaufseher, und auf die Frage, wo sie Bilder von Sandrine Mugler finden könne, verwies er sie in den Bereich der Ausstellung, den zeitgenössische Künstlerinnen aus Frankreich für sich beanspruchten, Sophie Calle, Annette Messager, Suzanne Lafont und Sandrine Mugler, Schlüsselfiguren der französischen Kreativkunst, wie Mathilde erfuhr.

Das Gemälde von Sandrine Mugler nahm die gesamte Stirnseite des Ausstellungsraumes ein. Es war drei Meter breit und zwei

Meter hoch und zeigte eine zerstörte Landschaft. Dieses Gemälde trug wenigstens einen Titel – »Apokalypse«. Bei genauem Hinsehen erkannte man verrottete Weinstöcke, die am Boden lagen. Ansonsten war alles grau in grau gehalten, noch nicht einmal die Andeutung des Himmels hatte ein wenig Farbe erhalten. Rechts im Hintergrund waren spitz zulaufende Gegenstände zu sehen. Zaunpfähle? Dahinter ein winziger Spielzeugpanzer, der auf dem Gemälde angebracht war. Hatte er die Erde überrollt? War es ein Bild mit Klimabotschaft? Mathilde schaute nach, wann das Werk entstanden war. Vor fünfundzwanzig Jahren, da musste die Künstlerin Mitte zwanzig gewesen sein. Mathilde ging ein paar Schritte zurück und ließ das Gemälde noch einmal auf sich wirken. Es war ein starkes Bild. Die grauen Farben wirkten körnig, und sie ging wieder ganz dicht heran. Hatte Sandrine Mugler Sand in die Farbe gemischt? Es sah ganz danach aus.

Leider gab die kleine Broschüre keine weiteren Auskünfte zum Werk der Künstlerin. Mathilde tippte den Namen Sandrine Mugler in ihr Smartphone ein, und schon hatte sie die Seite von Wikipédia. Die Mugler war eine weltweit anerkannte Künstlerin. Sie lebte zurückgezogen, machte in größeren Abständen ein bis zwei Ausstellungen, die letzte war vor drei Jahren in Paris gewesen. Es gab weiterführende Literatur über sie, einige weitere Abbildungen von Bildern und Skulpturen aus Ton und Holz. Doch was Mathilde am meisten erstaunte, war die Tatsache, dass ein Großteil ihres Œuvres im *Musée Régional d'Art Contemporain Occitanie* hing, im MRAC, nur knapp hundertzwanzig Kilometer von Nîmes entfernt. Vielleicht war Sandrine Mugler ja dort geboren, sinnierte Mathilde, und sie hatte dem Museum ihrer Heimatstadt einige ihrer Werke geschenkt oder geliehen.

»Sie interessieren sich für unsere Künstlerinnen?«

Eine Frau um die sechzig, schlank, in einem eleganten Kostüm, die grauen Haare zu einem lockeren Chignon geschlungen, war in den Raum getreten, ohne dass Mathilde es bemerkt hätte. Sie war so groß wie Mathilde, obwohl sie flache Trotteurs trug, die nicht zu dem ansonsten sehr schicken Erscheinungsbild passen wollten.

»Ja. Ich muss gestehen, mein letzter Besuch in diesem wunderbaren Museum ist schon eine Zeit lang her. Das Bild von Sandrine Mugler fasziniert mich besonders. Wie finden Sie es?«

Die Frau lächelte. »Ich habe es für unsere Sammlung angekauft. Liliane Roche, ich bin die Kuratorin der Ausstellung.«

Mathilde reichte ihr die Hand. »Mathilde de Boncourt. Sehr erfreut.«

»Sandrine Mugler hat dieses Bild als Protest gegen Chirac gemalt. Vielleicht erinnern Sie sich. Er hatte angekündigt, Frankreich werde die unterirdischen Atomtests im Südpazifik wiederaufnehmen. Ein internationaler Sturm des Protests war die Folge. Nur hat er nichts genutzt. Im September wurde unter dem Mururoa-Atoll ein atomarer Sprengsatz gezündet, und bis zum Jahresbeginn 1996 folgten fünf weitere Tests. Keine gute Werbung für unser Land.«

Mathilde konnte sich dunkel erinnern.

»Ah, dann sind das die Sprengköpfe, die sie in die Landschaft gesetzt hat.«

»Wenn Sie sich für Sandrine und ihr Werk interessieren, sollten Sie nach Serignan ins MRAC fahren. Dort ist sie sehr gut präsentiert. Sie ist schon eine ganz besondere Frau. Warten Sie, ich habe vor einigen Jahren einen sehr ausführlichen Katalogbeitrag über sie verfasst.«

Liliane Roche eilte aus dem Raum. Drei Minuten später war sie wieder da und drückte Mathilde einen Ausstellungskatalog in die Hand.

»Bitte, Sie können ihn gerne behalten. Nach der Finissage ist ein Ausstellungskatalog leider nicht mehr sehr gefragt. Aber wenn ich Ihnen damit eine Freude machen kann.« Sie sah auf ihre schmale goldene Armbanduhr. »*O là, là,* gleich sechs. Es tut mir leid, das Museum schließt in ein paar Minuten. Ich habe mich gefreut, Sie kennenzulernen.«

Sie reichte Mathilde die Hand, und die beiden Frauen verabschiedeten sich herzlich voneinander. Mathilde packte den Katalog in ihre Schultertasche und verließ das Museum. Die Wärme des Junitages empfing sie, und Mathilde kam es vor, als sei die Temperatur gegen Abend noch gestiegen. Doch an diesem Gefühl war lediglich die erfrischenden Kühle, die in den Ausstellungsräumen geherrscht hatte, schuld. Es war kurz nach sechs. Immer noch zu früh, um nach Hause zu gehen. Und die Geschäfte hatten noch geöffnet.

Nach eineinhalb Stunden Intensivshoppens hatte sie endlich die smaragdgrünen Schuhe, nach denen sie schon seit ewigen Zeiten Ausschau gehalten hatte. Dazu ein Sommerkleid, ganz klassisch in Etuiform mit einem gewagten Rückenausschnitt, und zwei leichte Blusen, die zu allem passten. Müde zog sie sich zu Hause ihre Schuhe von den Füßen und schlüpfte in eine bequeme weite Hose. Jetzt ein Glas gekühlter Weißwein, etwas Brot und die Scheibe der wunderbaren *foie gras*, die sie unterwegs in einem ihrer Lieblingsrestaurants, dem *Le Patio Littré*, erstanden hatte – so konnte der, zumindest beruflich unergiebige, Tag ausklingen.

Kapitel 44

Mittwoch

Coralie Mollard erwartete Felix auf dem Parkplatz vor dem Internat. Ungeduldig schaute sie auf ihre Uhr. Sie hatten sich für neun verabredet. Eine Staubwolke kündigte einen Wagen an, und sie erkannte den Kollegen hinter dem Steuer. Schwungvoll wurde die Autotür aufgeschleudert, und mit einem breiten Lächeln kam Felix auf die Polizistin zu.

»*Bonjour* Brigadier. Es tut mir leid, Stau auf der A9, aber ich hab alles gegeben«, entschuldigte er sich.

»*Salut* Lieutenant.« Er war echt ein netter Typ, und dann noch dieses unwiderstehliche Grinsen. Schade, dass er schon vergeben war, dachte Coralie in diesem Moment.

»Ich glaube, wir beide sollten zum Du übergehen. Felix.« Er streckte die Hand aus.

»Wunderbar, Coco.«

Einträchtig schritten die beiden zum Schloss. Was sie wohl erwartete? Erneut eine Mauer des Schweigens? Sie verständigten sich darauf, zuerst mit Ophélie zu sprechen. Sie hatte Paul am nächsten gestanden. Und sie waren sich einig, Druck gegenüber den jungen Leuten aufzubauen, sie davon zu überzeugen, wie gefährlich ihr Schweigen sein konnte.

Coralie hatte Barrois bereits gebeten, Mademoiselle Costa in sein Arbeitszimmer bringen zu lassen. Das gekrächzte »Herein« des Direktors war zu hören, und mit brüchiger Stimme wünschte er den beiden Beamten einen guten Morgen. Ophélie war noch nicht da. Verärgert sah sich Coralie demonstrativ im Büro des Schulleiters um.

»Mademoiselle Costa?«

»Sie wird gleich da sein. Ist wohl noch auf ihrem Zimmer, sie ist heute nicht zum Unterricht gegangen, was ich ihr nicht verübeln kann. Auch Mademoiselle Sorokina hat es vorgezogen, nicht zu erscheinen. Es ist ein Drama, was hier alle durchmachen. Ich danke dem lieben Gott, wenn wir dieses Schuljahr einigermaßen glimpflich zu Ende bringen. Im Laufe des Tages werden fünf Schüler aus den unteren Jahrgängen abgeholt. Ich konnte die Eltern wenigstens davon überzeugen, die Kleinen nach den Ferien, wenn Sie endlich den Täter gefunden haben und Gras über die Sache gewachsen ist, wieder in unser Internat zurückzubringen.«

Es klopfte an der Tür, und die Sekretärin schob eine vollkommen übernächtigte Ophélie hinein. Die Haut des Mädchens war bleich und wirkte wie aus Pergament. Dunkle Schatten lagen unter ihren Augen, das Haar war ungepflegt. Die geschwollenen Lider zeugten von stundenlangem Weinen, und Coralie registrierte die abgeknabberten Fingernägel, als die junge Frau mit theatralischer Miene ihre Arme demonstrativ nach vorne ausstreckte. Dabei drückte sie ihre Handgelenke aneinander, als erwarte sie, umgehend Handfesseln angelegt zu bekommen.

»Sie sind so ein verlogenes Miststück«, zischte sie in Richtung Coralie.

»*Mon Dieu*, was hat das denn nun zu bedeuten?« Barrois war am Ende seiner Nerven.

Ophélie marschierte hoch erhobenen Hauptes an ihm vorbei, ein Auftritt, der dem Gang Marie-Antoinettes zum Schafott in nichts nachstand, und ließ sich auf seinen Sessel fallen.

»Was wollen Sie denn noch von mir?« Die Arroganz in ihrer Stimme stand im krassen Gegensatz zu ihrem mitleiderregenden Aussehen.

Felix setzte sich auf die Kante des Schreibtischs und beugte sich zu der jungen Frau, deren Körper absolute Ablehnung signalisierte.

»Mademoiselle Costa. Wann will es endlich in Ihrem Kopf ankommen, zwei Ihrer Mitschüler tot, ein ermordeter Lehrer, Castor auf der Intensivstation. Niemand weiß, ob der Schock, den er erlitten hat, bleibende psychische Schäden hinterlässt. Soll ich Ihnen zeigen, wie Ihr geliebter Freund Paul getötet wurde?«

Felix nahm einen Brieföffner, der in einer Marmorschale auf dem Schreibtisch des Direktors lag. Er setzte ihn an seinen Hals und fuhr in einer geschmeidigen Bewegung über die Haut. So dicht, dass er einen zarten roten Streifen hinterließ.

Ophélie fuhr zurück und stieß einen spitzen Schrei aus, gefolgt von tiefen Schluchzern.

»Und jetzt reden Sie, Ophélie.«

Coralie hatte bei dieser Demonstration die Luft angehalten, und Barrois schien einer Ohnmacht nahe. Doch Felix' beeindruckende Vorstellung zeigte Wirkung. Die junge Frau entspannte sich allmählich, ihr Schluchzen ebbte endgültig ab. Sie warf Coralie einen Blick zu.

»Sie wissen schon das meiste, nicht wahr?«, stellte sie ruhig fest und wischte sich mit dem Ärmel ihres Poloshirts die Tränen vom Gesicht.

»Nein. Aber deswegen sind wir hier, um zu verstehen, was geschehen ist. Euer Schweigen hat Menschenleben gekostet. Alles begann mit dem Tod von Michel Russo, doch wie hängt alles zusammen? Warum ist Paul in der Nacht zur Grotte gegangen? Und was wollte Castor von ihm?«

Felix hielt Ophélie ein Taschentuch hin, das sie dankbar annahm. Ihre Arroganz war mit den Tränen weggespült worden. Sie stützte ihren Kopf in die Hände und begann, mit stockender Stimme zu sprechen.

»Thierry, Benjamin, Paul und ich, wir kennen uns seit einigen Jahren. Als wir in der Neunten waren, gab es einen Jungen im Internat, Maximilien Pecheur. Er war in der Elf und hatte einen Art Geheimbund gegründet. Ich weiß, das klingt albern, aber wer dazugehörte, kam sich auch noch wichtig vor. Wir sind, wir waren eine verschworene Clique und haben uns einen Spaß daraus gemacht, ganz geheimnisvoll zu tun. Maxi hatte sogar eine Art Geheimsprache erfunden. Und wer bei ihm mitmachen wollte, musste eine Aufgabe lösen. Alles ganz harmlos. Einem Lehrer ein Pupskissen auf den Stuhl legen, die Suppe versalzen, alberner, harmloser Kinderkram eben. Als Maxi dann ein Jahr später sein BAC in der Tasche hatte, übernahm Paul die Führung. Nur hat er die Aufnahme etwas spezieller gestaltet. Er sagte, das müsse eine rituelle Handlung sein, die beweist, dass man auch wirklich dazugehören will. Damals waren Paul, Thierry und ich bereits dabei, Benjamin noch nicht. Seine Mutter züchtet Labradore. Paul hat ihm einen Kuchen vorgesetzt, in dem Hundescheiße mitgebacken war, davon musste Benjamin ein Stück essen.«

»*Mon Dieu.*« Barrois, der fassungslos zugehört hatte, ließ sich auf einen der Besucherstühle fallen. »Wieso habe ich davon nichts gewusst?«

Ein wenig von Ophélies Arroganz kehrte zurück. »Weil es eine Art Geheimbund ist. Wo war ich stehen geblieben? Bei der Aufnahme. Ein paar haben diese Prüfungen nicht gepackt. Sie haben den Schwanz eingezogen und geschwiegen. Es war ihnen einerseits peinlich, andererseits wussten sie, wie unangenehm Paul dann geworden wäre. Er war auch sehr wählerisch, was die Kandidaten angeht. Sie sollten zu uns passen und gleichzeitig einen familiären Hintergrund haben, von dem wir alle irgendwann profitieren könnten.«

Ophélies Stimme wurde heiser, und Coralie sah sich suchend nach einem Glas Wasser um. Barrois, der nun wie ein Tiger hinter Gitterstäben sein Zimmer durchpflügte, goss aus einer Kristallkaraffe ein Glas voll und stellte es auf den Schreibtisch. Sie trank gierig, und ein paar Tropfen liefen das Kinn herunter.

»Dann kam Patricia, kurz darauf Tatiana«, fuhr sie fort. »Ihr Vater ist ein Bau-Tycoon. Milliardenschwer. War auch ganz schön eklig, was sie machen musste. Patricias Test war noch harmlos, sie hat die Raupen, ohne mit der Wimper zu zucken, runtergeschluckt. Aber Tatiana …«

Ophélie verzog bei der Erinnerung angewidert das Gesicht, und die drei Erwachsenen verzichteten im Augenblick darauf nachzufragen, wozu Paul das Mädchen gezwungen hatte. Doch ganz allmählich bekam die ganze bizarre Geschichte Konturen, und die Dunkelheit, die das Geheimnis umgab, wurde heller.

»Zuletzt stießen Florence und Samir zur Clique. Die beiden hatten vorher nichts miteinander, aber da sehen Sie, wie Pauls Aufnahmerituale auch dafür sorgten, Beziehungen zu schmieden.« Ophélie versuchte ein schwaches Lächeln. »Tja, und dann passierte es. Paul hatte Michel Russo auserkoren. Und der hat darauf gebrannt, ein Teil unserer Gruppe zu werden. Sein Vater ist Chef des Chemiekonzerns *Rhône-Plessis*. Für ihn hatte sich Paul was ganz Besonderes ausgedacht. Michel musste Schweineblut trinken. Wir wussten, dass er noch nicht mal Blutwurst riechen konnte. Und daran ist er gestorben. Es hat ihn so angeekelt, dass sein Herz stehen geblieben ist.«

Bei den letzten Worten stockte ihre Stimme, und erneut liefen die Tränen über Ophélies Gesicht.

Coco und Felix nickten einander zu. Es war genau das Szenario, das sie gestern heraufbeschworen hatten. Und jetzt hatten sie die Details dazu.

»Und ihr habt wirklich nichts von Michels schwachem Herz gewusst?« Felix schob ihr ein weiteres Taschentuch über die glatte Holzfläche des Tischs zu.

Ophélie schüttelte den Kopf. »Aber nein, das sagte ich doch schon gestern. Niemand wusste es, er selbst nicht mal. Keiner hatte eine Ahnung, dass sein Herz so kaputt war und jederzeit einfach zu schlagen aufhören konnte. Plötzlich lag Michel da. Einfach so. Wir haben ziemlich schnell gemerkt, dass er nicht mehr lebte, und ihn dann zusammen zurückgetragen und in sein Bett gelegt. Philibert, sein Mitbewohner, hat fest geschlafen. Er sollte von Michels Ausflug nichts mitbekommen, daher hatte Michel ihm vor der Mutprobe irgendein Schlafzeug in den Kakao gemischt. Wir alle sind irgendwie schuld an seinem Tod, aber wir haben zusammengehalten und uns versprochen, nicht darüber zu sprechen.«

Coralie schloss die Augen. Diese beschissenen Aufnahmeriten. Die *Bizutages* waren verboten, man konnte ins Gefängnis wandern, wenn man solche brutalen Initiationen zuließ. »Und Patricia hielt sich an euer Schweigegelübde?«

»Ja. Sie hat sich mit Michel angefreundet. Es fiel ihr schwer, aber sie hielt den Mund. Doch Patricia veränderte sich. Ich hatte den Eindruck, sie wollte nicht mehr mit uns zusammen sein. Sie hat zwar alles weiter mitgemacht, was wir so unternahmen, aber sie war ruhiger, nachdenklicher als vorher. Und gegen das, was Paul mit Castor vorhatte, hat sie sich dann vehement gewehrt. Sie hat befürchtet, es könnte was Ähnliches passieren wie bei Michel.«

Die beiden Polizisten und der Direktor atmeten hörbar ein und aus. Paul Grandmontagne war ein gnadenloser Schikaneur gewesen. Das Leid der anderen war ihm egal. Hatte sich jemand an ihm gerächt? Oder gab es einen anderen Grund, warum er sterben musste?

»Welchen Plan hatte Paul? Wie hätte Castor sich beweisen sollen?«, fragte Felix.

»Waterboarding. Oder zumindest so was in der Art, nicht ganz so brutal wie in echt. Paul wollte ihm eine Kapuze überziehen und die ein wenig nass machen. Das Problem ist nur, Castor wäre einmal fast ertrunken. Wasser über seinem Kopf ging gar nicht. Patricia hatte Tatiana und mich gebeten, Paul die Sache auszureden. Wir haben es versucht, aber da war nichts zu machen. Er hielt an seinem Plan fest.«

»Sie haben es versucht?« Felix' Stimme war skeptisch.

Ophélie wurde rot. »Na ja, vielleicht hätten wir nachdrücklicher sein sollen. Ich weiß jetzt auch nicht mehr so genau. Auf jeden Fall konnten wir es ihm nicht ausreden und wollten das auch Patricia sagen.«

»Und Patricia hatte gedroht, es publik zu machen, wenn Paul die Mutprobe durchziehen würde?«

»Ich weiß es nicht mehr. Nein. Ja, vielleicht. Kann schon sein, dass sie so was gesagt hat.«

»Und das habt ihr Paul auch erzählt?« Barrois mischte sich mit tonloser Stimme in die Befragung.

Ophélie schwieg. Eben noch über dem Schreibtisch zusammengesunken, richtete sie sich plötzlich kerzengerade auf und blickte in die Runde.

»Sie glauben doch nicht im Ernst, dass Paul Patricia getötet hat?«

Sie erhielt keine Antwort und verfiel erneut in Schweigen, die Augen starr auf einen Punkt an der gegenüberliegenden Wand gerichtet.

Coralie nahm den Faden wieder auf. »Und Adrien Bonhomme? Wusste er von euren Riten und den Dingen, die passiert sind?«

Ophélie schüttelte sich, als wolle sie unangenehme Gedanken, ein Gespenst aus der Vergangenheit, abschütteln. »Nein, wie sollte er? Er hatte mit alldem nichts zu tun. Er war unser Lehrer, eine Sportskanone. Das war's.«

Die nächsten Worte wählte Coralie besonders vorsichtig.

»Paul war sehr in dich verliebt, nicht wahr?«

»Warum quälen Sie mich so? Wir haben doch schon gestern darüber gesprochen. Aber ja, ich dachte es«, flüsterte das Mädchen. »Aber wer weiß so was mit Gewissheit? Ich habe Paul jedenfalls geliebt. Und jetzt kann ich nicht mehr, ich bin so müde.« Ophélies Stimme war nur noch ein Hauch.

Felix und Coralie sahen einander an. Das Mädchen war tatsächlich am Ende seiner Kräfte.

»Sie können auf Ihr Zimmer, Mademoiselle Costa. Falls Sie sich wieder dazu in der Lage fühlen, mit uns zu sprechen, wir sind noch eine Zeit lang hier. Mademoiselle Delattre soll Sie begleiten.«

Die herbeigerufene Sekretärin legte einen Arm um die Schultern der jungen Frau und schob sie sanft aus dem Büro, nicht ohne den beiden Polizisten einen zornigen Blick – *Wie können Sie das Kind nur so quälen* – zuzuwerfen.

»Ich bin fassungslos, erledigt.« Aus Barrois' Gesicht war sämtliche Farbe gewichen. »Was hat sich nur hier in meiner Schule abgespielt? Und niemand hatte davon eine Ahnung. Ich wähnte mich in einer Welt, in der so etwas nicht passiert. Für mich ist diese Schule eine Art Insel der Glückseligen gewesen. Was war ich doch für ein Narr.«

Er ging zu einem antiken kleinen Schrank, der hinter seinem Schreibtisch stand, öffnete ihn und entnahm eine Flasche Cognac und drei Gläser. Fragend sah er zu den Polizisten. Beide hätten einen Schluck vertragen können, aber sie winkten natürlich ab. Barrois goss sich einen ordentlichen Schluck ein, kippte ihn hinunter und verstaute die Flasche wieder im Schrank.

»Unglaublich. Womöglich wäre Castor das nächste Opfer dieses Verrückten geworden«, ächzte er. »Ob man ihm sogar einen Mord zutrauen muss?«

Felix zuckte mit den Schultern. »Mit der Aussage von Mademoiselle Costa, Patricia habe Paul davon abhalten wollen, Castor de Pouligny mit einer ziemlich brutalen Mutprobe in die Clique aufzunehmen, gehört Monsieur Grandmontagne zum Kreis der Verdächtigen. Gehörte«, korrigierte er sich.

»Und nun?« Barrois Blick glitt sehnsüchtig zu dem alten Schrank mit seinem hochprozentigen Inhalt.

»Jetzt werden wir mit Mademoiselle Sorokina sprechen.«

Kapitel 45

Mittwoch

Die Anhörung unter der Leitung von Juge Demongeot hatte eine Stunde gedauert, und Mathilde saß schon wieder in ihrem Büro, die Augen missmutig auf den Aktenberg geheftet, den Christine auf den Schreibtisch gelegt hatte. Als sie jedoch den kleinen gelben Zettel entdeckte, den ihre Sekretärin an die Kaffeemaschine geklebt hatte, stieg ihre Laune wieder ein wenig. *Nur die beiden zuoberst liegenden Akten, der Rest hat Zeit bis nächste Woche. Kaffee ist schon vorbereitet, nur noch auf den Knopf drücken.*

Sie sah auf ihre Armbanduhr. Felix und Coralie waren jetzt im Internat, und sie hoffte inständig, dass Ophélie und Co endlich zur Einsicht kamen und mit der Sprache herausrückten. Eine innere Unruhe befiel sie. Mathilde kramte in ihrer großen Schultertasche nach ihren Zigaretten und zog die bunte Box heraus. Da war ja noch der Katalog, den ihr die Kuratorin geschenkt hatte. Bevor sie sich mit dem Inhalt der Akten abplagte, würde sie noch ein wenig darin lesen. Sie öffnete das Fenster, setzte sich mit ihrer Zigarette, einer Tasse Kaffee und dem Katalog auf die Fensterbank und blätterte darin herum. Die Ausstellung war vor fünf Jahren gewesen und sechs Künstlerinnen aus drei Generationen gewidmet. Das Motto war *Aufbruch* gewesen, ein, wie Mathilde befand, sehr weitreichendes und dankbares Feld für eine Künstlerin. Und so allgemein das Thema gefasst war, so unterschiedlicher Natur waren auch die Exponate. Hier ein Nest aus Metallgittern, auf dessen Rand ein junger Vogel, oder vielmehr sein Skelett, saß, da ein großformatiges Gemälde mit einem Schiff, das ins Nichts segelte. Mathilde widmete sich interessiert dem Beitrag über Sandrine Mugler, in den kurze Zeitungsartikel eingestreut waren, während bei den fünf anderen Künstlerinnen Interviewaussagen den Text ergänzten.

Sie war in der Tat eine außergewöhnliche Künstlerin, und die Presse rühmte neben ihrer Schaffenskraft auch ihr gesellschaftliches Engagement, dem sie sich allerdings in aller Stille widmete. Keine großen prestigeträchtigen Auftritte, keine selbstverliebten Interviews. Scheu und zurückgezogen ließ sie die Welt an ihrer Kunst teilhaben, stiftete oder verschenkte sogar großzügig ihre Werke, die nicht nur in den großen Museen in Paris, Marseille oder Lyon hingen, sondern auch in Sérignan und Nîmes, in Metz und in Deauville.

Die im Katalog abgebildeten Werke der Künstlerin gefielen Mathilde allesamt, besonders aber ein kleinformatiges Aquarell, das ein kleines Mädchen auf einem Sprungbrett zeigte. Der Betrachter konnte erahnen, wie es an der Kante stand, sich vielleicht mit den Zehen festkrallte und gleichzeitig aber wippte, um den Sprung zu wagen. Das Mädchen war schlank, fast mager, und der dunkelgrüne Badeanzug schien eine Nummer zu groß. Die rotblonden Haare hingen ihm wild auf den Rücken. Mathilde musste schlucken. Irgendwie erkannte sie sich in dem kleinen Mädchen wieder. Das kleine Bild faszinierte sie. Ob es damals zum Verkauf gestanden hatte?

Sie blätterte in den hinteren Teil des Katalogs, in dem die einzelnen Werke und ihr Standort verzeichnet waren. *Ich werde erwachsen* war der Titel des Bildes, und es gehörte einer nicht namentlich genannten Privatperson aus – Mathilde traute ihren Augen nicht – Saint-Fons. Hatte nicht Martin von qualitätsvollen Bildern auf dem Dachboden gesprochen? Sollte dieses Kunstwerk etwa dort gelandet sein? Wenn ja, vielleicht konnte sie es der Gemeinde abkaufen.

Sie griff zum Telefon und rief Martin an, der sich sofort meldete.

»Martin, ja, danke, mir geht's gut. Bei dir auch alles okay? Sehr schön. Hör mal. Ich brauche von dir eine Auskunft. Du hast doch mittlerweile garantiert den Dachboden durchstöbert. Und du hast mir von qualitätsvollen modernen Bildern erzählt. War da vielleicht eins dabei mit einem Kind auf einem Sprungbrett? Ein Mädchen in einem grünen Badeanzug und mit roten Haaren?«

Martin redete, während Mathilde sich eine neue Zigarette ansteckte. Sie blies den Rauch durch das geöffnete Fenster, wo er sich in Nichts auflöste. *Auch eine Art des Aufbruchs,* dachte sie.

»Ja, mich hat dann natürlich auch überrascht, dass das Bild so unbeachtet da oben lag. Jetzt soll es wahrscheinlich ins Museum. Es ist ein Geschenk einer alten Dame an das Dorf. Sie hat hochbetagt ihren Haushalt aufgelöst, und kurz darauf ist sie verstorben. Sie hatte es zum siebzigsten Geburtstag von ihrem Neffen bekommen. Ein ziemlich wertvolles Geschenk. Von ihm und dann von ihr an Saint-Fons.«

»Weißt du, wie die alte Dame hieß?«

Der Name, den Martin ihr nannte, ließ Mathilde zusammenfahren. Sie verabschiedete sich hastig – »Ich melde mich wieder« –, warf die Zigarette in ihren Kaffeebecher und rannte aus dem Büro. Auf dem Weg zu ihrem Wagen versuchte sie, zuerst Felix, dann Coralie Mollard zu erreichen. Doch niemand nahm ihren Anruf entgegen. Dann Rachid. Der Commandant stellte keine Fragen. Er verstand und würde sich umgehend auf den Weg zum *Château des Cigales* machen.

Kapitel 46

Mittwoch

»Wo bleibt denn dieses Mädchen?«

Barrois sah sich suchend in seinem Büro um, als ob Tatiana Sorokina sich in seinem Schrank oder hinter einem Vorhang versteckt halten und gleich hervorspringen würde. Sophie Delattre war bereits seit zehn Minuten mit dem Auftrag, Mademoiselle herbeizubringen, verschwunden.

»Bin ich denn der Bring- und Suchservice von Monsieur le Directeur?«, hatte sie mit zusammengezogenen Brauen gemurmelt.

»Hat sie vielleicht doch Unterricht?«, fragte Felix vorsichtshalber nach, obwohl die Sekretärin bereits verkündet hatte, die Mathestunde falle aus, da sich Monsieur Ravel heute Morgen mit einem schweren Migräneanfall abgemeldet habe.

Barrois hatte laut geschnauft. »Wie alt ist der Junge? In seinem Alter war ich nicht dauernd krank. Magenprobleme, Migräneanfälle. Was treibt der nur? Wahrscheinlich bekommt er Kopfweh von den ganzen Zahlen.«

Coralie und Felix hatten sich angesehen und mit den Augen gerollt.

Mit einem Ruck wurde die Bürotür aufgerissen, und Sandrine Mugler stürzte unvermittelt und sichtlich aufgelöst in das Direktorenzimmer.

»Schauen Sie sich das an, ich bin fassungslos.«

Erst jetzt schien sie die beiden Ermittler wahrzunehmen. Sie hielt Barrois und den Polizisten einen Papierkorb hin, in dem Fetzen von Papier lagen.

»Das waren Zeichnungen, die Paul angefertigt hat. Jemand hat sie mit Farbe beschmiert, zerrissen und hier reingeworfen. Wer macht denn so was?«

Die Künstlerin zog die Hälfte eines Blattes aus dem Korb und hielt sie mit spitzen Fingern hoch, sodass es alle sehen konnten. Darauf erkannte man die Skizze eines Mädchens im Profil. Es war zwar nicht sonderlich gut gezeichnet, wie Coralie fand, aber es war eindeutig der Kopf von Tatiana gemeint, die Biegung der Nase, die Wangenknochen, die burschikose Frisur.

»Das war vor vier Wochen die Aufgabe, die Person zu skizzieren, die einem am nächsten stand. Also räumlich gesehen. Es ist kein Meisterwerk, aber doch nicht so schlecht, dass es jemand zerstört und entsorgt. Und nicht nur diese Zeichnung, auch drei weitere Porträtstudien, die Paul von ihr gemacht hat, wurden so misshandelt.«

Wer war dieser Jemand? Jemand, der eine Wut auf Paul oder Tatiana hatte? Diese Frage lag unausgesprochen in der Luft.

»Sie bringen das besser weg, Sandrine. Gleich wird Tatiana hier sein. Es ist besser, wenn das Mädchen das nicht sieht. Die Psyche der Kinder ist sowieso schon belastet genug. Wer weiß, wie …«

Weiter kam Barrois nicht, da in diesem Augenblick Sophie Delattre in das Büro stürzte, kreidebleich und mit vor Aufregung sich überschlagender Stimme.

»Ich habe überall gesucht, nachdem ich das hier gefunden habe«. Sie hielt einen rosafarbenen Zettel hoch. »Bitte, Sie müssen sich beeilen. Das dumme Kind will sich umbringen.«

Mit einem Schlag glich das Arbeitszimmer einem Bienenstock. Thierry und Benjamin, die bereits im Auftrag der Sekretärin auf der Suche nach Tatiana gewesen waren, stürmten herein.

»Nichts, wir wissen nicht, wo wir im Schloss noch suchen sollen.« Thierry war den Tränen nahe.

Felix hatte das Papier an sich genommen. »Es ist ein Abschiedsbrief«, sagte er tonlos und reichte das Blatt Coralie.

»*Mon Dieu*. Und nicht nur das, es ist ein Geständnis.«

Für einen Augenblick war es ganz still. Felix' Handy klingelte, und alle redeten wieder durcheinander. Der Lieutenant ging nicht ran, befahl stattdessen laut: »Los, ihr zwei, kommt mit. Und überlegt noch mal genau, wo eure Freundin sein könnte. Gibt es einen Lieblingsplatz draußen oder so was.« Und schon rannten er und die beiden jungen Männer los, Felix das Handy am Ohr, um Verstärkung anzufordern.

»Was steht drin?«, fragten Barrois und Sandrine Mugler wie aus einem Mund.

Die Sekretärin hatte den Brief bereits gelesen, also konnte Coralie auch den Inhalt des Briefes wiedergeben. Ihr Handy gab ein leises Summen von sich, das sie ignorierte.

»Sie entschuldigt sich bei ihrem Vater, dass sie ihm Kummer bereitet. Und sie schreibt, sie habe Patricia Hector getötet. Für Paul, da Patricia Ihnen, Monsieur Barrois, alles über den Tod Michel Russos verraten wollte. Dessen Tod hätten vor allem Paul und Ophélie zu verantworten. Ophélie sei immer die treibende Kraft gewesen, die Paul scharf gemacht habe wie eine Bombe, schreibt sie. Bonhomme hat den Mord an Patricia beobachtet und Tatiana erpresst. Daher musste auch er sterben.«

Kopfschüttelnd faltete Coralie das Papier zusammen und steckte es in ihre Jackentasche. Einen Asservatenbeutel hatte sie nicht zur Hand, doch das spielte jetzt keine Rolle.

»Suchen wir Tatiana«, wandte sie sich an die beiden Frauen und den Direktor, die regungslos im Zimmer verharrten.

»Und Paul? Hat Tatiana auch ihn getötet?« Barrois saß zusammengesunken auf seinem Sessel. Er schien um Jahre gealtert.

»Paul? Nein, von ihm ist nicht die Rede«, antwortete Coralie und zog erstaunt und ratlos die Augenbrauen hoch.

Auf dem Flur war ein Poltern zu hören.

»Wir haben sie! Sie lebt!« Benjamin stolperte in das Arbeitszimmer, in seinen Augen schimmerten Tränen. »Ihr Kollege hat bereits den SAMU informiert, sie müssten gleich eintreffen. Sie hat sie nicht geschluckt, die Tabletten sind noch alle in der Packung. Sie saß einfach unter diesem alten Riesenbaum hinter dem Tennisplatz, als ob sie darauf gewartet hätte, dass man sie findet.«

Der junge Mann begann am ganzen Körper zu zittern. Coralie

nahm ihn sanft am Arm und schob ihn auf einen der Sessel in der Ecke des Büros. Sie kniete sich vor ihn, nahm seine kalten Hände in die ihren.

»Ganz ruhig, Benjamin, alles ist gut. Tatiana lebt.«

»Aber sie hat Patricia und Bonhomme getötet«, schniefte Benjamin. »Sie hat es uns gesagt. Und sie würde dafür büßen. Sie ist sehr gläubig, sagt sie. Deswegen hat sie die Tabletten nicht genommen. Ach, es war alles total wirr, was sie gesagt hat. Jetzt sind Ihr Kollege und Thierry bei ihr.« Aus dem Schniefen wurde ein lautes erleichtertes Schluchzen.

Sandrine Mugler war kreidebleich mit ihrem Papierkorb verschwunden, und Sophie Delattre wusste nicht, ob sie sich nun um ihren Chef oder den Jungen kümmern sollte. Hilflos stand sie mitten im Zimmer.

»Und hat Tatiana etwas über Paul gesagt? Was hat sie mit ihm gemacht?«

»Mit ihm gemacht?«, stammelte Benjamin. »Nichts. Sie hat ihn geliebt, sie hat für ihn getötet. Sie muss ihn mehr geliebt haben, als Ophélie es jemals gekonnt hätte. Wo ist eigentlich Ophélie?« Fragend und suchend schaute er sich um.

Mit einem Satz stand Coralie aufrecht. Genau. Wo war eigentlich Ophélie?

»Sie war nicht mit bei der Suche nach eurer Freundin?«

Benjamin schüttelte den Kopf. »Als ich sie das letzte Mal gesehen habe, sagte sie, Sie hätten sie in die Mangel genommen, und jetzt fühle sie sich nicht wohl und würde sich hinlegen. Aber sie muss doch das ganze Durcheinander mitbekommen haben.«

»O nein, heißt das etwa, Mademoiselle Costa hat Paul …« Barrois beendete den Satz nicht. Schwer stützte er seinen Kopf in die Hände und wiegte seinen Körper langsam vor und zurück.

Kapitel 47

Mittwoch

Coralie stürzte ins zweite Geschoss, zwei Treppenstufen auf einmal nehmend. Ophélie Costa war, wie Tatiana geschrieben hatte, die treibende Kraft hinter Paul gewesen. Wenn das die Wahrheit war, und die Polizistin zweifelte nicht daran, denn die meisten Menschen machten in ihren Abschiedsbriefen reinen Tisch, wozu war dieses Mädchen noch fähig?

Die Tür zu Ophélies Zimmer war nicht abgeschlossen. Sie riss sie auf. Leer. Auch niemand im angrenzenden Bad. Vorsichtshalber sah sie unter dem Bett und im Kleiderschrank nach. Nichts. Ein unangenehmer Geruch kitzelte ihre Nase. Doch bereits im Flur hatte sie ihn schon wieder vergessen.

Sie rannte zurück, um Felix über das Verschwinden der jungen Frau zu informieren. Die Sirene eines Rettungswagens ertönte und eine weitere, die zu einem Polizeifahrzeug gehörte. Gott sei Dank, Hilfe war unterwegs. Im Schlossportal prallte sie auf Mathilde de Boncourt, doch noch bevor sie etwas sagen konnte, packte die Richterin Coralie an der Schulter.

»Coralie, wo ist Sandrine Mugler?«

»Sandrine Mugler? Ich weiß es nicht. Aber Ophélie Costa ist verschwunden, und Tatiana Sorokina wollte sich umbringen. Hat es aber nicht getan. In einem Abschiedsbrief hat sie den Mord an Patricia Hector und Adrien Bonhomme gestanden. Und behauptet, dass Ophélie diejenige gewesen sei, die Paul zu der Sache mit dem Schweineblut angestiftet hat.«

»Dann hat Tatiana Paul nicht getötet?«

Coralie schüttelte den Kopf. »Es sieht nicht danach aus.«

Mathilde wurde leicht schwindelig. Sie musste sich an die Türlaibung lehnen. Hoffentlich war es nicht schon zu spät.

»Coralie, hören Sie. Ich habe bereits Commandant Bouraada informiert, Felix weiß mittlerweile auch Bescheid. Sandrine Mugler ist die Mutter von Michel Russo. Mugler ist ihr Mädchen- und Künstlername. Alexandrine Russo, so heißt sie seit ihrer Heirat. Eine verrückte Geschichte. Ihr Mann hat eines ihrer Bilder seiner Tante, Veronique Russo, geschenkt. Martin hat das Bild zufällig entdeckt. Verstehen Sie, Russo – Mugler, ein und dieselbe Person. Wir müssen sie und das Mädchen finden.«

Coralie verstand. Natürlich, der Geruch. Terpentin. Sie musste in Ophélies Zimmer gewesen sein. Sandrine Mugler hatte Rache geübt, Paul bereits getötet. Ophélie sollte ihr nächstes Opfer sein. Die beiden Köpfe der Clique, die ihrem Sohn den Tod gebracht hatten. Die Malerin war dabei gewesen, als sie den Abschiedsbrief vorgelesen hatte, in dem Tatiana Ophélie beschuldigte, die eigentliche Anstifterin für die tödlich endende Mutprobe gewesen zu sein. Doch wo nach den beiden suchen?

Felix und Rachid kamen angerannt, ein Einsatzfahrzeug raste mit Blaulicht vor das Schloss, bremste scharf ab, sodass der Kies in alle Richtungen spritzte. Rachid erteilte seine Befehle, Felix und drei Kollegen sollten das Innere des Schlosses nach den beiden Frauen absuchen.

»Wir durchkämmen den Park«, wies er Mathilde und seine junge Kollegin an. »Es kommen eigentlich nur Orte infrage, an denen Mugler sich mit dem Mädchen verstecken kann. Versuchen wir es zuerst an der Grotte.«

Nicht nur verstecken, sondern wo sie Ophélie kaltblütig ermorden kann, fügte Coralie in Gedanken hinzu.

Im Laufschritt steuerten sie den Teil des Parks mit seinen vergessenen Verstecken an. Vorbei am Schwimmbad, in dem Bonhomme den Tod gefunden hatte, den offenen Rundtempel ließen sie links liegen, hier hielt sich ganz offensichtlich niemand auf. Sie erreichten den ausgetrockneten kleinen See, dahinter lag die Grotte. Kein menschliches Geräusch außer ihrem eigenen Keuchen drang an ihre Ohren. Am stahlblauen Himmel schrie ein Greifvogel. Mit gezogener Waffe näherte sich Rachid Bouraada im Schutz der alten Bäume vorsichtig der künstlichen Höhle. Auch Coralie hatte ihre Waffe gezogen, Mathilde hielt sich hinter ihnen. Der Commandant pirschte sich von der Seite an die Grotte heran und gab wenig später Entwarnung. Niemand war darin.

Ein schriller Schrei durchbrach die Stille. Coralie fuhr zusammen. Es wurde ernst. Doch wer schrie, lebte noch.

Rachid zeigte in die Richtung, aus der der Schrei gekommen war. Bei der Tatortbegehung nach Pauls Tod hatten sie das alte Pumpenhaus hinter der Grotte entdeckt, eine Ruine, deren Zugang mit Brettern verschlossen war, doch wer bis ins Innere vordringen wollte, konnte die morschen Dinger leicht entfernen.

Rachid bedeutete Mathilde, unterhalb der Grotte zu bleiben, winkte Coralie zu, sich von links der Ruine zu nähern, während er von rechts käme. Erneut ertönte ein gequälter Schrei.

Den beiden Polizisten blieb keine Zeit mehr, sie mussten das Gebäude stürmen.

»Madame Mugler, machen Sie keine Dummheiten«, rief Rachid laut und rannte gleichzeitig mit Coralie auf das Pumpenhaus zu. Die Bretter waren beiseitegeschoben, der Commandant drang als Erster in die Ruine ein, dicht gefolgt von seiner Kollegin.

In diesem Moment fiel die Sonne durch das marode Dach, ein Messer blitzte auf, ein Schrei in Todesangst übertönte das Keuchen der beiden Polizisten.

Ein Tropfen Blut quoll einer roten Perle gleich aus dem Hals der Frau. Coralie hob die Waffe, zielte und schoss. Die Kugel durchschlug Ophélies Schulter, das Messer glitt ihr aus der Hand, und sie sank mit infernalischem Geheul auf die Knie.

»Felix, wir brauchen hier oben einen Sanitäter. Mademoiselle Costa ist angeschossen worden«, bellte Rachid in sein Handy.

Coralie hielt das Mädchen in Schach, während sich Sandrine Mugler kreidebleich an die Wand lehnte.

»Sie wollte es mir erklären. Das, was sie und ihre Freunde Michel angetan haben. Nachdem Sie den Abschiedsbrief von Tatiana vorgelesen hatten, bin ich auf ihr Zimmer. Sie sagte, sie würde es mir erklären«, wiederholte die Frau mit tonloser Stimme. »Und sie wollte mir die Stelle zeigen, wo Michel gestorben ist. Aber das war gar nicht hier. Das war im Eiskeller. Und der war zu. Dann hat sie mich gezwungen, mit ihr hierherzugehen. Sie wollte auch mich töten.« Die Stimme von Sandrine Mugler erstarb. Langsam glitt sie von der Wand auf den Boden und verlor das Bewusstsein.

Kapitel 48

Einige Tage später

»Das sollten wir uns zur Angewohnheit machen, die Nachbesprechung bei einem Glas Wein und einem gutem Essen hier bei Martin stattfinden zu lassen.«

Mathilde und Martin trugen das Brot und den Teller mit den gerösteten Zucchini und Auberginen, die im Olivenöl glänzten und nach Knoblauch, Zitrone und Thymian dufteten, nach draußen.

»Genau, es ist neutrales Gebiet«, stimmte Felix Rachid zu.

Noch immer herrschte Fassungslosigkeit darüber, wie sich der Fall am Ende entwickelt hatte.

Die Sonne schickte wärmende Strahlen auf die Erde, und Coralie reckte ihr das Gesicht entgegen. Sie fühlte sich wohl in dieser Gesellschaft und gut aufgenommen. Jetzt hieß es abwarten. Der Commandant konnte ihr nichts versprechen, aber er würde sich dafür einsetzen, sie, Brigadier Coralie Mollard, in sein Team zu bekommen. Der Schuss, den sie auf Ophélie Costa abgegeben hatte, hatte Sandrine Mugler das Leben gerettet. Doch eine Anhörung würde nicht ausbleiben. Gut, dass sie Commandant Bouraada an ihrer Seite gehabt hatte.

»Coco, auf uns. Wir sind ein super Team«, riss Felix sie aus ihren Gedanken. Sie hob das Glas, in dem der kühle Weißwein funkelte.

Martin reichte den Brotkorb herum. »Und jetzt will ich alles genau wissen. Ihr seid also davon ausgegangen, dass Sandrine Mugler, das heißt Alexandrine Russo, Paul getötet hat, aus Rache für ihren Sohn Michel, und dann geplant hätte, Ophélie Costa, die eigentliche Drahtzieherin, ebenfalls zu töten.«

Alle redeten auf einmal, um ihm zu antworten.

»Überlassen wir es Coco, Bericht zu erstatten«, schlug Mathilde vor und lächelte Coralie aufmunternd zu.

»Aber bitte ganz von Anfang an.« Martin strich sich aus einem Glas eine ordentliche Portion *brandade de morue* auf eine Scheibe Brot und belegte die Schwertfischpaste mit einem Stück Aubergine. Mit zwei Bissen war die Köstlichkeit in seinem Magen verschwunden.

Coralie setzte ihr Glas ab, Felix schenkte nach.

»Alles begann mit einem *Bizutage*. Michel Russo wollte oder sollte der Clique um Paul Grandmontagne und Ophélie Costa angehören. Eine Mutprobe gehörte dazu in Form von Schweineblut, das er trinken sollte. Ihm wurde schlecht, sein Herz setzte aus, da er unter einer angeborenen Herzschwäche litt.«

»Boah, wie eklig, da wäre mir auch schlecht geworden.« Martin verzog angewidert das Gesicht und schob sich zwei schwarze Oliven in den Mund.

»Ja, total eklig. Nun, Michel war tot, sie brachten ihn in sein Zimmer zurück. Für alle war er offensichtlich im Bett gestorben. Doch Patricia Hector kam damit nicht klar. Sie schickte der Familie einen anonymen Hinweis. Das hatte sie Benjamin gestanden, der allerdings geschwiegen hat.«

»So erklärt sich auch der Zettel mit dem Zitat von Rimbaud.« Mathilde schloss die Augen und erinnerte sich an die Worte, die sie berührt und sich ihr eingeprägt hatten. *»Ich! Ich, der sich Magier oder Engel genannt hat, losgesagt von jeder Moral, ich bin der Erde zurückgegeben, eine Pflicht zu suchen und die raue Wirklichkeit zu umarmen!* Patricia hatte *Moral*, *Pflicht* und *raue Wirklichkeit* umrahmt. Wohl als eine Mahnung an sich selbst.«

»Wahrscheinlich. Und deswegen wollte sie auch den *Bizutage* bei Castor de Pouligny nicht zulassen. Er sollte der Nächste sein, eine Art Waterboarding war geplant. Und der Junge hat panische Angst davor, unter Wasser zu geraten. Patricia wollte nicht mehr mitmachen und drohte, es dem Internatsdirektor zu erzählen. Das wäre das Aus für Pauls Karriere gewesen. Und das konnte Tatiana Sorokina nicht zulassen, die unsterblich in den jungen Mann verliebt war. Sie tötete Patricia Hector beim Ausritt. Ihr Alibi hat sie sich sehr raffiniert selbst zusammengebastelt. Nachdem Benjamin Bonnaire angab, er habe voll konzentriert in der Bibliothek gesessen, hat sie behauptet, ihn gesehen zu haben, als sie Bücher abgeben wollte, wohl wissend, dass weder die Bibliothekarin noch der Freund das Gegenteil aussagen konnten. Bei ihrer Mordtat wurde sie jedoch von Adrien Bonhomme beobachtet.«

»Dem Olympiakanuten«, ergänzte Felix. »Und der war wohl, obwohl wir bis heute kein Missbrauchsopfer ausfindig machen konnten, pädophil veranlagt. Oder sagen wir, er stand, trotz einer Verlobten, auf junge Mädchen.«

»Genau. Wo war ich stehen geblieben? Also, Bonhomme hat den Mord beobachtet und Tatiana erpresst. Er wollte mit ihr schlafen. Das hat sie sehr glaubhaft versichert. Und wir können nichts Gegenteiliges dazu sagen. Das Mädchen glaubte allerdings, danach hätte er wahrscheinlich doch geredet, und so hat sie ihn kurzerhand zu einem Treffen am alten Pool eingeladen und entsorgt.«

»Und wenn er sich bei dem Sturz nur verletzt hätte?«, wendete Martin ein.

»Nun, wäre er lebend aus dem Bassin herausgestiegen, hätte Tatiana mit einer Eisenstange bewaffnet bereitgestanden. Sie hätte ihm das Ding über den Schädel gezogen. Kommen wir zu Paul Grandmontagne. Er wurde aus Eifersucht getötet, eines der ältesten Motive. Von Ophélie Costa. Und das mit einem Schnitzmesser mit gebogener Klinge, das sie aus dem Kunstunterricht entwendet hatte.«

»Unglaublich, wie kaltblütig junge Frauen morden können.« Felix dachte mit Sehnsucht an Sabine, seine Freundin. Sie besaß ein sanftmütiges Wesen. Hoffte er.

»Das soll schon mal vorkommen, mein lieber Felix. Denk nur an Violette Nozière«, erinnerte Rachid seinen Kollegen an einen spektakulären Fall in den Dreißigerjahren.

»Ja, sie hat ihm eiskalt die Kehle durchgeschnitten. Und ihr nächstes Opfer wäre wahrscheinlich Tatiana Sorokina gewesen. Die kleine Russin hat Paul abgöttisch geliebt. Sie hat für ihn getötet und wollte ohne ihn nicht mehr leben. Daher ihr Suizidversuch. Am Ende hat sie Gott sei Dank der Mut verlassen. Es ist total verrückt, beide sind wegen Grandmontagne zu Täterinnen geworden. Und wenn man den Morddrohungen Tatianas gegenüber Mademoiselle Costa, die sie im Krankenbett ausgestoßen hat, Glauben schenken darf, hätte die nicht lange gezögert und den Mord an Paul gerächt. Die beiden hätten sich gegenseitig zerfleischt.«

Coralie gönnte sich eine Atempause und trank einen Schluck Wein.

»Und welche Rolle spielt Sandrine Mugler in der Geschichte? Das Bild mit dem Mädchen auf dem Sprungbrett soll übrigens verkauft werden. Der Bürgermeister meint, es passt doch nicht in ein Heimatmuseum, in dem Dreschflegel und alte Töpfe ausgestellt werden. Er gibt es zu einer Auktion, und das Geld soll der Grundstock für das Museum sein«, gab Martin zum Besten.

Mathilde wurde hellhörig. Wahrscheinlich konnte sie es sich gar nicht leisten, aber sie würde Aristide Lejeune danach fragen.

Die Polizistin nahm den Faden wieder auf. »Nachdem die Familie Russo das anonyme Schreiben erhalten hatte, in dem angedeutet worden war, Michel Russo hätte nicht sterben müssen, brach Madame Mugler vollkommen zusammen. Sie musste sich für ein paar Wochen in psychiatrische Behandlung begeben. Anfangs konnte sie es noch nicht einmal mehr ertragen, auch nur den Namen ihres Sohnes zu hören oder ein Foto von ihm zu betrachten. Die Ärzte rieten ihr daher, sie solle eine ganz neue Beziehung zu ihrem verstorbenen Sohn aufbauen, nur so könne sie seinen Tod akzeptieren. Und dazu gehörte für sie, ihm dort nahe zu sein, wo er zuletzt gelebt hatte, in diesem Internat, und das Geheimnis um seinen Tod zu ergründen. Sie erfuhr, dass dort externe Lehrkräfte gesucht wurden, und bei ihrem Ruf war es ein Leichtes für sie, als Kunstlehrerin für ein Halbjahr dort tätig zu werden.«

»Und niemand ist auf die Idee gekommen, sie könnte Michels Mutter sein?« In Martins Stimme schwang Unglaube mit.

»Nein. Warum auch. Er hieß Michel Russo, sie kam unter ihrem

Namen als Künstlerin. Nachdem sie geheiratet hatte und ihr Sohn auf der Welt war, hielt sie ihr Privatleben vollkommen unter Verschluss. Sandrine Mugler hält nichts von Publicity.«

Martin dachte einen Moment darüber nach. »Ja, so was kann tatsächlich funktionieren. In Deutschland gibt es einen Entertainer, der über Jahre fast täglich auf dem Bildschirm präsent war. Doch niemand weiß, wo er wohnt oder wie viele Kinder er hat, er schirmt alles ab.«

Coralie fuhr fort. »Madame Mugler war zwar nicht entgangen, dass es diese Clique um Paul Grandmontagne gab, doch eine Verbindung zwischen ihr und ihrem Sohn war für sie nicht erkennbar. Und wo sollte für sie ein Zusammenhang zwischen den Morden an Patricia, Bonhomme, Paul und dem Tod ihres Sohnes fast ein Jahr zuvor bestehen? Erst Tatianas Selbstmordversuch und ihr Geständnis öffneten ihr die Augen. Sandrine Mugler stellte Ophélie Costa zur Rede. Den Rest kennt ihr.«

Coralies Stimme war gegen Ende ihres Berichts immer leiser geworden. Ophélie Costa und Tatiana Sorokina, einst Freundinnen, dann Feindinnen, die um die Gunst Paul Grandmontagnes buhlten, zwei junge Frauen, die sich gegenseitig getötet hätten aus Liebe zu ihm, würden sich wegen Mordes und versuchten Mordes verantworten müssen. Vier Tote – ein Strudel aus Eitelkeit, Eifersucht, Liebe und Hass hatte seine Opfer gefunden und in die Tiefe gezogen.

Epilog

Ein Jahr später

Sie saß am Pool und sah den kleinen Wellen nach, die die frische Brise auf der Wasseroberfläche zeichnete.

»Kind, du erkältest dich.«

Marie *mémé*, ihre Mutter, reichte ihr ein großes Badetuch mit türkisfarbenen Delfinen darauf. Es war Michels Lieblingstuch gewesen. Sie wickelte sich darin ein und streckte sich auf den warmen Sandsteinplatten aus. Wölkchen zogen über den strahlend blauen Himmel, eine kleine Herde, die sich auflöste, zusammenfügte, hier tanzte, dort bockte. Als Michel noch klein gewesen war, hatten sie manchmal am Strand gelegen und einen ganzen Zoo am Himmel entdeckt.

»*Maman*, der Elefant löst sich auf. *Maman*, aus den beiden Pferden ist eins geworden. *Maman*, es gibt keine Igel, die Wolken wollen keine Stacheln haben. *Maman, maman*.«

Sie hörte die glockenhelle Stimme ihres Sohnes. Wie einfach wäre es, ins Wasser zu gleiten und ihm nahe zu sein. Doch sie wurde gebraucht. Marie *mémé*, sie würde sich bald nicht mehr erinnern können, Michels großer Bruder, ihr geliebter Mann, Marie *mamie*, sie alle brauchten sie. Und da war die Ausstellung in Nîmes, der Zyklus *Le fils*, der Sohn, ihr Michel. Obwohl bereits Anfragen bei ihrem Agenten ankamen, wann die Bilder in den Handel kommen würden, wusste sie jetzt schon, dass sie sich von keinem trennen würde.

Mit Spannung hatte sie in den Medien die Berichterstattung über die Prozesse gegen die beiden Mädchen verfolgt. Noch ehe ein

Urteil über Tatiana Sorokina gefällt werden konnte, hatte ihr Vater es geschafft, sie außer Landes zu bringen. Mit einem Diplomatenpass war sie ausgereist.

Ein feines Lächeln legte sich auf ihr Gesicht. Ihr Plan hatte Konturen angenommen von dem Tag an, als Patricia Hector ihr das Blatt mit der Pferdezeichnung überreicht hatte. *Ein kleines Dankeschön für die Mühe, die Sie sich gemacht haben.* Eine Widmung auf der Rückseite. Es war dieselbe Handschrift. *Michel hätte nicht sterben müssen. Bitte verzeihen Sie.*

Sie waren sich über die Besuche bei Baronet, Patricias geliebtem Pferd, nähergekommen. Patricia hatte sich ihr mehr und mehr geöffnet. Und sie hatte ganz vorsichtig die Sprache auf Michel gebracht. Patricia war letztendlich erleichtert gewesen, sich ihr anvertrauen zu können. Doch niemals hatte sie damit gerechnet, dass jemand das Mädchen töten würde. Es hatte ihr leidgetan. Patricia war ein liebes Ding gewesen. Und Tatiana Sorokina war zu ihrer eiskalten Killerin geworden.

Patricia hatte das Wissen um die Umstände von Michels Tod wie einen Mühlstein um den Hals mit sich getragen. Das Geständnis war nur so aus ihr herausgesprudelt. Paul Grandmontagne und Ophélie Costa, Bonnie und Clyde.

Nach den Morden an Patricia und Bonhomme, um das Schwein war es nicht schade gewesen, hatte sie handeln müssen, wenn ihre Rache sich noch vollenden sollte.

Aus Paul, dem Täter, wurde Paul, das Opfer. Nur ein leises Flüstern war nötig gewesen. Eindringlich, immerwährend, ein Samen ins Herz gelegt, und die Saat war aufgegangen. Geschickt hatte sie Paul dazu gebracht, Tatiana zu zeichnen, und umgekehrt Rodins *Kuss* besprochen und die Umarmung von Paul und Tatiana andeuten lassen und Ophélie so oft wie möglich mit kleineren Arbeiten im Atelier betraut, um immer wieder das Gespräch zu suchen. »Ophélie, geht nicht ein besonderer Zauber von den beiden aus, zumindest aus der Sicht der Künstlerin. Wie zerbrechlich kann doch die Liebe sein. Und dann? Wie schnell ist man vergessen?«

Als Anschauungsmaterial lagen Kunstbände bereit, und wie

zufällig hatte sie vor ein paar Tagen im prächtigen Bildband über Caravaggio geblättert, als Ophélie ihr zur Hand ging. Das Kunstbuch war aufgeschlagen auf der Seite mit einem grausamen Gemälde biblischen Inhalts – Judith schneidet Holofernes die Kehle durch. Sie hatte Ophélie wie beiläufig die Geschichte des heimtückischen, aber verständlichen Mordes an diesem selbstbewussten Mann erzählt. Von den Schnitzmessern, sonst sicher verwahrt, lag eines scheinbar vergessen auf der Werkbank.

Sie musste nur noch abwarten, und sie hatte die Psyche des Mädchens richtig eingeschätzt. Hätte sie sich in ihr geirrt, hätte sie selbst Hand angelegt. Doch Ophélie war zur selbstbestimmten Mörderin geworden. Nun, nicht ganz selbstbestimmt. Sie schmunzelte, ließ einen Arm ins Wasser gleiten, spreizte die Finger im kühlen Nass. Ihre Hände waren sauber, gewaschen in Unschuld.

Ophélie, ihr Werkzeug. Dieses selbstverliebte, von sich überzeugte, arrogante Dreckstück. Und Tatiana war keinen Deut besser gewesen. Tatiana sollte ihr nächstes todbringendes Instrument werden.

Pauls Porträtstudien von Tatiana hatte sie selbst zerrissen und in den Papierkorb befördert, um den Hass der jungen Russin auf Ophélie zu schüren. Mit Wonne hätte sie beobachtet, wie das Luder diesen Mord begehen würde. Doch es war anders gekommen, der Suizidversuch hatte sie gezwungen, in Sekundenschnelle ihre Pläne zu ändern. Sie musste sich selbst um Ophélie kümmern.

Natürlich hatten die Ermittler ihr die Geschichte abgenommen. Sie, die leidgeprüfte Mutter, erfuhr durch den Abschiedsbrief von den wahren Umständen um den Tod ihres Sohnes. Sie musste wissen, ob es die Wahrheit war, stellte Ophélie zur Rede, verlangte von ihr Antworten auf ihre Fragen.

Und wieder hatte dieses Miststück so reagiert, wie sie es erwartet hatte. »Madame Mugler, ich werde Ihnen alles erklären, ich bringe Sie zu dem Ort, an dem Michel gestorben ist.«

Sie hatte es Ophélie auf den Kopf zugesagt, dass sie Michels Mutter war, um die Umstände, wie er ums Leben gekommen war, wusste, ebenso, dass Ophélie Pauls Mörderin war und dass sie das

Schnitzmesser an sich genommen hatte, dasselbe Messer, das sie nun glaubte, in ihrer Jackentasche zu verbergen, nachdem sie es mit ihrer Jacke aus dem Kleiderschrank genommen hatte.

Sie war damit ein hohes Risiko eingegangen, und ihr Plan hatte mehr Löcher als ein Schweizer Käse. Doch sie war davon überzeugt gewesen, Ophélie würde auch sie töten wollen, und hatte in aller Eile Vorkehrungen getroffen. Die junge Polizistin war nicht dumm. Der Geruch nach Terpentin, der ihrem Malerkittel anhaftete, würde sie hoffentlich auf die richtige Spur zu ihr und dem Mädchen führen. Doch es war noch besser gekommen, diese Richterin hatte sich ebenfalls an ihre Fersen geheftet.

Und dann war alles ganz schnell gegangen. Sie hatte bereits den kalten Stahl an ihrem Hals gespürt, als die beiden Polizisten das Pumpenhaus stürmten. Leider hatte sich der Wunsch nach dem finalen Schuss, der Ophélie ins Jenseits befördern würde, nicht erfüllt. Vielleicht gab es so etwas auch nur in einem Fernsehkrimi mit Jean Reno. Aber man konnte in diesem Leben nicht alles haben. Ja, sie war ein hohes Risiko eingegangen. Und sie hatte gewonnen.

Über Ophélie Costa war noch kein Strafmaß gesprochen worden. Doch egal, wie es ausfiel, das Leben des Mädchens war so oder so zerstört. Und wenn sie irgendwann aus der Jugendhaft entlassen würde, vielleicht stünde dann schon ein Racheengel namens Tatiana Sorokina bereit, um sie erneut zu richten. Zutrauen würde sie es der Russin.

Die Frau stand auf und reckte sich der Sonne entgegen. Marie *mémé* war im Schatten auf einer Liege eingeschlafen. Die Sonne würde in ein paar Stunden untergehen. Es war an der Zeit, den Bilderzyklus zu vollenden.

FIN